U0069396

咖啡香

謝青龍／著

推薦序一

青龍咖啡會員

中正大學傳播系特聘教授　黃俊儒

縈繞在咖啡香氣裡的老派溫柔

我經常跟朋友炫耀，全嘉南平原最好喝的咖啡就在青龍老師的辦公室，而我總是幸運地隨時都可以參一腳。青龍咖啡高貴不貴，它的好喝來自於咖啡豆品質、風味、鮮度、沖泡技法的考究，更重要的是那個品評咖啡的過程，就像《咖啡香》中T老師在跟P講解咖啡的時候一樣，每次我聽完點評，就果真豁然地嚐到了青龍老師所描述的各種味道，有花香、有水果、有煙燻、有哲理、有人生。

《咖啡香》是一部咖啡不多，但是香氣卻不時瀰漫的小說。在拜讀的過程中，我彷彿跌進了時光隧道，伴隨著文中偶而飄出來的咖啡味，不僅帶我重遊了過去自己曾經親身走過的學運現場，更幫我回顧了許多沒有實際經歷過的幾個台灣重要歷史片段。

依稀記得，當年野百合學運發生的時候，我正好是大一的新生，在那個年代，面對這種百年一遇的盛會，也就懵懵懂懂地跟同學去湊熱鬧。印象中當時看見各路人馬在中正紀念堂廣場會師，有一種各大門派齊聚光明頂的緊張感與儀式感。當學長姐在

台前聲嘶力竭地倡議理念並絕食明志的時候，我跟同學在台下一邊叫好，一邊猛嗑便當，因為當時許多支援的物資湧入，有很多便當都是免費的，對於我們南部上來、飢腸轆轆的大一新生而言，那裡既是民主也是天堂。我不知道在那樣的時代氛圍中，那一場聚會究竟在我們心中埋下了什麼樣的種子？但肯定的是，它讓我們變得很不一樣。這樣的心情，在那晚立法院外聽見年輕世代的吶喊，雖然角色已經有很大的轉換，但卻有著同樣的悸動。

《咖啡香》的故事裡有許多相同的情懷，輔以更多歷史的考掘來豐富這個故事。從二二八事件、《自由中國》雜誌、《台灣人四百年史》、台大哲學系事件，一路到野百合、太陽花，討論的主題從早年黨國教育的遺毒到晚近大學精神的崩壞，加上時不時作者就會冷不防跳出來為大家科普一下馬克思、卡謬、沙特、漢娜鄂蘭……，這些元素透過主角P的身世之謎而串接起來，過程中像是一段自我心路的探尋歷程，閱讀完更有上了兩門社會學及哲學課的紮實感。打開《咖啡香》就像走進一間老咖啡館，一種夾雜著苦澀、香濃，卻又餘韻迴盪的感覺，很復古，也很柔情。

很難想像在現在的大學氛圍中，還能有幾位老師有機會可以騰得出手來寫小說，這麼知性且浪漫的事情，青龍老師辦到了，而且他自己十足就是小說中T與P兩個角色的綜合體。或許有人會覺得劇中主角P總是正義感爆表，一種自恃清高的唐吉軻德形象，但我看見更多的卻是一種沉澱豐饒的精神質感，一種真心不騙的老派溫柔。

「哪裡來的咖啡香？老師，咖啡不是苦的嗎？怎麼是酸的？」咖啡從來不會有單一的味道，打開《咖啡香》，就看你願意喝到哪一種。

推薦序二

監察委員　賴鼎銘

　　日前，青龍兄告知我，他寫了一本書，要我幫忙寫推薦序。與他知交多年，沒有多猶豫，就答應他的要求。只是心裡很好奇，除了寫評論，沒想到他竟然還寫起小說！

　　看到書名「咖啡香」三個字，讓我誤以為是談如何品味咖啡，但一瞧之下，才知他寫的是以白色恐怖、野百合和太陽花為三個時代背景，發生在台灣高教界，橫跨三代人的故事。

　　為何取名「咖啡香」是有其含意的！書中特別從「精品咖啡」為例，指出「所謂的『精品咖啡』並不是指高價名牌的咖啡或是像精品專櫃的商品那樣，而是用來彰顯咖啡獨特性的一種說法而已。」

　　作者指出咖啡獨特性的原因，與「種植地區的土壤、海拔高度、種植方式、氣候環境、收成與處理」等等，都有關係；但「咖啡生豆的烘焙，更是影響一杯咖啡風味的決定性因素，沒有好的烘焙，就不可能喚醒咖啡豆深層的靈魂；有了好的烘焙，我們才能藉由適當的沖煮手法，將咖啡豆的風味呈現出來。」

　　也因此，『精品咖啡』特指「一種咖啡美學的生活態度，從咖啡的品種、產地、烘焙、沖煮、到品嚐，每一個步驟與過程，

都堅持著完美的理念，於是一杯成本十幾塊錢的咖啡，它不再只是苦澀的黑色汁液，而是充滿驚奇的香醇世界。所以，品味咖啡、欣賞咖啡，其實並不是有錢的人的專利，咖啡真正的內涵，其實是一種生活態度，甚至是一種哲學美學。」

獨特性是這裡的關鍵，作者認為，能在生命的過程中，將生活理念貫徹出來的人，才發揮「獨特性」。「我們不一定會尊敬那些高官達人、也不一定會羨慕那些富貴人家，但我們卻會尊敬與羨慕每一個認真生活在自己專業或生命的人。」

這個獨特性，與教育的關聯性，正是這本小說的主軸：我們應該像種植、烘培及品味咖啡一般，認真思考如何培養出發現自我，發揮獨特性的人才。作者以電影《春風化雨》為例，指出主角的英文教師就是為了帶領學生發現自我而來。作者說，「教育的目的並不僅是為求生存，也不一定要社會化，更不應將學生規格化。」作者認為教育最單純的目的，「或許只是為了幫助我們發現自我，從而適性地發展屬於自己獨特的生命型態。看看那些古往今來的偉大人物，不論是科學家、工程師、藝術家、政治家、或文學家，他們之所以能成就其不凡的人生，固然是因為他們開創某一項特殊才能，或是對人類有卓越的貢獻，但他們卻都有另一項更基本的共通點，那就是他們都真正發現自我的獨特性與重要性。」

作者強調，「或許，所謂不凡的生命，當它褪去了繁華眩目的外表，其實也不過就是從發現自我、肯定自我、到發展自我的歷程而已。忽略了這點，那麼，人的一生中大多數的時光，就可

能都是耗在追隨他人腳步，並且不斷感到挫敗的經驗；但若能體認到自我的獨特性，那麼，每一個人都可以是發明家、創作家、藝術家、詩人。……教育的目的與功能不就是爲了彰顯這樣的獨特性嗎？」

可惜的是，目前的教育體制及環境，「卽使連這樣單純而原始的目的都很難達成了。姑且不論政府當局是如何將教育視爲國家發展的工具或籌碼，就連許多身處教育最前線的教師們，都不脫功利或經濟取向的心態。試問，政府每年編列大筆教育預算，果眞是爲幫助學子們建立自主人格的定位與發展嗎？」

作者最大的批判，在於這十年來相關部會，「除了解除教育法規的管制、將教育工程民營化、大量的外包和彈性聘僱，讓教育逐漸商品化。」甚至，「更以競爭型的計畫獎補助款來箝制大學的自主性，全面介入各大學在研究、教學和學習上的自由度。這不僅讓各大學像遊牧民族一樣『逐教育經費水草而居』，而沒有了大學教育應有的長期理念與對本質的堅持，甚至各大學之間爲了競爭型獎補助款而惡性競爭，從而使績效、評鑑、KPI等手段成爲變相壓迫教職員生的工具，甚或是造假的數據。」

面對這樣的競爭環境，作者覺得現代的私校教師面對，如卡繆在〈薛西弗斯的神話〉一文中描述的處境，必須永無止境地推著巨石上山。雖然憐憫教師如薛西弗斯一樣，過著日復一日，了無意義的重複性工作，但作者以存在主義者的精神，體切了解雖然沒有意義，整個環境又是如此非理性，但「當薛西弗斯無視於命運的作弄，認清生命本身的荒謬性時，在這瞬間，他便超越了

那塊巨石，也超越了命運。」

小說有時是虛構，但對了解作者的老朋友來說，一看就知道這是一本自傳體小說。裡面的主角，是作者及其好友的融合，仔細追索，大約能捕捉出來是誰。主角所處的學校，為了爭奪公部門的經費及認可，塑造出如傅柯所說的全景監視場域，老師為了生存，不得不曲意配合。但主角偏偏就是扮演薛西弗斯的角色，為了抗衡這種體制的壓迫，所面對的衝突、痛苦，及奮力掙扎而站起的勇氣，也更令人動容。

看這樣一本書，也都會幫我們提醒自己經歷的一切。筆者回憶1990年自美回台後的高等教育教研歷程，有著共同的體會；剛回來執教的那個年代，一班七、八成眼睛發亮的學生，令人有學術傳承的希望。但曾幾何時，大學高錄取率造成的學生無所不收趨勢，及學術風向的轉變，讓知識鑽研（Intellectul digging）型學生已如鳳毛麟爪，一班能有五、六對對著老師講課發亮的眼睛，已屬僥笑。再加上，高教機構多半已質變成職業訓練所，更多私校的家產化，無不讓人痛心教育理想的失落。

最近，與三批北、中、南地區私校教師的座談，才體會系所辦公費遞降、自備教學設備、網路龜速、助教短缺、減課減薪、年終歸零、併系併班、迫兼行政、迫幫招生、教學兼諮商、一般生及特教生混教等等問題已是當代私校教師，每天要面對的噩夢。怪不得，有不少教師，急著要從教學現場，激流勇退。

如果有時間，筆者其實也想學作者，寫一寫從T大到S大到T

大的故事。擴而大之，如果更多私校朋友能提筆寫出這二、三十年，台灣高教的變遷實錄，應該有助於社會了解私校崩壞的景況，解決我們當前面對的困境吧！

自序——生命的Bucket List

謝青龍　於南華學慧樓

　　從事教職工作20多年來，一直想寫一本關於台灣高等教育的小說，甚至連書名都有腹案了，大抵不是「目睹台灣高等教育二十年之怪現象」就是「台灣高等教育杏壇現形記」之類的標題。從書名的設定看來，這本小說的內容大概不會是歌功頌德或正能量滿滿的教育宣導作品。的確，在我原始設定的故事架構中，它直接反映的就是我在這20多年來的教育生涯裡的所見所聞。也正是這原因，這本小說我採用了小說界前輩們最不青睞的第一人稱體例。因爲這本小說裡所描述的內容，幾乎都是我或我周遭朋友在台灣高等教育裡的親身經歷。職是，與其說我在寫一本小說，倒不如說是在紀錄台灣高等教育的過去與現在之景況。

　　台灣高等教育從國民政府接替日本治理以來，經歷了二二八、白色恐怖的統治時期，大學菁英在一波波的思想鎮壓與箝制之下，幾乎消失殆盡，直到解嚴之後各項學生運動風起雲湧，從野百合（廢除國民大會）到太陽花（促發政黨輪替），在在都是台灣社會發展的重大轉振點。可惜的是，這股發自大學校園的改革力量與社會良知，在這近20多年來的高等教育商品化的趨勢中，逐漸走向了美國學者崔西・麥克米蘭・卡敦（Tressie McMillan Cottom）在《低級教育》（Lower Education）書中所說的「企業化營利學院」（for-profit college）的狀況。換言之，幾乎所有台灣的大學（尤其私立大學）爲了在少子化浪潮

下求生存，都相同地將高等教育的內容與管理走向了商業化的模式，只要每年的招生率招好招滿，其他的什麼教學品質或學術倫理，從大學校長、教授、到學生，早就沒有人在意了。

在這樣的時代趨勢下，2014年我卸下學務長的職務，跨上一輛野狼摩托車，倉皇出走、踏上思索台灣高等教育未來的環島行旅，而且一連三年的暑假，用各種不同的方式環島，為的就是去看看台灣長期被各式黨政媒體與花俏政策包裝下的真實面貌。在這三次的環島期間，我造訪了迴龍的樂生療養院、大埔的張藥局、麥寮的六輕石化廠及三座核能發電廠，曾經夜宿在富里一間廢校多年的小學校園裡、也曾在偏僻鄉道上與大卡車交錯的生死一線、對哲學系的特教導生進行了一次最遠的家庭訪問……，不訪美食、不探美景，為的就是想親自去看看這些年來我在大學的象牙塔裡錯失的、真實的、在地的台灣，彌補過去那些曾經是台灣發展重要時刻、而我卻不曾親身參與的遺憾。於是，我在東海大學誤入一群追求藝術設計的年輕人的讀書會、在玉里被一位堅持不用農藥的老農請吃一碗他最驕傲的白飯、在台東青年民宿遇見一位遠離繁華台北的年輕老闆、在大武東岸被一輪巨大月亮觸發「海上生明月，天涯共此時」的感動，這些不同過往的行腳，讓我看見了一個我過去不曾用心體會與感受的台灣。

而這一切都要從2009年那年我因肝膿瘍住院說起。在生死關卡前徘徊了兩星期，促使了我在2011年拼裝了一輛腳踏車咖啡，在台南府城的街頭巷尾穿梭，叫賣一杯又一杯的哲學咖啡。那時的我，曾暗暗地為自己許下一個願望——在鬼門關前走一遭的我，在未來的所有剩餘生命裡，都要真實忠於自己地去好好生活

著！於是就這樣開啟了我近10年來很不一樣的人生：賣咖啡談哲學、野狼摩托車環島、搭便車徒步環島、陪好友周平教授為台灣高教與醫療的環島巡迴演講、登玉山西峰和主峰、加入台灣高教工會、開始撰文在新媒體上針砭時弊，這些都一點一滴地匯集成現在的我。許多相識30年以上的老朋友，總是說近10年來的我，跟他們原先所認識的謝青龍，有著極大的變化。是啊，那個看似溫文實則怯懦的我，在過去以美其名為修養佳、脾氣好的那個我，從來就不曾為目睹的社會不公義事發聲的我，現在已經被這個加入工會組織、批判時政、走上街頭抗議的我所取代了。

　　不過，真正了解我的朋友，仍會細心地發覺，那個內向羞怯的我一直都在，那些厭惡世間醜態、嚮往孤獨、渴望避世隱逸的念頭，其實從來就沒有消失過，仍一直深藏在我內心底層。直到4、5年前，我開始動筆寫這本心念已久的小說，這時我才發覺：小說真的是一個可以抒發內心渴望與發洩各種紛雜念頭的好地方。這個全新視野的新發現，提供了我一個完全無限制的思想馳騁空間（這也是我為何採用第一人稱體例寫作的另一個重要原因），藉由書中主角P的視角，我終於可以大膽地說出許多內心深處潛藏已久的想法，無論它多麼天馬行空或荒誕不羈，勿須像研究論文那般的嚴謹方法，也不用如專欄文章那樣字字斟酌，更不必像政策評論須追查出處，有的只有滿腔無處發洩的念頭，從故事主角P的口中恣意迸發。P，這個我在小說中虛構出來的人物，他竟成了我最佳的代言人。

　　歷經5年的寫作煎熬和無數次想要放棄的掙扎，這本小說終於以現在的面貌出現在所有讀者的面前了。書名也從原先設定

的「怪現象」或「現形記」之類的標題，褪變成現在的《咖啡香》。以咖啡若有似無、但又悠長綿密的餘韻，帶出在這本小說裡一位我心目中理想學者的人物T教授。他不是這個故事的主角，甚至從來沒有在故事裡真正出現過，但他卻是整個故事的核心靈魂，他就像咖啡香氣一樣，瀰漫充滿於這本小說的各個角落裡，為整個故事背景提供了一個理想的、無所不在的、無遠弗屆的想像世界。

不過，如同小說中所呈現的，這是一個橫跨三代人的大學故事，以白色恐怖、野百合和太陽花學運作為三個時代的背景，以故事主角P作為中介，串起上一世代的T教授與下一世代S學生之間的命運共同體，藉此詮釋台灣高等教育在這三個時代背景下的流轉與變遷。如此龐大宏觀的時代遞變，以我短短20多年的學術資歷，實在不足以刻畫其全貌於萬一，惟一賴以支撐不斷寫作的內心信念，大概也僅是為了完成自己生命書寫的目的而已。

10年前在病榻上為自己訂下的生命Bucket List，現在看來似乎都一一實現了：環島、登玉山、加入高教工會、寫一本紀錄台灣高教發展的小說。如今，逐漸逼近60歲的花甲之年，退休之期不遠，但那顆為生命的精彩留下足跡的熱情與想像之心卻仍鼓動不已，從來就未曾稍減半分。雖然《咖啡香》出版在即，後續仍有諸般繁雜事務待處理，但我的心思卻早已飛至數百公里外的屏東，在那裡，一幢簡易的小木屋正在逐漸成形，屋內木作傢俱半就，屋外攀爬藤蔓無籬可依、屋前數畦菜圃待耕……。不過，這又是我人生下一個階段的故事了。

目錄

序幕

出場人物

H （N大學社會學系助理）

L （N大學教務長）

M （N大學校長）

P （第一人稱-N大學社會系教授）

P （第一人稱-N大學教授年輕時期-K大學社會系三年級學生）

P2（P的大學死黨-K大學電機系）

P4（P的大學死黨-K大學哲學系）

PK（P在K大學時的同學,現在N大學同事）

PS（N大學S的導師）

PW（P的太太）

S （P的學生-N大學的二年級學生）

S1（P的學生-N大學的二年級學生-父母壓力大後自殺）

T （P年輕學生時期的老師-K大學哲學系教授）

T2（P年輕學生時期的老師-K大學哲學系副教授）

W （N大學副校長）

一

「鈴～鈴～鈴～」半夜兩點，客廳傳來電話鈴響，從書房走到客廳接起電話，聽到電話那頭傳來老同學兼同事PK的聲音：「喂，P嗎？出事了，你班上的學生S出事了！」

「怎麼了？」我趕緊問。

「聽說他們一群人到立法院前抗議，被警察抓了！」PK說。

「怎麼會這樣？前幾天他們跟我說要去立法院抗議，我還鼓勵他們一番，說終於有年輕人願意站出來了。可是現在早已經是民主時代了，怎麼還會有警察抓抗議學生這種事發生！到底是什麼情況？你清楚嗎？」我問。

台灣這十多年來的低迷氣氛，早就讓我看不下去了，想當初我還在讀大學的時候，面對國民大會的萬年國代老賊，我們還不是齊心坐在中正紀念堂的廣場轟他們下台。可是這幾年來，社會風氣越來越敗壞，民眾動不動就破口大罵，對許多公共議題都處在理盲的激情，而缺乏較多的思考與判斷，所以當政府高官爆貪污案時，許多民眾竟然還能被那些政客、名嘴們操作成政治迫害事件而不予追究；而當整個社會的貧富不均問題日益嚴重，10%的富人坐擁90%的資源、90%的平民爭奪10%資源的現象卻被視為常態；少子化的現象肇始於二十年前且逐年下降，可是看著這些內政部的人口出生率的統計數字，政府竟然毫無作為地虛耗

二十年，任由少子化現象逐漸侵蝕社會的所有層面，從婦產科醫院一家跟著一家倒、到幼稚園越來越難經營、然後國小的就學人數逐年遞減而開始出現偏鄉廢校情事、接著是國中、高中的升學招生出現缺口、最後終於來到各大學為招生而產生的惡性競爭，而且未來眼看著就要沖擊到社會的就業人口與國家生產力了，但是政府還是完全沒有任何作為。

時常在課堂上跟同學們分析這些事情，我告訴他們：對我這種再過幾年就可以退休的老師而言，這些社會破敗的現象猶可忍受，但對他們而言，這個社會未來留給他們的，將會是一個殘破後果的嚴苛考驗，如果他們再不開始思考如何應對，那麼他們將沒有任何未來而言了。

喜幸這幾年下來，終於有一些學生聽懂我的呼籲了，也開始有一些行動，心想終於有年輕人願意站出來了。前幾天學生S說他們一些同學要去立法院抗議近日來鬧得沸沸揚揚的政府服貿黑箱事件，我也覺得應該鼓勵他們去，心想這已經是民主社會裡常見的抗議活動了，所以也沒有特別叮嚀他們要注意些什麼，誰知竟惹出這麼大的事件來。

「詳細情形我也不清楚，只是剛看一個學生在臉書上說：抗議現場已經失控了，警察現在到處在抓人，整個臉書上都已經傳開了，你怎麼還不知道？！我剛剛打了電話給一個學生問他情況，他說他親眼看到你的學生S滿臉鮮血地被兩個警察架上警車，我想事態嚴重就趕緊打電話給你了。」老同學PK知道我平時常跟這些學生混，也鼓勵學生進行社會批判，所以第一時間就打

電話給我。

「那你知道S被送到那一間警局嗎？我現在馬上去看看。」我也很著急。

「不知道，我也還沒去現場了解狀況啊！」看來PK所知也不多。

「沒關係，我現在馬上到現場看看，如果場面已經趨緩了，我再看看如何善後？」我簡單換了件衣服就開車出門。

夜幕低垂，萬籟俱寂，在急駛的公路上，打開車上的收音機，希望能收聽一些關於立法院抗議現場的消息，但在這凌晨二點多的時間，似乎各家電台也還沒甦醒，只有幾個深夜的音樂性節目。切換了幾個電台，收音機突然傳來熟悉的大提琴演奏，那是巴哈的〈無伴奏大提琴〉，雖然心情仍處於緊繃狀態，但這樣的悠揚樂音，還是擾動了我思緒，勾想起昨天大學死黨P2打來的電話。

「P，你知不知道T2老師住院了？」P2說。

「哦，T2老師怎麼了嗎？」T2老師，我最不願意聽到的一個名字，自從大學畢業之後，我就再沒有T2老師的消息。

「聽說是癌症。P4前幾天陪他老婆去醫院產檢，遠遠就認出T2老師，他去跟他打招呼時，T2老師好像還認不出他來。據P4

的說法，T2老師那時的神情有點恍惚。當T2老師認出P4時，就好像是看見多年不見的親人一樣，眼淚一下子就滴下來了。」P2說。

「不對啊，T2老師跟P4有那麼熟嗎？」我有點不能置信地說。

「我跟你說，聽說那天T2老師是到醫院聽切片的檢查報告，醫生告訴他是肺腺癌，他一走出來看見P4就叫住他了。我想他大概是悔不當初吧！」P2說。

悔不當初？當初T2老師為了在系上爭奪主任之位，那種嘴臉我至今記憶猶新。他常在課堂上對著全班的學生，公開數落其他老師的不是，甚至鼓動幾個和他比較親近的心腹學生到其他老師的班上錄音，並把錄音送到學校高層舉發，說這些老師在課堂上批評學校及謾罵校長。當然，我們大家都知道，他就是想當系主任。那時候教過我們哲學的T老師就是在這樣的情況下被學校解聘。

想起T老師，不禁心頭微微一酸。T老師是我大學生涯裡對我影響最深刻的一位老師，可惜他並沒有看到我畢業，而是比我先一步離開學校。

說起T老師，我與他的相識還滿特別的。記得是大一新生訓練的前一天，我從嘉義搭火車到台南的車上，旁邊坐著一個中年男子，只見他聚精會神地看著一本書，蹺著二郎腿一副悠哉的模

樣。有些好奇：他在看什麼書？偷偷瞄了一眼，書名叫做《什麼是形上學？》，好怪的書名，我心裡馬上產生一個疑問：對哦，什麼是形上學？好笑的是，我心裡的疑問竟然就是書名。

不自覺地笑出聲來，大概是這個笑引來他的注意，他略略地側著頭看我，好像是看我在笑什麼。我有點不好意思地向他笑一笑，鼓起勇氣問他：「先生，不好意思，請問：什麼是形上學？」

「哈哈哈！原來你在笑這個啊？」他一開口的笑聲就嚇了我一跳，那笑聲就像是從丹田湧出的力道，既渾厚又爽朗。當時的我並不知道，在往後的日子裡，這個笑聲會成為我一生追尋的目標。

在他的笑聲中，我把剛才我心裡的思路歷程向他陳述了一遍，而且我還強調了「我的疑問就是書名」的巧合處。果然，他也覺得這個巧合很有趣。這時我才比較仔細地打量眼前的這個人：四十多歲模樣，在這麼熱的天氣裡還穿著長袖襯衫，領口與袖口都已洗得泛黃且稍有破損，一件西裝褲皺皺褶褶的，也不知到底多久沒熨燙過了，頭髮稍微有些散亂但鬍子倒刮得滿乾淨的，四方的臉型配上一副顯然度數不低的眼鏡……，反正整個看起來就是有點邋遢的樣子，有趣的是，他身上似乎散發著一股讀書人或是學者的氣質，所以他的邋遢似乎不會讓人產生厭煩的感覺，反倒有一種平實的親切感，或許是因為他的眼神吧，他的眼神中透顯著一種和煦的光芒，讓我感到明亮和溫暖。

「形上學是什麼呢？嗯，大哉問！我來解釋看看，看看你能不能接受。所謂形上學，一般的基本定義大概是指通過人類所有的感知能力，例如理性的推理或邏輯的方法，去研究那些不能直接在日常經驗或形體法則下卽可得知的問題。例如『上帝是否存在？』、『時間有沒有起點？或時間起點之前有沒有時間？』、『人有沒有自由意志？』等問題。形上學是哲學中最基本、也是最重要的一門學問，所以常有人把它稱作『第一哲學』。」看著他很認眞地爲我解釋，讓我有點驚訝！畢竟他連我是誰都不知道，怎麼就這麼費心地爲我講解？更何況，他講的內容，我幾乎都聽不懂！

　　看著我張大了嘴吧，一副鴨子聽雷的樣子，他突然一陣大笑，說：「哈哈哈！我講得太深了，你大概都聽不懂吧！」於是，他稍微移動了一下，調整了身體的坐姿，似乎準備換個方式來說：「好吧，形上學其實就是人類所有知識中最基礎的學問，一切的發想與源頭，都是從形上學而來的。打個比方，如果人類所有的知識體系是一棵枝葉茂盛的大樹，那麼這棵大樹的樹根就是形上學，它提供了這棵大樹所有枝葉的養分來源，所以它是一切知識的基礎；有了這個基礎，才開始有了哲學，就是這棵大樹的樹幹了，它作爲人類一切知識的主幹，而後才能開枝散葉，成就了目前人類浩繁無比的各類學科知識。」

　　「你這個比喩很恰當，我好像有些懂了。」我帶著欽佩的眼神說。

　　「哈哈哈！這個比喩不是我想出來的，這是法國哲學家笛卡

爾在他的《第一哲學沉思錄》這本書裡提出來的比喻。因為這本書主要是在談形上學，所以它也被稱作《形上學沉思錄》。」

「那就直接叫它『第一哲學』就好了，為什麼又取了『形上學』這個字面意義這麼難解的名詞呢？」這個比喻已經勾起我對形上學這門學問的興趣了。

「問得好！」他說。

「形上學的英文是Metaphysics，它源自於希臘語metá及physiká的組合，其中metá是指『之後』的意思，physiká原來是指『自然』，不過現代人都把它翻譯為『物理』，所以兩個字一起看的話，就是『物理之後』的意思了。」他看我頻頻點頭，大概認為我還能接受，於是又繼續解釋。

「其實，『物理之後』這個意思，還有一個有趣的哲學史典故。相傳古希臘哲學家亞里斯多德死後，後世於他的書稿中發現一批形上學的著作，可是他並沒有為這批書稿命名，不過由於這批書稿是放置於亞氏另一本有名的著作《物理學》（Physics）之後，所以後人就把這批未命名的書稿，稱作是《物理之後》，就是剛才我說的英文Metaphysics的由來了。至於這個名詞在十九世紀末傳入東方後，中國看它的內容玄之又玄，直接想到老子《道德經》第一章『玄之又玄，眾妙之門』，就把它譯為『玄學』。反倒是日本的井上哲次郎根據中國經典《易傳·繫辭傳上》『形而上者謂之道，形而下者謂之器』的理路，就把這門探討終極道理的學問翻譯為『形而上學』，簡稱『形上學』，後來

連華文文化也都接受了日本的這個譯名了。」

「所以，所謂的形上學，就是指探究一切最本源、最根本的問題所在之處囉？」他的這個說法讓我似乎有些懂了，雖然這門學問對我而言，仍是一個非常陌生的領域，但是他的這個解釋卻激起了我極大的興趣，所以我又繼續追問：「那什麼才是『最本源、最根本的問題所在之處』？」

「你很有慧根喔！既然你說到了『最根本的問題所在』，那我就想問你了，你認為什麼才是最根本的問題呢？」咦，他怎麼抓著我的問題來反問我。

「嗯，『上帝存不存在？』這個問題算不算？喔，還有我在一些哲學書裡看過『我是誰？』這個問題算不算？」我想起了一開始他提到的上帝。

「不錯，不錯！都算。其實你想得到的所有問題，都可以是形上學問題，重要的是，你是不是已經先入為主地以什麼答案為標準了，或是你對一切的事物永遠抱持著開放的態度去探索，我想後者才是形上學的真正精神吧！」奇怪的是，他在說這些話時，好像若有所思地微微皺著眉頭。很多年以後，我才真正體會到T老師在說這些話時的心情，尤其是當我看到那些當權者利用教育作為洗腦的工具，不斷地灌輸我們的下一代年輕學子們所謂的標準答案，而且這些答案竟然還是有其背後的政治鬥爭或權謀因素。我終於知道，讓每一代的學生都能抱持開放的心靈去探索這個世界，是多麼地不容易啊！

不知不覺火車到了台南火車站了，這時我們才知道原來我們都是在台南下車，走出月台及火車站出口時，我才想起我們都還沒有互相自我介紹：「對了，我都沒有自我介紹，我是P，今年剛考上K大學社會系的學生，不知道您怎麼稱呼？」只見他哈哈大笑地說：「這麼巧啊，那麼我們以後還有碰面的機會了！」說完他就提著公事包揚長而去，留下我一個人莫名奇妙地愣站在原地。事後，我才知道，原來他就是我們學校哲學系的教授——T老師。

　　對T老師的印象已經塵封在我記憶裡很久，不想在這樣的深夜、在這樣一個緊急狀況的深夜，我會不自覺地想起了T老師。

二

　　車子開到忠孝東路與林森南路口就被警察用路障擋下了，中斷了我對T老師的回憶。

　　從車子裡向忠孝東路上舉目望去，現場還有很多人在大馬路上走動，我焦急地把車子迴轉，試圖從杭州南路迂迴接近立法院，但是到了濟南路時再度被拒馬阻擋在外，索性就把車子停在徐州路的一個小巷裡，下車準備徒步走過去。

　　沿著濟南路往立法院方向前進，路上行人三三兩兩，眼神中都透著驚恐與疑惑，我嘗試向幾個路人詢問立法院的情形，但都沒有得到較明確的說法，只看到一路都有警察來回巡邏，警車的藍紅閃光不斷地在眼睛餘光中出沒在各街道路口。

　　愈接近立法院，人群的聚集越多，三五成群地散落在各街口講話，不時還傳來一些高分貝的咒罵聲，還有一群大學生模樣的年輕男女圍坐在路邊的人行道上唱歌，歌聲有些低沉，只隱約聽到一句「現在是彼一工勇敢的台灣人」歌詞，我馬上意識到這是這幾天來我常常聽到的一首歌〈島嶼天光〉：

　　親愛的媽媽請你毋通煩惱我
　　原諒我行袂開跤我欲去對抗袂當原諒的人
　　歹勢啦愛人啊袂當陪你去看電影
　　原諒我行袂開跤我欲去對抗欺負咱的人

天色漸漸光遮有一陣人
為了守護咱的夢成做更加勇敢的人
天色漸漸光已經不再驚惶
現在就是彼一工換阮做守護恁的人

已經袂記哩是第幾工請毋通煩惱我
因為阮知影無行過寒冬袂有花開的彼一工
天色漸漸光天色漸漸光
已經是更加勇敢的人

天色漸漸光咱就大聲來唱著歌
一直到希望的光線照著島嶼每一個人
天色漸漸光咱就大聲來唱著歌
日頭一（足百）上山就會使轉去啦

天色漸漸光咱就大聲來唱著歌
一直到希望的光線照著島嶼每一個人
天色漸漸光咱就大聲來唱著歌
日頭一（足百）上山就會使轉去啦

現在是彼一工勇敢的台灣人

　　若不是現在我急著去找S，我真願意坐下來好好地聽完這首歌。不過，我還是走了過去，蹲在他們旁邊，低聲地向其中一個坐在最外圈的男生詢問：「聽說今天晚上警察抓人了，是真的

嗎？」

　　他轉頭望了我一眼：「我不知道，我們原本在自由廣場那邊靜坐，也是聽說有同學被抓的消息，大家商量後趕過來的。不過，我們過來的時候，也沒有看到什麼抓人的場面，只看到很多警察走來走去的。那時候人比較多，大家的情緒也比較緊張，現在人有點散了，不像剛才那麼多人了。」

　　問不出頭緒，我只好再往立法院方向走，希望能碰到熟人或知道真實情形的人。打電話給PK，只是電話一直不通，可能現場的電訊網路塞車吧，待會再多試幾次。

　　一路走來，人潮越聚越多，等到了立法院群賢樓，只見大門口前已經被警察拉起了拒馬。不過，從這道警察圍起來的防線看來，它的功能似乎不很顯著，因為我只看到防線的裡裡外外都聚滿了人，根本分不清拒馬到底有沒有發揮阻隔內外的功能。走近拒馬附近一個正在值勤的警察旁邊，我禮貌性地問候：「你好，辛苦了！」他很嚴肅地向我上下打量一下，大概見我沒有惡意，在緊抿的嘴邊微微上揚，算是對我的一絲善意回應吧。

　　我還是保持禮貌性的探問：「警察先生，我是N大學社會系的教授，聽說今天晚上有一批學生被你們拘禁了，我想探聽一下這裡面是不是有我的學生？不知道我應該向哪一個單位詢問？或者你知道這些學生現在被拘禁在哪一個分局？」

　　「我不知道，我不能回答你的問題！」

從他不假思索便脫口而出的制式回覆，我猜想這些值勤警察應該都被命令不能隨便回應民眾或記者的問題，但我還是不死心：「警察先生，我是Ｎ大學社會系的教授，這些學生裡頭可能有幾個是我的學生，我真的很擔心他們的情況，至少你告訴我到哪裡才可以問得到消息？謝謝你！」

　　「我真的不知道，你不要問我！」

　　「那現場的指揮是哪一位長官？拜託你告訴我一下。」

　　只見他舉起左手向拒馬旁的一個警察指去，眼神中還透著無奈的表情。於是我循著他指向的那個警察慢慢地擠過去。說實在的，我根本分不清眼前這個警察真的是現場的指揮官，還是剛才那個警察為了打發我走人隨便指向的另一個警察，但是我還是很有禮貌地再次發出我的詢問：「長官，我是Ｎ大學社會系的教授，聽說今天晚上有一批學生被拘禁了，我想請教一下他們現在在哪裡？我可以去探望他們嗎？我想這裡面有一些是我的學生。」

　　他非常客氣、親切，甚至是面露微笑地說：「喔，是大學教授啊！你放心，他們都沒事，只是他們今晚真的鬧得大了，占據立法院也就算了，剛才十二點多還想再闖進行政院，我們才逮捕了幾個帶頭滋事的，你的學生應該不會在裡頭啦。」果然是長官，說起話來官腔十足，不僅回避了我的問題，還打起太極拳，拿話來搪塞我。

「沒關係，能不能請你告訴我，他們被關在哪個分局？我去看看他們，確定裡面沒有我的學生。」

「告訴你也沒關係，反正記者都知道了，他們現在都在中正一分局，不過現在這麼晚了，你就天亮再去吧，那裡現在一定也擠滿了抗議的民眾。」

「謝謝你啊，長官！」有了這個消息，心裡稍稍安定了一點，但還是不太放心，這個長官實在有些官腔，萬一他是隨便給我一個分局名字，讓我去撲個空，怎麼辦？既然他說記者都知道了，現場這麼多記者，我就找個記者來問問。

舉目望去，遠遠看到一輛SNG新聞車，我也就從人群裡慢慢地往車子的方向移動。SNG車停在人群的外圍，人潮沒有立法院外那麼擁擠，我走到車子旁卻沒有看到任何記者，只得從車窗向車子裡面張望，發現一位先生坐在副駕上打盹，心想：「記者也真辛苦，這樣的新聞事件，他們還得在這裡待命報導。」不忍心吵醒他，正打算轉身離開，這時突然有個人從車子的另一邊冒出來，口氣不甚友善：「喂，你要幹嘛？！」大概是他看到我向車子裡張望的舉動，讓他產生了戒心。

「您好，請問您是XX新聞的記者嗎？」SNG轉播車上印著XX新聞台的標誌。

「你想幹嘛？」口氣還是充滿防衛心，不過這時我已經看清楚他胸前掛著記者證了。

「不好意思，打擾您了。我是N大學社會系的教授，剛才聽有些人說今晚有一批學生被抓了，我想您們記者朋友消息比較靈通，所以就想請教您們確定一下這個消息是不是真的？」

「喔，是真的，沒錯。剛剛十二點多的時候，一群示威群眾從立法院出來，直接衝到行政院大樓破窗而入，沒隔多久，警察就來了，僵持了一陣子後，警察開始強制驅離，還調來兩輛強力水柱車來沖散人群。你看地上還有一些水漬，就是剛才殘留下來的。」他的口氣稍微和緩了，講話也比較客氣了。

「強力水柱車！天啊，那有沒有人受傷？」聽到這個消息，心裡還是有些吃驚，剛才那個警察說的輕描淡寫、一派輕鬆，原來過程可不像他說的那樣簡單。

「有沒有人受傷啊？警察驅離的時候，有一些學生手勾著手坐在地上，水柱來了也不走，最後是警察把他們拆開，一個接一個地拖走的，我看到有幾個學生衣服上帶著血跡，大概是受傷了吧！」

我一聽到有學生受傷，頓時心裡也緊張了起來：「那您有聽說這些被抓的學生，後來都被關到哪一個分局嗎？其實我現在來，正是因為我的一些學生聽說被抓了，我特別趕過來看他們的。」

「我也不知道，你等等，我問問看。」說著他敲了敲車窗，把一直都在車子裡睡覺的另一個記者吵醒：「唉，你剛剛不是

有去跟拍驅離的過程嗎？你知道那些被抓的學生都送到哪裡去了？」

「中正一啦！」原來他早就被我們談話吵醒。「你剛剛講他們好像有受傷，我告訴你，是真的。我是親眼看到的，他們被拖到旁邊去，有些警察還會用警棍打他們。我想跟過去拍，可是他們都用防暴盾牌圍起來擋著，我也擠不過去，不過我真的看到他們在打學生。」

聽到這個消息，我真急了：「他媽的，學生好好地坐在地上，也沒抵抗，也沒有暴力行為，警察憑什麼動用武力？！記者先生，你們難道就眼睜睜地看著他們這麼做嗎？這樣的惡行，一定要報導出來讓全國民眾知道才對啊！」

「報導？嘿嘿嘿！剛才上頭已經打電話來了，說這條新聞先壓著，看看後面的發展再說。」只見他靠著車窗忿忿地說。

突然間，我看向SNG車子上的XX新聞台的字樣時，腦中馬上想起這家新聞台不就是長期以來為目前政府執政黨御用的新聞台嘛！新聞傳播媒體作為監督政府三權的第四權，本應有報導事實、追根究底的精神，但是看看這幾十年來的台灣媒體發展，卻根本不是這麼一回事。早期黨政一家，新聞媒體也就只能是政府既定政策的宣傳工具而已，近二十年來，雖然多數新聞媒體已逐漸脫離政黨操控，但由於商業利益模式介入太深，致使現在的新聞變得綜藝化、娛樂化及商業化，許多真正關乎社會民生的議題，都在政商勾結的黑箱中淡化處理，幾乎沒有媒體曝光度，造

成一般民眾無法獲得正確即時的消息。反觀一些社會暴力事件或車禍現場、情侶吵架乃至明星緋聞等瑣碎小事，卻頻頻登上媒體新聞大肆報導。就拿眼前這家新聞台來說吧，並不是早期政黨時期的老電視台，而是在解除戒嚴後才新興的媒體新聞台，按說可以擺脫過去的政黨包袱，開啟台灣新聞自由的新頁才是，殊不知它的董事會在幾次易手之後，背後的金主逐漸浮出檯面，竟又回到政府官股為大宗的官派董事長，於是在一連串華爾街式的買賣、併購、轉移股權之後，這家電視台的主控權，竟然與二十年之前的台灣黨政媒體無異，真是有趣的輪迴啊！

什麼樣的背後大老闆，就會有什麼樣的新聞報導內容，果真不假。這幾年來的新聞報導內容，幾乎不用看內容，只要知道該家電視台的資金來源或幕後金主，馬上就能判斷報導內容的政黨或政策傾向，履試不爽。所以當我聽到這位記者說上頭有命令先壓著今夜警察抓學生及毆打學生的消息時，第一時間雖然難免震驚，但仔細想後便覺沒什麼好意外的了。

「難道上頭說不報，你們就真的不報了嗎？」我仍不放棄地想鼓動記者最後的一絲媒體良知。

「能有什麼辦法！這年頭自求多福就好了，那管得了這麼多。不聽話，以後怎麼死的都不知道哦！」看得出來坐在SNG車內的這個記者是老鳥了。

搖了搖頭，實在感到無奈，只好向他們辭謝後趕緊去中正一分局看看學生。

三

　　從立法院一路過來，給PK打了電話，他也說S的電話一直不通，極可能被抓了，心想若是被抓了反而方便，反正今晚就先看情況是否可以保釋，至少人就在分局裡面，出不了什麼大事的。這麼一想，心情稍微平復，不像剛剛趕到立法院時的心急了。

　　凌晨四點，正是黎明前最黑暗的時刻，來到了中正一分局，分局鐵捲門已經拉下來，鐵捲門前擠滿了人，不同於剛才立法院的情況，這裡沒有記者和抗議的人潮，取而代之的是一張張焦急的臉孔，看來大概都是被抓學生的家長或親友。這些人各自三五成群地散落在分局門口附近低聲地議論著，也有一些人正圍著分局門口前的一個警官說話，看來口氣也不甚和善，間歇地傳出一兩句咒罵聲。

　　隨意找了一位離分局門口稍遠樹下的先生，看他正抽著菸，就湊了過去：「您好，不好意思，我想請教一下，今晚在立法院被抓的學生，現在不知道怎麼樣？不曉得您清楚現在的狀況嗎？」

　　「唉，你沒看到嗎？大家都被擋在外面，也不放我們進去看看，現在也不知道怎樣了！」看他一臉無奈地說。

　　「門口這個警官是分局長嗎？我看大家都圍著他說話。」

　　「好像是吧，我也不知道。只知道他從一開始就站在門口

叫大家不要急，他們只是把一些鬧的比較兇的學生帶回來做筆錄而已，說什麼要一個一個作筆錄，所以比較慢，要我們大家耐心等。」

我看他好像一點也不相信分局長說的話，而我也不知道該不該相信他的話，只好向他道謝後慢慢往聚集在警局門口的人堆移動，看看能不能聽出點什麼消息。

「你們怎麼可以就這樣抓人！？」

「到底筆錄要做到什麼時候，都快天亮了！」

「拜託你們，先讓我看看我的孩子！」

「聽說有人受傷，你們是警察還是土匪啊，你們憑什麼打人啊？」

一大群人圍著分局長七嘴八舌地吵擾著，我聽了一下大概就知道現在的情況了，這個分局長倒是脾氣好，就站在那裡任由人們在他旁邊大小聲，只偶爾才看他口中嚅嚅地說一些不著邊際的話，像是在安撫民眾，又像是在自言自語，反正現場這麼吵雜，根本也沒有人聽得清他到底在說什麼。我偷偷踱到人群邊緣，想從警局的鐵捲門空隙看向裡面的情況如何。兩個警察分別站在警局門口的兩側，其中一個警察見我朝警局內張望，就走過來問我想幹嘛。我只好說：「裡面有我的學生，我想看看他們現在是否平安？」

「你放心啦，現在正做筆錄，待會就好了。麻煩你先在外面等待。」無奈只好又退回樹下枯坐，看看有無轉機。

過了好一會，眼看天就快亮了，警局的鐵捲門突然嘩啦啦地拉起一道邊門，沉寂已久的人群也開始騷動了起來。從警局邊門走出一名員警，走向分局長身邊，交給分局長一張名單並小聲地交談。分局長聽完這名員警的話後，清了清喉嚨轉頭對等候在外面的人群喊話：「各位，各位，讓大家等候很久了，因為這次抗議的民眾人數較多，剛剛才做完全部的筆錄，除了還有幾位滋事的人因身分待確認外，其餘的人都可以回去了。現在喊到名字的，如果有家屬或朋友在這裡的，就可以帶回了。林XX、王XX、陳XX……」

好不容易等到名字全部唸完了，卻沒有S的名字，想起分局長剛才宣布的內容裡，好像有一些人因身分不明還不能釋放，於是我趕緊上前去詢問：「長官，對不起，是不是還有一些人在裡面沒被釋放？不知道能不能進去探望看看？」

「對！有幾個人因為未帶任何身分證件，我們必須通知親屬來保釋。請問您是哪一個人的家屬？」

「我是N大學的教授，我想這裡頭可能有幾個人是我的學生，我可以看一下他們的名字嗎？」我一邊提出我的訴求，一邊將我的教師證件及身分證拿出來作為證明。

「哦，原來是大學教授，我們也正想如何通知這幾個人的親

屬？你來正好。你看看這幾個人，你認識嗎？」分局長看了我的證件後，倒是很客氣地把名單中的幾個名字指給我看。結果不僅是S，連S1、S2、S3也都在裡面。

「這幾個都是我的學生，我可以保釋他們嗎？」

「好的，那就麻煩你填寫保釋的文件。還有，請他們明天還要帶個人的身分證件再來一趟，我們要補填一些資料。」

就在我進入分局準備填寫保釋表格時，我就看到S他們幾個人坐在角落邊的長椅上，神情雖然有些憔悴、衣服上也有一些血漬，但是看來應該沒有什麼大礙。填完四份表格、辦完保釋手續，一名員警帶領我走到他們四個人的前面說：「你可以帶他們走了！」學生們一抬頭見到我，好像都顯得有點不好意思地低頭喊我「老師！」其中S向來是他們當中的意見領袖，行動也最為積極，他彷彿是代表他們一樣對我說：「老師，不好意思，這麼晚了還讓老師您來保釋我們。」不過，我在他臉上看到更多憤憤不平。

等員警走後，我輕聲地對他們說：「你們沒有錯，你們做了你們認為值得做的事，不需要感到不好意思，尤其這件事並不是為了你們自身的利益，而是為了台灣社會往更好的方向走。重要的是，你們都沒受傷吧？」

說起有無受傷，眼看著S似乎就要發難，我趕緊制止他：「有什麼話，我們出去後再說。」他也馬上意會到在警局裡不適

合說話，點頭示意。

一行人步出中正一分局，S終於忍不住了：「老師，我們哪裡錯了，爲什麼他們可以用水柱噴我們？爲什麼他可以打我們？他們又憑什麼抓我們？」一句句悲憤無比的話迸發而出，我看到他們四個人的眼眶都泛著淚光，我知道他們一整晚的委曲與憤怒終於再也按捺不住了。

遙想起二十年前，我也曾對我的老師發出過相同的疑問：「這個社會到底還有沒有公理與正義啊？！」如今看著我的學生竟然提出幾乎一樣的問句，我在心裡默想著：「台灣這二十年來到底進步了什麼啊？爲什麼一樣的問題一再地重現？」但是我不能就這樣地在學生面前顯露出我的悲哀與感傷，我還要給他們鼓勵，我還要讓他們看到希望，因爲如果連這一代的年輕學生都感到絕望，那麼我們如何能期待改變台灣的力量興起呢？

「不要灰心，你們已經做得很好了！你們知道嗎？像今天這樣的抗爭活動，如果換成五、六十年前，那你們就不是只在警察局裡做做筆錄而已。在那個年代裡，有些異議分子，會無端地失蹤、發生意外、甚至死亡，他們連做筆錄、接受審判的機會都沒有。台灣的民主化的確還不成熟，但這不代表我們沒有進步，今天你們所享有的權利，都是前輩們的努力與犧牲得來的，而今天你們遭遇到的不合理對待，正是你們現在努力要改變的，我們必須自我期許：透過我們的努力，未來的學生與民眾，將不再受到這種不公義的對待！」

看著他們都點了點頭，我繼續說道：「還記得我在課堂上跟你們講過的二二八事件嗎？還記得《自由中國》的雷震案嗎？這些歷史上的時代悲劇，必須在我們這一代人手中終結，並確保它們不再發生。」

　　1947年2月28日，是台灣現代史中最悲慘的一天，在這之後，台灣進入了長達三十八年的戒嚴，也就是我和學生們口中常說的「白色恐怖時期」。雖然事件的起因是27日專賣局的查緝員，在台北市天馬茶房前暴力查緝私煙而造成民眾一死一傷的事件，但是真正的原因係來自國民政府從日本人手中接過政權以來，外省族群對台灣本省民眾的欺凌與壓迫。於是隨著台北市民28日組織前往行政長官陳儀的公署前請願抗議而遭到公署衛兵開槍掃射後，使得本已滿懷怨憤的請願活動瞬間變成了反抗國民政府的暴力行動，許多台灣本省民眾開始攻擊落單的外省人，國民政府派出更多的軍警鎮壓，因此爆發了更激烈的軍民衝突。為平息各地陸續傳來的衝突與不斷增加的死傷人數，由台灣各地士紳組成了「二二八事件處理委員會」，希望與行政長官陳儀談判改善新政府諸多不合理的政策，不料陳儀一方面與委員會斡旋談判，另一方面卻暗中從大陸調派軍隊增援，待3月8日軍隊抵達台灣後，陳儀馬上推翻談判內容，並將還在談判的委員會士紳逮捕或槍決，旋即在各地展開武力鎮壓屠殺的清鄉行動，結果造成大量的民眾死亡與失蹤。接下來的38年戒嚴時期，民眾在高壓統治的政治氛圍下，對二二八事件噤若寒蟬，雖偶有異議人士發聲，但都因這些異議人士的失蹤或被捕，而使得台灣社會不再有人敢提起二二八事件之名。

國民政府的專制獨裁，又豈只是對本省民眾的高壓統治而已，就連同為跨海而來的外省知識分子，如若不苟同於當時蔣介石的軍事政權，照樣也都遭到肅清，《自由中國》雜誌的被查禁案，就是另一個鮮明的例子。

　　《自由中國》雜誌的創立，本為國民政府為堅定當時反共立場以宣揚自由民主的言論管道，於1949年11月在台北創辦，由胡適擔任發行人，主要編輯為雷震和殷海光。由於雜誌宗旨與國民政府的反共立場一致，且胡適、雷震等人與蔣介石關係亦良好，故而創辦之初極其順利，但是隨著蔣介石在台勢力日趨穩固、強人威權的政治形象建立後，許多自由派政治人物因不滿蔣介石專權而紛紛與蔣疏離求去，《自由中國》的內容也就從批判共產主義，慢慢轉向檢討台灣的政治議題，雜誌社的政黨關係遂逐漸惡化。

　　尤其1954年5月，雷震在《自由中國》刊登投書〈搶救教育危機〉一文，批評黨國干擾學校教育，且自7月起《自由中國》更以「今日問題」為總標題，連續發表十五篇社論，指出蔣政府一黨獨大、為所欲為，致使蔣介石在12月「宣傳匯報會」上直接下令開除雷震黨籍。不過，這並未嚇阻《自由中國》的民主言論決心，1958年殷海光在《自由中國》上發表〈我們的教育〉和〈學術教育應獨立於政治〉兩篇文章響應雷震。

　　1959年3月，胡適撰寫〈自由與容忍〉一文，表達「容忍比自由更重要」，他甚至主張台灣必須出現一個反對黨，以適度給予執政黨壓力制衡。1959年6月起，《自由中國》亦連續發表多

篇文章，反對蔣介石尋求總統三連任。1960年，《自由中國》發表七論反對黨的文章，宣稱：「民主政治是今天的普遍要求，但沒有健全的政黨政治就不會有健全的民主，沒有強大的反對黨也不會有健全的政黨政治」。在這種情況下，雷震開始多方奔走，試圖結合台灣本土的政治人物，共同組成一個反對黨。

至此，《自由中國》的言論尺度與組黨行動，終於不容於國民政府當局與觸犯蔣介石尋求連任的禁忌，政府宣稱《自由中國》的編輯群籌組新黨的行動係配合中共「統戰政策」、「造成台灣混亂」、與「企圖顛覆政府陰謀」，不僅《自由中國》遭到停刊處置，1960年9月4日雷震亦以「包庇匪諜」的罪名遭到逮捕，10月8日宣判當天，蔣介石明確指示雷震的「刑期不得少於十年」且「覆判不能變更初審判決」，引發出一場「假匪諜、真坐牢」案件，被株連的還有殷海光、李萬居、郭雨新、高玉樹等人。

在開車送S他們回學校宿舍的途中，我默默地想著台灣在近五、六十年來的社會民主化發展，這也是我在課堂上曾經與S他們一同激烈討論過的歷史事件。到了學校宿舍，叮囑他們多休息：「有什麼事，睡飽了再說吧！」畢竟折騰了一整晚。

一夜奔波，回到家早已身心俱疲，除了身體的疲累外，更多是對台灣民主發展失望所產生的心理厭惡感。

四

　　雖然疲累至極，但躺在床上卻無法成眠，閉上眼睛，除了浮現前一晚的情景外，在半夢半醒之間，思緒突然又回到二十年前在T老師研究室的情境。

　　自從知道在火車上遇到的T老師是我們K大哲學系的教授後，我一有空就往哲學系的辦公室跑，跟哲學系的助理哈啦聊天、幫著做一些打雜的工作，也認識了不少哲學系的學長姐，有時候運氣不錯還能遇見T老師。每次T老師看到我，就會很親切地跟我打招呼：「哦，形上學同學來了！」顯然那次的火車相遇事件，對他來說也是一件相當新奇且讓他印象深刻的事情。

　　我記得那時候T老師好像還滿受學生歡迎的，印象中他的研究室似乎永遠都擠滿了學生，加上T老師非常喜愛喝咖啡，每次經過他的研究室時，總是在滿屋子的高分貝談話聲中傳來陣陣濃郁的咖啡香氣。大一菜鳥的我就常幻想著，以後我一定要成為T老師研究室裡的常客，可以像那些學長姐一樣，跟老師熱烈地談論專業的學術內容與對未來的生命理念。甚至，有時我還會偷偷地夢想著：未來如果我也能成為大學教授，我一定要像T老師一樣受學生歡迎，而且我一定要成為一位能啟發學生思想的好老師！

　　終於機會來了。有一次哲學系助理叫我拿一份文件去給T老師簽名，當我走到T老師研究室外敲門，T老師喊著「請進！」，我一打開門有些驚訝地說：「咦，老師，今天您的研究室怎麼都

沒人啊？」

「怎麼，沒有人很奇怪嗎？哈哈哈！」又是這個爽朗的笑聲。

「也不是啦，老師，是我平時看您這裡總是擠滿了人，看你們一起討論事情時，好像討論的內容都很學術，可是整個氣氛又很歡樂，所以一直希望也能有機會坐在這裡跟您聊天。」我終於透露出心裡的這個小願望。

「沒問題啊！我記得你對形上學很有慧根，當然歡迎啊！」T老師果然對我們在火車上相遇的事印象深刻。「今天剛好有空檔的時間，你要不要喝杯咖啡？我泡一杯請你喝。」

雖然平時沒有喝咖啡的習慣，但是機會難得，當然不能錯過，連忙回應說：「好啊，謝謝老師！」

看著T老師從書架上拿出他沖泡咖啡的各種器材，那架式就像是我在高中的化學實驗，只是燒杯、滴管、量杯換成了另一批我也喊不出名稱的玻璃製器具（後來我也逐漸迷上咖啡，在T老師的指點下，知道了這個很像科學儀器的咖啡器具叫作塞風壺，是從法文Siphon翻譯而來）。我靜靜地坐在老師旁邊，看著老師熟練地操作著這些不知名器具，從咖啡豆的秤重、研磨、到用酒精燈煮水，一切都顯得那麼地從容不迫。看著沸騰的水從下方的球形壺逐漸上升，慢慢地浸滿上方圓柱壺中的咖啡粉，攪拌幾下後，老師神情專注地看著圓柱壺中的咖啡萃取的狀況，口中也

似乎像是在讀秒般的計數，接著老師再次攪拌了幾下後，馬上快速地移走酒精燈，用毛巾擦拭下方的球形壺，讓上方圓柱壺裡已經完成萃取的咖啡液，從上壺回流至下壺。觀賞老師整個煮咖啡的過程，真是品嚐咖啡之前的另一種享受，而且真的很像在做科學實驗。

老師將萃取完成的咖啡液平均倒成兩杯，將其中的一杯端至我眼前：「好了，可以喝了，請品嚐吧！」

我幾乎是用一種虔敬的心接過這杯咖啡。小心翼翼地喝一小口這杯黑色的神祕汁液，心裡不禁冒出一個疑問：「咦，怎麼是酸的啊？！」

大概是我的表情引起了老師的注意，T老師問：「怎麼了？」

「老師，咖啡不是苦的嗎？怎麼是酸的？」實在無法裝作很好喝的樣子，只好就這麼問了。

「你問到重點了。一般人喝咖啡，都以為咖啡是苦的，顯然是被市面上的許多咖啡誤導了。你想想，早期台灣社會中所謂的『喝咖啡』，通常不是指喝咖啡本身，而是指在咖啡館中享受的那種氣氛、或者指藉由喝咖啡來抬顯自身的社經地位、甚至還有男女朋友幽會的情愫摻雜其中。既然『醉翁之意不在酒』，咖啡本身並不是人們『喝咖啡』的主角，只是人云亦云的附庸風雅的工具，那麼人們對咖啡的品質要求自然不會太高，於是，一杯價

格不菲的咖啡，本身卻可能是用劣質咖啡所沖煮出來的苦水，演變到後來，一般人對咖啡的印象，就是一杯苦苦的黑水了，非得要加糖及奶精才能入口。」T老師一口氣說出他對目前咖啡人士的心態。

看著T老師端起杯子，輕輕啜了一口咖啡，那神情似乎正享受著這杯咖啡的美味一般，放下杯子，他又一次開口說：「當然，也有一些老咖啡客，他們喝咖啡的經驗很長，有些甚至二、三十年以上，他們之中也有很多人堅持咖啡就應該是香醇苦甘才是好喝。這必須說是受了早年日本引進西方咖啡文化時，當時所流行的重烘焙義式咖啡所影響。雖然這種著重咖啡苦味的品嚐文化，有其口感與香氣，但對複雜多變的咖啡而言，這也不過是它其中一個面向而已，若真的能全面地探索咖啡在各種味覺上的變化，我認為才算步入了『精品咖啡』的堂奧吧！」

「精品咖啡」？聽都沒聽過。天啊，咖啡還有這麼多學問在裡面！再喝一口咖啡，「咦，是心理作用嗎？感覺好像變得更酸了。」顯然我的表情又給了老師某一種暗示，T老師微微一笑地說：「你是不是覺得這一口咖啡跟剛才的第一口味道變得不一樣了？」我驚訝地點頭如搗蒜。

T老師稍稍調整了坐姿，這個的小動作讓我意識到他可能要長篇大論地講課了，果不其然，T老師接著說：「其實品嚐一杯咖啡的過程，就是一場活化我們所有感覺記憶庫的過程，是一場結合視覺，嗅覺，味覺的美的盛宴。從觀察那略顯暗沉的琥珀色汁液、淡淡地呼吸那迷人的芳香、小啜一口那融合酸苦甘甜的滿

腔味蕾舒展、到緩緩滑入喉頭的餘韻；然後，在隨著溫度的不斷下降變化中，每一口的啜飲都能重新體驗不同的感受；最後，留一小口咖啡靜置放涼至室溫，再一口飲盡，讓毫無溫度作為修飾的這杯咖啡，用最原始的面貌展現它最後的風味；這時候千萬不要急著吃蛋糕或任何食物，就讓咖啡的味道慢慢地在你的鼻腔與喉嚨之間餘韻無窮地回味著，有時這種餘韻可以持續一兩個小時以上，這時若是喝一口白開水，這杯白開水會再度活化你的味蕾，喚醒你對咖啡的記憶而使這杯白開水變得清甜無比；等到杯底的餘液逐漸揮發蒸乾，輕聞杯底的餘香，你會驚艷於那濃濃的焦糖香氣久久不散。至此，你會發現一杯咖啡不再只是一杯飲料而已！」

天啊，這哪裡是咖啡，簡直就是哲學。「老師，這樣的『精品咖啡』一定很貴喔？」我對咖啡的學問已經崇拜到五體投地了。

「你想太多了，誰說好喝的咖啡一定很貴呢？所謂的『精品咖啡』（Specially Coffee）並不是指高價名牌的咖啡或是像精品專櫃的商品那樣，而是用來彰顯咖啡獨特性的一種說法而已。換個角度來說吧，你認為咖啡的獨特性從何而來？原因很複雜，它包含了咖啡種植地區的土壤、海拔高度、種植方式、氣候環境、收成與處理……等，都有直接的關係；然後是咖啡生豆的烘焙，更是影響一杯咖啡風味的決定性因素，沒有好的烘焙，就不可能喚醒咖啡豆深層的靈魂；有了好的烘焙，我們才能藉由適當的沖煮手法，將咖啡豆的風味呈現出來。因此，『精品咖啡』指的是一種咖啡美學的生活態度，從咖啡的品種、產地、烘焙、沖

煮、到品嚐，每一個步驟與過程，都堅持著完美的理念，於是一杯成本十幾塊錢的咖啡，它不再只是苦澀的黑色汁液，而是充滿驚奇的香醇世界。所以，品味咖啡、欣賞咖啡，其實並不是有錢的人的專利，咖啡真正的內涵，其實是一種生活態度，甚至是一種哲學美學。」

第一次聽到有人把咖啡提高到哲學及美學的境界來談。雖然這已經是二十多年前的對話了，但對我而言，它似乎就像昨天剛發生的事一樣，記憶鮮明而生動，而且對日後的我產生了不小的衝擊，因為我知道老師真正想說的是：「其實人生何嘗不是如此！」很多年以後，當我也歷經了一些生活波折與生命體驗後，我慢慢懂了T老師為什麼會把精品咖啡看作為一種生活態度的哲學美學的原因。

其實任何一位貫徹生活理念於生命實踐的人，不管他從事的哪一種行業，他都應該是值得我們所尊敬的，因為他把他的生活活出「獨特性」的意義來了。或許他是賣「畫糖」的民俗技藝家、也或許他是賣滷肉飯的小吃店老闆，但他把他的工作盡心地做好了，不講誇張的空話、不耍弄空洞的理論，只是盡心地把一勺又一勺滾熱的糖漿倒在鐵板上「畫」成一個個活潑生動的圖案、只是盡心地把一碗碗熱呼呼的白飯淋上香濃的滷肉汁。他們共同地在生活中實踐了他生命中最實在的意義，這樣的生活態度、這樣的生命哲學，其實已經達到了哲學美學的境界了，難道不值得我們尊敬嗎？所以，我們不一定會尊敬那些高官達人、也不一定會羨慕那些富貴人家，但我們卻會尊敬與羨慕每一個認真生活在自己專業或生命的人。那些做大官、有權力、有財富的

人，如果他也是認真地活在生命當下的人，那麼我也願投以相同敬重的眼神啊！一個總統可以對他自己的專業認真、一個賣「畫糖」的民俗技藝家也可以對他自己的專業認真，他們在哲學美學的生活態度上是平等的。精品咖啡所呈現的也正是這樣的精神與美感啊！在哲學美學中，它呼喚了我們對於人最基本的一個尊重，回來做自己，回來把自己本份的事情做好，從而也彰顯了我們每一個人的獨一無二性了啊。

五

　　想到這裡，我有些激動地從床上坐起，剛好老婆PW走進房間，大概是要叫我起來吃飯吧，她被我突然坐起的動作嚇了一下，她說：「怎麼啦？做惡夢啊？都幾歲的人了，還做惡夢啊。」

　　「我沒有做惡夢啦，其實我剛才一直沒有睡著，我是想起了一些事才突然起來的，嚇到妳了，不好意思。」我稍稍回神，回答了她先前的問話。

　　PW笑著說：「還說沒做惡夢，剛才我問你話的時候，我看你還是沒有醒過來的樣子，恍神恍神的。」不過PW把話題一轉，問道：「今天早上你回來，我看你忙了一晚，就讓你先休息，也來不及問你：昨天晚上那幾個學生怎麼樣了？還好吧？」

　　「還好，他們幾個真的被警察抓了，還好我到中正一分局把他們都保釋出來，不然他們現在還在分局裡頭。」昨晚接到電話後匆匆就出門了，怪不得她會擔心。

　　「不過，我真的覺得很奇怪耶。現在當老師的，也要負責保釋學生，你會不會做太多了啊？」PW略帶責備的口吻來調侃我。

　　「妳不了解，這些學生和我有不同的革命情感。」我回憶地說：「我都還記得他們大一剛入學的樣子，在課堂上我帶著他

們進入社會學的領域，告訴他們當代社會中的諸多不公不義的現況，當時他們眼中散出來的光芒，真的讓我覺得我們國家的未來還是有希望的。」腦海裡不禁浮現出S、S1、S2他們這幾個學生第一次上課時的模樣。

「噹～噹～噹～」上課鐘聲響起，我捧著一疊上課的教材和參考書籍從研究室走了出來，準備往教室大樓的方向走過去。今天是新的一學年開學的第一天，這門「社會學概論」課是大一必修的社會學課程，也是我第一次開設這門課。新課程的第一次授課碰上第一天上課的大一新生，不知道會激盪出什麼火花來。

穿過行政大樓，走到教室大樓的中庭，9月的天空還是那樣的艷陽高照，映照著中庭的噴水池，有這麼一會兒的時間裡，我好像看見了一抹彩虹的顏色掛在噴水池邊，似乎正預告著新學期的新氣象啊！

走到教室門外，雖然整個教室幾乎坐滿了人，但教室裡卻出奇地安靜，只有一陣陣嗡嗡的細微聲響。多年的教學經驗告訴我，這是大一新生的正常現象，他們對即將前來授課的老師有諸多猜測，但彼此間又尚未熟識，才多以細聲細語來交談，若換作大二以上班級，未走進教室前，就能從很遠的地方聽到整個教室的哄鬧聲響。

走進教室，嗡嗡聲突然就像是停了電的鬧鐘一般，嘎然而止。面對這突如其來的寂靜，我知道正有無數隻的眼睛正盯著我，我微笑地走上講台，慢慢地從提包中拿出課本。

「咳！各位同學早。」我打破這死寂般的安靜：「我是你們這學期《社會學概論》的老師，我叫P，以後你們可以叫我P老師。附帶一下，千萬不要像一些大一新生自以為很有禮貌，學社會人士一樣，碰到大學老師就叫教授。『教授』這個稱呼比較像是一種職稱，一般人大概都以為這是一種尊稱，但我反而覺得學生叫老師『教授』顯得太生疏了，不需要這麼正式。」

「今天是本學期第一次上課，你們也都還沒拿到課本，所以今天我將為本學期的課程內容，作一個整體的介紹。也就是把社會學這門學問，作一個概略的介紹。」

「好吧！言歸正傳，『社會學』Sociology這一名詞，並不是自有人類社會就有的，最早使用這個名詞的是法國散文家埃馬紐埃爾-約瑟夫·西哀士，他在一份當時未公開的手稿中第一次創造了這個名詞，他組合了一個拉丁語『socius』（『同伴』之意）及一個希臘語『λγος』（即『lógos』，其後轉變成『-ology』的字根，意指『研究』）組合而成。不過，正式使用這個『社會學』Sociology一詞的，應該還是法國科學哲學家奧古斯特·孔德，所以有些社會學者稱孔德為『社會學之父』，大概是為了紀念他確立了這個名詞吧！」

「當然，人類對社會的關注與研究，不可能是從孔德才開始的，因為人類對社會變化發展的整體研究源遠流長，社會學的邏輯和理念早在其形成學科基礎之前就已經出現了。至少，在西方哲學思想的歷史裡，就不斷地有哲學家提出各種人類社會發展的想像，例如柏拉圖的《理想國》、湯瑪斯·摩爾的《烏托邦》；

而且，更重要的是，哲學的思考提供了社會學研究的方法，例如笛卡兒的《方法學導論》就告訴我們運用理性與科學的邏輯，才是探索自然世界與理解人類文明的關鍵能力。所以人類自有社會結構以來，大概就已經開始不斷地思索：何謂社會了吧！？」

講到這裡，覺得應該停下來問問學生們的看法了，於是向學生們提出一個問題：「你們作爲社會學系一年級學生，我想問你們的是：你心中所想像的社會學應該是什麼樣子呢？」

「老師，我！」一位學生很有力地舉手。

「哦，你是～？」一邊查閱著點名單上的名字，一邊就叫這位舉手同學回答：「S同學，對吧？你說說看。」

「老師，我覺得既然人類打從一開始就對社會的定義有興趣，那所有跟社會有關的學問，都應該是社會學才對啊！」

「講得很好喔！社會學的範圍眞的非常廣泛。雖然從名詞上來看，它就是一門研究社會的學科，但是如何研究？何謂社會的定義？採取什麼立場來看待？以及研究社會學的目的爲何？這些都會影響社會學的內涵。」對這位S同學的熱烈回應，我給予他滿高的肯定，並依其理路再加強補充：「所以，社會學就是一門使用各種研究方法進行實證調查和批判分析，以發展及完善一套有關人類社會結構及活動的知識體系，並以運用這些知識去尋求或改善社會福利爲目標的一門學問。由此而知，社會學的研究範圍廣泛，從微觀層級的社會行動或人際互動，到宏觀層級的社

會系統或結構都是它的研究範圍，其中涉及了個人行為、社會結構、社會變遷、社會問題、和社會控制，有時候還要運用經濟學、政治學、人類學、心理學及哲學等重要基礎學科的理論，在社會學的實際層面相互印證，才能稍微得出一些社會學領域的貢獻。」

「老師，所以社會學的內容與我們日常生活的所有事物都有相關囉？」這位S同學果然有強烈的好奇心與求知慾，好久沒碰到這樣的學生了。

「嗯，你說對了一部分。現代社會學的研究中，的確有一部分的重心是放在社會中的各種生活實態，不過，社會學也很關注人類各種社會是如何演進成今日之面貌的過程，所以它不但注重描述現況，也沒有忽略了社會變遷。」看看全班的反應，好像已經有一些學生快跟不上這樣的思維速度，所以我稍微放慢步調：「所以，當代社會學的研究對象範圍廣泛，小到幾個人面對面的日常互動，大到全球化的社會趨勢及潮流。家庭、各式各樣的組織、企業工廠等經濟體、城市、市場、政黨、國家、文化、媒體等都是社會學研究的對象，而這些研究對象的共通點是一些具有社會性的社會事實。所以，作為一個社會學的研究人員，當然就必須站在比較客觀中立的立場來進行社會學研究，不然，他很快就會被這些複雜無比的社會現象搞亂了，甚至還會迷失在各種不同的社會價值觀裡而不自知呢！」

口中不斷介紹社會學的起源，順手也在黑板上書寫一些專有名詞與人名，轉頭看著這批年輕的生命正聚精會神地聽我講課及

抄筆記，按理說，我應該感到非常高興或安慰，但不知為何，在我講到「身為一個社會學者的立場」時，心裡卻反而湧現一股微微的悲涼，為的就是台灣這十多年來的學術變化感到憂心，也為這群學術生力軍的未來何去何去而悲傷。

自從立志於社會學的學術研究與教學以來，也從沒間斷過關心台灣社會的發展。台灣的民眾並不是沒有生命力，而且相較於世界其他內戰頻繁的國家而言，台灣社會環境的發展也算安居樂業，但奇怪的是，為何台灣社會的發展卻愈來愈狹隘？愈來愈僵化？愈來愈讓年輕人找不到安駐與發揮的自由空間？其實以我從事社會學研究二十年來的觀察角度而言，雖然原因複雜，但總的來說，不外就是長期以來的單一價值觀所形成的僵化社會氛圍，以及歷屆主政者短視近利的錯誤政策，然後造就了一批既得利益者及其階級的自我複製。於是，就成了現在我所憂心的台灣社會現狀。

這十多年的教學生涯，我幾乎是眼睜睜地看著台灣社會逐步地向下沉淪，甚至，最讓我感到悲涼的，就是連教育界或我們這一代人口中常說的「學術界」也千瘡百孔了，觸目所及，一場場高教悲劇，正在各大學上演著。雖然我不是什麼優秀教師，但好歹也得過幾次教師獎什麼的，可是這十多年來的學術環境變化，的確已經讓我萌生「不如歸去」的念頭。之所以還留在教學的崗位上，是因為每次與學生的互動中，仍覺得自己尚有可供貢獻之處，就像現在一樣，看著這群大一新生明亮的學習眸子。但是一想到現在各大學競相向教育部表忠而喪失主體性的狀況，或各私立大學與部分國立大學的惡性招生競爭情形，更不用說盲目追求

績效的造假文化早已悖離教育的本質⋯⋯，我總覺得依目前高等教育沉淪的速度，我大概撐不到看見教育由谷底翻轉改善的時刻了。這幾年總想著申請提早退休，或許當這股高教沉淪的力量大到讓我覺得「教育已不是教育」時，大概就是我離開教育工作的時候了，甚至，我覺得這個時刻似乎不遠了。

　　心中念頭疾閃不過數秒，但我已覺察到台下同學們微微的騷動，當下重新整理思緒，心想該是丟些問題給同學們思考與回應的時機了。於是我輕輕咳了一聲，問學生問題：「你說得很好。社會學的研究的確牽動著整個社會的發展脈絡，每一位社會學者也都應該抱持著『以推動社會發展為己任』的想法進行社會研究，所以他必須不被許多世俗的利益或當世的價值觀所影響，這樣才能有客觀中立的社會學研究成果。」

　　「老師，這就是我們常聽人說的『知識分子』嗎？」又是S的熱烈反應。

　　「哈哈哈，原來你也知道『知識分子』這個名詞。好，那我問你：何謂知識分子呢？」順著S的回應，正是一個絕佳的機會教育。

　　看到踴躍發言的S被我鼓勵著，一旁一直沒出聲的學生S1突然自告奮勇地說：「老師，我知道！我高中國文老師就說過：知識分子就是『以國家興亡為己任』的讀書人，對不對？」

　　「嗯，這個回答果然有中國文人的風格。好吧，既然你提到

中國傳統的讀書人，那我們就來談一下。」我延續S1的內容，順便就帶出長期以來我對中國傳統士人的一些想法：「中國傳統讀書人或知識分子曾發揮其道德作用者不在少數，讀書人以氣節為本，對抗朝廷而遭集體誅戮與放逐的歷史記載頗多，例如明代東林黨禍，又如宋朝時的新舊黨爭，以直言獲罪的也不在少數，所表現的也正是讀書人所稱道的氣節。但是這些史實所載的『士』，我指的是真正符合儒家精神的讀書人，他這樣的利他行為與不畏強權的氣節，比之於實際上的『仕』，就是依憑著一篇八股道德文章而晉階為官或地方仕紳的人，他們表面上標榜著利他的道德理想，但實際上卻獨享著經濟與政治的特權。」我感慨地說：「兩相比較之下，我認為中國傳統絕大多數的讀書人，好像都是傾向於作官的『仕』，而不是想做真正知識分子的『士』啊！」

「再例如西方的道德傳統，知識分子所強調的也是勇敢、誠實、正義、公正、知恥、友愛……等德性。可是，在今天這個時代中，知識分子與體制（例如政府、企業、學院、宗教、職業工會……等利益團體）以及世俗權勢的關係日趨緊密，以致知識分子被這些組織收編的情況也已到了異乎尋常的程度。因此，當我們強調知識分子的責任時，我們所面對的卻是社會權威漫天鋪地而來的強力網絡（例如媒體、政府、集團……等）的擠壓與排斥，使我們常感到沉重的無力感。執意不隸屬於這些權威，在許多情況下是無可能的，而且更可悲的是，甚至常被迫地成為目擊者，見識到這些權威對弱勢族群的壓迫而無可奈何。

以《知識分子論》一書著名的巴勒斯坦學者薩依德曾說：知

識分子的公共角色應該是局外人、業餘人、與擾動現狀的人，因為知識分子的重任之一就是努力破除限制人類思想溝通的刻板印象（stereotypes）和化約式類別（reductive categories）。

今天對於知識分子特別的威脅，不論在西方或非西方世界，早已不是來自學院、政治、或商業化的行為了，而是薩依德所稱的專業態度。這裡所指稱的「專業」，其實早在這一波的政商環境變遷中，逐步變成了養家糊口的職業，然後在不破壞團體、不逾越公認的典範或限制的前提下，極力地促銷自己，讓自己更具有市場性與競爭力。因此，在二十一世紀的今天，愈來愈多的所謂知識分子或知識階層的團體，例如經理、教授、新聞從業人員、電腦或政府專家、遊說者、權威人士、多家報刊同時刊載的專欄作家、以提供意見受薪的顧問……等，他們諸多符合當代專業定義的怪異行徑，不由得令人懷疑作為獨立聲音的個人知識分子是否仍然存在？」

我嘗試地為這個話題劃下句號：「所以，今天這個社會所真正需要的知識分子，不再是剛才所說的那種專業人士，相反地，他應該是個業餘者，然後以作為社會活動中的一分子，勇敢地對最具技術性或專業化的團體，提出不同的行動或道德的議題。因為，身為業餘者的知識分子精神，正好可以進入並轉換我們大多數人所經歷的僅僅為專業的例行作法，讓這些看似常規的內容，有了更活潑、更激進、更多元、更原創性的不同視角。於是，身為一個知識分子，我們不應只再做被認為是該做的事了，而是應該問為什麼要做這件事。至於『誰從中獲利？』或是『誰因此平步青雲？』之類的問題，就讓它留給那些熱衷於此道的人們

吧！」

　　這幾年來已經很少有機會能這樣暢快淋漓地談論這些話題了，但今天最有趣的是，台下的學生竟然一個個目不轉睛地聽我高談闊論，而且那種眼神發亮的模樣，真的是作為一個老師莫大的鼓舞啊！今年的大一新生似乎與往年有些不同了，或許我真的可以和他們聊聊現今的台灣高教危機也說不定了。

　　老婆PW聽了我這番描述，好像也懂了我為什麼跟這一屆的學生情感特別深厚的原因了。她：「好啦，好啦，我知道了，那我可以請你這位『知識分子』先生起床吃飯了嗎？」我哈哈大笑，直說：「不敢當，不敢當！」

六

　　翌日到學校上課，我正在課堂上講述法國社會學家傅柯《瘋癲與文明》的內容：「西方醫病史上曾以痲瘋病作為一種隔離象徵，即使隨著痲瘋病的逐漸消失，但是存留於西方社會中的隔離方式，仍使窮人、罪犯、精神錯亂者背負起中世紀時痲瘋病人的角色，形成一種既被嘲弄但又害怕的社會邊緣族群。……」

　　突然，台下學生一陣小騷動，原來是教室門口站著一個人，我轉頭一看，約莫記得是祕書室的一位職員，我只好中斷課程內容，走過去問他：「請問有什麼事嗎？」

　　「請問是P老師嗎？不好意思，打擾您了，我是祕書室的助理。因為校長現在正在主持一個緊急臨時會議，好像有些事情要麻煩您到會議上說明，能請您現在就到校長室一趟嗎？」講話倒是很客氣，但內容卻沒頭沒腦。

　　「對，我就是P。現在就去校長室？可是我現在在上課耶。請問有什麼事嗎？如果不急，至少等我這節課下課，我跟學生交代一下再去，可以嗎？」我也很客氣地回應他。

　　「P老師，可是校長他們急著找您，好像有一些事情需要您說明一下。至於是什麼事，我也不清楚。」還是沒搞明白到底是為了什麼事。

　　「這樣啊，那好吧，您等我一下，我跟學生交代一下。」心

想他可能也只是代為傳話而已，去了就知道是什麼事了，但還是不放心地問：「喔，對了，需要很久嗎？我要同學們在教室等我回來，還是就直接下課了？」

「P老師，我真的不清楚耶！」真的只是一個傳話的人，一問三不知。

「好吧！您等我一下。」我走回講台，向課堂上的學生說：「各位同學，校長有事情要找我，不知道什麼時候才能回來，今天就先上到這裡，下次我再找時間補課，下課。」也只好先下課了，不然讓學生在教室枯等也不是辦法。

快步向行政大樓走去，等電梯時遇到教務長L，他劈頭就說：「P老師，你慘了，你沒事去參加學運幹什麼呢？」一句話說的讓我如墜五里霧中，於是我問道：「教務長，你說的是什麼事？我怎麼都不知道啊！」

「走走走，到校長室就知道了。」電梯來了，我們一起走進電梯，原來他也是跟我一樣要到校長室。

說起這位教務長L，國立大學的退休教授，曾借調到教育部當過一陣子的政務官，退休後憑著他退休前建立起來的良好學官關係，轉輾悠遊於幾間私立大學，號稱是申請教育部計畫經費的高手。幾年前被校長M延聘到我們N大學來，說是來拯救我們學校的，但在我看來，其實就是校長M希望借助他那良好的學官關係，打通一些計畫申請的關節與人脈，為我們N大學帶來一些經

費與對外形象的塑造。

　　按理說，延聘退休官員或教授以作爲申請國家計畫經費「門神」的作法，早已盛行於各私立大學，本來也沒什麼值得奇怪的，套一句我們校長M常說的話：「現在大家都這麼做了，我們憑什麼跟別人不一樣！」所以，對於這位教務長，我和學校其他老師的看法也差不多，反正就是來當「門神」的退休教授。不過，後來我們全體師生才發覺事情沒有那麼單純。打從這位教務長L上任以來，爲了申請各項國家計畫經費，不斷地改變學校的政策方向，過去N大學雖然稱不上頂尖的好大學，但也一直中規中矩的辦學，該有的教學品質、研究能量、及行政服務都遵守著一般大學的教育精神，但是現在的N大學卻在這位教務長的操控下，逐步變成造假、浮誇、弄權、壓迫、欺下瞞上的學店，根據他自己的說法：「現在的大學早就是一個殺戮戰場了，爲了求生存與招生，一些必要的手段與策略，需要全體師生配合。」所以這幾年下來，只見他無所不用其極地運用各式手段，凡是教育部或科技部想要的資料或數據，他總是有辦法編造出來，而且表面形式漂亮無比，總是搏得各類評鑑委員的讚許與驚呼，稱讚他在短短幾年間就把一個原本平平無奇的大學搞得有聲有色，殊不知這背後所付出的代價卻是教學與學習品質的下降、行政人員的血汗勞動、教師尊嚴的屈辱、研究能量的萎縮，更不用提爲了達成各類計畫的量化指標，其中的許多數據根本就是僞造的。

　　記得有一次的會議上，我終於忍不住提出異議說：「大學不該淪爲造假文化的培養溫床！」只見他慢條斯理地說：「這不是造假，只是我們對一些數據的解釋範圍略爲放寬而已，這叫『擴

大解釋』，請大家不要太過認真計較了，重要的是能達成計畫執行的預訂成果指標。」原本我還寄望這樣的異議能換得校長對大學教育理念的重視，沒想到校長M竟然在這樣的公開會議上支持教務長L的這種說法，至此我終於知道為什麼這位教務長能如此弄權，原來是校長在背後的默許與放任所致。

電梯門打開，和L一起走進校長室，我馬上覺察氣氛不對勁了。校長室的會議桌排坐著校長、副校長、學務長、總教官、各學院院長，加上跟我一起進來的教務長，看來學校的一級主管幾乎全部到齊了。

社會學院院長首先開口：「P老師，聽說前天在立法院前的抗爭活動，你也有去參加，是嗎？你知道這會讓學校的校譽受損，你知道嗎？而且你還帶著一群學生去，這不是鼓勵學生去示威抗議嗎？萬一學生家長來學校鬧，怎麼辦？」一連串的質問，顯現這些一級主管已經討論過一輪了。

「校長、副校長、各位院長，我想您們誤會了，前天的立法院抗爭活動，我並沒有參加。」正當我打算委婉地說明當天的情形時，副校長W卻一臉不悅地打斷我的話：「你說你沒有參加，那為什麼警察局來正式公文，上面就有你的名字？」

「副校長，您誤會了，我真的沒有參加。能請問是什麼公文？上面載明了事情的原委了嗎？」面對這位向來脾氣暴躁的副校長W，我知道他並沒有耐性聽我陳述全部的情形，所以我也只有直接切入正題了。

「嗯，上面寫了幾名鬧事學生的名字，以及你是他們這幾個人的保釋人，公文裡還特別註明，要學校對你們這幾人多加注意。這樣你還說你沒有去立法院滋事？」他好像也有些意識到「保釋」與「參加」不同，但嘴上仍態度強硬。

「副校長，您也看到公文裡寫我是保釋人，並沒有說我去抗爭啊！」我還是一貫地用平靜的口吻說。

終於，校長開口了：「P老師，今天請你來，不是要追究什麼責任，你不要過度反應了。我們只是想請你說明一下當天的情形如何？」面對這樣的陣仗，說不是要追究責任，院長及副校長一開始就是用質問的口氣，然後反倒是我反應過度了。校長幾句話輕描淡寫，但卻把責任都推到我身上了。

「校長，謝謝您。這件事其實很簡單，就是前天我們學校有幾位同學到立法院參加這次的學生運動，訴求的主軸，相信您們在各大新聞媒體上也都看到了，就是控訴立法院的黑箱作業。您們想，一個攸關台灣全體民眾的貿易協議，就在一個立法委員的輕率態度下，僅僅只用三十秒的時間就宣布通過，這難道是一個民主法治的國家該有的立法精神嗎？」我打算從抗爭活動的原因說起，不過，教務長L直接打斷我：「P老師，校長是要你說明當天的過程，不是要你發表對這件事的看法。」

「哈哈哈，不好意思。好的，那我就簡略地說明。這個事件從大前天的立法院院會那天爆發的，一開始只有幾十個學生趁立法院院警不注意，進入立法院內靜坐抗議，但消息傳出後，就

引發全國各地民眾與學生的關注與響應，短短一天內，立法院外聚集了上萬名學生與民眾。」我看了一下教務長的臉色，他似乎又想警示我說重點，但我接下來就是重點了，所以我也沒給他插話的機會，我繼續說：「我們系上有幾位學生，他們在前天的課堂上跟我說他們要去立法院聲援這件事，我知道後也就叮嚀他們要注意安全，然後就讓他們去了。不過，當天晚上我就接到電話，說他們被警察抓了，於是我馬上到警察局把他們幾個人保釋出來，我是送他們回學校宿舍，確保了他們安全沒事了才回家的。」

「P老師，所以你並沒有參加這次的抗爭活動？」校長問。

「校長，我一開始就說了，我沒有參加。」我回答。

「可是這幾個學生是你鼓勵他們去參加的嗎？」校長問。

「說不上鼓勵，只是他們跟我說這件事時，我的確是認同他們的理念與實踐精神的。」我回答。

副校長W在一旁終於耐不住性子了，他一開口就說：「還說不關你的事，我看這幾個學生就是受了你的慫恿才去的。」

我還沒有回應，校長就出來緩頰了：「副校長，你不要急，我們慢慢問。」他轉過頭來看著我問：「P老師，站在學校的立場來說，我們實在不鼓勵學生去參加這樣的活動，你在課堂上沒有阻止他們去，反而鼓勵他們，這並不是很恰當的。」

「校長，我不明白您的意思。大學作為獨立自主的學術單位，理應對社會上的不公義事要提出抗議的聲音，或者說，至少我們也該對社會的公共議題，可以自由多元地公開理性論辯。如果，我們禁止學生參加這樣的活動，豈不是自我否定了大學存在的價值和意義嗎？」我把目光轉向各院院長，心想他們都是學術界裡的大老，總該能認同這個說法吧。但他們仍是默不出聲，我不死心地對社會學院院長再次提問：「院長，您是政治哲學的專家，您認為我的話沒有道理嗎？」

「P老師，我知道你對社會學有高度的熱情與理想，但是現實的社會不能只用這種理想來看待。你知道的，這幾年來的大學競爭，早就進入了白熱化的殊死戰，每個大學都卯足了全力，努力拼招生、爭取大型計畫、應付教育部的評鑑，現在還有哪個大學會跟你談這些理想？我們只要把學生照顧好就好了。」社會學院院長回答了我。

副校長W兼管著學校的招生事務，他一聽到社會學院院長的話，幾乎是用激動的口氣吼出：「你不知道現在大學很競爭嗎？我們大家那麼努力地招生，結果你呢，只會讓學校出現在這種負面的新聞上，扯我們的後腿，讓我們的努力全都白費了！」

「這是負面的新聞？一個有社會責任與良心的大學是負面新聞？」我不解地說。「在座的各位，都是浸淫學術界二、三十年的大老，對於大學的精神與理念，不用我多說，尤其大學對社會的批判與責任，更應該是我們當初之所以投身學術的初衷與目的才是。現在，一句『大學很競爭』就要完全抹殺大學的社會責

任，這說得通嗎？」

校長又出面：「P老師，你不知道現在的大學真的很競爭，像這樣的新聞，很容易被我們的對手學校拿來做文章，並且向考生的家長洗腦成『N大學的學生都是會參加社會運動的激進分子』，這樣一來，我們如何向學生家長交代？學生家長又怎麼放心把孩子交給我們？」

「校長，請容許我再向您述說一下大學的理念是什麼？」說到這裡，我也已經不太客氣了。「法國政治哲學家孟德斯鳩於於十八世紀中創設了法治與『三權分立』的理論，這兩百多年來，分權概念早已是近代政治制度發展的趨勢與世界各民主國家的思想主流，目的就是在於避免權力集中所造成的流弊，其運作方式是三權之間的監督原理與制衡原理。所以，政府受人民委託而設立行政權、立法權與司法權等三種權力機構，並在憲法的明定下彼此獨立與相互制衡，這便是當代各國政府的主要組織架構。」

「今天立法院對兩岸服務貿易協定的立法，草率而且黑箱的通過，正是台灣長期以來『三權分立』的主架構出了問題。你看，現今的每一個總統當選人，一切的政府決策多以政黨利益為優先的考量，致使他在掌握國家權力的同時，無限上綱擴充總統的職權，不僅弱化了行政、立法與司法三權的獨立性，甚至將這三個權力視為總統職權的下屬機構，當然也就更談不上三權相互制衡的功能了。所以，今天的服貿黑箱不就是一個執行總統意志下的產物嗎？」

「如今，總統權力高漲，行政、立法、司法三權淪為附庸，難道人民還不應該站出來說話嗎？我國憲法第十一條就明文規定：『人民有言論、講學、著作及出版之自由。』你看美國憲法第一修正案，也在憲法的實體架構上，載明國會不得制定任何法律，以干涉人民的言論、新聞、表現的自由。還有，《世界人權宣言》第十九條也寫著：『人人都有提出主張及發表意見的自由。包括使主張不受干涉，以及不受國界限制經由任何媒體尋求、接受及傳播消息及思想的自由。』。」

「喔，台灣後來的大法官釋字第三六四號解釋，也說新聞自由亦屬於憲法第十一條『出版』自由所保障的範圍，這就是我們近代政治哲學中常說的『第四權』。很明顯地，憲法保障新聞自由的目的，就是要保障一個有組織的、有自主性的新聞傳播媒體，使其能成為政府三權之外的第四權，以發揮監督政府、防止政府濫權之制度性的功能。不過，可惜的是現今的台灣各大新聞媒體早就被經濟掛帥的資本商業模式所壟斷，大概也很難再發揮第四權的功能了。」

「因此，當今天政府三權弱化而且新聞媒體又沉淪的時候，我們需要誰來監督與制衡這四種權力呢？雖然有人說學術界就該扮演起最後監督的『第五權』，但我認為無論新聞媒體的第四權或學術界的第五權，它們的權力擁有者自來都是人民，與其不斷疊加第四或第五權，不如就讓權力回歸到人民身上吧，畢竟當初的『三權分立』本就是人民委託給政府行使的。這就是為什麼當人民無法再接受政府濫權瀆職時，他們會走上街頭，集體行使『公民不服從』的權利，以制衡政府三權不彰的結果。」

「今天這些學生爲了抗議國家不合理的公共政策，他們匯集了幾萬人的聲音在立法院門前，他們正在使行憲法所賦予他們的言論自由，也正是發揮人民的最大監督力量。作爲他們的老師，我感到無比的榮幸；作爲大學教育的一環，我也看到我們N大學在這個歷史性的一刻並沒有缺席，這是一份榮耀，這是一所大學對國家社會所能作的最大的貢獻！」一口氣講了這麼多，完全不給這些長官們插話的機會，眞是暢快淋漓啊！

　　但是，這番言詞顯然激怒了副校長Ｗ，他暴躁的脾氣又冒上來了：「你這個人怎麼這麼不可理喻啊，跟你講了這麼多，你還是一直堅持什麼大學精神，你到底知不知道現在的社會是什麼情況啊？不懂就不要裝懂，現在是大學的生存戰，不能適應現在這個社會的大學就會倒閉關門，你知不知道啊？開口閉口就講大學的社會責任，等學校倒了，你失業了、沒工作了，你再來講啊！」

　　教務長Ｌ看情況不佳，於是向校長提議：「校長，我看這樣爭執下去也沒有用，不如讓Ｐ老師回去，大家冷靜一下，我們再商量看看如何善後？」

　　校長也表示贊同：「Ｐ老師，這樣討論下去也不會有結果，我看你就先回去，我和幾位主管再商量看看如何處理這件事吧。」

　　當下我也不以爲意，心想這樣也好，就讓新聞效應冷處理就好了，再多的討論也不可能說服這群僵化的老頭腦。但是，就在

我向幾位院長點頭致意，轉身準備離開校長室之餘，我猛地聽到身後傳來一句非常低沉的話：「這個P老師是不是有病啊，這麼不通人情事故，幹嘛找他來討論？」聲音很輕微，判斷不出是出自哪一位主管的嘴，但我沒有回頭，是因為我知道在這個充斥謊言與盲目不理性的社會裡，作為一個敢說真話的知識分子，老早就已經被視為異類，如同傅柯《瘋癲與文明》裡所說預言的，成為當代痲瘋病的象徵，注定被隔離與排擠。只是我沒想到的是，教務長L在提議冷靜的同時，心裡早已預謀了接下來的處置步驟了。

七

　　幾天後，當我上課點名時發現S1已經幾天沒來上課了，下課後我隨口問了S及其他跟S1比較熟的學生：「S1怎麼了嗎？這幾天都沒有看到他來上課，你們知道他怎麼了嗎？」。

　　「老師，那一天我們回宿舍後，S1就說他心情不好，想回家一趟，這幾天我們也都沒有看到他。」S回答我。

　　「喔，你們如果碰到他，要告訴他課業不要荒廢了。嗯，我看你們還是打個電話給他，就說我希望他能儘快回學校上課。」我交代了S。

　　坐在後面的S2突然站起來，桌椅發出一陣巨大聲響，讓很多同學都嚇了一跳，紛紛回頭看他怎麼了。只見他幾乎是用哽咽的聲音說：「老師，你不知道嗎？S1死了。」

　　「啊，怎麼回事？S2，你說清楚，你怎麼知道的？詳細情況是怎樣？」一陣震驚，我急忙問S2。

　　「老師，S1前天在家裡燒炭自殺了……，我媽告訴我的……，S1的父母準備告學校……，我覺得……，S1為什麼要自殺？」S2的口氣有些激動，但看得出來，他正極力地平穩自己的情緒，想把事情的原委說清楚，但紊雜的思緒卻讓我更摸不清他的意思。

「S2，你不要急，慢慢來。我先問你，你怎麼知道的？這消息是真的嗎？」雖然心焦，但我還是要先穩住S2的情緒。

「我跟他是高中同學，他家就在我家附近而已，昨天我媽打電話給我說：『你們在學校到底怎麼了？S1前幾天回他家，聽說為了學校的事，跟他爸媽大吵了一架，我們這些鄰居都嚇了一跳，心想這麼乖的孩子怎麼也跟他爸媽吵起來了？然後昨天深夜救護車的聲音把大家都吵醒，結果竟然是S1這孩子燒炭自殺了。你告訴我，你們這幾個同學到底在學校幹嘛了？』接到那通電話後，我才知道這事情。」S2說。

「老師，那天我們在宿舍，S1就一直心神不寧，他說他從來沒有在警察局作過筆錄，他很擔心留下案底，也擔心他父母如果知道他被警察抓，一定會很生氣。」S補充了當天的情形。

S2繼續說：「那一天就像S說的那樣。後來S1說他要回家，其他人大概都以為他是想家了，但我知道不是的。他一直覺得家裡給他的壓力太大，他想脫離這個壓力，可是他又跳不出來。S1的家裡從小就管得很嚴，他爸媽都是老師，從小學起，大家都說他是學校老師的孩子，成績好是應該的；在大家眼裡，他就是一副中規中矩的模樣，所以左鄰右舍也都覺得他很乖、很聽話。可是大家都不知道他一直壓力很大。」

下一堂課的學生開始走進教室，教室裡顯得有些吵雜。我想這樣的內容也不宜太公開，於是示意S及S2他們走出教室，邊走邊談，慢慢地走回到我的研究室，我讓他們幾個人坐下來，並請

S2繼續說下去。

「最重要的是他爸媽的管教方式，動不動就要說一大堆人生大道理，不管什麼事都能說成是跟人格有關係：吃完飯筷子沒有馬上收拾，就開始說什麼『懶惰的人不可能成功』之類的道理；書桌沒保持乾淨，就會說『從小地方就能看出一個人的性格』這樣的評語；更不要說如果在學校跟其他同學有摩擦，回到家如果訴苦或抱怨，還會被他爸媽說成『連這樣的挫折都不能忍受，將來怎麼進入社會』的指責。搞到後來，S1其實都已經不跟他爸媽談什麼心裡話了，反正不管說什麼，最後一定都是人生大道理收場，要不就是叫他自己要懂得正面思考。」

「我們這幾個比較好的同學都知道S1的頭皮屑很多，據他自己說，這是他從小學三年級就有的現象，一開始他爸媽還帶他去看皮膚科，吃的、擦的、抹的，各種藥都試過，也不見好轉，最後他爸媽就說是他生活習慣不好，不懂得注重個人衛生才會這樣。可是他也很困擾啊，拼命洗、每天洗，但就是不會好啊，後來他也放棄了，乾脆不讓他爸媽進他房間，原因就是怕他們看到地上的頭皮屑時又開始唸他不衛生。我跟他同學這麼多年，我很清楚他的頭皮屑問題，其實根本就是他父母給他的壓力太大造成的嘛！」

「所以，這次我們被抓到警察局，對S1的爸媽來說，一定是不能接受的啦，難怪S1那天那麼緊張。我猜他那天所以急著回家，應該是想趕在學校或警察局的通知寄到家前攔截吧！」聽完S2說S1與他父母的關係，著實令我心驚。

S聽到這裡，突然說了一句話：「老師，都怪我帶S1他們去立法院抗議，如果我們沒有去就好了，不然也不會給S1這麼大的壓力。」

　　「S，你不要自責，這也不是你的過錯啊，你們幾個都是非常優秀的學生，尤其是能夠站出來為台灣的未來而努力，這是非常了不起的勇氣。」我再追問S2：「你剛才說S1跟家裡吵架，那又是為什麼呢？」

　　「我也不知道。我昨天接到我媽的電話，這部分她在電話裡沒有講得很清楚，所以我也不知道詳細的經過。」S2。

　　「那你剛才說S1的父母要告學校，這是真的嗎？」我問。

　　「嗯，我聽我媽是這麼說的。我媽說S1的爸爸當天從醫院回來以後，就說他的孩子是被學校帶壞的，他說一定要告學校。」S2說。

　　「雖然聽你這麼說，我還是不太相信S1會尋短，我打算這幾天去S1家一趟，你能給我他家的地址嗎？或者你也打算回家一趟，我跟你一起去吧！」我一定要親自走一趟，畢竟這個消息太驚人，我必須去確認。

　　「好的，老師。我媽也是叫我這禮拜回家，那我們週六早上一起走好了。」S2回我說。

送走了S和S2，我還在爲這個消息感慨不已，桌上分機響起：「P老師嗎？我這裡是校長室祕書，校長請您現在到校長室來一趟，有緊急的事。」

　　最近似乎常常到校長室報到，從行政大樓頂樓電梯走出來，一眼就看到學務長站在電梯口，臉上滿是焦急的神情，也沒有跟我打招呼，就匆匆忙忙地搭電梯下去了，我心裡雖然有疑慮，但也來不及詢問。

　　走進校長室，祕書看見我，神情嚴肅地用手比了比校長的辦公桌方向，我轉頭看過去，只見校長坐在他那張碩大的實心柚木辦公桌前，正神情專注地看著桌上的一疊報紙。主祕站在校長辦公桌旁，看見我來了，便招手示意我過去。

　　「校長，您找我？」我說。

　　「P老師，你看了今天的報紙了嗎？」校長從他眼前的這一疊報紙抬起頭來看著我。

　　「報紙？有啊，今天早上有大略翻過。校長，有什麼重大新聞嗎？」我不解地問。

　　「你看，今天的XX報上有一篇讀者投書。投書人是本校學生S1的家長，他直接指控本校是害死他孩子的兇手。」校長一句一句非常緩慢地說：「早上主祕拿這份報紙來給我看，我非常驚訝，馬上叫人去查明這個S1學生是不是本校學生？結果發現他就

是前幾天跟你一起去立法院抗議的學生之一。而且，剛剛主祕已經查到這個S1學生前天在他家已經燒炭自殺了。現在他的父母親在報紙上投書，顯然就是要把事情鬧大，聽說已經有一些記者去採訪他父母了，我看明天的報紙會更大篇報導這件事。」

校長頓了頓，問我：「你怎麼看這件事？」

「校長，關於S1自殺的事，我也是剛才上課時聽S1同班的同學講起才知道的。但是，我不知道S1的父母親向報紙投書。」我據實回答。

校長緩緩地從椅子站起，示意我到會客的沙發上坐。主祕和我陪著校長繞過他那碩大的校長辦公桌，走動時我不經意地微微轉頭，看向牆邊那一排琳瑯滿目的獎盃與獎牌，其中有一個標示著「品德校園」的獎牌映入我眼中，瞬間想起校長平時最在意的就是校園裡的品德教育與校園和諧。

說起校長M，一位虔誠的佛教徒、處事極為圓融，外傳是一位非常道德自持的長者，曾長期擔任過國內知名企業的高階主管，向來以辦事能力強、刻苦耐勞、待人和善著稱。當初他被學校董事會高薪聘來當校長時，大家私下傳言都說是因為他社會形象極佳，有助提昇學校校譽。所以，M校長接掌N大學以來，當然也就在校園裡大力地推廣品德教育，舉凡國內各大機關團體，只要是有關品德教育的計畫與獎項，校長一定全力爭取，務必將這些榮譽留在N大學。不過，大概是因為M校長太注重這些獎項吧，校內許多一、二級主管看準了校長的這個特性，紛紛投其所

好，刻意地在校園裡營造「品德校園」的表面形象給他看，例如W副校長就在校園裡搞了一個「三好燈」活動，目的是讓每一個學生每說一句好話、做一件好事或存一個好心，就可以到行政大樓一樓大廳專設的「三好燈」按一個燈、得一個讚，然後校長就看著三好燈上面累計的按讚數字不斷增加而高興不已，殊不知，這件事早被全校師生傳爲笑柄，因爲我就曾經親眼目睹一個學生在三好燈上隨意地拍打如同打擊音樂一般，然後我就看著三好燈上的讚數不斷攀升好幾千個數字，而且聽學生私下跟我說這還不是個案。這大概就是古人所說「上有所好，下必甚焉」的道理吧！

但是，話說這樣的一位長者，怎麼會被蒙蔽到如此地步？不過若說校長完全被蒙蔽，我看也不像，因爲在各個重大會議或場合裡，校長不斷宣示的品德教育的內容，例如「看見師長要行禮問好」、或是「重要場合勿喧鬧」等這些口號，我看著看著愈來愈像是制式化的教條，不像是我們學社會學的人心中所想的道德契約論或責任倫理概念，甚至不是哲學領域裡所說的道德推理與思考，這樣的品德教育當然就容易流於表面和諧的形式化結果了。

三個人在沙發上坐定位後，主祕開口了：「校長，這件事我早上已經和學務長討論過了，學務長的意思是這件事不宜鬧大，不然對學校形象傷害極大，他已經著手去調S1的學生資料了，如果這個學生在輔導室那邊有被輔導過紀錄，那就比較好辦，我們可以把這個事件引導到是S1學生個人的情緒問題，而不是學校的教學環境或其他什麼因素造成的。」詭異的是，主祕在說到「其

他什麼因素」時，還轉過頭來看了我一眼。

我正覺得這個辦法不妥，不應以學生的個人隱私作為學校脫罪的藉口，不過副校長W與學務長這時走進了校長室，打斷了我的思維。

學務長一進門就一臉如釋重負地說：「校長，我剛才去輔導室調了S1的資料，發現這個學生在輔導室這邊有多次被輔導的記錄。內容多是他與家庭的紛爭，或是他父母親給他的壓力問題。我想這樣一來，他父母應該就不能把他的自殺完全歸罪給學校了。而且，從輔導記錄看起來，這個孩子好像也有一些情緒管理上的障礙，這次的自殺事件，恐怕是S1自己想不開的原因成份居多。」

這下子我終於忍不住了，我說：「校長，按剛才學務長的說法，難道我們學校只是為了推諉責任而已，而沒打算認真地探討事情的原委嗎？而且，學生的輔導記錄是個人隱私，我們能為了學校的避責而讓它曝光嗎？」

主祕一旁打圓場，說：「P老師，你言重了。我們也只是想讓這次風波的影響傷害降到最低而已，這些輔導資料不一定要曝光，我們只需拿它來跟學生家長溝通就可以，相信這個S1的父母看到這些記錄，應該就不會執意要告學校了。」

不過才剛坐下來的副校長W已經按捺不住了：「P老師，你到底懂不懂啊？你知道我們現在是在替你擦屁股耶，你不懂得感

恩就算了，竟然還這樣子挑三揀四的。」這下子連我都懂了，為什麼今天這個高層的討論會找我來的原因了。原來校長他們大概都認為S1的自殺原因裡，我一定脫不了干係，只不過就算處置了我，也還是會傷及校譽，所以一開始就打算用學生的個人因素來回應輿論。

這個念頭觸動了我，一時間悲從中來，我彷彿也覺得自己要為S1的死負起責任才對。

校長看我沒有回應副校長的話，就以為我也同意了這樣的安排與決議了，他指示主祕馬上與S1的父母取得聯繫，儘快讓這件事落幕，不要再節外生枝。

我渾渾噩噩地跟著這群人走出校長室，但心裡卻悲痛逾常，我連我是如何走回研究室都完全沒有任何印象。

八

　　但是事件並沒有如校長和主祕預期的那樣落幕。就在校長與主祕、學務長商議如何回應S1父母報紙投書的同時，有一則S1與網友的對話內容迅速地在網路間傳散開來。

　　原來S1想自殺的念頭，他身邊的好友都早已知道。網路上的留言對話在我與校長談話後的隔天就登上了報紙的頭條：

　　S1：面對台灣社會的不正義，我想到一個更有效的抵制辦法了。

　　網友X1：十幾萬人走上街頭都沒辦法了，你一個人能怎麼樣？

　　S1：我要讓台灣的新聞媒體瘋狂燃燒。

　　網友X2：好像很厲害，說來聽聽。

　　S1：有些事只能做不能說，到時候你就知道了。

　　S1：我一定能給你們一個很大的施力點，讓你更能去衝撞這個冷酷的體制。

　　網友X1：你不會做傻事吧。

S1：你想太多了。

網友X1：那就好。台灣已經爛很久了，要解決也不用急在一時。

網友X3：加油！

S1：我有信心，一定能引起很大的注意。

網友X1：真的是我想太多嗎？我怎麼覺得你怪怪的。

S1：到時候你就知道了啦。

網友X4：一起努力，不要自己鑽死胡同！

記者在報導中下了一個很聳動的標題：「N大學生S1自殺前就表明態度，好友們都知情且支持！」記者甚至找到了這幾個網友，訪問到第一手報導：

X1：我就知道他一定是選擇了死諫這條路。

X4：當時我也覺得他怪怪的，想阻止他但又不知道怎麼勸。

X2：S1的個性很執著，他決定的事，誰也改變不了。

X1：當時我很掙扎，要不要告訴他的家人或報警，但又怕是

自己想太多了。

　　X3：早知道S1會自殺，當時就不會跟他說加油了。

　　整個報導用S1的一封簡短遺書作結論。S1在燒炭自殺前，他用鋼筆很端正地寫下一句話：「愛因斯坦說：『這世界不會被那些作惡多端的人毀滅，而是冷眼旁觀、選擇保持緘默的人。』，我不願再保持沉默了！」

　　消息一傳開，許多人質疑這些網友為什麼沒能及時阻止S1的自殺，甚至開始有些人去搜尋這些網友的真實身分，準備撻伐他們的知情不報，尤其是當中的網友X1，更是眾人指責的箭靶，原因當然是X1既然已經猜到S1會自殺，怎麼沒有採取任何措施，若X1能及時聯絡S1的父母或是通報給警察，或許悲劇就不會發生了。

　　「叩～叩～叩～」研究室門口傳來敲門聲。

　　「請進！」我坐在電腦桌前正聚精會神地看著這些有關S1自殺的報導。

　　「老師，是我。」S打開門，神情有些落寞，看到我時臉上才勉強擠出一絲笑容。

　　「是S啊，進來坐！」我站起來離開電腦桌，招呼S在會客椅坐下來，我也走到另一張會客椅坐了下來。

「老師，有件事我一直想告訴你，但我內心真的非常難過，也不知道該怎麼說。」S沒頭沒尾地說。

「怎麼了？有事情就說，沒關係的。」我嘗試地鼓勵S。

「老師，您知道這兩天的新聞一直在追蹤那個事先就知道S1要自殺的網友X1嗎？」S說。

「我知道啊，你進來前我也正在看這些報導。」我回答。

「老師～我就是X1。」S頓了一下，吞吞吐吐地說出這句話。

「啊～你就是X1？」我有些難以置信。

「老師，我本來也只是猜S1會自殺，但是我不知道他後來真的就自殺了。那時我也勸他不要想不開的，但是他叫我不要想太多。我也想到要不要跟他爸媽講，但是又怕本來沒什麼的，是我太緊張，反而會讓事情變更糟。老師，那天我聽S2說S1自殺的消息時，其實我就一直很自責到現在，為什麼我沒有再多勸S1一下。可是現在他死了，大家都在找X1是誰，而是都怪他為什麼事先沒有阻止這事發生，但是，我真的不知道啊！」S幾乎是用激動的口氣講出他內心的不安與恐懼。

「S，不要急。老師相信你不是故意見死不救的，就憑你跟S1的交情，你們一起上課、一起課後讀書會的討論、一起批判社

會上的許多不公義事、一起到立法院抗議政府的不合理制度，這些都是你們非常珍貴的回憶。雖然我們都很可惜S1選擇了這條路，但是我知道你們都是好孩子。你跟他交情夠，自然就有些預感，所以你會猜到他可能會走上絕路，但是你在情感上又拒絕相信這樣的事會發生，所以你沒有事先通知任何人，因為你的內心底層是希望這件事不會發生的。」我嘗試著分析S的心情來寬慰他。

但是，現在的情勢有些複雜，台灣媒體的嗜血性格及未審先判的亂象，讓原本S1自殺死諫體制不公的初衷，有了一百八十度的轉彎。現在大家已經忘了去檢討政府體制的不合理，所有的焦點都集中在是誰見死不救這件事上，追查X1是誰反而成了現在社會大眾最關心的話題。想到這裡，我不禁為S感到憂心，我問S：「你在網路上的化名是X1這件事，還有誰知道？網路資訊這種事我不熟悉，你覺得現在大家在追查X1，有可能找到你嗎？」

「老師，這種事根本瞞不住的，就算知道我是X1的那幾個同學不講出去，學校只要追查X1的IP就知道這是我的帳號了。」S深吸了一口氣，感覺上似乎沒有剛來時的慌亂了，他用一種堅定的口吻對我說：「老師，我知道您在為我擔心，沒關係，我不怕他們這些媒體，今天來找你，本來也只是來讓你知道這件事而已。剛才你告訴我，S1選擇這條路，是因為他是真正關心我們的社會，我不能讓他死得沒有價值，我想通了，如果這些媒體真的找到我，我一定要把S1的心願再講一次，讓大家都知道。」

目送S離開研究室，心裡真的為S及S1這群學生感到驕傲，這

群學生是我這十年來教過最富社會使命感的同學。但是，我又不禁為S的未來感到憂心，台灣的媒體亂象，豈是他一個二十歲出頭的年輕人應付得來的啊！

這幾天的新聞焦點都集中在追查X1是誰，N大學校園裡時常停著幾輛新聞SNG車，學生們被記者問得多了，也開始在私下議論紛紛。於是，S就是X1的消息開始不脛而走，而且當許多人知道了這次到立法院抗議的學生群，N大學的主要帶頭學生就是S時，校園裡逐漸瀰漫出一種氛圍：認為這次帶頭抗議的學生S必須為學生S1的自殺身亡負起責任。當我在電視新聞中看到記者訪問S劈頭就問：「S同學，請問你覺得你要為S1同學的自殺負責嗎？」時，我對台灣新聞媒體記者的素養之低下，實在再也掩不住內心的憤怒。

在新聞報導中，只看到S對記者突如其來的詰難發問顯得有些不知所措，面對鏡頭的他只囁囁地說：「S1同學是為了台灣立法的公平正義不得伸張，才選擇用自殺的方式來喚起國人對這件事的重視，並不是我叫他自殺的。」

雖然S試圖把話題帶回到這次立法院抗議的主軸上，但嗜血的記者又那裡會輕易放過他呢。新聞畫面中蜂擁而上的一群記者馬上七嘴八舌地追問：「不是你叫他自殺的，那他為什麼會自殺呢？」、「你沒有叫他自殺，那你為什麼事先會知道他要自殺呢？」、「他的自殺真的跟你都沒有關係嗎？」⋯⋯。

在剪接的鏡頭切換中，我沒有再聽到S的任何申辯，取而代

之的是記者斷言式的結論：「我們看到Ｎ大學的Ｓ同學口口聲聲說他跟S1的自殺無關，但卻沒有交代他爲什麼事先會知道S1要自殺的消息，顯然這件校園自殺案的內情並不單純，現在我們來聽聽校方的說法。」鏡頭突然出現的是學校主祕那張嚴肅的臉孔：「關於本校S1同學在家燒炭自殺一事，本校師生聽聞惡耗都不敢置信，S1同學平時在校表現良好，雖然有些許情緒管理上的困擾，但是在本校輔導老師用心的輔導下，大致已取得很好的成效，沒想到放假回家後遭逢其他事件的困擾而想不開，我們都深感意外與不捨。至於外界傳言S1的尋短與其他同學對他的影響有關，目前並沒有掌握確切的證據與內容，請大家不必作過度的猜測與聯想。」

　　「有關Ｎ大學S1同學的校園自殺事件，記者XXX在Ｎ大學的採訪追蹤報導。」一則新聞就這樣結束了，從頭到尾我沒有看到任何關於這次立法院抗議事件的內容報導。我心裡不禁想：S1，你高估了台灣新聞媒體對眞相的探索能力了，而Ｓ，你卻又低估了新聞記者對八卦花邊的嗜血能力了啊！當然，對於主祕那篇措辭完整的發言稿，其中「在家自殺」、「情緒管理」、「輔導有成」、「其他事件」、「其他同學」等關鍵詞，想必校方事先已經反覆推敲良久，讓學校能在這事件中置身事外，也夠他辛苦的了。

　　關掉電視新聞，對Ｓ目前的處境眞的非常憂心，打了幾次電話給他，但電話那頭傳來的卻都是關機後的語音信箱，更讓我有不祥的預感。嘗試聯絡Ｓ讀書會的那幾位同學，他們也都說與Ｓ失去了聯繫，這兩天Ｓ沒有來上課，他們也都不知道他現在在

哪裡？聽到這樣的訊息，讓我更擔心了，於是急忙來到社會學系的系辦公室找助理H，希望能在系助理這裡找到S的聯絡方式：「Hi，H，您知道S家裡的聯絡電話嗎？」

「老師，您已經是第N個向我問S家裡電話的人了。」助理H的回答頗令人尋味。

「哦，除了我之外還有人問S的家裡電話。誰啊？」我好奇地問。

「老師，還能有誰？就是外頭的那一堆記者啊。」H說。

「記者向您要S的家裡電話，您不能給呀，這涉及S的個人隱私。」我急忙告訴H。

「老師，我知道，所以我都沒給啊。」H果然是經驗老道的資深助理，他繼續說：「他們要查學校課表，我沒辦法不給，這本來就是公開的資訊，但是他們如果要的是學生或老師的個人資料，我就不會給了。」

「那就好！那您這邊有沒有S家裡的電話啊？我早上一直打S的手機但都不通，顯然他已經被電話騷擾到不得不關機了，但是這樣一來，我們大家也都找不到他了，這讓我很不放心。」我還是向H要S的家裡電話要緊。

「老師，我已經印了一份了，您先拿去吧！」H把抽屜裡的

一份資料拿出來給我，然後她壓低的音量，有些神祕地說：「這份本來是校長室主祕要的，您先拿去，等會我再印一份給他送過去。」

原來校長室也來要S的聯絡方式，雖然有些驚訝，但仔細想想也在情理之中，畢竟學校必須掌握目前各項情勢的變化，而目前新聞媒體的最大焦點是S，學校當然會特別關注S的動向。

回到研究室，馬上打電話到S屏東的老家。

「嘟～嘟～嘟～。喂，找哪位？」電話接通了。

「您好，我是N大學社會系的老師，我叫P，我想請問一下這裡是不是S的家？」我問。

「是老師哦！對啦，我是S的媽媽啦。」原來是S的媽媽。

「S媽媽，您好。我想請問S有沒有在家？」不知道如何措辭，只好直截了當地問。

「有啦，有啦，我們家S昨天就回家了，老師你要找他喔？我去叫他。」聽聲音就知道S媽媽是一位殷實的鄉村婦女。

「好，麻煩您了。」只聽到電話那頭傳來S媽媽的高聲呼叫：「S啊，你們學校老師打電話來找你啦。」。

等了一小會兒，「喂，我是S，請問您是？」傳來S的聲音，著實讓我放下心頭的一塊大石頭。

　　「S，我是P老師。這幾天你沒來上課，打電話給你也都關機，我和S2他們都很擔心。這幾天你還好吧？」我約略表達了打電話的來意。

　　「老師，你們不用擔心啦，我只是在學校待得很煩，想回家靜一靜而已。」向來處理事情有條不紊的S在電話中倒沒有顯得慌亂與不安，不過他接下來的一句話卻讓我們兩個人都鼻頭一酸：「我不會像S1一樣啦，您放心。」

　　「我知道目前校園裡的氣氛不太對，你不在學校也好，免得一天到晚被那些記者和搞八卦的人騷擾。」我嘗試地安慰S：「你就安心在家休息，學校如果有什麼事，我再跟你聯絡。不過，你的手機不通，打你家裡電話會不會打擾到你的家人？」。

　　「沒關係，我爸媽都不知道學校出什麼事，我告訴他們我是回家準備期末報告的資料的。」聽他這樣說，我真的覺得他是一個懂事的孩子。

　　「好的，那就保持聯繫，如果你有需要我幫忙的地方，直接打電話給我，不要客氣，知道嗎？」實在心疼這個孩子，希望能為他分擔一些壓力。

　　「老師，我知道，謝謝老師！」S很有禮貌地掛上電話。

結束這通電話，雖然對S稍稍放心了，但總覺得這件事還沒有完全落幕，坐在研究室的落地窗前，看著遠處天空灰濛濛地一片陰霾，似乎也預告著風雨將至的心境。

九

在梅雨季節的天氣裡，這一週來的校園彷彿就像是泡在水裡一樣，無論是研究室或教室裡，牆角邊總是堆掛著各式雨具，與濕漉漉的地板相互呼應，訴說著雨季的來臨。衣服上的潮濕與霉味，讓人渾身不對勁，想吸一口新鮮的空氣，但氣壓卻低著讓人快窒息。

跟S通過電話的一週後，校園裡似乎看不到新聞SNG車及記者的蹤跡了。想想台灣的新聞熱度，大概也就是幾天到一個禮拜的光景吧，加上陰雨連綿的氣候，S1的自殺事件與對S的追蹤報導，似乎已經逐漸退燒。但是，就在上完課剛回到研究室坐下的時候，手機電話響起傳來S的急促聲音：「老師，我是S，我剛剛收到學校寄來的退學通知，您知道這件事嗎？現在我爸媽都在問我這是什麼回事？我都不知道怎麼告訴他們。」

「不可能！現在還在學期中，怎麼可能寄退學通知？」我驚訝地說。

「老師，可是我真的收到了啊。上面寫著我曠課45節，已達學校規定之退學標準，特來函告之。」S把通知書上的文字唸出來。

曠課45節，這讓我想起教務長L幾年前實施的新政策——「關懷式點名系統」。

當時教務長L剛剛被校長聘到N大學來，他看準了校長喜好傳統品德教育的習性，力推課堂上的點名制度，而且是關懷式的點名制度。據L自己的說法，所謂「關懷式點名」就是：「期望老師用心關懷學生是否到教室上課，運用多元教學方法吸引學生到教室來學習，關心學生學習成效，增進學用合一，提升學生未來就業競爭力。並藉由學生出缺席點名記錄，在課堂參與評量上才有所依據，在教學調查意見問卷上才有所篩選，也才能知道那些學生會列入期中預警名單，那些學生需要補救教學與追蹤輔導，讓學校與家長共同關心其小孩；而學生才會重視自己的學習權益，調整規律的生活作息，按時走入教室，出席每一節課，主動積極參與課堂學習及討論，師生共同提升教學品質與學生學習成效。」

　　為了徹底落實點名制度，且符合關懷之名，教務長甚至規定了：「任課教師發覺學生於該科目連續兩週未到課，就應主動啟動關懷機制：含聯繫學生與了解未到課原因，並輔導與持續追蹤；另轉知系助理與教學單位二級主管以通報至學務系統轉入導師輔導與追蹤機制；如學生仍持續未到課，導師應主動聯絡家長共同關懷、輔導與持續追蹤。以上關懷機制之執行，並配合留下書面輔導與追蹤記錄資料。」

　　推行之初，有不少老師和學生都持反對立場，都說大學教育講的就是自主學習的獨立精神，如今在課堂上強制點名，豈不是與大學教育的基本精神違背嗎？針對很多老師故意不配合學校的這項點名政策，教務長L再加碼修訂點名制度的內容規章：「對未依規定進行課堂點名與上網登錄之教師，請教學單位二級主管

逕行約談、輔導與追蹤，其記錄資料轉呈教學單位一級主管了解與彙整，再影印一份送教務處備查與追蹤。」後來更乾脆把點名事宜列入教師評鑑的計分項目，不配合點名的老師，每年的評鑑考績都會被扣分；在學生部分，教務長L更祭出大學學則的最高罰則：「凡未經准假或假期已滿未經續假而缺課者，以曠課論。凡一學期曠課達四十五節課者，視為學習不完整，應令退學，教務處於退學處分前應告知各相關學生。」

不過話雖如此，學校裡的師生還是找到了因應的反制之道：一是老師依規定每節課上傳點名記錄「全到」，只不過未必真的點名；二是學生開始編造種請假理由，大量註銷曠課的時數，雖然全校師生與行政人員，每個人都知道這些請假理由未必是真，但只要學生願意請假，也都沒有不批准的。因此，歷年來真正因為點名曠課45節而被退學的學生可說是少之又少。於是，一套「上有政策，下有對策」的點名系統，在教務長的強力推動與全校師生的「配合」下，正式在N大學落地生根，成為了校長口中對外宣稱的品德教育績效。

這幾年下來，這套有名無實的點名制度，早被我遺忘了，如今從S口中說他因為曠課45節被退學，確確實實讓我非常意外。為了安撫S激動的情緒，我答應他會到教務處了解狀況，看看有無轉圜的餘地。

掛上電話後，我匆匆走到行政大樓的教務處，向課務組的承辦人員詢問此事，他非常客氣地說：「老師，我也不清楚。您等一下，我上系統查詢看看。」約一兩分鐘後，他把眼睛從電腦螢

幕移開，抬頭看著我說：「老師，您說的這位S同學，的確是從兩個多星期前就沒有上課，累計至今天已有64節的曠課記錄了。而且，三天前我們也寄出曠課通知書了。」

「可是，這個通知書應該是提醒他趕快來請假的，不是嗎？而且現在還在學期當中，也不可能現在就退學啊，就算曠課時數超過45小時，也要等學期結束才會退學吧？」雖然我對學校的學則規定不甚清楚，但從處置的程序上，我想也應該是這樣才對。

「老師，您說的沒錯，理論上應該是按您說的那樣進行才對。可是，S同學這個案子比較特殊，四天前學校召開了獎懲委員會，會議中特別針對他作出了決議：因曠課情節重大，即日起予以退學。」他一邊查詢電腦中的記錄，一邊回答我。

「怎麼可能？」我實在不能置信，對一個學生而言，退學這樣重大的決議，就在一個獎懲委員會議中決定了。我猛一想起教務長才是關鍵人物，就問：「教務長在嗎？我想就這件事請教他一下。」

「教務長現在校長室開會，不在辦公室，還是您待會再來找他。」承辦人員依舊客氣地說。

走出教務處，想起老同學兼同事PK，他好像就是學生獎懲委員，找他問看看那天的開會情形。

「嘟～嘟～嘟～，喂，P啊，你找我啊？」電話那頭傳來PK

的聲音。

「PK，我記得你這學期好像有擔任學生獎懲委員，對不對？」我開門見山就問：「前幾天，學校是不是召開了一次會議，其中有一個討論案是關於我學生S的退學案，你有印象嗎？」

「我就知道你打電話來，一定是為了這件事。」PK口氣中透顯著忿忿不平。

「到底怎麼回事？即使曠課45小時，也不應該現在處置啊，正常程序也應該等到學期結束才對。會議上到底討論了什麼？為什麼學校這麼急著處置S？」我一連串地問。

「唉，當天的情形根本就是教務長、學務長和主祕幾個人決定了算，我和一些委員雖然有發言反對，但是他們根本就不聽。你不要急，聽我慢慢說。」PK接著說：「這個會議是學務處主導的，所以當天的提案單位是學務處，學務長首先列舉了S的曠課記錄，說他已達學校規定的45小時退學標準，提請討論；緊接著就是教務長這個老狐狸說話，他一臉無辜的樣子，只說一切依校規處置，如果會議作出決議，教務處必定依決議處置。他們兩個人輪番發言，就好像事先已經排練過一樣。」

「不對啊，如果要以曠課45小時為由將S退學，可是在學期中還有其他很多學生也達到這個退學標準啊，為什麼會議中沒有討論其他學生，而單單針對S呢？」我提出我的疑問。

「P啊，你果然聰明，一眼就看出這個會議根本就是專門爲S而開的。當時我和另一個委員也提出這個問題。這時我才逐漸漸聽出來他們其實早就預謀好了。我看到學務長示意主祕，這時主祕才發言，他提到兩三週前的S1自殺事件，說S雖然沒有直接教唆的嫌疑，但他認爲S的言行已經嚴重讓學校的校譽受損了，現在又得知曠課情形嚴重，所以他主張這屬於情節重大的懲處案，所以必須專案處理。」PK道出了當天的會議情形。顯然，學校內部或高層早就想處置S了，所以這兩三週來一定私下收集了各方資料，伺機找尋S的不良記錄，只待時機成熟，一舉解決他這個麻煩人物。

想想也對，這不就是學校慣用的手法嗎？S作爲學校中的學生意見領袖，而且他還實質參與了日前的社會運動，不但被警察局拘留，而且還被警察局行文到學校要求多加看管。然後在S1的悲劇發生後，S還試圖透過媒體訴諸公議，讓學校不斷曝光在負面的媒體新聞之下，這大概是學校高層最不樂意見到的情形吧！由此看來，學校高層當然會想盡辦法把S攆走，這也就不足爲怪了。可是，這些學校高層真正介意的心裡疙瘩，都沒辦法浮上檯面當作把S趕走的理由，他們得想一個合法的規定作藉口，於是在大家早就忘了的這套名存實亡的點名制度裡，他們找到了把S合法退學的證據。

「不對啊，根據學校的點名規定，學生在達曠課45小時之前，不是會有導師輔導及寄通知給家長等措施嗎？現在這樣匆促地退學處置，不合法規的程序步驟啊？」我還心存一絲希望地提出我的疑慮。

「對啊，我怎麼沒想到這一層呢？程序不合法，我們還有上訴的機會！」PK聽我這麼說，有些高興地說。

「恐怕沒這麼容易。根據學校規定，在退學前必須要有導師的輔導記錄及預警通知，高層不可能不知道啊，尤其是教務長這個老狐狸。」我還是不放心：「沒關係，我待會去找S的導師PS老師，問問他有無這方面的消息？PK，謝謝了，打擾您這麼久」。

「老同學了，這麼見外，有最新消息再跟我說啊。」PK掛上電話。

為了證實我的想法，我找到S的導師PS，問他平時是否有依學校規定輔導S及通知家長預警？結果他當然沒有這麼做，因為這套制度本來就沒幾個老師會確實實施的啊。不過有趣的是，就在會議後第二天，他接到學務處的電話，請他馬上補上他對S的曠課輔導記錄，算是事後追加的補強動作吧。因為PS並不是獎懲委員，他並不知道前一天的會議決議，只以為是學務處抽查到他沒有確實實施點名輔導，而要求他補程序而已，所以他也不疑有他，就隨手補上幾則輔導記錄，因為在他看來，反正大家都沒有很重視這套點名制度，內容隨便填填也就算了，殊不知這樣一來，PS老師成了S退學案的間接幫兇了。

現在看來，學校高層這幾週來的沉寂並非真的沒有動作，相反地，他們利用這段時間蒐集資料與補強證據，為的是能一舉把S這個「麻煩學生」趕出學校而不會留下什麼後遺症吧！

但是，我不能坐視這樣的事情在大學裡發生，我必須要做點什麼！至少我必須為S做些什麼，不能平白地讓S成為大學沉淪下的犧牲品。

　　我決定直接去找校長談。

　　離開研究室，走到行政大樓的一樓大廳時，剛好大廳中庭的電視牆播出即時新聞：國立XX大學近期在行政大樓旁，正在施工建立一座紀念碑，碑文以「學術自由」為題發表聲明稿，內容說的就是幾個星期之前S和S1他們參加的那場學生社會抗爭活動。有學生拍照上傳網路社群，引起網友熱烈回應，肯定校方的理念與作法。紀念碑碑文如下：「大學為知識殿堂，探尋真理，沒有包袱，亦無所畏懼，被視為國家行政、立法、司法與媒體之外的第五權。因此，學生與教師以非暴力方式關心公共事務與國家發展，乃公共知識分子的表現，不容抹黑與漠視。」

　　聽到這段新聞內容，我幾乎是呆站於當下，腦中一片暈眩，我突然想起十多年前，我剛剛到N大學任教時的情境與理想，對照於現在N大學行政主管們的專權跋扈，一時間不禁悲從中來。

　　想當初N大學創立之時，我還只是一個正在攻讀博士學位的懵懂青年，但我聽到有一群關心台灣高等教育的老師們，他們為了一個共同的理想——「發揚古代書院傳統、重建人文精神」，有些人辭掉了國立大學的教職、有些人遠離都會生活較優沃的環境、更有些人遠離家鄉來到這個地處偏僻的私立大學。當時的我深深為了這份理想所感動，尤其這群老師中，更有幾位是我非常

景仰的師長，我想：如果我也能到這樣的大學任教，與這些前輩師長並肩為高等教育貢獻一己之力，那該是多麼激勵振奮的事啊！於是，我一拿到博士學位，第一個投遞履歷的學校就是N大學，雖然其間還經歷了一些小波折，但我終於還是爭取到N大學任教的機會了。當然，這也要怪我一次投遞兩份履歷到通識中心與社會系，結果竟然讓這兩個教學單位的主管為了我爭執起來，讓我非常感謝這兩位主任的慧眼與不棄。雖然如此，這也讓我除了在社會系擔任教職之外，對通識教育又有一份額外的好感。

可惜的是，這座我心目中理想的高等學府，竟然也抵不住近十年來的少子化浪潮衝擊。首先在逐年的招生人數上出現缺口，兩三任校長均抵受不住董事會的壓力，而慢慢祭出一些花俏的招生策略，例如入學報到送筆電、或腳踏車、送獎金，為的就是招攬新生的誘因。可是，董事會及歷任校長們卻忘了當初創辦這所大學的原始理念——在台灣辦一所高品質與理想的大學。十年下來，N大學的口碑的確是建立了，但是這些口碑卻不再是當初的理想了，學生們對N大學在私下流傳的竟是「學店」、「死要錢」、「被騙了」等話語，真不知董事會和校長聽了作何感想。

幾次在校級會議上，聽到創校的一些元老級師長，對校長及各級行政主管們大聲疾呼「莫忘初衷」，可是我卻彷彿看著N大學從雲端的理想國，一點一滴逐步地淪落回到世俗人間，「理想」這個字眼，在N大學似乎也慢慢地變成了「不切實際」的代名詞，那些我所敬佩景仰的師長一位接著一位離開了N大學。我實在無法承受這樣的轉變，於是我開始嘗試地去思索N大學到底怎麼了，然後，慢慢地我了解到這是台灣整個高等教育都出了問

題，就像一顆外表還很漂亮乾淨的蘋果，它的核仁卻已經開始出現腐敗的現象。

在現今高等教育的戰國時期，各大學院校為了因應少子化而做的各種「削價競爭」策略，以長遠的教育本質作為代價，以求得每年的招生人數能平安過關，這種飲酖止渴的作法，竟然開始出現在強調百年樹人的教育界。可是台灣從政府官員、學校，再到家長，竟然全都眼睜睜看著問題不斷地惡化，我們所有的人放任這些問題日積月累、陳陳相因，致使演變成今日這樣一個難以收拾的局面。遍目所及，政府不再為教育作長遠規劃、各類選舉候選人只為討好選民而喊著民粹式的教育口號、教改也已不再能給我們美麗的願景、家長仍然死抱著「唯有讀書高」的觀念、老師仍以「唯智主義」作為成績的考核標準、學生自始至終跟著大人們團團轉而找不到人生的方向……。

何以至此？台灣的教育體制常常是建立在「知識」這個關鍵詞上，所以我們從小學開始，周遭就充斥著「知識就是力量」、「唯有讀書高」、「知識經濟」……等口號，這些標語或口號彷彿在告訴我們：擁有知識，就能掌握一切。但真的是如此嗎？長期以來，「填鴨式」的教育方式，雖然提昇了台灣高等教育的人口數，也造就了不少高知識分子，但相信算命的人卻一直沒有減少，到廟裡求籤問運勢的人也不乏高學歷的人。如果知識或讀書真的能幫助我們探討自然宇宙的奧祕、思索生命存在的意義，那怎麼還有這麼多的人願花大把金錢與時間在求神問卜的事情上？當然，原因並不是出在知識本身，而是人們對待知識的態度，換言之，就是「知其然而不知其所以然」的教育體制造成今日的地

步。

　　如何從「知其然」躍升至「知其所以然」呢？我想光是讀書大概是不夠的，我們得能夠將書本中的知識，應用到我們日常生活中的點點滴滴，然後，在生命的實踐中，逐漸地去體悟這些知識的真正本質。因為，我相信並非「知識萬能」、也不是「知識無用」，人類所有知識的產生，都是前人用生命體驗所換來的寶貴資產，我們得用相同的生命實踐，才能真正領悟到這些資產的珍貴與重要。唯有如此，我們才能從「知其然」的層次，進入「知其所以然」的境界。

十

　　呆站在校長室門外，也不知過了多少時間，突然被人拍了一下肩膀，回頭看是主祕，他說：「P老師，你怎麼一個人站在這邊？」我這才回過神來說：「我有事要找校長。」

　　「什麼事？」主祕說。

　　「聽說教務長在這裡，我要找校長，順便也有些事想請教一下教務長。」我回答。

　　「好的，我幫你問問看，看他們談完了沒有？」主祕說完就走進校長室。

　　過了一會兒，主祕從校長室走出來，向我招了招手，說：「P老師，校長說你可以進來了。」

　　走進校長室，果然教務長也在，只見他們兩人坐在會客沙發上向我點了點頭。校長開口問：「P老師，請坐。主祕說你找我，有什麼事嗎？」

　　一組式樣簡單的會客沙發，就像一般家庭客廳裡的沙發組，M校長向來以簡樸生活著稱，當初來到N大學擔任校長職務時，第一件事情就是重新裝修校長室，據聞他嫌原校長室裡的那套原木會客桌椅組太過豪華，於是就換成現在這套樣式傳統簡單的沙發組。這個舉動曾讓全校師生一度以為本校來了一位清廉自持的

校長，全校上下無不歡欣鼓舞，熱烈地期待這位清廉簡樸的新校長能帶領N大學走出現今大學教育環境的污濁陰霾。不過，當時我心裡一直有一個疑問：校長一上任就花費近百萬元，把原本稍嫌豪華但並不老舊的校長室，重新裝潢整修成現今這個看似簡樸的樣貌，但若真的簡約樸實，原本的校長室並非老舊不堪使用，為何又必需花費這筆裝潢費用呢？其中不免令我內心興起「沽名釣譽」的想法，只是當時全校都沉浸在新校長的如沐春風裡，我也不好向周邊的師友們提及這個「以小人之心，度君子之腹」的念頭。如今想來，我那時候的直覺，似乎也反應了某些徵兆。

校長坐在單人座位上、教務長坐在雙人座挨著校長左邊坐著，我只好繞過中間的大玻璃茶几，走到校長右手邊的三人座位坐下來，一抬頭就看到對面的教務長一張皮笑肉不笑的圓臉向我點頭示意。我略微點頭回應後就轉頭向校長直接說明來意：「校長，我今天聽到一個消息，是關於社會系的一個學生S被退學的事。聽說S在前幾天的學生獎懲委員會裡，因為曠課45小時而決議給予他退學處分，不知道校長知道這件事嗎？」

「P老師，原來你是為這件事來的。學生獎懲委員會我並不是主席，你說的這件事我也不太清楚。不過，您說這位S同學是因為曠課45小時以上被退學的，依校規這樣的處分，好像也沒有不妥之處啊。」校長還是不改他一向非常親切和藹的口吻。

「校長，雖然校規有這條曠課45小時退學的規定，但一般而言，不都是學期結束時才會統計所有學生的曠課時數，而且在這之前，還需有導師通知與輔導，如學生的確因有事或生病，也

是允許學生可以事後請假的，不應該在學期當中就貿然實施退學處分。」我轉頭望向教務長說：「剛巧教務長也在，我想這些規定，教務長應該也很熟悉才是。」

「嗯，嗯，P老師，這個學生的情況好像比較特殊。嗯，詳細情況我也不清楚。嗯，學生退學處分的權責在學生獎懲委員會，教務處這邊也不過就是執行委員會的決議而已。」教務長被我突來的問句迫得他顯的有些侷促，似乎一時間不知道如何回應我，勉強擠出了一些制式化回答內容。

我當然不滿意教務長的回答，於是我又轉頭看著校長，希望校長也能給我一些答案。校長與我四目交會時，不知是不是為遮掩心裡的不安，只見他馬上轉移眼神，向著校長室外的祕書處呼喊：「主祕，主祕，你馬上叫學務長來一趟校長室，說我有事找他。」然後才轉回頭看著我說：「P老師，你不要急，我們請學務長上來，問看看是怎麼情況？」

「校長，不是我著急，而是這件事關係到一個學生未來跟前途，我們不能草率隨便啊。」我說。

過不多久，學務長走進校長室說：「校長，您找我？」，他一眼看到我坐在沙發上，臉上稍微閃過一絲疑惑，微一轉頭向教務長遞了一眼神，似乎是向教務長探尋：「現在是什麼情況？」，只見教務長微微搖了一下頭，回給學務長一個似乎有些無奈地的表情。

「學務長，你先坐。」校長對學務長說：「剛才P老師來問我，說社會系有一個學生S被退學了，你知道這件事嗎？」

　　「校長，我知道，這是不久前的學生獎懲委員會中的決議案。我們都是按照校規辦理的啊，有什麼問題嗎？」學務長一聽是S的案子，口氣有些不悅地說。

　　一聽到學務長這樣說，我實在忍不住了：「學務長，你說一切依校規處理，但據我所知，S同學的案子是幾天前的學生獎懲委員會中決議的，內容主要是說他曠課達45小時以上，依規定予以退學處分。可是，根據學則的規定，曠課時數達45小時，必須是一整個學期的結算，而非在學期當中一達到45小時就立即予以退學。因為有些學生，可能是因為生病或其他重大事故，讓他來不及請假而曠課，過去我們也都是讓他們可以補請假的，為什麼S這個案子不是這樣的處理程序，而是在倉促間給予這麼嚴厲的處分？」

　　學務長似乎被我這番話嚇到，一時間不知道要怎麼回應我，只是一雙眼睛好像很無辜地看向教務長及校長。教務長看氣氛尷尬，就出面緩頰：「P老師，你誤會了，我想學務長的意思是學生的獎懲都是按校規處理的，但是在情況特殊的時候，也可以有一些緊急的處理方式。」

　　「教務長，這就讓我更不解了，S同學的這個案子，究竟有什麼特殊，而必須要做這樣的緊急處理？」聽到教務長的說辭，我更不客氣地問。

這下子換教務長的臉色難看了，只見他漲紅了臉說：「P老師，我們看你是學校的資深教授，才這樣客氣地向你說明，可是你一直這樣得寸進尺地逼問我們，我看你是存心來鬧的吧！」教務長向來以老謀深算著稱，今天怎麼一下子就生氣了，讓我有些奇怪，果然他接下來就轉守為攻地質問我：「P老師，我問你，S這個學生跟你是什麼關係？你為什麼這麼維護他？以往學校開除學生的時候，也沒見過你這樣地來關切？你不要以為我不知道，S和上次自殺的那個S1，還有你們社會系一大票學生，我看他們都是你的信徒，這些學生的很多脫序行為，我看背後都有你，你不要以為我不知道。」

　　「身為社會系的老師，我來關心社會系的學生被退學的事，不知道哪裡不合理了？這些同學都是很優秀的學生，他們從課堂上學得社會學的理論，然後到真實的社會上去實踐他們的理念，又有什麼不對了？所謂的脫序的行為，究竟是一群老賊掌控著社會資源而枉顧一般大眾的權益？還是這些熱血的青年為社會大眾及社會發展所作的抗爭努力？教務長，你是從公立大學退休的資深教授，一向高高在上享受社會資源習慣了，你怎麼會知道社會底層的民間疾苦。」不知道是哪裡來的勇氣，我一股腦地把這些年對這位教務長的怒氣發洩出來。

　　說完這些話，我也不理會教務長的臉色如何，我把頭轉向校長M：「校長，學務長說一切依校規辦理、教務長卻說這是一件緊急的處理個案，不知道您是如何看待這件事情？」

　　「P老師，你不要急，我們慢慢商量。」校長不改他和氣的

面容，他慢慢地說：「P老師，你知道的，現在大學競爭愈來愈激烈，各大學的招生手法也愈來愈多樣，我們學校若不迎頭趕上，我很擔心很快就會被這一波的競爭浪潮淹沒淘汰。」

雖然我知道各大學早就把招生業務列為辦學的頭等大事，而且N大學在M校長的領導之下，更多次在各種公開場合宣示招生的重要性，但是現在聽校長慢條斯理地談招生業務，心裡實在有些不耐煩，忍不住想：這跟S被退學有什麼關係啊？於是我微搖食指示意要反駁校長的論點，校長看我似有舉動，就伸出手輕輕拍了一下我的手背，說：「不要急，聽我說完。」他頓了一頓繼續說：「從我接任N大學的校長職位以來，我一直都是非常努力地為學校的招生在打拚，因為我知道一所大學的命脈在學生來源，只有生源不斷，這所大學才能永續經營下去。雖然我也知道你一直強調的大學理想，但是你想想看，如果學校沒有了學生，那你所主張的這些理念要教給誰？而且，如果沒有了學生，那又何必再需要老師來教呢？沒有了學生，N大學就失去了存在的價值了。」

實在按捺不住，我終於打斷了校長的說話：「校長，您說的這些，我都知道，有些道理我也同意，不過對大學理念這部分，我可能還是與您有些不同的看法。不過，今天我並沒有要討論這個議題，我的疑問是：招生業務跟S同學被退學有什麼關係呢？」

校長還是一派和藹可親的模樣，露出一抹微笑，就像是一位長者看著一個衝動的毛頭小伙子，那神情顯露出「小伙子，你

還年輕，你不懂，來來來，我告訴你……」的言外之意。老實說，我還真不吃這套，這種倚老賣老或是扮演智慧老人、心靈導師的方式，向來是我非常厭惡的，就像是年紀大、閱歷多、或職位高的人，他們說出來的話一定有道理，如果你不懂就代表你沒有這個智慧。但是，在探尋真理過程、學術探討的思辨、在公眾事務議題、在社會正義的實踐中，我們難道不該以自由與平等的姿態，集思廣義地共同探索與思考這些問題嗎？我腦海裡突然浮現幾年前看過的一篇研究報告：在一般的團隊行動中，階級制度的分工有助於提高效率，但若是重大決策時，階級制度反而有害於結果。例如哥倫比亞大學針對56個國家，5000多團，共30000多名喜馬拉雅山登山者調查，發現：登山者如果來自重視階級文化的國家（例如日本，韓國等亞洲國家），則比較容易在喜馬拉雅山喪命。因為重視階級的國家與文化，決策一般由上而下，即使在面對緊急情況，也不會開口警告或提醒領隊，這些登山者保持沉默以維持階級秩序，但卻反而陷於危及生命的高風險中。顯見，如果環境劇烈變化，我們得隨機應變，此時團隊中每一個人的觀點都很重要，然而階級卻可能讓人緘口不言。可是，如何有效發揮階級制度的效率？且又能避免因決策者失誤而引發重大危害？關鍵就在於有效的溝通！

　　校長當然不知我心裡已經轉了這許多的念頭，他繼續以智慧老人的姿態勸服我說：「表面上看起來，這位S同學和學校的招生業務好像不相干，可是就像我剛才說的，各大學的招生競爭已經到了激烈異常的地步了，有許多不是那麼光明正大的手段，正在各大學之間流傳，你不知道嗎？過去那種送電腦、送機車、送獎金的作法早就不管用了，有些大學專門惡意中傷其他同等級競

爭的學校，來達到它招生的目的。前幾週我們學校有一個學生自殺，已經鬧得媒體皆知了，而這個S同學在當時反而火上加油地助長媒體對本校的負面報導，這其實就已經觸犯『毀損校譽』這一條校規了，現在又曠課45小時以上，可說是罪上加罪，學務長說這一切都有校規依據，並沒有說錯，教務長說這是特殊狀況也是事實。因為上週W副校長從別的學校那邊聽到一個消息，就是他們準備利用S同學的事件做文章來毀謗我們學校。所以，我們才緊急召開了學生獎懲委員，讓S同學退學作為學校校譽的停損點。」

聽完校長的說辭，我終於明白：校長從頭至尾都是知道這件事的，甚至是默許了學務長用犧牲S的方式來為學校進行媒體止血的動作。此時心裡的悲慟竟讓我一時說不出話，心裡想：我到底是處在怎樣的時代？怎樣的大學？怎樣的高等教育環境？怎麼會有一所大學會為了維護所謂的校譽而犧牲學生的權益？怎麼會有一所大學會為了招生而惡意中傷其他大學？怎麼會有一個國家會放任它的大學教育政策淪喪到這樣的地步？

校長、教務長和學務長看我半天說不出話來，都以為我被校長的這一番話勸服了，學務長面帶微笑地說：「P老師，你懂了就好了，其實我們都是一番苦心，為的就是學生的校譽與未來的競爭力啊！」

「不！」我用幾近於吶喊的方式擠出這一個字。「你們知道在你們自以為天衣無縫的計畫裡有一個無辜的受害者嗎？你們知道你們可能在逼他走上跟S1一樣的自殺絕路嗎？會拿一個孩子的

犧牲去維護所謂的校譽，這樣的學校已經不值得去維護了，你們不知道嗎？」

我緩緩地把頭轉向M校長，我用極沉痛的心情向他說：「校長，你知道在台灣的高等教育史上曾經發生的『四六事件』嗎？如果你們不知道，請容許我講述一下這段往事。」

「1949年的4月6日，台灣大學與台灣師範大學，當時還是「省立師範學院」兩校學生串聯成立『台北市學生聯合會』，以『救苦、救難、救饑荒』、『爭取生存權利』、『反對飢餓和迫害』、『要求民主自由』等訴求，號召全省學生團結。當時派任台灣的省主席兼警備總司令陳誠，卻以學生受共產黨思想毒害為由，對學生運動進行鎮壓。面對這樣的威權鎮壓行動，台灣大學與台灣師範大學兩校的校長，卻採取兩種截然不同的因應作法。時任台大校長傅斯年，他強烈表達不滿，嚴詞警告當時負責逮捕行動的台灣警備總部司令彭孟緝，他說：『若有學生流血，我要跟你拚命！』，因此台大在整起四六事件中，由於傅校長的保護而受創較輕；反觀台灣師範大學，時任師院校長謝東閔，在他高度配合政府並協同軍警之下，還一同前往學校宿舍逮捕學生，甚至成立『整頓學風委員會』，由劉真擔任主任委員，把當時支持學生的師院老師謝似顏、林本、王德昭、黃肅秋等多位教授解聘。後來統計院師被逮捕的學生有近百名，其中更有7名學生遭到槍決。可笑的是，這個劉真後來還因此事有功而被拔擢為師院的校長。

六、七十年過去了，校長，您知道嗎？台灣大學的學生到現

在都感念傅斯年校長那時的眞知灼見與道德勇氣，而台灣師範大學那塊劉眞題字的匾額，每年到了4月6日這天，都會被不知名的人士潑漆。您知道嗎？今天您的這個決議，犧牲的不只是一個學生，您犧牲的也是N大學的創校精神，您眞的甘願做一個被N大學所有學生唾棄的校長嗎？」

一口氣說出一大段台灣高教史上的黑暗過去，只看到教務長一聲冷笑：「P老師，在這裡還輪不到你來說教。M校長是什麼人啊，能讓你這幾句話就唬住。我看你才是我們學校最大的亂源！」教務長稍微停頓了一下，看了一眼校長的神情默然，並沒有阻止他講下去的意思，更篤定自己想的沒錯，就繼續說：「從我跟隨M校長來到N大學以來，我看到的是校長和所有行政團隊的人，都一起在爲學校的生存和招生努力，每個人每天都忙到三更半夜，不僅要到教育部作各種報告，還要對這些長官們躬腰哈背。你有沒想過，以M校長的社會歷練與資格，幹嘛要這麼辛苦和卑躬屈膝？這還不都是爲了N大學。可是，我看你一天到晚罵學校這個、批評學校那個，搞得大家都很難做事。有幾次還寫公開信批評校長，這都讓我們的對手拿去作爲攻擊學校的文宣了，你被人利用了還不知道，而且傷害的就是自己的學校。這幾年校長一直寬宏大量不跟你計較，可是你反而愈來愈囂張，你剛剛講的那是什麼話，你是在威脅校長嗎？說的好像如果不按照你的方法做，校長就會變成千古罪人一樣，你以爲你是誰啊？」

教務長L說的是我這幾年來在N大學所做的事情。在N大學，我找了一些志同道合的老師，我們以N大學的教育改革作爲起點，放眼台灣高等教育的整體，我們組織寫手會議，在各大媒體

報紙發表各種教育宣言、批判各種不公平與不正義的教育政策；我們也積極尋求各方有志於教育的有力人士，為台灣高等教育共同努力與建言；當然，我們也向N大學的管理高層，提出各類改革方針與具體做法，期待重拾N大學的建校理念，以社會公益與公義為訴求的書院理想，為台灣豎立一個改革的標竿——在這個高等教育的戰國時期，當所有的大學院校不斷地為了求生存而惡性競爭的同時，我們希望看到的是一個「不以求生存為目的，但卻反而能生存」的理想大學，因為我們相信台灣還是有很多人會認同並且支持這樣的建校理念。不過，這一切的努力，在學校管理階層的主管們眼中看來，就像是一群異議的極端分子。

　　「教務長，謝謝您的指正。我並沒有指責校長的意思，我也沒有認為自己的想法就一定是對的，但是我是真的希望校長不要被一時短視近利的做法，蒙蔽了學校未來的發展。」說完我決定不理會教務長，我把頭轉向校長，並投以和善的眼神，希望他能感受到我的善意，我把自己說話的語調轉換成較和緩的口氣，嘗試對校長動之以情：「校長，剛才我並沒有對您不敬的意思，而是退學S同學這件事，實在事關重大，我不希望您是在被蒙蔽的情況下做這個決定。請您想想，S1同學自殺這件事，已經讓學校處於負面新聞的情況了，如果現在學校把S也逼上絕路，若再發生什麼意外，對學校的形象不是更加不利嗎？給S同學一個機會，其實也是給學校一個扭轉形象的機會啊！」

　　終於校長的臉上露出些許微笑，似乎肯定了我這番話的內容，但是他仍憂心地說：「P老師，剛才教務長的話，你不要放在心上，雖然大家在做法上有些不同，但我知道你都是出於對學

校的好意。」校長也轉頭向教務長點頭示意，然後再轉回來看著我說：「現在的情況是，各界媒體及我們對手的一些學校，他們都拉長脖子看我們學校的笑話，他們就等著我們在處理S1同學自殺這件事情上出錯，然後就準備拿我們學校開刀，而且由於S1這些同學在這次的社會抗爭活動中，都是很活躍的分子，所以教育部及政府的各部會也不斷地來文給學校壓力。總之，我要讓你知道的是，我們學校現在的處境其實是很艱難的。所以S同學的退學案，我跟幾位一級主管都討論過了，我們大家都認為這樣的處置是最明快、也是學校受害最小的方式了。雖然讓S同學承擔了S1自殺及其後續的壓力，但我們在處置的公告上都沒有直接說這件事，只是記錄了他曠課45小時的實際狀況，我想這已經把對S的影響降到最低了。更重要的是，S被退學後，媒體及社會大眾對S1的自殺案，就比較不會那麼關注了，因為一切不幸事情的發生，大家都找到了原因，也算對社會大眾有了交代了。對我們而言，至少引發S1自殺的源頭S已經不是我們學校的學生了，我們學校也不必再擔負著這個事件的負面壓力了。」

聽完校長一席話。心想：是啊，這就是校長及學校所有一級主管們共同想出來的解套方式——讓一個才大二的學生背這個黑鍋，讓他承擔所有的壓力，為的就是讓N大學在這波負面的新聞事件中能全身而退。一想到這裡，我的心完全沉入谷底，因為我知道，面對校長M及這群學校主管，我根本改變不了他們什麼。

十一

　　開車回家的路上，心頭沉重不已，幾乎壓得我喘不過氣來，回想剛才在校長室，面對校長、教務長和學務長三個人的軟硬攻勢，我最後丟了一句話：「校長，我知道你們所做的一切，都是為了保護學校，但我的疑問是：一所不懂得保護學生、沒有社會責任、只想著自己利益的大學，我想已經喪失了它作為一所大學的資格了，我不知道你們為什麼還要不擇手段地保存它？如果你們執意這麼做，我一定會保護這個學生到底，我會讓世人都知道原來我們學校是這樣的一所大學。」說完我站起來就離開了校長室。

　　雖然對校長他們丟了一句狠話，但我對於如何保護S實在完全沒有頭緒。車子一路開著開著，望向前方遠處的天空，烏雲密布大雨將至，就像我現在的心情一樣，思緒百轉千迴，卻又不知如何理清楚。索性把車子停在路邊，一個人走在這條熟悉但卻從未停下腳步的街道上，這是學校附近的一條街道，從N大學創校以來，它從一條冷清少人煙的巷道，逐漸商店林立，儼然成為N大學牆外的一條小吃街，許多店舖都是依靠著N大學每天熙來攘往的學生們而維生。走到騎樓邊的一張長椅坐著，看著學生們在這裡漫步、嘻笑、聊天的各種身影，心裡想：他們知道自己為什麼要讀大學嗎？又或者他們知道自己讀的是哪一種大學嗎？生命充滿各式各樣的荒謬與無奈，而我們每一個人身處其中，卻一同參與了它所有的歷程，那些曾有過的年輕歡笑、那些曾痛徹心扉的打擊、那些曾心緒低迷的幽谷、那些曾高談闊論的理想……。看著這一張張年輕稚氣的臉孔，我不禁問我自己：我能給他們什

麼呢？

　　我又想到T老師。他曾經問過我：「你有沒有想過，我們手上的這杯咖啡是怎麼來的？」記得有一次在他的研究室喝咖啡，他突然停下手邊沖泡咖啡的動作，突然問了我這個問題。

　　T老師說：「咖啡農種植咖啡、採收紅色的咖啡果實、去除果肉的後製作業、產地收購咖啡豆的商人、大宗批發到分類包裝、烘豆廠的烘焙製作、然後我們就可以在大賣場或百貨公司買到可供沖煮的咖啡豆、或是隨意地走進一家咖啡店點一杯沖煮完成的咖啡飲用……。這一切看起來似乎都很平常，但事實上真的是如此嗎？在這整個產銷的過程中，其實存在著許多非常嚴重但卻不為人知的問題，這些問題是多數的咖啡客看不到，甚至是一輩子都不會發現的，那就是：咖啡作為一項經濟作物，它的商品末段售價和原物料價格的相關性卻非常的低，反而是跟末端的加工成本與經營型態才有比較高度的相關。換言之，當你用50至100元的價格買一杯咖啡飲用時，這些錢中的99.9%可能都是付給店家的商業利潤，或是耗費在層層轉銷的過程裡，而僅僅只有0.1%的錢才是真正到了咖啡農的手裡。」他意味深長地為這段談話作結論：「從小到大，我們可曾想過在這個世界上有許多我們不認識的陌生人，他們正在貧窮與困境中掙扎地生活嗎？」這不就是我現在的處境嗎？原來，二十年前T老師就已經用「咖啡商業鏈中層層轉銷的消耗，對底層咖啡農的剝削」召示出現今我所面臨的「高教環境裡層層轉包，對基層教職與學生權利的壓迫」。

在這個教育價值錯亂的時代裡，還有哪一位老師會教導我們去思考其他陌生人的處境？我想原因大概就是，太過度地追求教育目的，卻反而喪失了教育的本質。何以如此？因為主導者之「教育目的」不一致所造成的，例如國民黨執政時期，以反共抗俄為教育目的，輪到民進黨執政了，又以推行愛台灣的本土教育為首要目標，這就造成了這一代學子的價值觀混亂，可見教育若帶有某種目的性的話，教育本身就會淪為一種工具。過去所謂的教育，就是把老師們或教育工作者的理想目標放在受教者身上，並要求受教者務必一一達至目標，卻未必詢問過受教者真正的意願或需求。可是，每位個體都是獨一無二的，其喜好或厭惡的東西也都不相同，但我們卻硬要將一樣的教育目標套在每個人身上，並要求達到一定的目標，這反倒讓教育變成了一個奇怪的生產輸送帶或機器了。

　　顯然，在校長M及教務長L他們這種「犧牲小我，完成大我」的論調中，唯一沒有被他們納入思考範圍的，恰恰就是像S這樣的學生，一個對他們而言，完全陌生的他者。

　　我想起法國存在哲學家卡繆在〈薛西弗斯的神話〉一文中所說的：雖然生命的本質是荒謬性的，但唯有認清生命的荒謬性時，我們才能真正超越這個荒謬性。在原本的希臘神話故事中，薛西弗斯是以詭計多端聞名的科林斯國王，由於欺騙死神桑納托斯，而遭眾神之神宙斯懲罰，被打入地獄的薛西弗斯必須把巨石滾上山頂方可停止天譴，可是每回巨石推到山頂時，便又滾落至山腳下，於是薛西弗斯只好日復一日、永無止境地推著巨石。而他的處境之所以成為悲劇，是在於他有片刻的清醒，體認到自己

的絕望，也因爲他有這份清醒，這份工作才成爲一種懲罰。卡繆把這樣的處境稱爲生命的「荒謬」，薛西弗斯的命運代表了努力的徒勞與無望，我們就像薛西弗斯一樣，過著日復一日且一事無成的人生。既然我們的存在如此沒有意義，這個宇宙又是如此非理性，我們當然要問：「我們眞的只能這樣的活著嗎？」可是當卡繆重新省視薛西弗斯的神話後，他卻有了全新的體會：當薛西弗斯無視於命運的作弄，認清生命本身的荒謬性時，在這瞬間，他便超越了那塊巨石，也超越了命運。

當然，這樣的生命超越，仍需要有極大的勇氣作爲後盾。什麼樣的勇氣呢？一般人常把勇氣視爲面對恐懼、痛苦、風險、不確定或威脅時所展現出的無畏精神，這包括了對肉體疼痛、情緒困境、社會壓力、道德承載、甚至是死亡恐懼的各項勇氣展現。當然，相較於忍受肉體痛楚的「生理勇氣」而言，人們更讚許的是面對不公平、不正義的社會壓力時所展現出來的「道德勇氣」。這樣的勇氣，應該存在於當代所有具有公民意識的知識分子身上，有趣的是，多數人並不會這樣做。因爲人們總是怕，怕引來異樣眼光、怕招致社會輿論的壓力、怕高層有力人士的迫害、怕身家性命遭到威脅……。的確，需要害怕的事情太多，讓大多數的人們對許多應該挺身而出的行爲卻步。再深一層想，或許，人們眞正怕的並不是這些看得到的威脅或迫害，而是面對不可預知的未來，及其伴隨未知而來的焦慮與恐懼，因爲他們甚至不知道他們所害怕的到底是什麼。

想到這裡，我突然發現：這不就是教育的目的嗎？從教育的省思中找尋自身存在的價值，然後在彰顯自身價值的過程，我

看到了存在的勇氣，然而勇氣並非只是不懼疼痛的匹夫之勇，而是必須看到生活周遭中每一位他者的重要性，最後，將他者推至整個自然萬有的存在，自己與世界合而為一。德國哲學家海德格爾就曾提醒過世人：讓每一位終有一死者拋棄自身的主觀成見，以自身最原始本己的樣貌，應和著天地萬有的召喚，讓自己返回並置身於自然萬有之中。於是，我們便會開始看到：壺和凳、橋和犁、樹木和池塘、小溪和山丘都是物，而且是以各自的方式為物；蒼鷹和孢子、馬和牛，也是物，也是以自己的方式物化著；以此類推，我們生活周遭的一切，鏡子和別針、書和畫、王冠和十字架……等等都是物，以自己的方式成為物，萬物皆「是其所是」地以自身最本己的樣貌展現。如此一來，作為終有一死者的人，才在棲居自然萬有之中，體認到自己也是萬物之中的一物。至此，人與萬物合而為一，與整個自然世界結合為一。

教育的意義，不僅在於對自己生命的探索，也在於看見他者的存在，更在於自我與他者相遇的場域，一個由自我對他者的凝視及他者對自我的彰顯而築造出來的場域。這個場域是天地萬物得以相遇的契機，它的特殊來自於它的無目的性，既非為自我而存在、也非為他者而存在，而是在每一個自我與每一個他者的相遇後，所迸發而出的獨一無二性，所以它沒有預設的目的與答案。

當一切的發生都是那麼自自然然，彷彿所有的作為與不作為都是自然內在的一部分，我在過去、現在和未來所做的一切，都再無對錯，或者應該說都是對的，那麼，我們還需要害怕什麼嗎？

斗大的雨滴開始從天空落下，我在雨滴的催促下，從長椅上的沉思中醒來，抬頭看著路上的行人和學生們，他們紛紛加快了腳步，開始在雨中奔跑了起來，這雨中的情景彷彿是一幅畫，又像是一首歌。不知不覺受到這場突如其來的大雨影響，我的心情也隨之飛揚起來，握緊雙拳下定決心，我得跑一趟屏東去找S，我必須要當面告訴S的父母：「學校沒有權力退學S，這件事情S沒有做錯什麼，身為S的老師，我非常以S為榮，我也相信S未來的成就，必定是您們的驕傲。」我還要告訴S：「不論學校如何對待你，你自己的生命意義在於你自身如何看待自己，而不是這些外在文憑學歷的枷鎖。」

　　此情此景，竟有幾許熟悉之感。是啊，當年我和T老師最後一次碰面時，他不也曾經對我說過：「P，你要記得，我們必須真正體悟到在自然的微笑中，泰然接納天地萬有的本己面貌，即便它對我而言是一個錯誤的認識，但它仍還『是其所是』它自己原本的樣子而已。所以任何事物，包括未來你可能會面對的各種困境或成就，它們其實都僅僅按照它們自身本己的面貌存在而已，而我們對它所作的任何努力與回應，都不過是讓它自然地展現自身的本分罷了，因為這些努力與回應，也正是『我之所以為我』的本己面貌啊！然後，你就會慢慢地體會到當你的本己與萬物的本己兩者相遇之時，便自然地成就了當下所有存在者的美感，包括你、我以及所有的一切，都有了它們的美學意義與定位！」

　　當時的我並沒有真正了解這段話的意義，只是心裡有著太多太多的疑問，不知道如何問起。可是現在，這件壓抑在心中多

貳

往事

出場人物

B （K大學國民黨教官）

H （N大學社會系助理）

Lu（K大學哲學系助理）

P （第一人稱-N大學教授年輕時期-K大學社會系三年級學生）

P1（P的大學死黨-K大學社會系二年級學生）

P2（P的大學死黨-K大學電機系一年級學生）

P3（P的大學死黨-K大學物理企管雙修四年級學生）

P4（P的大學死黨-K大學哲學系三年級學生）

PG （P的大學女友，因信佛教虔誠而分手）

PK （P在K大學時的同學和室友）

T （P年輕學生時期的老師-K大學哲學系教授）

T1 （K大學哲學系副教授主任）

T2 （K大學哲學系副教授）

T3 （K大學哲學系老講師）

T4 （K大學社會系主任）

Wu （K大學附近品豆咖啡屋的老闆娘）

一

　　那是我大三那年發生的往事，這天下課鐘響，我匆匆收拾了上課的筆記，未等老師喊下課，我就已經從教室後門溜出來。嚴格說來，這門「社會心理學」是我還覺得有趣的科目了，比起其他老師在「社會統計學」、「政治社會學」、「質性研究」……的上課方式，「社會心理學」老師的課可就有趣多了，老師不時舉日常生活常見的實例讓課程內容不枯躁無聊，有時也會拿一些心理實驗的結果來佐證學理，讓我們這些社會系的學生聽得欽佩不已！

　　不過，今天是我和幾個死黨約定讀書會的日子，而且今天輪到我主講，可不能遲到。匆匆趕到學校側門的「品豆咖啡屋」，開門進去，就已經看到P3、P4兩個人已經坐在角落那張我們經常聚會的桌子。

　　「Hi！Wu姐，來杯耶加雪菲。」Wu姐是品豆的老闆娘，不過話說回來，可別誤會她已婚，真正說起來，應該稱呼她「老闆」才是。Wu姐是已經畢業很多屆的學姐了，她在社會上工作了幾年，總覺得很懷念大學的這段生活，於是存了一點錢，再向家裡「貸款」一些，就回學校旁開起這間咖啡店，當起「老闆娘」了。我們這幾個大男孩常笑她，整天守著這間店，再不嫁出去，可真要成了「老闆的娘」了。她倒是老神在在地開玩笑說，要我們幾個給她介紹男朋友，最好是系上那些未婚的年輕教授。我們也跟著起鬨，說是如果介紹成功，她可得施展美人計，讓我們幾個all pass。不過，說歸說，誰也沒認真過。

「對不起，來晚了！」坐下來忙向P3和P4道歉。

「沒關係，反正P1、P2他們也還沒到。」P3看我急著趕來的樣子。

喝口水，稍作喘息，我把今天要講的大綱拿出來準備。「今天，我們要討論的是1492年哥倫布發現新大陸帶給歐洲世界的震撼。」我把大綱給他們看，順便說明了一下。說著說著，P1和P2已經先後到了。

說起我們這幾個讀書會的朋友，還真是奇異的組合。P1是社會系二年級的學弟，雖然低我一年，可是他的思想與博學，可不輸給我們這幾個學長；P2是電機系一年級的學生，平時一定是被他們系上的老師「電」多了，所學博雜，記憶力驚人，跟他說過一遍的電話號碼，他馬上記得，即使隔了好幾個星期再問他，他也能正確無誤地記起來，我們常笑他是「電腦輸入系統」；P3，外號「神」，目前正在修雙學位，物理和企管的四年級學長，他的本名其實跟這個「神」字是沒關係的，可是他會的事情實在太多，舉凡修電腦、爬山、寫程式、辦活動……無一不精，再加上有一次我們去溯溪露營時，他為了抓溪蝦要搬一塊石頭，只聽他大喊一聲：「萬能的天神，請賜給我搬石頭的力量！」，然後他就真的把一顆斗大的石頭移開了，從此他的「神」的名號不脛而走，傳遍所有朋友之間；P4則是典型的哲學系學生，雖然才三年級，但已經很有哲學家的味道了，那就是外貌邋遢、不修邊幅，平常講話和行事瘋瘋癲癲的，總是說一些讓人抓不到重點的話，但有趣的是，他卻常常在大家陷入苦思困境時，突然靈光一閃地

冒出一些切中要害的關鍵字，這時的他雙眼銳利，彷彿以上帝之姿洞悉人世間的一切。至於我，則是社會系三年級的學生，從新生入學一路走來跌跌撞撞，成績平平，雖沒有被當了一屁股，但也僅多是低空掠過而已，唯一的長處，大概就是平時喜歡涉獵各類書籍，像物理、心理、管理、社會、機械、哲學、藝術、文學、小說……，雖然都不很專精，但卻對所有的事情都感興趣，我想這大概是我為什麼會和這些死黨變成好朋友的原因吧！

　　說來也真奇怪，我們幾個所讀科系都不一樣，竟會湊到一起。這主要還是我們都有一樣共同點，那就是我們都修過T老師的課，而且都被T老師感染喜歡喝咖啡的習慣，除了常常到T老師的研究室喝他的「精品咖啡」外，我們也常在校外的這家「品豆咖啡屋」聚會喝咖啡。

　　我看人到齊了，就準備開場了：「上次大家說要討論哥倫布發現新大陸對美洲及歐洲的影響。我稍微找到一些資料，我先報告給大家聽聽看，等一下再請大家針對我的資料內容提出問題。」看著大家聚精會神地看著我，我繼續說：「哥倫布出生於中世紀的熱那亞共和國，就是現在的義大利西北部，他受到西班牙王室的贊助，曾四次橫渡大西洋，其中1492年更到達現在的美洲大陸，當時歐洲的人們稱之為新大陸。這個新發現也開啟了歐洲人對美洲的殖民史，因為當時正值歐洲各國的經濟競賽，它們希望透過建立海上貿易航線來開拓殖民範圍和累積經濟資源，所以當哥倫布為西班牙王室航行到達美洲大陸時，即宣稱美洲為西班牙帝國的領地，這刺激了後來歐洲延續幾個世紀的大航海時代，對現代西方世界的歷史發展影響至深且巨。因此，時至今

日，仍有許多歐洲人歌頌哥倫布，把他的名字當成是一種探索未知世界的冒險精神。不過，我們都知道，這當然是歐洲白種人的觀點，因為對美洲的印第安人而言，哥倫布這個名字代表的反而是西方白人對美洲的殖民與屠殺。」

「所以，所謂的哥倫布『發現新大陸』，完全是歐洲人的觀點嘛！對印第安人來說，他們後來被歐洲白種人統治，根本就是一種文化不對等所造成的階級殖民統治。」P4終於忍不住發問了。

「有道理，從古到今，所有的文化衝突，說穿了，其實就是弱肉強食的殘酷結果。你們想想，這樣的情形不止發生在美洲大陸，也發生在非洲和亞洲，遠的不說，就說中國近代史上被歐美各國侵略瓜分的情況，就是另一個活生生的例子。」P3呼應了P4的說法。

「對，你們看台灣近百年來的發展，不就是一部被不同強權統治殖民的血淚史嗎？從荷蘭時期到明鄭時期、從清朝再到日本統治、最後再到國民黨的威權體制，對台灣人而言，不過就是從一個主人換另一個主人的過程而已，根本不變的就是台灣人永遠都是被殖民的奴隸。」P1把話題帶到台灣的被殖民史。

P1的這些話讓我們大家有些驚訝，雖然現在的台灣剛解嚴，許多民眾的民主思想逐漸抬頭，但這樣明目張膽在公開場合說這些話，還是讓我們有些擔心。

「照你這樣說，真正的受害者應該是台灣的山地人才是，他們被漢人趕來趕去的，就像美洲的印第安人一樣。」P2把話題轉移開去。

「不錯，說到底，台灣真正的原住民就是這些山地人才是。可是，這樣一來，我們每一個平地人不就都成了台灣殖民過程中的加害者了嗎？」P3接著P2的話題。

「我同意P2的觀點，但若說我們每一個人都是對山地人的加害者，這會不會扯太遠了？我的意思是：過度追討過去歷史的傷痕，只會造成不斷的對立與衝突。我真正在意的是現在，你們想：現在都什麼時代了，政府還在用過去那一套權威統治的模式，如果這種思維不變，那麼剛才我們說的那種殖民與奴役的社會狀態，就永遠不會改變，只是不同的時期有不同的主人與奴隸而已。」P1不死心，把話題轉移回來。

對P1這個學弟，我向來是非常佩服他的博學及對社會道德勇氣，他這番義正辭嚴的話真的直透到我內心深處，但身為今天的主講人，我不得不把剛才大家已經發散了的話題拉回來：「我們今天不是要討論哥倫布嗎？怎麼談著談著就談到台灣的現況來了？而且我覺得這個話題，也不適合在公開場合談。」

P1搶過我的話：「學長，可是我覺得我們雖然研讀的是過去的資料或歷史，但它一定要對現況有所助益或反省，這樣的研讀歷史才有意義。」

P1的話得到其他人的熱烈贊同，而且都認為這個話題非常重要，應該繼續探討下去才對。於是我靈光一閃：「其實我也很贊同P1，可是這個話題在這裡聊，我還是有點擔心，難道你們不怕害Wu姐的咖啡店被查禁嗎？」我的提醒讓大家想起過去T老師常說的「白色恐怖」。我繼續說：「我的建議是，不然我們去T老師研究室找他，一方面地點比較不敏感，另一方面，若我們有什麼不知道的文獻資料，還可以請老師幫忙補充。」

　　我的提議馬上獲得大家的贊同，一群人馬上收拾書包，往T老師研究室方向出發。T老師的研究室位在哲學系辦公室外長廊的另一頭，所以每次我幫系助理送公文到T老師研究室時，都必須穿越整條哲學系長長的走廊，讓我可以好好地觀察所有老師研究室門口的各種擺設，以及牆壁上懸掛的古今哲學家畫像，只是「為什麼那麼遠？」一直是我心裡的疑問。有一次我禁不住偷偷地問系助理：「T老師的研究室為什麼跟哲學系其他老師的研究室距離那麼遠，而且離辦公室也有點距離？害我每次送公文都要走一大段路。」不過，根據系助理的說法是T老師比較喜歡安靜的環境，所以這間有點偏僻的研究室，還是他自己挑的呢。

　　「叩～叩～叩～」一群人在T老師研究室門口敲門。

　　「請進！」聽到門內傳來T老師的聲音，我們一群人就湧進了老師的研究室，讓原本就狹窄的空間更顯擁擠。

　　雖然這已經不是第一次來到T老師的研究室了，但每次來總是能感受到大學教授那種學問浩瀚的悸動。T老師的研究室空間

真的不算是大的，甚至可以說有些狹窄，所以，每當打開門就映入眼簾的三面牆壁的書牆，就顯得非常有壓迫感，而且這種壓迫除了是學問浩瀚的壓力外，更實際的就是空間上的視覺壓迫感——因為老師這三面書牆，用的就是學生宿舍裡常見的那種組合式書架，原本就不是什麼高級木板，拼裝後還一排一排地往上堆疊，幾乎頂到天花板，再加上書架裡放滿了各式書籍，除了書架上每一個格子裡都放置前後各一排的書外，在已經直立擠滿的書籍上又橫擺著許多論文、書籍、與各式資料。有時候我還真擔心：如果地震了，這麼碩大的書牆若垮下來，會不會壓死人啊？！

在這三坪不到的研究室裡，除了放滿三面牆壁的書籍外，在每個牆角邊的空隙處，也堆滿了各式雜物和紙箱，只留下研究室中央的一小塊地方。莫看這小小的一塊中央空地，T老師竟然還能把它區隔為兩部分：一是他的辦公區，放著一張辦公桌椅；另一就是會客區了，置放著一組簡單的籐製會客桌椅。我們一群人走進研究室裡，馬上就把這小小的會客區占滿了，T老師笑容可掬地從他的辦公區略微挪移就到了會客區，說：「今天怎麼回事？怎麼你們一起跑來找我？有什麼特別的事嗎？」

「老師，我們剛才在讀書會上討論一個問題，但沒有結果，所以我們就想來找您，聽聽您的看法。」P1首先發難。

「哦，什麼問題啊？好像很嚴肅。」T老師不改他平日的幽默作風。

於是我把剛才大家討論的議題，爲T老師又重述了一遍，最後我又強調了這次討論的爭議點：「老師，我們的問題是：台灣從荷蘭、明鄭、清朝、日本、到國民黨的統治，好像我們永遠都是被統治的奴隸，只是不斷地更換統治我們的主人而已？可是這個所謂的『我們』，表面上看來是指的是我們所有的台灣人，但是，我們又發現這個所謂的『台灣人』，其實還包括外省人、本省人、和山地人，如果再區分階級的話，那外省人好像又高於本省人、本省人又高於山地人，這樣說來，山地人不就是最底層的被殖民者了嗎？那我們本省人到底是算殖民方還是被殖民方？」

　　「好問題啊！雖然平時就常聽你們在討論一些重大的社會議題，但我沒想到你們已經思考到這麼深層的問題了。」T老師向來都是以肯定學生們的提問當作開場白，雖然這也讓我們小小的虛榮一下，但我們都知道接下來他的說話內容才是重點。果然，T老師招呼我們坐下來，他也坐在會客桌椅組中那張他最常坐的座位，他看大家都坐罷了，又開始說：「記得我曾經在課堂上跟你們談過一對存在主義哲學家朋友的故事，沙特和卡繆。在1954年到1962年期間，法屬阿爾及利亞爲爭取獨立自決而開始反抗法國的殖民與統治，法國當局對反抗者當然是施加殺戮及鎮壓，可是反抗者也在阿爾及利亞、甚至在法國本土展開各項抗爭活動，其中也有一些是傷及無辜的炸彈攻擊行動。那麼，對於這些反抗軍，我們應該支持還是反對他們呢？卡繆雖然也譴責法國當局的鎮壓方式，但是他對反抗軍的做法也不表支持，原因如他在1957年接受諾爾貝文學獎的演講中所說的：『現在有人在阿爾及利亞的電車軌道上放炸彈，我的母親可能就是電車乘客之一。如果這是公義，那我寧可不要公義，而要我的母親。』，這也呼應了卡

繆早年對納粹的看法，1940年時他就曾經寫過一篇文章〈既非受害人也非行刑者〉，明白地表達他的立場：『我永遠不會再成為這類人的一分子，不管他們是誰，因為他們甚至願意對謀殺妥協。』；與此相對的是沙特的立場，因為沙特打一開始就支持阿爾及利亞的解放運動，他不僅積極參與反抗軍的宣傳活動，還提供各項反抗行動的協助，甚至認同暴力在追求正義過程中的必要性。例如沙特曾為一位受法國迫害的阿爾及利亞人出版《問題在此》一書寫序，序中提到：『每個人在每時每刻，都能發現自己同時是受害人和行刑者。』這句話顯然是針對卡繆〈既非受害人也非行刑者〉的反駁。」

　　T老師問道：「你們從這對哲學家朋友的不同立場上看出什麼了嗎？」T老師停頓了一下：「誰是受害者？誰又是行刑者？或許從不同的立場來看，會有不同的結果，不過對於同樣都是存在主義的哲學家沙特和卡繆而言，他們關懷的都是人權的核心價值問題。所以在這裡，我想我們應該回歸問題的基本面，那就是必須要先從基本人權談起；再談政治操控下的人權；最後才能談如何爭取人權。」

　　「首先，什麼是人權？這指的是作為一個人最基本的條件，這個人應該要有免於恐懼、不被壓迫的基本生存保障，然後他才能享有言論、宗教、思想等的各種自由，這些我們姑且統稱為『基本人權』。你們有沒有發現：人權的保障竟然是以消極的負面表述作為開始的，就是免於被壓迫的自由。可是，從人類社會發展過程看來，即使這麼基本的人權訴求，都不一定能實現，這就是我第二個要談的『政治操控下的人權』。因為在各種不同的

政治環境中，人們被迫接受該政治實體所允許的人權，甚至有些人願意爲保護該政治實體而犧牲自己的人權，所以此時的人權是一種個體與群體妥協之後的產物。最後，既然人類離不開政治，而人權又是政治操控下的產物，那我們第三個必須思考的課題就是『如何在政治社會中爭取人權？』了。所以，你們可以發現人類社會發展史，其實就是一部政治史，它記載的就是人類從原始部落的首領制度、到以天命爲依歸的祭師或皇帝制度、到合於契約論的君主立憲制度、到現在的民主自由制度，整個發展過程，與其說它是政治發展史，不如說是人權內涵的演變史。」

T老師轉頭看了我，說：「剛才你們問『台灣人在不同的統治者之下只能永遠是奴隸？』和『本省人到底是殖民方還是被殖民方？』，但我的問題是：你們問的是台灣的哪一個時期？因爲就像我剛才說的，人權在不同的政治時期會有不同的面貌。所以，我覺得你們眞正想問的問題應該是：台灣什麼時候曾有過眞正的自由民主？或者，更正確地說，台灣人是如何在各個不同的時期爭取自由民主的？以及我們台灣現在是否就眞的已經擁有這份基本人權的保障了？」T老師看了看我們的反應，似乎大家都還在思索他剛才的一席話，來不及有什麼回應，他笑了一笑說：「我大概一下子講太深了，這樣好了，我舉例來說明吧！」

「台灣的自由民主發展，遠的就不說了，我從日據時期開始說吧。1921年由林獻堂、蔣渭水、蔡培火等人成立的『台灣文化協會』，以《台灣民報》做爲協會宣傳工具，在台北、新竹、台中、員林、台南等地設立十餘處讀報社，也時常以『文化劇』的演出方式來啓迪民智。其活動包括了對新知識、新思想的介

紹，舉辦各種講習會演講，並推廣民主及民族自決理念，後來甚至發起好幾次的台灣議會設置請願運動。可惜的是，協會的眾多成員因理念不合於1927年分裂為激進左派的『新文協』和主張地方自治的『台灣民眾黨』，之後再加上總督府對社會運動的壓制，導致台灣文化協會的式微。這大概是除了流血革命外，台灣最早的民主社會運動了；再往現在發展，1949年以後的台灣由國民政府接管，以『動員戡亂時期臨時條款』為名，實施了所謂的『戒嚴令』，整個台灣的民主發展比之日據時期，更有倒退之慮。例如1960年雷震與台港在野人士共同連署反對蔣中正三連任總統，並在《自由中國》社論〈我們為什麼迫切需要一個強有力的反對黨〉，鼓吹成立反對黨參與選舉以制衡執政黨，隨即籌備組織『中國民主黨』。同年9月4日雷震等人被逮捕，並被軍事法庭以「包庇匪諜、煽動叛亂」的罪名判處十年徒刑。在《自由中國》後，有《文星》、《大學雜誌》、《中國論壇》等，自由主義的發展，逐漸與當年的黨外雜誌劃上等號；隨著時代演變，終於在兩三年前（民國76年7月15日凌晨零時），台灣正式解除在本島、澎湖與其它附屬島嶼實施的戒嚴令，就是現在你們俗稱的『解嚴』，這個在台灣實施達38年又2個月的戒嚴令才走入歷史；但是這樣就是民主自由了嗎？前幾天在中正紀念堂廣場上有一場運動正在發起，現場矗立起一朵巨大的野百合花，象徵著自由民主遍地開花的希望，我聽說到今天為止已經有將近5000名來自全國各地的大學生，靜坐在中正紀念堂廣場，要求『解散國民大會』、『廢除動員戡亂時期臨時條款』、『召開國是會議』、以及『政經改革時間表』等四大訴求。我相信這必然會讓台灣的自由民主發展更進一步。」

這一番話聽下來，P1突然很激動地站起來說：「老師，您說的『野百合學運』我知道。自從3月16日有一些學生在中正紀念堂靜坐抗議以來，幾次都差點遭到警察驅離，幸好後來有更多的學運和社運人士加入靜坐行列，更重要的是，這件事已經引起很多媒體記者的注意和報導。我17日看到報導就去中正紀念堂看過了，那裡眞的聚集很多人，而且這些學生和民眾都是自發地加入，更有好多人聚在一起熱烈地談著台灣現在的民主困境和未來應該走的改變。雖然我沒有留下來參加靜坐，但現場那種熱血沸騰的感覺，眞的讓人覺得台灣還是有希望的。」

　　「對啊，我看到的消息是，昨天19日台大的師生還發起『柔性罷課』的訴求，把上課地點改到中正紀念堂廣場，定名爲『民主教育週』。聽說昨天還有10名靜坐學生開始絕食，要求總統李登輝與行政院長李煥要在21日前回應剛才老師提到的『野百合學運四大訴求』。」P4也補充他看到的消息。

　　「老師，我們現在正站在社會改革的關鍵地位，台灣的威權政治早就該改變了，那批國民大會的萬年國代老賊，我們一定要讓他們下台才對。」P1還是很激動地說：「我覺得這場野百合運動，我們K大學不能缺席啊！」

　　「年輕學生關心政治與社會發展，這是好事，我不會阻止你們的。但你如果要去的話，我建議你們一定要結伴參加，而且輪流休息，畢竟這可能是一場長期的體力消耗戰，你們一定要顧好自己的身體，才有力氣支持這個活動。」T老師提醒我們說：「還有，一定要注意安全！」

離開了T老師的研究室，我們幾個人都決定要去中正紀念堂，一直沒有特別發表太多言論的P2突然說：「K大學只有我們這幾個人參加，人太少了。我建議我們5個人各自再運用自己的朋友圈關係，多拉一些人一起去，聲勢和力量才會更大。這樣好了，我們明天早上8點集合出發，今天晚上，我們每個人至少都再找5個人，這樣我們K大學至少就有25人參加這場大會了。」不愧是理工性格的電機人，連要號召學運都這麼有邏輯條理。

　　「對，要參加就要多一點人。待會我找宿舍的室友幫忙寫幾張大字報，我連夜就貼出去，讓全校的同學都知道這個消息。」P1加碼說。

　　於是我們商量工作分配，並分頭進行，這時的我只覺得有一股熱血在體內燃燒，殊不知惡運正在不遠的未來等著我們。

二

　　參加中正紀念堂的「野百合學運」回來已經快一週了，我卻還一直沉湎於3月21日那天的勝利果實中，我衷心地覺得台灣未來的希望就在我們這一代人身上。

　　3月21日，剛剛當選中華民國第八任總統的李登輝，決定在那天下午3點在總統府接見學運的學生代表。我都還記得，我們所有靜坐的學生以學校為單位，帶開來分別討論，然後將決議帶給卽將面見李登輝的學生代表，當時這樣的民主程序與公民素養，卽便是後來參加各種社會活動與經歷的我，都再也不曾感受到的眞正民主力量。最後，我們凝聚出四點要求共識：一是請李登輝總統接受學生們追求民主憲政的決心情操，以及學生提出的四項嚴肅要求，並對民衆公開發表；二是在第8任總統就職前，國是會議必須由各階層、各黨派的代表公平組成，必須討論中止動員戡亂時期、廢除臨時條款、國會全面改選，並訂定政經改革時間表；三是全體在廣場上的學生於李總統明確同意以上兩項要求，卽結束靜坐活動，學生將對國政大事的發展繼續保持高度關切。若李總統不能對上述要求作肯定的答覆，我們將堅持原則、持續抗爭；四是為了確保上述主張得以落實，我們將卽刻組成校際聯合組織，持續監督國是會議，必要時並隨時號召全國學生再度組織動員，在台灣未能完全徹底民主化之前，我們絕不停止奮鬥。

　　學生代表帶著這四點聲明進入總統府，其後又返回到中正紀念堂廣場，帶回他們和李總統會面談話的錄影帶。各學校再度分

開討論，以決定是否要結束這次抗爭，最後，校際會議以22：1的票數，決議於22日早上撤離中正紀念堂廣場，結束了為期6天的野百合學運。

這一天，我們這幾個讀書會的死黨決定要聚會慶祝一下，地點當然還是在品豆咖啡屋。我看人到齊了，正準備開場，誰知P4一臉嚴肅地說：「等一下，我有一件事要跟大家說。」

「什麼事啊？神祕兮兮的。」P2說。

「今天早上我趕著要去哲學系上T老師10點的『康德』課，可是一進教室就發覺氣氛不對，同學們群聚在教室一角，正低聲的討論著一件非常嚴肅的事情，大家都在傳言說T老師今天不能來上課，好像他昨天晚上被憲兵帶走偵訊。」P4說。

「不會吧，你說真的還是假的？我昨天去哲學系辦公室還有看到T老師。」P3說。

「這個消息可靠嗎？你是聽誰說的？」P2說。

「不管T老師是不是真被憲兵帶走，可是他上午10點的課就真的沒來上課啊！」P4繼續說：「我上午還特別到系辦公室問助理：T老師沒有來上課，是不是T老師生病了？或是有其他原因請假？可是系助理只回答我說：她也不知道。當下我覺得很奇怪，就跑到T老師的研究室看，門是關著的，敲門也沒人應，我從門縫看進去裡面，發現地上散落一堆東西、非常凌亂，好像是遭小

偷破壞過一樣。我覺得一定有問題。」

　　就在大家七嘴八舌論議不休時，P1突然提高了音量說：「大家聽我說！」讓我們都嚇了一跳，大家真的都靜下來轉頭看他，他說：「有一件事，我一直沒有告訴大家，現在想起來，不知道跟T老師失蹤會不會有關係？」

　　「什麼事？你快說啊！」P3說。

　　「上禮拜我們參加完野百合學運回學校後，學校的B教官曾經來找過我，我不想讓大家擔心，所以我一直沒說這件事。」P1繼續說：「那一天我『質性研究』課下課的時候，有一個同學站在教室門口叫我的名字，我問他有什麼事？他說教官室找我，於是我莫名其妙地跟著他去了教官室。一到教官室，我就看到B教官坐在他的位置上等我了。」

　　P1說的這位B教官，我們大家都知道，那是出了名的閻羅王，仗著他在國防部及國民黨的人脈關係，調到K大學來當總教官，平時作威作福也就罷了，最讓人受不了的就是他常常把國民黨對中華民國的功績掛在嘴邊，動不動就要學生立正背誦一些「先總統蔣公嘉言錄」之類的口號。每學期初開學典禮的時候，都要聽一遍他的訓話，他總是說：教官在學校的功能就是要對我們這些大學生進行軍事訓練、品行管理和政治思想教育，讓我們有強健的體魄才能報效國家、重視品德教育才能培養教忠教孝的人格特質、確保正確的政治思想才不會被共產黨的歪邪理論所毒害。每次升旗的時候，他還會告訴全校同學：學校仿效軍隊設置

三根旗杆，中間是中華民國國旗、左邊為中國青年反共救國團團旗、右邊才是學校校旗，目的就是要提醒大家國家、黨、及學校的重要。這些話千篇一律，我們聽到都快要能背得出來了。最可惡的是，我們這些男生都有兵役的問題，他還會以折抵兵役天數為誘因，要求學生加入國民黨。聽一些大四的學長們說，每到大四畢業前一學期，B教官就會逐一地到每個系，集合大四的男生，告訴他們入黨的好處多多，而且當場就要學生填寫入黨申請書，如果有學生不申請，他就語出威脅恐嚇地說：「不入黨，到了部隊你就知道了，我看你的兵會當不完喔！」

「B教官一看到我，馬上大發雷霆，對我吼叫著說：『P1，學校裡那些鼓動學生去參加學運的大字報是不是你貼的？』這時我才注意到他桌上就攤著一疊大字報，我一眼就認出它們就是我貼的，我心裡想：還真難為B教官了，一張一張地去把這些大字報收集回來。雖然這些大字報上沒有署名，我就算不承認，他也拿我沒辦法，但是我覺得他在第一時間就找到我，證明已經有人向他告密了，而且那天我是拜託宿舍裡很多同學一起寫的，知道的人不少，大概也抵賴不過去。所以我就跟B教官說：『是的，是我貼的。』這時B教官更生氣了，他說：『我就知道是你，學生不好好讀書，搞這些什麼屁學運。我告訴你，在校園裡張貼煽動性的言論，我要依校規辦你，你等著記過吧！』我想：記過就記過，我也沒在怕。」P1說。

聽了P1的敘述，大家都不禁為他捏把冷汗，要知道，那是閻羅王耶！我們紛紛伸出手掌拍了拍P1的肩膀，稱讚他說：「真有你的！」不過，P1一點也沒顯出高興的樣子，他繼續說：「當

時，我都沒有吭聲，心裡想：他想怎樣就怎樣吧！不過，接下來B教官突然口氣變得很和緩，說：『P1，我知道你也不是主謀，這樣吧，我給你一個機會將功折罪，你把這件事的主要分子名單告訴我，我就不記你過了，怎樣？』原來他是要我當『抓耙子』，我怎麼可能做這種事，所以我跟他說：『我是拜託了一些同學幫忙寫大字報，但是他們都是被我拜託的，說不上是共謀，這件事就是我發起的，教官，你罰我就好了，不要連累其他同學。』」

　　就在我們幾乎要為P1喝采的時候，P1面露憂愁地說：「你們先不要高興，B教官接下來講的話才是我要說的重點，他說：『那T老師呢？』我嚇一跳，這件事怎麼會扯到T老師。他說：『其實我早就知道你們有一群學生，一直跟著T老師在祕密進行一些課外的活動，像是讀一些國家禁止的書啊、發表一些反動的言論啊、還有像這次參加一些不法的集會遊行啊，這些都是法律和校規不允許的非法活動。』這下子我也不知道該怎麼辦了，我想只有死賴著不承認，看他怎麼樣再說吧。所以接下來的一個小時，不管他怎麼說，我一概說不知道，果然他也拿我沒辦法，最後他說了一句：『沒關係，你不承認沒關係，我一定可以找到證據，到時候你就知道厲害！』我回去以後擔心了兩天，但後來也沒發生什麼事，就想應該沒問題了，怎麼會想到今天就發生這樣的事。」

　　P2發揮他邏輯推理的思考能力，說：「我看T老師被抓，也不完全只是大字報或是這次學運的事而已，一定還有其他的事，閻羅王不是說了，他已經注意T老師很久了，而且他也知道我們

的一些活動，我看這件事沒有那麼單純，一定還有其他原因。」

　　P2的話讓我想起幾週前，T老師在讀書會裡帶領我們幾個同學研究讀馬克思的《資本論》時，我們發現這批影印的書籍少了一本，因為閱讀這類的禁書，我們在影印時都會在每一本標記編號，就是怕這些書籍不小心流傳了出去。當時我們就覺得有些不妥了，T老師當下宣布讀書會無限期暫停，直到找到這本遺失的書籍為止。昨晚T老師被逮捕，不知道與這件事是否有關？

　　我把讀書會前一陣子丟掉書的事跟大家講，因為P4也是讀書會的成員，而且又是哲學系的學生，大家紛紛轉頭看著他，希望他能提供更多的消息。只見他收起那一副吊兒郎當的樣子說：「丟掉書已經是好多週前的事了，我不知道是不是跟現在T老師失蹤的事有關耶？」P4的神情似乎變得有些嚴肅，他繼續說：「不過，我知道B教官的確是在查這件事。在這次學運之前，我就聽說閻羅王已經約談了幾個我們讀書會的同學，其中還有一個就是我們哲學系大三這班的，根據他給我的消息，B教官找他去問：『聽說你們哲學系有一些學生私底下在讀馬列思想的匪書，對不對？』，而且B教官還從他辦公桌的抽屜裡拿出那一本《資本論》的書給他看，說他手裡已經有證據了，所以我這個同學當下也只能抵賴地說他不知道這本書是禁書。他回來後我們幾個人商量了一下，都覺得應該是我們讀書會裡面有內奸，這本書根本就是這個內奸拿去給閻羅王的。」

　　「我們讀書會裡有職業學生？」我被P4的說法嚇了一下，脫口說出心裡的想法。

「我們也還沒確定，只是懷疑而已。」P4回應我的想法：「讀書會成員大多是我們哲學系的學生，雖然也有一些外系的同學，但大家都是爲了追求知識和訓練思想判斷而來，按理說是不會有『抓耙子』才對，不過T老師被抓這件事，明顯就是我們讀書會內部的書籍和消息外洩啊？！」

　　原來是我們讀書會裡面有了所謂的「職業學生」，這幾年一直聽聞各個大學裡存在著一種「職業學生」，顧名思義，就是以學生這種身分爲職業，但是爲何作爲一個學生就像是擁有一份職業工作，可以免學雜費、領獎學金、甚至還有額外的工作津貼？顯然，這個學生不單單只是一個學生，他還必須負擔學生以外的工作，而這個工作又必須以學生身分才能行使，像是在校園裡留意哪個老師或學生有反動的思想，或是向學校的教官或國民黨分部定時報告校園中的師生動態，或是在學生同儕之間鼓吹忠黨愛國的思想情操，最重要的是，防止共產黨思想在校園的傳播與流動。過去，只是聽說其他學校發生過幾次職業學生打小報告，造成了一些老師被解聘及學生被退學的事件，但是我們K大學大概是位處南部，中央政府和黨部對K大學來說是天高皇帝遠，所以沒聽說有職業學生的存在，難道現在也開始在K大學活躍了嗎？

　　其實，在現在這個人人自危的威權統治時代，執政者在校園裡安插幾個職業學生，又算得了什麼呢，有很多人不過是公開反對國民黨的某些政策，就被抓到警備總部偵訊，甚至有些根本就是莫名其妙地失蹤或意外死亡。所以，用職業學生監控大學校園，應該還算是客氣了的吧！當然，如果這些職業學生，只是在校園裡蒐收師生動態、或是打打小報告，頂多也就是充當一下執

政黨的耳目，監控著整個校園的思想氛圍而已。可是，有些職業學生不知是為求表現還是性格浮誇，他們竟然在校園裡大張旗幟，以黨務特工自許，到處張牙舞爪，若有人得罪了他們，他們便藉機公報私仇，以冤枉他人來邀功，這樣一來，真不知造成了多少大學校園的冤案事件。

P1有些激動地說：「這個職業學生是誰啊？如果讓我抓到，一定把他打得不成人形！」

P2說：「你不要激動，現在我們大家也只是猜想而已，也許根本沒有這個人，說不定閻羅王是從別的什麼管道得到這些消息的，都有可能的啊！」

P4看了一眼P2說：「不太可能是別的管道。P2，你知道我們讀書會的成員多半是哲學系學生，大家太熟了，而且我們對這個專制的社會體制，早就覺得不對勁了，我們讀的書或討論的議題，也都是政府害怕人民知道的民主思想。打從我們第一天加入讀書會，T老師及一些學長姐就再三地告誡我們說：『雖然我們不是從事什麼不法或害人的活動，但政府對人民集會或閱讀民主書籍卻是嚴加管控的，所以你們一定要非常小心謹慎。』所以，B教官不太可能從其他管道得到這些消息或資料的。更何況，這次他連《資本論》的書都拿到了，更不可能是隨便什麼地方可以撿到的。P，你是知道的，我們每一本書都編號記錄的，怕的就這些書會流出去啊。所以，我覺得讀書會裡有內奸的可能性極大。」

我向大家點點頭，同意P4的看法：「我也覺得這個可能性最大。但是，讀書會裡大家都是好朋友，平時也都對現在的社會及政府有所批判，實在看不出來哪一個人會是這個職業學生啊？」

　　「雖然我不是T老師這個讀書會的成員，但我覺得天底下沒有密不透風的牆，再怎麼緊密的團體也都會出幾粒老鼠屎，當初T老師在組織同學們成立這個讀書會時，應該就知道會有這個後果了。所以，我們現在再去追查這個洩漏消息的人是誰，已經無濟於事了，現在最重要的事是趕緊查出T老師到底到哪裡去了？」一向頭腦清楚的P2說。

　　「我同意P2的看法，我們還是先找到T老師再說吧！」P3說：「我看我們還是再去系辦公室一趟，看看能不能找到一些線索或最新的消息？」

　　於是一場原本預定的慶祝會，就在聽完P4傳遞T老師失蹤的消息後，大家也都已經無心慶祝了，就在低沉的氣氛中，大家默默地喝完手中的咖啡，垂頭喪氣地走出品豆咖啡屋。

三

　　一群人離開品豆咖啡屋，直接來到哲學系辦公室，敲門進去看到系助理Lu姐正在埋頭處理桌上一堆公文，她抬頭看著我們說：「哇，什麼事？怎麼這麼大陣仗，你們一大群人想做什麼？」

　　「Lu姐，早上我不是來問過T老師怎麼沒來上課嗎，剛才我們大家去找T老師，發現他還是不在研究室，我們擔心是不是出了什麼事，所以就一起來問你。」P4先開口。

　　「P4，早上你來問我的時候，我不是就告訴你說我不知道了嘛，現在你們一大群人來，可是我還是一樣不知道啊。」Lu姐似乎被這個問題問得已經有些不耐煩了。

　　「Lu姐，您誤會了，我們不是故意要來煩您的，只是我們大家真的很擔心T老師，可是我們又不知道該向誰問。我們想，您是哲學系的資深助理，有很多系上的事，就算問教授們都不知道，可是一到您這裡馬上就有答案了。所以，現在我們也只能先來麻煩您了。」P3不愧是大四的老骨頭，出面緩和了有些僵硬的氣氛。

　　「我也知道你們是擔心T老師，可是我真的不知道啊。我只知道T老師無預警地沒有來上課，不只上午的課沒來，就連下午的課也沒來上，現在一堆學生都來找我，可是T老師沒請假、也沒通知系上，所以我跟你們一樣，什麼都不知道啊！」果然Lu姐

上聽來，他對T2老師似乎有很深的怨念。就在大家充滿疑問的眼神，P4也不管我們現在還在哲學系辦公室，助理Lu姐也在旁邊，他開始講起T2老師的許多事情：「我記得我大一剛入學的時候，應該就是迎新活動的晚會，系上老師輪流上台對新生說一些勉勵的話。輪到T2老師時，他竟然說：『哲學不像醫學那樣有醫死人的風險，所以醫學院的學生一定要認真學習，但哲學就可以隨便些了，反正說錯幾句話又不會死人。』言下之意，就是會到哲學系就讀的學生，都是在聯考成績上墊底的學生，他們就是因為考不上好的學校和科系，才會淪落到哲學系來讀。對這些學生，也不必太認真教，反正他們也不見得聽得懂。當時我對這個T2老師就很不爽了。」P4看了一眼Lu姐繼續說：「Lu姐，我知道T2老師平時就常仗著他是老師的身分，刁難你們這些行政人員，對不對？我有一學期在系上打工，也在系上的一些會議上當會議記錄的工讀生，我就常常看T2老師在爭取自己權益的事情上，表現得非常積極，不論是對學生或其他同儕老師，他都不會讓步，甚至對上級主管，他也表現得一副『不畏威權』的模樣，而且他還常以此自豪說自己是一個具備『儒家風骨』的知識分子。真是笑死人了，如果他真的有風骨，那麼在學校高層或主管壓迫底層教職員工的時候，怎麼都不見他跳出為別人講話。」P4愈說愈起勁，連他上T2老師課堂的情形都翻出來：「還有，T2老師上課的時候，從來不事先備課，所以上課的時候都隨口亂講，如果有學生在課堂上提出疑問，說他講的和書上不一樣，他要不是硬拗亂扯一些有的沒的，用一大堆艱澀難懂的名詞蒙混過去，不然就是說書上的東西都是錯的，而指責學生都不思考，然後就是開始罵全班學生不用功或笨蛋。系上的學長姐都知道T2老師的習性，所以我們哲學系學生代代相傳，都說修T2老師的課，

根本不必太用功，只要在課堂上聽他自吹自擂一些他年輕時的功績，大家就捧著他投以崇拜的眼神，或是陪他亂聊他喜歡聊的話題，到了期末時，他給的成績包準讓大家都會開心滿意，至於有沒有學到什麼東西？套一句T2老師最常說的一句話：『哲學什麼都能談，什麼也都是哲學。』這些根本就是他偷懶的藉口。」

Lu姐終於忍不住說話了：「P4，好了啦，不要再說了，如果有其他老師進來，聽到就不好了。」Lu姐把話題一轉：「你們不是要問T老師的事嗎？我看你們直接去問主任，看看他是不是知道？主任現在就在隔壁的主任辦公室。」

Lu姐一提起哲學系主任T1老師，大家所有的動作都突然停住，彷彿時間凍結一樣，我們幾個人轉過頭來面面相覷，就像是一群老鼠商量著給貓掛鈴噹之後，卻面臨「誰去給貓掛鈴噹？」的難題。這位T1老師究竟是何方神聖？怎麼讓大家嚇成這樣？

說起這位T1老師，不僅常自詡為儒家傳人，而且他還是佛教密宗的虔誠信徒，所以在課堂上除了聽他介紹儒家思想外，更常常以佛教故事或修行法門來印證儒家思想內容。其實大家也不是真的怕他，而是實在受不了他那疲勞轟炸式的說教方式，在他面前只要做錯一點小事，或不符合一些規矩，接下來就得聽他至少一小時起跳的小故事大道理的人生啟示開講，而且還不能回嘴和反駁，不然就會不斷地延長聽訓的時間長度，所以聽說哲學系的學生都是非到萬不得已，絕不輕易去找T1老師問問題，而且，如果不小心被T1老師碰上了，不得已必須聽他說話，也一定要眼觀鼻、鼻觀心地耐心聽講。據傳聞，歷屆哲學系上，就連最難纏、

最好辯的學生，也都怕T1老師的嘮叨。

　　記得有一次，我到T1老師的研究室交作業，一進到他的研究室就被他那充滿佛教色彩且井然有序、一塵不染的布置嚇到，心想：這哪是大學教授的研究室，簡直就是一座小型的佛教道場啊。一進門，直接映入眼簾的就是對面那一幅巨大的唐卡占滿整面牆壁，視線往下就看到一座精緻佛龕，香案上裊裊輕煙昇起，更顯得莊嚴肅穆，再低頭一看，佛龕前端端正正地擺著一個蒲團供人禮佛之用，這才發現進門後須脫鞋禮敬，這讓我看著自己腳下的鞋子有些發窘。這時我才聽到T1老師氣急敗壞地提高音量提醒我喊叫：「要脫鞋！」嚇得我趕忙把鞋子脫下來。不過，T1老師還不饒過我，他繼續板著一張臉對我開始講一套佛學大道理：「這位同學，你知道佛教三寶嗎？所謂三寶是指佛、法、僧三寶，一般人面對三寶時，要心存虔敬、不可妄語，舉止行動皆要合宜合度，才能顯現誠意正心。你一進門看到佛菩薩，就要先脫鞋向前，以跪拜合十的方式禮敬菩薩才對，怎麼毛毛躁躁的，一點規矩也沒有。」T1老師看我沒反應，好像有些不悅，但又耐著性子繼續向我解說：「對三寶的禮敬，不能只是形式上的膜拜，而是要從心裡徹底的信仰開始，相信三寶的力量能破惡業障道、能獲護祐加持、能除邪見惡念、能消滅我執習氣，讓眾生出離生死、解脫涅槃、入於不生不死的境界。你現在還年輕，不知禮敬諸佛的重要，但是從現在起，如果能開始皈依三寶，做到心誠意正，相信自身具足佛性，則未來也可朝成佛之路邁進，成就無量功德。……」就這樣，我手上拎著脫下來的鞋子，站在門口聽了近二十分鐘的佛法開示。自從這次經驗後，我再也不敢隨便去敲T1老師研究室的門了，大概是那種一切講究善意志的佛教氛圍不

適合我吧，總覺得很有壓迫感，又彷彿一切都假假的很不眞實。先前聽一些學長說起T1老師，都說他的佛教與儒家思想很有壓迫感，動不動就喜歡講一些大道理，如今看來，果然如此。

幾經推選，我們讓大四的P3打頭陣，其他人尾隨在P3後面，部分原因當然是P3係大四學長輩份最高，但更主要的原因其實是P3沒修過哲學系T1老師的課，不知道T1老師的利害。

一群人來到系主任辦公室敲門：「叩～叩～叩～」

「請進！」聽到T1老師在裡面喊。

「主任好！我們是一群修T老師課的學生，今天T老師沒有來上課，大家都覺得很奇怪，而且，聽說T老師是因爲有些校園言論的問題被有關單位帶走的，這讓大家更害怕了，所以想請教主任，T老師現在到底怎樣了？」P3首先開口。

「你們啊，我該怎麼說你們呢？平常就叫你們用功讀書，不要參加一些莫名其妙的活動，現在出事了才知道厲害了吧！」T1老師一開口就是訓話。

P2向我遞了一個眼神，似乎在說：我們只是問T老師沒來上課的事，可是T1老師卻說我們參加活動的事，兩者之間本來是沒有關聯，但是T1老師卻在第一時間作直覺式的聯結反應，T1老師果然知道內情。可是P2看P3似乎想要反駁T1老師這兩者無關，於是P2搶先開口：「主任，您說的活動是什麼？」

「還能是什麼活動？就是你們平時就喜歡跟著T老師讀一些稀奇古怪的書，和參加一些莫名其妙的社會抗議活動啊！前一陣你們不是還去參加那個什麼野百合學運嗎？總教官B還在學校行政會議裡特別點名幾個學生要各系注意，其中好幾個名字就是你們這幾個啊。」T1老師不疑P2話中有套，直接劈頭就罵。

P2又微微點了點頭，似乎從T1老師的話裡聽出了一些端倪：「主任，所以T老師真的被抓了，而且是因為他在學校裡的一些言論和活動有關，對不對？」

「嗯～我剛才沒這麼說。」T1老師也覺察到他被套出了一些話，他開始轉移焦點：「嗯～嗯～對了，你們是來問我T老師的事，對，他今天沒有來上課，嗯～對，我也不知道，只是待會學校要開一個臨時會議，就是針對T老師的事情，等我開完會，也許就知道原因了。」

這下子連P3都聽出來，剛才他還想反駁T1老師，說T老師沒來上課和我們參加活動有什麼關係？現在他完全明白剛才P2為什麼要搶他的話了，於是他緊追著問：「哇，學校專程為T老師今天沒上課開了一個臨時會議，可見T老師失蹤這件事一定很重要？」

「沒有，沒有，這個會議不光是討論T老師的事而已，還有前一陣子有一群學生闖進教官室，破壞了一批黨旗，學校雖然已經報警處理了，但是今天開會也會討論這件事。再來，就是這次野百合學運中本校的幾個學生懲處問題。今天的會議都會一併進

行討論。」T1老師趕緊回應補充。

　　雖然T1老師口中說這幾件事看似沒有相關，但我們都知道這些都是典型的政黨介入校園模式，而且，從後兩件事也列入這次臨時會議看來，T老師的失蹤絕對也是政治事件。P3轉頭看了我們的表情，顯然大家聽了T1老師的說明後，都已經有了初步的共識了，接下來再問T1老師，大概也沒有其他答案了，所以他準備結束這段對T1老師的訪話：「主任，謝謝您。我想T老師沒來上課這件事，既然學校已經開始關切及進行討論了，我們也只能靜候學校的討論結果，只希望T老師不是出什麼事才好。」

　　「能出什麼事？你們也不要太大驚小怪的，而且我看T老師落到今天這個下場，可以說是他自己咎由自取，怪不得別人，誰叫他平常就好發議論，對學校和政府的各種措施都不合作、不配合，甚至還把這些有毒的思想散播給年輕學生，這不出事才怪。我看你們真正該擔心的，應該是參加學運的懲處結果才對。雖然我還沒有看到懲處名單，但是我看你們當中應該就有不少人去參加吧。不是我愛說你們，學生的本份就是好好讀書，只要把書讀好了，將來想工作或貢獻社會才有能力，如果現在就跟著群眾盲目地去抗爭示威，萬一被抓坐牢了，不僅會在你的社會資歷上留下污點，而且也讓你的父母親蒙羞。」T1老師果然又開始講大道理了，只見他完全不理會我們尷尬的表情，繼續忘我地講下去：「你們想想看，你的父母親辛苦地把你養育成人，送你到大學唸書，可是你非但沒有好好用功讀書，反而去參加這些非法的活動，這是對自己的父母不孝啊！孝經有云：『夫孝，德之本也。』這就是告訴我們孝道是一切德性的根本，一個不懂

得孝順父母的人，我們如何能信賴他、怎麼敢委以重任呢。至於怎麼做是孝道的表現？『身體髮膚，受之父母，不敢毀傷，孝之始也。』說明保護好自己不受傷，就是孝順的最基本原則，至於『立身行道，揚名於後世，以顯父母，孝之終也。』努力出人頭地、貢獻社會、造福人群，讓父母光榮有面子，這才是孝順的最大表現。可是，你們現在這個樣子，可能連最基本的保護好自己不受傷都有問題。」

　　站在T1老師的辦公室裡聽他一句一句地解釋《孝經》，我無奈地用餘光瞄了一眼P4，從他的眼神裡，我竟看到了一絲促狹的笑意，我想他心裡大概也跟我一樣在想：T1老師，你怎麼又在講這些大道理了！

　　先前就曾聽一些學長姐說，T1老師的哲學思想，內容太過偏重在佛學與新儒家，而且因為他對佛教信仰的虔誠，剛好迎合了M校長個人的宗教喜好，所以時常在各種會議場合中，T1老師總是用佛教典故來吹捧校長的許多校務政績，很得校長的歡心，所以哲學系內流傳著一種說法，說T1老師之所以能當上系主任，其實就是靠這套「佛學馬屁術」，不然哲學系現成這麼多優秀的教授，像是T老師或是T3老師都沒有當系主任，憑什麼T1老師只是副教授而已，就能當哲學系的系主任。由於我也不是哲學系的學生，對於傳言也沒有什麼特別的感覺，通常都是聽聽就算了，但是從這次T老師失蹤的事情看來，我隱約也開始覺得T1老師平時講得一套儒家大道理和佛教修行法門，可是真正碰到緊急事件時，T1老師的許多行徑與言論就明顯有些表裡不一了。

好不容易，我們大家終於從T1老師的主任辦公室逃離出來，大家不約而同地嘆了一口大氣。P3第一次見識到T1老師嘮叨的功力，走出主任辦公室後，只見他急急忙忙地對大家說：「快走！快走！」，就在大家大步準備離開哲學系長廊時，大家遠遠地看到T3老師在走廊那端走來，於是大伙上去問候T3老師：「老師好！」

　　「怎麼你們一群人擠在這裡，有什麼事嗎？」T3老師露出他那和煦的招牌笑容，親切地問我們。

　　T3老師，哲學系非常資深的一位老講師，平日裡每次看見他，總是一臉和善的笑容，對學生非常親切，感覺上就是一位老好人，大二時曾有一個學期，我選修了T3老師的「道家思想」課，就是想聽聽看這位老好人的哲學想法。不過，上了課之後才知道T3老師喜好在課堂上用聊天的方式與同學互動，雖然親切依舊，但是總覺得他的課的內容似乎有些鬆散，讓我這個哲學門外漢聽得是一頭霧水，常常抓不到他上課內容的重點，於是一整個學期的「道家思想」課修完了，我對T3老師的認識還是不深，印象裡還是原來的那個老好人的形像。

　　「老師，我們今天是為了T老師沒來上課的事，特別來找主任詢問原因的。」P4是哲學系學生，他率先回應T3老師。

　　「T老師啊，唉，這可能有點麻煩了。」T3老師好像也知道一些內情。

「老師，你是不是知道些什麼？現在校園裡都在傳言，說T老師是被政府情治單位的人抓走的，我們都很擔心。」我也不禁憂慮地問。

「其實我也不清楚，只是剛剛才被通知到系上開緊急會議，聽說就是為了T老師的事。雖然我不知道詳細情形，但是T老師平時就得罪了不少當權的人，我常常勸他要小心，不然遲早會出事，但是他總是說沒關係。現在似乎是我的顧慮應驗了。」T3老師：「你們不要擔心，我待會開會時再看看情況，或許也能為T老師說說情也不一定。你們先走吧，如果有最新的消息，我再跟你們說。」

於是我們向T3老師道別各自離開了哲學系等候消息。後來果然聽說T3老師為了替T老師說情，還被一些人攻擊說他是T老師的同夥，受到了不少波及。

四

回到宿舍，我躺在床上，細細地回想這幾天發生的所有事情，試圖把這些事情連結起來，看看能否拼湊出整個事件的原貌。

跟著T老師參加讀書會也已經快兩年了，其中他帶領我們一起讀過柏拉圖的《理想國》、羅爾斯的《正義論》、柏林的《自由四論》等書，最近這一學期才開始讀馬克思的《資本論》，這些都是自由民主國家中非常重要的典籍，它們的內容更是影響人類社會發展至深且巨，對現代化的民主社會來說，可謂是不可或缺的思想。但是奇怪的是在台灣，這些書籍的閱讀與討論，卻只能在私下進行、偷偷摸摸地就像是在做見不得人的事一樣。

還記得大一第一次修T老師的課「哲學概論」時，T老師講到柏拉圖的《理想國》時，曾問全班同學一個問題：「政府是人民的主人還是僕人？」當時我的眼睛為之一亮，就好像這個問題點燃了我心裡的一盞燈，我從小到大親眼目睹的許多社會不公平與不正義的事情，突然都有了一個可以思索的指引方向。課後，我馬上去找T老師，把我心裡的這個想法告訴他，他非常高興地說：「看來，你不僅對形上學有慧根，而且在你心裡還有一把正義的尺。」接著他就告訴我：「這學期我在哲學系有一個讀書會，內容主要是關於政治哲學方面書籍的研讀，成員大多是哲學系的學生，不過我們也很歡迎其他科系的同學參加，如果你有興趣，每週四晚上在我研究室，歡迎參加。」當時我懷抱著對哲學思想的憧憬，滿心歡喜地加入了T老師的讀書會。隨著在讀書會

中實際閱讀文獻、以及參與老師和學長姐的討論過程中，我從一個天真無知的大學新鮮人，慢慢地了解到哲學思想的深邃、人世變遷的無常、以及社會階級的不公義。

記得有一次，我們在研讀羅爾斯的《正義論》時，我提出了一個問題：「如果政府不能有效或真誠地為人民服務，可是它又掌握著國家機器的權力，那我們人民如何能與它抗衡呢？」

只見T老師用讚許的眼神看著我，然後又用他那慣有的哲學家笑容轉頭看著大家說：「P這個問題問得很好哦！有誰可以解答一下？」這是T老師在讀書會上的習慣，每當有人提出問題時，他一定都會先給那個提問的人一個肯定的鼓勵，然後他也不會急著回答，而是緩緩地要在場的每一個人先思考一下問題的內涵，再請每一個人針對這個問題發表看法，讓參與的學生們交互對其他人的看法再提出詰問，直到大家對問題的解答有了共識。不過，多數的時候，我們交叉詰問的方式，常常反而讓問題發散而呈現膠著狀態，這時候就是T老師出面加入討論的時候了。

這樣討論問題的方式，讓我這個非哲學系的學生，也能在短短兩年的時間，開始對許多問題的思考與判斷，有了很不一樣的成長幅度。我清楚地記得，在這次的討論中，雖然有學長回應道：「這就是民主法制的可貴之處，除非這個政府是專制獨裁的政府，否則依著現代的民主程序，人民就會在下一次的選舉中淘汰這個無能的政府。」但是馬上有另一位學長反駁這個看法：「用選舉來進行無能政府的淘汰，這個想法有點理想化。原因有二：一是這個政府的選舉制度極可能就已經因為它的無能而腐

敗，如何能冀望用選舉來改善？二是就算選舉制度完善，可是當前的政府無能已是現狀，等到下次選舉再淘汰，不就意味著人民必須在選舉前得繼續忍耐政府的無能或現況的不合理？」

另有一位學姐也提到：「我記得美國有一位文學家梭羅曾提到一個『公民不服從』的概念，意思就是對政府不合理的法律規章，身為公民可以選擇不服從、不遵守這些不合理的規定。」

此話一出，馬上又引起一小群人吵雜的反應：「可是如何判定哪些法規是合理？哪些法規是不合理的呢？如果任由每一個公民自行判斷，那麼法律的存在豈不形同虛設，整個國家社會不就落入無政府狀態了嗎？」、「我們討論的就是一個無能的政府，利用『公民不服從』不是正好可以瓦解這個無能政府，無政府就無政府啊，有什麼關係，總比無能的政府好啊！」眼見七嘴八舌場面陷入一片混亂。

這時候，T老師才開始清清喉嚨地說：「咳，大家討論真的很熱烈，請大家也讓我說幾句話。剛才P說人民如何與無效能或專制的政府抗衡？這裡已經預設了政府是無能或專制的了，所以我們當然必須依據基本人權的保障，去對抗這種不合理的社會現象。對此，我想大家應該是有共識的。但是，接下來在實際的行動上，就有了兩個不同層次上的抗衡方式是必須要區隔的，一是歷史上常見的流血革命行動，另一就是剛才你們所說的非暴力的不服從行為。顯然，前者激進、後者緩和，兩者之間的抉擇是我們面對P所提問題的第一個兩難困境。除此之外，我們還有第二個兩難困境，而且是更艱難的考驗，那就是如何界定『不合

理』的法律？或是『無效能』的政府？也就是剛才P的問題中所預設的立場，難道大家都沒有任何疑慮？有沒有可能這個預設立場根本就是出於個人的主觀偏見而不自知呢？」T老師進一步地說：「第一個兩難是實踐層面的，第二個兩難則是思想層面的，兩者環環相扣。我們如果把這兩個兩難困境套用在一起，馬上就會出現一個重要的差異判斷考驗，那就是：如何區分『革命與暴動』、或是區分『公民不服從與不遵守法律』的疑慮？」

就在大家非常專注安靜地聆聽T老師講解與分析時，T老師卻突然說：「好了，我講完了！」大家在錯愕中醒悟，又被T老師耍了一道，於是大家吵著說：「老師，你講了半天，最後根本沒答案嘛！」這就是我們這個讀書會的慣常模式，套句T老師常說的一句話：「答案不重要，重要的是提出問題和思考問題！」

回想起在讀書會中的點滴，我實在無法接受T老師失蹤的事實。很明顯地，他的失蹤跟他平時的言論有關，也許跟這個讀書會也有關係。但是，如果僅僅從我這個無足輕重的大學生眼中看來，大學校園裡絕大多數的老師選擇了安份地教書，將自己置放在大學教授這份職業上，躲進這個以學術之名構築起來的象牙塔裡，對社會上許許多多不公義的事不聞不問，對校園裡的政治壓迫和思想洗腦噤若寒蟬，他們難道不知道：他們教書的內容是必須親身實踐的嗎？還是他們早就習慣了「教一套，做一套」的明哲保身之道了？在這個政治凌駕一切的社會中，像T老師這樣的人實在太少了。這一年多來，我不僅跟著T老師學習做學問的內容，也學習他那做學問的態度，更重要的是，學習他敢於批判時事的勇氣。

就像T老師常在課堂上說的一個古老的哲學問題：「我是誰（Who am I？）」這一問題自古至今，困擾著多少潛心追求生命眞諦的心靈。

　　雖然歷來談此議題的哲學家多如牛毛，但我最喜歡T老師引用法國哲學家卡繆在〈薛西弗斯的神話〉的說法：被打入地獄的薛西弗斯必須把巨石滾上山頂方可停止天譴，可是每回巨石推到山頂時，便又滾落至山腳下，於是薛西弗斯只好日復一日、永無止境地推著巨石，而他的處境之所以成爲悲劇，並不在推巨石上山這件事，而是在於天神賦予他片刻的清醒時間，讓他能夠深切地體認到自己的絕望，也因爲他在清醒時刻的絕望，這份工作才成爲一種懲罰。

　　卡繆說薛西弗斯的命運代表了努力的徒勞與無望，我們就像薛西弗斯一樣，過著日復一日且一事無成的人生，這是生命的荒謬與無奈。既然我們的存在如此沒有意義，那我們眞的只能這樣的活著嗎？可是，當卡繆重新省視薛西弗斯的神話後，他卻有了全新的體會，他認爲天神所給予薛西弗斯的那份清醒，並不會讓他陷入絕望，反而讓他體認到命運的作弄以及認清生命本身的荒謬性時，那麼，卽使是在片刻的清醒瞬間，他便超越了那塊巨石，也超越了命運。

　　我還記得T老師講到生命的超越性時，他把目光轉向窗外的天空，用一種非常感性的口吻說：「哲學以思索自己作爲起點，但最後卻必須放眼到整個宇宙自然。追問『我是誰？』這個問題，它不光是一個抽象的形上學議題，它也是一個自我建構的過

程，因爲它必須透過回顧我說過什麼話、我做過什麼事、我曾與什麼人交往、我對什麼事情負過責、我對自己和他人作過什麼允諾……，透過這些林林總總的瑣碎小事，重新述說屬於我自己的故事，甚至重新編織出我的身分。如果一個人的自我建構，必須仰賴一切他所曾經歷的人事物，那麼『我是誰？』這個問題就必須重新詮釋了，或許我們不應就『什麼（what）是我？』的問題來思考，反而應該就『誰（who）是我？』的問題來回答才對。這裡的這個『誰』，不再是指永恆時間下那個不變的自我的本質，而是我在時間的變化之下，所有曾經與我相遇、互動的他者，是這所有的他者讓我的生命有了意義。」

當T老師說完這些話，把目光轉回教室時，我彷彿感覺得他正盯著我在說的：「想知道自己是誰嗎？或許就該抬頭看看這個世界，還有多少人在飢餓貧窮的邊緣中掙扎？還有多少人在陰暗角落裡哭泣？還有多少人在不公不義的社會裡被欺凌？還有多少人不能自由自在地呼吸與思考？這些就是構成你爲何是你的原因了吧！」

這段話彷彿是T老師看著我的眼睛，一字一句從他的眼睛裡傳遞到我心裡的重擊聲響，對我這樣一個從鄉下到大都市讀書的學生而言，彷彿是開了一扇觀看世界的大門，就像是一隻一輩子生活在井底的青蛙跳出了井口，整個天空突然豁然開朗地在我眼前無限開展一般。

想到這裡，我該高興自己已跳脫出這樣的圈圈？或是該慶幸自己不是他們之中的一員？不，不是的，我實在高興不起來，

我也不覺得有什麼好值得慶幸的，因為這些人們還在洞穴深處，看著自己虛幻的影子卻以為這就是世界真實的樣貌，這對即將投身洞口外繽紛世界的我而言，如何高興得起來呢？如同T老師所說的：他們是我存在的原因。我必須再返身入洞穴，就算無法喚醒每一個人，我應該與他們站在一起，共同面對洞穴裡微光與幻影。

這是我後來又找到幾位志同道合的朋友再組另一個讀書會的原因，我希望能把這樣的想法與理念散布出去，讓更多的人加入，一起為台灣這塊土地的民主和自由貢獻一點點微薄的力量。

但是，我馬上想到那些被政治權力控制、被風俗習慣制約、被人情世故束縛的廣大平民百姓，他們不知道他們正被這些層層疊疊的權力、習慣及人情所包覆著，他們以為自己是可以自由思想和行動的、以為自己是尊崇先人傳統習俗的、以為自己不過是在維繫人倫情理關係的，但是這些思想、習俗和人情，就像是一口又一口的深井，把他們的視野困在一圈又一圈的狹窄天空裡，他們不知道外面還有一個更大的天空等著他們去追尋。

在台灣有許許多多的民眾，就非常相信一些區域性的地方信仰，諸如XX府千歲、XX活佛、或是XX太子，一遇到生活中的困難或身體上的病痛，就急急忙忙地往這些宮廟跑，祈求這些神明能幫助他們化災解厄、治癒疾病，而且祈願時還會向神明許諾若願望得償必來還願，或是重塑金身、或者野台戲酬神、甚至還有對廟公、住持等神職人員賄賂金錢或男女共修的都有。雖然騙財騙色的社會新聞事件層出不窮，讓人們心生恐懼而卻步，但有趣

的是，人們總是能再找一些理由或藉口去信仰下一個神佛。

　　像我上一個女朋友PG就非常篤信佛教而加入了一個神祕教派，據傳這個教派的教主已然成佛，擁有廣大無邊的神通法力，而且這個無上的神通法力，還在信徒之間不斷地被傳頌與讚歎，在教派內部的法會或信徒們的各式聚會場合中，總是不間斷地傳來各種傳言，說師父又治好了誰誰誰的重大疾病、或是說師父又為某某人解決了什麼重大災難、最後甚至傳言某對夫妻之間的閨房私事，也是因為師父的加持而得魚水之樂。雖然這個教派似乎沒有一般民間神壇那種詭異的神祕氣氛，也不會動不動就叫人要花大錢做法事消災，但若是仔細觀察整個教派的運作模式，真的非常像是坊間的直銷方式。有一次我實在拗不過女友的要求，也去參加過一次這個教派的傳法大會，每一個信眾在入場前都要先確認身分，不然就要說明你的「接引人」是誰才能放行進入會場。到了會場，每個人必須按照各人在教派中的級別高低分層坐下，放眼看去，所有信眾呈現完全組織化的結構，每個信眾都有個自己隸屬的小組，每個小組都有一位師兄或師姐領導，這位師兄或師姐除關心每個信眾的修行進度外，最重要的工作就是收取當月對教派的護持金200元。這樣的企業化管理，把管理公司的概念融入宗教組織，真的讓我不得不聯想到直銷產業。

　　面對女友對此教派的狂熱信仰，我實在不能苟同，兩人也時常為這事爭吵。有一次我們兩個人實在吵得太凶了，我也拉著她去找T老師，想藉由T老師的哲學教育喚醒她對佛教的執著。

　　有趣的是，當T老師聽完我們之間的爭執內容後，竟然哈哈

大笑，那模樣就像是他在看兩個小孩子為爭搶玩具時可愛又認真的神情。T老師說：「其實真正的佛教可說是無神論，簡而言之，原始佛教認為人生生老病死都是苦，這個苦就是因為不了解世間真相的『無明』而來的。要脫離苦，就要依靠佛教的『四聖諦、八正道』法來修行，最後看破空性，達到涅槃，這個涅槃就是不生、不死、不苦、不樂的境界。所以，不管是哪個宗派，佛教都相信要依靠的是佛法，也就是『依法不依人』，人只有靠自己的修行才能超脫，達到解脫彼岸。佛陀只是一個導師，告訴你要怎麼走，而最終還是要靠自己修為。」T老師看看PG的表情繼續說：「但是在台灣，似乎衍生出許多不同佛教詮釋的宗派，有些宗派常用一種說法來示諭信眾，那就是人生會遇到劫難如生病或意外，都是累生累世的業力所造成，這時必須要跟隨一位明師或上師，藉由他的法力或指引，才能消除業力、離苦得樂。而這個明師或上師當然就是這個宗派的創始人或教主了，這樣一來，會不會變成是一種個人崇拜式的宗教呢？這點的確值得我們好好思考。」

這時PG終於忍不住回應：「個人崇拜有什麼不好嗎？人在世上有一位值得追隨的導師不是很好嗎？就算崇拜他也沒什麼不對啊？」

T老師轉過頭來看看我，那眼神似乎在說：P啊，你的女朋友很有想法哦！然後他又轉回去看PG說：「說得很好，個人崇拜有什麼不對嗎？如果這位教主或上師真的體悟大道，具大智慧、大佛法，為什麼不能崇拜他呢？」T老師繼續說：「個人崇拜這件事不能等閒視之。姑且不論這個世間是否真有一位像上帝或佛

陀一般的上師，可是當人們開始放棄以自身之力追求世間真理，而只想著跟隨明師腳步即可解脫生死時，這就已經不是原始佛教『依法不依人』的教義了啊！」T老師話鋒一轉：「更不要說個人崇拜這件事若遇到有心操控人心的人士時，其危害更是可怕。你們想：中國大陸在文化大革命時，廣大的中國民眾視毛澤東如爹娘、如皇帝、更如神明；而台灣在這幾年也才開始慢慢脫離蔣中正時代所造成的領袖神話。這種個人崇拜極可能會造成整個社會的動盪、紛爭、甚至分裂與戰爭。因為，當人們不再思考，而僅僅唯某個人的教條是從時，他要我們東我們就東，他要我們西我們就西，整個社會呈現一種集體昏迷狀態，這是多可怕的社會景象啊！你們想：如果這位教主只想斂財或騙色，那真的還算為禍不大，但是他若是希特勒呢？那豈不是又要再掀起一場腥風血雨的人類浩劫嗎？我舉一個例子你們就知道了。1950年代美國有一個『人民聖殿教』，教主瓊斯也宣稱自己就是佛陀轉世，能治癒信徒的疾病，信徒非常眾多且對教主崇拜到五體投地，但是這個教派於1978年竟然在教主的鼓動下，造成千名信眾一起服毒自殺的慘劇。」

聽完T老師這番分析，PG若有所思地說：「老師，您說的我也知道，可是我們師父真的很慈悲啊，他不會像您說的那樣的。而且，師父在我最低潮的時候，真的撫慰了我的傷痛，讓我的內心得到真正的平靜。」

「PG，我當然不是說你跟隨的這位師父是壞人，相反地，我相信以你的聰慧，一定能分辨出世人的好壞，所以我也相信這位師父一定不會是不好的人。今天我說的，只是在講佛教的原始

教義以及它揭示的道理，其實就是人對自我生命境界的追尋，而這種追尋是沒辦法由別人來代勞，它只能靠你自己的用心體會而已啊。」T老師用一種和藹的口吻說。

　　經過這次在T老師研究室的對話，PG似乎就不再去這個神祕佛教團體了，但是奇怪的是，我跟她的關係也似乎越來越遙遠，最後甚至說不上是分手，反而更像是無疾而終的一段感情。

五

　　隔天我從宿舍走去教室準備上課，感覺到校園氣氛似乎有些詭異，原來是學校裡來了不少警察，說是爲了上個月教官室遭小偷入侵毀壞公物的事進行調查。聽到這個消息，讓我心裡有點緊張，因爲闖入教官室的人其實就我、P1和PK三個人。

　　下午P1和PK來找我，我一看到他們就知道事情可能很嚴重了。果然，P1一開口就說：「學長，你知道學校在調查教官室黨旗被破壞的事嗎？」

　　「我知道，而且學校好像是報警處理了，我今天就看到有一些警察在校園裡走來走去的。」我回答。

　　「我早就說不要去教官室，你們就是不聽，現在出事了，怎麼辦？」一旁一直沒出聲的PK帶著滿臉的憂慮說話了。

　　這件事要從一個多月前講起，有一天P1怒氣沖沖地跑來我宿舍找我，沒頭沒尾地就說：「學長，教官這個職務早就該在大學校園裡消失，根本不應該存在這些人在校園裡對學生進行人身控制！」

　　對於這位充滿社會正義感的學弟P1，我早就習慣了他好發評論的講話方式，但我還是表示關心地問他：「怎麼啦，又是哪位教官惹到你了？」

「學長，你這話不對喔，不是誰惹到我的問題，而是這些教官腦袋硬梆梆，根本沒有一點民主和自由的素養，可是又喜歡在課堂上講一些教忠教孝的老掉牙故事，然後又自以為自己很厲害。」P1怒氣不停地說。

「這不是大家早就知道的事了，可是你今天好像特別生氣？」我還是覺得奇怪。

「沒錯，我是早就知道這幫人的嘴臉了，可是今天我在上軍訓課的時候，還是忍不住跟教官吵了起來。」P1怒氣不停地說：「今天教官在課堂上講起台灣的經濟發展，都是國民黨在光復台灣後的建設成果，說什麼台灣的百姓要感謝蔣中正、蔣經國兩個總統在台灣的付出和努力，不然台灣就會被共產黨給侵占，那台灣人就會跟大陸同胞一樣生活在水深火熱之中，所以我們要感謝兩位蔣總統。這種屁話，我實在聽不下去，本來想從教室後門蹺課溜出去，沒想到才移動到教室後面，就被教官叫住：『這位同學，你要幹什麼？』，我隨便編個理由說：『我要去上廁所。』這時候教官竟然劈頭就罵：『剛剛下課的時候，怎麼不去上廁所，現在我在講兩位蔣總統的功績，結果你卻要跑去上廁所，你這是對國家領袖的不尊重，知道嗎？你現在馬上給我回座位坐好。』這時候我心裡有氣了，從來沒聽過有課堂老師不讓學生去上廁所的，這門軍訓課也太霸道了吧。我當然回嘴了：『教官，人有三急，就算是蔣總統也要上廁所啊，哪有不讓人上廁所的啊？』沒想到我這句話惹得全班一陣哄笑，但也引來教官更大的不滿和怒氣，他從教室講台上走下來到我前面，盯著我的眼睛說：『同學，你知道拿國家領導人開玩笑，是嚴重違反國家

紀律和觸犯法律條文的，你知道嗎？』我只好回他說：『教官，我沒有開玩笑，我只是在舉例子和講事實而已。吃喝拉撒睡，這不是我們每個活生生的人每天都要做的事嗎？我講蔣總統也要上廁所，這也是事實啊，又觸犯了哪條法律？』這下子不得了，教官眼睛裡就像是要冒出火一樣：『很會狡辯嘛，你哪一系的？叫什麼名字？』說完他回講台上拿出點名單，開始查我的名字：『P1，社會系的，原來是社會系的，難怪這麼搞怪。好，P1，我會記住你的，我看你早晚會出事。』下課後，其他同學都來跟我講：『你完了，得罪教官不會有好下場的。』我心裡想：我才不怕他，我又沒做錯什麼事。」

「P1，你啊，平時看你也很聰明，你幹嘛要跟教官過不去？」我也覺得P1真的有點白目了。

「學長，連你也這麼說。這些教官平時在校園裡作威作福，我早就看不慣了。我想不通是誰給他們這麼大的權力？為什麼大家都要忍耐？」P1忿忿地說。

「教官的權力從哪裡來的？好問題。我想跟台灣黨政軍不分的社會結構有關係，你想：教官的本業是軍人，但為什麼能在大學裡教課，一副也是老師的樣子，而且教的課都是所謂國家教育的思想洗腦內容，追根究底，就是國民黨把持著台灣所有的政治勢力嘛。現在的台灣，號稱已經民主自由了，但是在骨子裡，我們的民主並不是真正的民主，而我們的自由也不是真正的自由，民眾對許多敏感的政治議題都不敢討論和發聲，整個統治階層的官方機構，都是唯國家領導人是從的官僚體系。這股勢力不僅籠

罩著整個社會，它還希望能向下扎根，從學生在學時期就進行思想控制，這不就有了教官這個奇怪的校園角色了啊！」我也不知哪裡來的靈感，竟然一口氣說出這一大套理論。

我繼續分析給P1聽：「至於大家為什麼都要忍耐？我想除了一般人的性格本就會屈從權威外，教官手裡掌握著我們的記功和記過的操行成績，大概也是主要原因吧。唉，操行不及格是會被學校退學的，大家都怕吧！」

「我才不怕他，憑什麼這些教官可以用功過獎懲來定我們的生死？我們考大學聯考的時候，又不是靠這些所謂的操行成績考上的，現在他們憑什麼用操行成績把我們退學？」P1不服氣地說。

話是這樣說沒錯，可是一週後，當教官室貼出P1被記一支小過的公告時，我們社會系的同學還是為P1感到憤憤不平。倒是P1聽到這個消息時，臉上露出一種奇特的笑容，好像滿不在乎，又好像他有應對之道一樣。

果然，當天晚上，P1到我宿舍，說：「學長，今天晚上我們夜闖教官室怎麼樣？」

一開始我以為他在開玩笑，但是我馬上意識到他是認真的。同寢室的室友PK也是社會系三年級的同學，看到P1那副躍躍欲試的模樣，也很感興趣，湊上來說：「唉，P1，你說真的還是假的？那你闖進教官室要做什麼？」

「當然是真的，我騙你們做什麼。我覺得這些教官平時都一副道貌岸然的樣子，但是他們一定有什麼不可告人的事，我要把它們找出來公諸於世。」P1一副胸有成竹的樣子說。

　　「唉，P，那我們就陪他去吧，不然他要被抓到了怎麼辦？」PK對我說。

　　「好吧，那我們就三個人起去。」PK最後一句話打動我，看P1的樣子是勢在必行，若我們也去，一方面可以為他把風，免得被抓了。另一方面也可以看著他，不要讓他做出太過火的事來。

　　晚上十二點剛過，三個人來到教官室門口，試了試門把果然鎖住了。我和PK都望著P1，眼神都透露出同一個疑問：門鎖住了，我們要怎麼進去？P1看著我們，低聲說：「放心，我以前就發現一個有趣的現象，那就是教官他們下班離開時，不知道是為了通風還是偷懶，他們都沒有習慣關上面的氣窗。所以我們可以從氣窗爬進去。」我們抬頭一看，果然看見氣窗是開著的。

　　我們從走廊盡頭搬來一張桌子和椅子，將椅子疊上桌子，高度正好對著氣窗，P1爬了上去順利地從氣窗進入了室內，看他從容地走到門口為我和PK開門，我一邊走進教官室，一邊輕輕地對P1發出一聲喝采：「P1，真有你的，我看你有當職業神偷的天賦！」

　　「我也覺得P1的架式十足，尤其是那種很冷靜利落的身手，

完全看不出你會不會緊張，簡直就是神偷級的水準。」PK也在一旁幫腔。

「學長，你們就不要糗我了。」P1不好意思地回應。

走進教官室，我們趕緊把門反鎖，三個人也不敢開燈，只能就著走廊透進來的一點微光，睜大眼睛開始搜尋P1口中所謂的「證據」。其實，這一趟跟著P1來到教官室，我根本不知道我們該找尋什麼東西，充其量，就是憑著一股義氣相挺陪著P1來，主要當然是希望他不要出事，不然就算是陪他壯膽也行，最壞的結果，頂多就是一起被抓了，大家被學校處罰時也有個伴。於是，就在這種不知道到底要找什麼的情形下，三個人分頭拉開每個教官辦公桌的抽屜隨意地翻找。

大概是這樣的心態吧，我也只是有一搭沒一搭地拉拉抽屜、翻翻資料什麼的，我主要的注意力還是在聽外面是否有什麼可疑的聲響或變化。就這樣翻找了一陣子，大多看到資料或文件，也只是一些例行的文案，沒看到什麼特別引人注意的東西，就在大家找得有些無趣想放棄時，我在總教官B的辦公桌抽屜裡，我竟然看到我們讀書會遺失的那本《資本論》影印本，而且上面就標記著我們讀書會的編號，這讓我吃了好大一驚，原來讀書會裡真的有「職業學生」，他把這本禁書送到了B教官這裡，顯然總教官已經盯上我們讀書會了。視線從書本向下看，我瞄到書本下面還壓著一份檔案夾，封面還註記著機密文件，這可引起我的注意了，抽出這份檔案夾，打開一看，突然有一些熟悉的名字跳進我的眼睛裡：T老師、T3老師、還有一些我不認識的名字，再往下

看，赫然看到自己的名字，還有T老師讀書會裡很多學長姐的名字。莫非這就是傳說中的校園黑名單。我趕緊打手勢，輕聲喊了P1和PK來看，他們見我一臉緊張的樣子，猜到我應該是找到重要文件了，馬上湊過來看我手上的這份文件。

「唉，機密文件耶！我們能看嗎？」PK有點膽怯地說。

「我們不就是來找機密的嗎？太好了，這可讓我們找到了。」P1倒是顯得有些興奮，當他看到這份名單時，轉頭對我說：「天啊，真的有校園黑名單耶！學長，你的名字也在裡面。」。

「我們趕快走吧！我覺得這裡越來越不安全。」PK開始緊張了。

「太好了，我們把這份資料帶走，看B教官他們怎麼辦？」P1說。

「不行啊，這是機密文件耶！如果我們拿走了，教官他們一定懷疑我們，而且事情也會變得非常嚴重。」PK反對地說。

「我同意PK的看法，我們不能帶走這份文件，姑且不論這涉及機密文件，單單是竊盜罪，我們就擔不起這個罪責。」我說。

「不能帶走，那我們今晚來這裡是為什麼？」P1不服氣地

說。

「P1，你想想，如果我們拿走這份文件，教官他們一定會發現它不見了，如果他們短時間內找不到我們，他們也一定會在校園裡掀起一陣白色恐怖的搜索，到那時會有很多人會跟著遭殃的。」我嘗試地說服P1。

「難道我們眼睜睜地看著這份單名單繼續留在這裡，讓教官拿這些資料去迫害名單上的人嗎？」P1忿忿地說。

「至少我們已經知道這份黑名單的存在了，我們知道以後必須要更小心謹慎才行。」我還是要說服P1，我稍微開玩笑地說：「我的名字在名單裡，我都不緊張了，你在替我緊張什麼？」

「那今天不是白來了？」P1雖然被我說服了，但還是有些怒氣未消，這時P1恰巧看到斜放在教官室角落的幾面國民黨黨旗：「這些旗子看了就有氣！」P1順手把它們扯了下來，沒想到旗桿倒下來發出一陣不小的聲響，把我們三個人嚇了一跳，三個人不敢再待在教官室，我把檔案夾塞回原來的位置，拉起P1和PK趕緊開門跑了出去。

三個人一直跑回宿舍，氣都還喘不過來，PK突然問：「檔案放回去了嗎？」

「我放回去了。」我答。

「門有鎖起來嗎？」PK再問。

「我關門了，但我忘了有沒有鎖。」我想不起來我是否順手鎖門。

「希望有鎖。就算沒鎖也沒關係，明天早上教官開門時，或許會以為他們是前一天下班時忘了鎖的。」P1安慰我們說。

「不可能，黨旗掉在地上，加上門沒鎖，他們一定會發現有人闖入教官室了。」PK面露絕望地說。

「好在沒有其他什麼東西毀損或不見，他們就算發現有人闖入，大概也不會太大驚小怪。現在也只能順其自然了，我們三個人不說出去，教官他們也查不到什麼的。」我安慰PK說。

這件事發生一個多月了，這段期間內，我和P1也曾去找過T老師，主要是告訴他黑名單的事，說他的名字就在黑名單裡，請他要多加小心。當T老師知道我們夜闖教官室的事後，也臉色凝重叮囑我們千萬不要將這件事洩漏出去。我們三個人每天輪流去教官室附近蹓躂，觀察教官室是否有什麼重大變化，但是隨著時間過去，一切都很平靜，我們也就逐漸放心了，沒想到今天會有警察到學校裡來，就是為了調查這件事。

「現在警察已經在校園裡調查了，而且聽說調查的原因是有人刻意破壞黨旗，這罪名比入侵教官室或竊盜罪更嚴重。我們怎麼辦？」PK驚恐地說。

「我們去找T老師商量看看？」P1脫口而出地說，但是他隨即想到T老師已經失蹤好幾天了：「唉，可惜T老師現在不知道到哪裡去了？」。

「噢，不要再找T老師了啦。你們這群人最大的問題，就是什麼事都找T老師。你們沒看出來嗎？T老師現在是自身難保。而且，那天晚上你們在教官室也看到了，T老師自身就是學校的黑名單，就算他現在沒有失蹤，我看他也沒辦法為我們出什麼主意啊！」PK冷淡地回應。

P1和PK的這段簡短的對話，突然讓我在腦海裡閃過一個念頭：對了，T老師一直是整件事的關鍵！我閉起眼睛，仔細回想那份校園黑名單上的名字，除了T老師外，有許多人就是讀書會的成員，現在想來，這份黑名單根本就是以T老師為中心向外延伸的人際網絡關係。而且，黨旗被破壞是一個多月前的事了，為什麼早不調查晚不調查，偏偏選在T老師這幾天被抓的時間點，警察才開始進入校園調查？愈想愈覺得這兩件事之間一定有什麼關聯，但這關聯是什麼呢，我卻又看不出來？看來這份名單，除了表面看來是一份校園裡異議分子的名單外，它一定還有什麼我們不知道的內幕或祕密，就像我也不能理解T3老師，這位篤信道家清淨無為思想的老教授，怎麼也在名單裡？

六

　　幾天後，我在H大樓上「都市更新」通識課時，教室門口來了一個教官，他一聲不響地走進教室，跟上課老師低聲說了幾句話，然後就站上講台大聲喊我的名字：「社會系的P同學有在這裡嗎？總教官找你，請你現在馬上到教官室一趟。」

　　聽到教官喊我名字，我嚇了一跳，趕忙站起來回答：「我在這裡！」全教室同學的眼光聚焦在我身上，每雙眼睛都直瞪著我，彷彿我做錯了什麼事。我趕緊收拾好書包走到講台，向上課的老師點了點頭，就跟著這位教官一起走到教官室。

　　雖然我猜可能跟黨旗被破壞一事有關，但是謎底未揭曉前，總是最令人懸念的。一路上心裡忐忑不安，念頭也飄忽不定，不知道該如何應對回答才好，好不容易終於走到行政大樓，心裡突然閃過一個想法：學校既然早已掌握了一批老師與學生的黑名單，那麼它會懷疑我們這幾個學生也很合理，現在約談我應該是走一個程序而已，主要還是要從個別的學生約談中，再找出線索或更具嫌疑的人而已，既然如此，我一定不能心虛，反正他們也沒有證據，我只要不被教官套出什麼線索就行了。於是，在走進教官室前，我就已經打定主意死不承認。

　　跟著教官走到門口，喊了一聲：「報告！」走了進去，頓時感覺到室內的溫度彷彿低了好幾度，整個空氣中似乎都凝結著一團嚴肅的氣壓，心想：那一天夜闖時都沒有今天這樣大白天的教官室來得詭異。

教官室裡，除了總教官B外，還有社會系主任T4和哲學系主任T1，另外旁邊還坐著一個穿中山裝的人。這年頭還有人穿中山裝，一看就知道這個人是國民黨部派來的黨職工作人員，簡稱黨工。

「P同學，請坐。今天找你來，是有一件事要問你，請你務必誠實作答。」總教官B指了指眼前的一把椅子，然後他看了一眼那位黨工，等他點頭示意後，他才說：「P同學，上個月教官室遭人闖入，破壞了幾面黨旗，這件事你知道嗎？」

「報告教官，我知道這件事，前幾天我就看到學校裡有一些警察在調查，學校裡同學都在傳這件事，所以我知道。」果不其然，今天的約談跟黨旗有關，我當然是先打迷糊仗。

「P同學，你說你是聽到傳言才知道這件事的，對嗎？」總教官B忽然口氣轉變成陰沉的語調說：「可是，我得到的消息不是這樣的。據我所知，你就是那一天晚上潛入教官室破壞黨旗的其中一分子，你老老實實地說，不要強辯！」

雖然走進教官室之前，已經打定主意否認到底，但是教官B的這一招直搗黃龍實在太厲害，原先想好的策略瞬間被瓦解動搖，我整個神經一下子緊繃到了極限，頭腦突然發脹暈眩，在座的每一雙眼睛都盯著我看，現場一片沉默死寂，我彷彿聽到我自己的心跳像打鼓一樣的大聲，身體不由自主地搖晃，似乎隨時都會休克一樣。心裡不斷地想：怎麼辦？怎麼辦？教官已經知道了。

「教官，我不知道，黨旗不是我破壞的。」我的嘴巴和耳朵好像都不是我的，我好像聽到自己的聲音從很遙遠的地方傳來。

這時社會系主任T4出來緩頰，口氣和緩地說：「P同學，我們都知道不是你破壞的，但是你是那天闖入教官室的其中一個人，對不對？」

我脫口而說：「你們怎麼會知道？」但是我馬上意會到這一句話已經暴露了我的犯行，接下去我不知道該再說些什麼了。

果然，總教官B抓住我這句話的語病：「果然有你，你還不承認？」

社會系主任T4老師還是平靜地說：「你不用管我們是怎麼知道，P同學，闖入教官室破壞黨旗，這是很嚴重的罪行，但是我知道你不是故意的，而且破壞黨旗的人也不是你，所以你不要太緊張。現在我們希望你能認罪，然後寫一份自白悔過書，如果你真心悔過、誠實說出事件的始末，那麼學校這邊也可以念你還是學生的身分，而且又是初犯，老師可以向學校求情，從輕處份。」

「悔過書？主任，悔過書的內容要怎麼寫？」我已經絕望到不知道該怎麼辦了。

T4老師看我神情有些動搖，正想繼續對我說之以情，這時一直在旁不出聲的黨工說話了：「你們系主任講的都是真的。破壞

黨旗，罪名很重，輕則退學，重則還要軍法審判。」然後這個黨工終於說出了此次約談我的真正目的了，他說：「你不要緊張，我知道你們這幾個還都是學生，這樣的大事絕不會只有你們幾個人而已，幕後一定還有人在策劃，或者，你們幾個充其量也不過是受人煽動而已。你只要告訴我，這個幕後策劃或煽動的人是誰，我保證你們幾個不會有事。」

不等我回答，哲學系主任T1馬上說：「除了T老師還能有誰，一定是他在幕後操控的！就像上個月的野百合學運，我們學校也有很多學生到中正紀念堂參加，而幕後策劃和鼓動學生的人也是T老師。P同學，你不要說你不知道，就我所知，你就是去中正紀念堂的那群學生之中的一個。」顯然，哲學系主任T1急於要把這整個事件都栽到T老師身上。

這時候我的頭腦突然清楚了，原來今天這場約談的真正目的是針對T老師，我搖搖頭地說：「主任，這件事不關T老師的事，只是我們幾個同學想惡作劇，卻不小心弄倒了旗子，我們不是故意的，更沒有什麼人在幕後策劃，你們誤會了。」

哲學系主任T1依舊不放手地說：「我知道你和T老師感情很好，你不想當那個出賣T老師的人。但是，這件事已經有兩個人指認了，不管你要不要寫這份自白書，T老師都是脫不了關係的。而且，我告訴你，其實T老師自己都已經招認了，你又何必繼續為他隱瞞呢？」

黨工接著T1老師的話繼續說：「我告訴你，這個T老師上星

期被我們請到調查局喝咖啡，那時他爲求自保，就已經全盤說出整個讀書會的成員，以及這次破壞黨旗的人是誰了。不然你以爲我們爲什麼能這麼快就查出誰破壞黨旗？」一聽這話，心裡強烈地懷疑：有可能嗎？T老師平時那種天不怕地不怕的樣子，怎麼可能一被抓就招供了？

這個黨工看我一臉不相信的樣子，似乎有些惱怒，又像是要證明他的權威似地說：「你不相信？你們這位T老師啊，別看他一副斯斯文文的樣子，講話可眞衝啊。那一天我們幾位同事到他的辦公室逮捕他時，我們都已經亮出調查局的公文文件了，他還死鴨子嘴硬地說：『我是大學教授，你們這樣不分青紅皂白，隨便闖入私人領域，就是違反人權的表現，我可以告你們違法！』，這種不理性的反抗是沒有用的，因爲我們就是代表法律。我們對T老師的蒐證工作不是一天兩天了，他在課堂上的很多反動言論、在很多集會場合的反政府脫序行爲、在私地下胡搞一些讀書會用禁書毒害學生思想、甚至還和一些台獨人士有所接觸，這些都是明明白白的證據，他想否認也沒用。所以，我們也不管他是什麼大學教授，直接架走，沒想到他還眞有點力氣，掙扎過程把現場弄得有些凌亂，完全不是斯文人該有的修養嘛。」他看我聽得入神了，覺得自己的策略奏效，得意地繼續說：「到了調查局，這個T老師還一直嚷嚷著要找律師，我覺得他眞的是讀書讀到腦袋壞掉了，這種案件涉及到政治思想、集會遊行和內亂叛國，這是國家安全等級的案件，哪裡是一般律師敢接的案子！你們這個T老師以爲找律師來就有用，眞的是太天眞了。後來，給他關個幾天，看他還怎麼嘴硬，最後還不是什麼都招了。你看，你們這幾個學生擅闖學校教官室破壞黨旗，在我們詳細的

盤問下，他照樣也是和盤托出了，我看你還是識相點，乖乖地照實說了吧。」

眼前這個黨工把T老師被抓的情形描述的非常逼真，就像他親眼所見，但我還是不能相信T老師為求自保而把我們供出來的說法。就在這時候，我突然想起T老師曾經在課堂上講過的一個理論──囚徒論證。

這個論證是1950年由弗勒德（Merrill Flood）與德雷希爾（Melvin Dresher）提出理論，塔克（Albert Tucker）命名的「囚徒困境」（Prisoner's Dilemma）。我還記得T老師講到這個論證時，曾興高采烈地說：「此困境的思考開創出『非零和的博弈理論』，反映出個人的最佳選擇通常都不是整體的最佳選擇，這就是人性啊！」那神情就像是發現新大陸那樣的興奮。可是那時的我並不完全理解這個論證到底有什麼奧妙之處，只覺得T老師的講課神情很有趣。

但是現在我在T1老師、T4老師和這個討厭的國民黨特務黨工的脅迫之下，我突然清楚地想起T老師講這個論證時，舉了一個非常生動的例子，而這個例子正是我現在的寫照啊。這個例子是說：如果警方逮捕甲、乙兩名嫌疑犯，但沒有足夠證據指控二人有罪。於是警方採取將兩名嫌疑犯分開囚禁的方式，並分別和這兩人提供以下相同的選擇：

1.如果兩人都不認罪，那麼在罪證不足的情況下，僅能處以最低罰則，即兩人都必須服刑半年。

2.如果兩人之中只有一人認罪，那麼認罪的那一人可轉作證人而獲假釋，而堅持不認罪的另一人則因藐視律法加重處罰判刑10年。

3.如果兩人同時認罪，則兩人既不加重也無減輕罰則，均處以5年刑期。

T老師講到這裡時，就問我們大家：「如果你是兩個嫌疑犯之中的一個，那麼你會作何選擇呢？」

當時有一個學弟很天真地舉手說：「如果我們兩個人真的沒犯罪，那就堅持不認罪啊！」

T老師微笑地向他說：「那如果你們真的有犯罪呢。」

學弟還是很天真地回答：「那就兩個人都認罪啊！」

T老師很幽默地回應：「你的誠實讓這個數十年難解的困境難題，突然變得非常簡單，我喜歡！」引得全班哄堂大笑。不過T老師馬上嚴肅地說：「可惜並不是每一個人都像你這麼誠實，至少和你一起被警方抓的另一個人，他就不見得像你這麼單純。」他話鋒一轉並語重心長地說：「這道難題之所以是困境，就是在於人性的複雜啊！你有沒想過『就算你是無罪的，但另一人會不會為了求自己假釋或減輕刑期而認罪，結果卻害你不僅有罪，而且是加重罪責呢？』而這個害怕另一人認罪的想法，會不會又影響了你是否要認罪的決定呢？所以啊，這個難題的困境，

就是在於不管你本來有沒有犯罪，你都很難不去考慮另一個人的心態，而讓你不知道該如何面對認罪的抉擇啊！」

「老師，依照你的說法，那不論我作出何種決定，都會影響到另一個人的處罰結果；而且我還必須考慮到另一個人的決定，也會影響到我的處罰結果囉？可是我又不是另外那個人肚裡的蛔蟲，我怎麼知道他會怎麼決定，那我在不知他的決定為何的情況下，我又該怎麼做決定呢？」有一位哲學系的學長說出了我的心聲。

T老師又露出他慣有的開朗笑容，我知道他又要把問題丟給學生了。果然他接下來就對這位學長說：「嗯，有道理喔！那如果是你，你會認罪嗎？」

這個學長想了一想說：「我可能會認罪吧！」

T老師當然不會放過這種追問的機會：「為什麼？」

「為什麼喔？」學長無意識地重覆T老師的問句，接著說：「我的分析是這樣的：如果我不認罪，他也不認罪，那我的刑罰是次輕的半年刑期，但若他認罪了，我就要面對最重的10年刑期，所以我如果採取不認罪的態度，那麼我就是在賭次輕跟最重的這兩種刑罰；另一種選擇是，如果我認罪，他不認罪，那我就可獲假釋緩刑這個最輕的處分，但若他也認罪了，那麼我就跟他一樣要被處以次重的5年刑期，所以我如果採取認罪的態度，那我就是在賭最輕與次重的這兩種刑罰。」講完這一大段分析，學

長看著T老師給予他非常激賞的眼神，彷彿受到莫大的鼓勵，他緊接著下結論：「所以，如果在『次輕與最重』和『最輕與次重』之間作選擇，我想我會選後者，換言之，就是選擇認罪，把可能的刑罰風險降到較低的程度。」

這一番分析的結果，引來T老師熱烈的掌聲：「了不起，我記得你已經大四了，對不對？我們哲學系的同學，如果在大四畢業之前都能學到這樣的分析能力，那還怕這個社會上對我們哲學人的歧視和誤解嗎？」說完又是他那招牌的笑聲：「哈！哈！哈！」

不過，T老師顯然還有話要說，他轉過頭來繼續追問這個學長：「恭喜你選擇了最低風險的認罪項目，但是我不禁還有最後的一個疑問：如果你原本壓根就是被冤枉的，那你還會選擇這個風險低但卻違背真相的認罪項目嗎？」

此話一出，只看學長的臉色青一陣白一陣地，似乎完全忘了他剛才那番慷慨激昂的分析論證，突然被T老師打回思考原點，而且全班也同時陷入一片沉默的寂靜。

這時我不知道哪裡來的靈光一閃，我舉手大聲地說出我的感想：「所以在這個例子中，警方一開始就採取分開審訊的方式，為的就是讓原本真的犯罪的嫌疑犯傾向選擇於認罪，方便警方蒐證與辦案。但是，對警方而言，它也冒了一個風險，那就是它也在無形中逼迫了原本沒有犯罪的嫌疑犯也傾向選擇認罪。如此一來，這種分開審訊的方式，造成冤獄的機會還滿大的耶。」

我的話講完後，只見T老師滿臉讚賞地看著我說：「果然是社會系的同學，思考的角度已經從純哲學分析，轉換到社會效應的層面了。」

　　T老師的讚美之辭猶在耳邊迴盪，但現在的我卻真真實實地面對這個殘酷的「囚徒困境」了。雖然我已經洞悉了黨工使用這種策略來誘使我招認，但我卻還沒有完全勇氣來反抗他這樣的謀略。我需要靜下心來好好想想。

　　「總教官、兩位主任及這位長官，我現在整個腦袋一片迷糊，不知道該怎麼說，能不能讓我回去好好想想，釐清整個利害關係，再回來回覆你們？」我只能用緩兵之計，看看能不能爭取到一些時間考慮。

　　「我就說現在的大學生，腦袋裡到底都裝了什麼東西啊，這麼簡單的利害關係都分析不出來，還要回家想？」黨工露出輕視的微笑地說。

　　總教官B看我似乎不會分析評估目前局勢，就以智慧長者的姿態對我說教：「P同學，你還看不出來嗎？如果死不承認，對你也沒有什麼好處，搞不好還會被這個T老師出賣了，把所有責任都推給你們這幾個學生身上，可是你如果承認了，而且供出T老師才是整個事件的主謀，你反而是幫我們抓到了要犯，你非但沒罪，而且還算是有功哩。」說完了還壓低音量地對我說：「人不為己，天誅地滅，你管他T老師是死是活，先保自己平安重要！」

「各位，我看他是真的還不知道選擇什麼才是對自己最有利的，給他一點時間想想，他就會知道我們都是為他好。」社會系主任T4老師也為我求情。

　　就這樣，我爭取到了一兩天的時間，我趕緊去找P1和PK，看他們到底怎麼樣了。

七

回到宿舍我馬上就去找P1和PK，但是找了兩天都沒找到人，問了幾個同學和室友，他們也說不知道，這讓我突然想起來好像已經好多天都沒有見到他們兩個人。我腦海裡浮現出哲學系主任T1的話：「已經有兩個人指認出T老師就是這整件事的主謀了。」兩個人，是哪兩個人啊？難道是PK和P1。可是我們三個人明明早就約定好了，不管學校對我施加什麼壓力，我們都一定要矢口否認到底。可是歷經前天兩位系主任、總教官B和那位國民黨黨工的威脅利誘之後，我很清楚在那種氣氛和壓力下，真的沒幾個人能扛得住，或許他們兩個人真的招認了也說不定。可是這件事從頭到尾都不關T老師的事，就算他們兩人都招認了，也扯不到T老師身上啊。

不對，不對，前天的那個場景，這些長官們分明就是想藉這次黨旗毀損事件，硬要栽贓到T老師頭上的，所以他們一定會引導P1和PK在這方面下工夫。糟了，難道PK和P1沒能破解他們的這套囚徒困境策略？他們不僅認罪了，而且還把最重的罪責轉移到T老師身上？不行，我一定要找到他們兩個，把話問清楚。

殊不知我這兩天到處找PK和P1的時間裡，學校的長官們也沒閒著，他們竟然找來了我遠在鄉下的父母親到學校。於是，當我父母出現在宿舍門口等我時，我著實嚇了一跳。

就在爸媽和我尷尬碰面的情景下，父親面帶憂慮的神色開口說：「聽說你在學校都沒有好好讀書，反而去參加一些不正經的

社團，和去搞一些違法的活動，是不是？」

「阿爸，那些不是什麼不正經的社團，野百合也不是什麼違法的活動，你是聽誰說這些事啊？」我連忙解釋。

「不是不好的活動？那為什麼學校會這麼緊急地通知我們？」母親更是激動地說。

「阿爸、阿母，這很複雜，你們聽我說。我們社會裡充滿很多不公平的事，我們組讀書會是為了了解這些不公的事為什麼會發生，我們參加社會運動是為改變這個不公平的社會制度。這些都是很重要的事。」我連忙解釋。

「不公平？我告訴你什麼是不公平。我和你阿母拼命工作賺錢供你上大學，結果你卻不用功讀書，反而去參加一些奇奇怪怪的組織和活動，這對我們公平嗎？」父親聽了我的解釋似乎更生氣了。

我不敢再說話反駁父親，深怕會讓他更生氣。母親聽了父親的話，突然哭了起來，她說：「P啊，不要再參加這些有的沒有的事情了，就算是阿母拜託你啦。我和跟你阿爸辛苦一輩子，好不容易栽培你讀到大學，就是希望你不要像我們這樣辛苦，以後出社會了可以找一份穩定的頭路。可是現在看到你這樣，學人家走上街頭抗議，還參加一些犯法的組織，變得這麼壞，莫怪你阿爸這麼生氣。」

「阿母，你想錯了啦，我真的沒有變壞。」看到母親流淚，我也非常難過，我希望能讓她和父親了解我現在所做的一切努力，都是為了我們台灣所有的民眾百姓，我說：「阿母，你講的那個抗議活動，是野百合運動，是為了台灣的憲政改革而努力的運動，你們看到的新聞，都是被電視台故意歪曲事實的報導，其實我們在現場都很和平，而且也得到總統的肯定，他都已經接受我們對台灣憲政改革的請求了。這是在做好事，為我們台灣所有的平民百姓做的好事，你們怎麼會說我變壞呢？還有，我也沒有加入什麼不良幫派或組織，只有參加我們大學老師辦的讀書會，在這個讀書會裡，我讀到很多以前課本裡面沒有教的事情，例如二二八、白色恐怖、極權專制、和真正的民主國家的自由思想，它讓我知道了我未來應該要走的路和要努力的方向，也認識了很多志同道合的朋友，一起為台灣的民主化發展努力和奮鬥。阿爸、阿母，你們不要只聽學校的一面之詞，在學校的背後，其實還是這個獨裁的國民黨政府對我們的洗腦和控制啊！」

「照你這樣講，難道學校教官打電話來告訴我們的消息都是錯的？」父親臉色算是比較緩和了，但還是不相信學校怎麼會是錯的。母親補充說：「昨天你們學校的教官打電話來家裡時，說你在外面結黨做壞事，人家警察都找上學校要學校處理了，而且又說你在校內也做了很多違反校規的事，可能要被學校退學。我和你阿爸一聽到你犯法被警察調查、而且要被學校退學，我們兩個人都緊張，馬上連夜就趕過來了。」

「是教官打電話叫你們來的？」我一聽是教官，心裡大概就懂了，這是教官和主任們怕我不認罪的釜底抽薪之策。

「當然是啊，人家教官很好心打電話來，他一直告訴我們說他很關心你，生怕你走錯了路，想要再給你一次悔悟反省的機會，但是又說你很固執，他和系主任都一直勸你了，你還不聽。他怕你誤入歧途、越陷越深，希望我和你阿母來學校勸勸你。」父親還是相信教官的話。

「阿爸，你們都被教官騙了啦，他才沒有你講的那麼好心。事情很複雜，沒有你們想的那麼單純啦。」我還在考慮要不要全盤說出教官、系主任和黨工叫我陷害T老師的事。

「有什麼不單純的？我們都知道了，就是有一個T老師的，他可能是共匪派來的間諜，專門在你們學校從事破壞的活動和教壞你們這些學生，叫你們去做那些犯法的事。人家教官好意告訴我們，他念你是初犯，而且又不是主謀，很多事情都不知情，只是傻傻地被人利用，所以他要給你一個改過自新的機會。你看人家教官真的很好心。」母親說出T老師是匪諜的事，真的讓我嚇了一跳。

「阿母，這個T老師才不是他們說的那樣。」我反駁母親的話。

「還說不是，你們教官說這個T老師已經被調查局抓走了，現在正在蒐集各種證據，你的舉發對調查局的調查工作很有幫助，這是一個很好的將功贖罪機會。」母親已經完全被學校洗腦了。

「我不管你怎麼想，這件事你要聽我們的，等一下跟我們去找教官，把事情交代清楚，跟這個T老師劃清界線，就沒你的事了，以後繼續讀書，好好把課業顧好，不要再去搞一些有的沒的活動了。」父親堅持地說。

「阿爸～～」我還想要反駁。

「你搞清楚狀況，這件事由不得你啊！也不想想，現在都要被退學了，你還要怎麼樣？」父親漲紅了臉說。

就這樣我被父母親硬拉著到教官室，教官B見我們走進來，馬上臉上堆滿笑容地站起跟我父母親切地打招呼：「P爸爸、P媽媽，你們來了，歡迎歡迎！」顯然他對我父母今天會帶著我到教官室報到這件事，一點也不驚訝。

「教官，你好，我們是P的爸爸媽媽，我們家P在學校給你們惹麻煩，真歹勢。」父親一開口就先道歉，然後拿出預先準備好的禮盒給B教官，剛才只顧著和父母爭辯，竟沒有注意到父親手裡一直提著這個禮盒。

「P爸爸、P媽媽，你們太客氣了，來了就好，怎麼好意思還讓你們破費。」B教官客套了一下，接過禮盒後放在他的辦公桌上，然後就開門見山地說：「P這次犯的事情實在太大了，不然我也不會驚動你們。其實我和P的系主任商量過了，要不是想給P一個改過自新的機會，我也不會這麼大費周章地請你們過來。」

「教官，你大人有大量，我們真的很感謝你對我們家P這麼好，要不是你打電話來，我們都還不知道這個孩子在學校到底在搞什麼名堂。這孩子以前在家的時候都很乖，也不知道上大學後被什麼朋友帶壞了，才會變成現在這樣子。剛才我們兩個老的罵他在學校亂來，他還頂嘴反抗，他以前在家的時候不會這樣的。」父親一方面感謝B教官，一方面又數落我的不是，我當然知道他是希望給B教官一個我本性很好的印象，現在的一切作為，都是被朋友帶壞的，這樣他才好為我求情。

　　果然，父親的這番話正好符合了教官的預期，他馬上回應：「是啊，我也覺得P同學的本性應該不壞，怎麼會這麼固執呢？可能就像是P爸爸你說的那樣，是被不好的朋友帶壞的。」

　　看著父親和B教官兩個人這一陣客套話的背後，箭頭全都是指向我，可是兩個人的眼光卻又完全不看我，完全把我當成不在場的透明人一樣，我按捺不住地就要發難反駁，但母親一看我的神情，馬上緊握著我的手，示意我不要講話，讓我心裡一陣難過，因為我知道父母親正為我的事情傷透腦筋，也正在全力想辦法「補救」，我如果現在講話反駁，非但會使得教官下不了台，也會讓兩老難堪。我只好把滿腔的悲憤吞了下去，但我眼淚卻不爭氣地流了下來。

　　這下子，反而給B教官一個可發揮的話題，他故意轉過頭看著我說：「知道錯了就好！你看你父母為了你的事專程趕來學校，就知道你父母非常疼愛你。你也應該知道做子女的，不要老是讓父母親傷心難過，聽父母的話，當一個孝順的乖孩子，知道

嗎？」

　　我實在已經憤怒到了極點，怎麼會有這麼無恥的人！我甩開母親的手，很用力地說：「教官，我不懂你的意思。難道孝順父母，就是任由你擺布？難道聽父母的話，就是跟著你去陷害好人？你所謂的當個乖孩子，難道就是叫我爲了自己的利益去出賣別人、不顧別人的死活？」講完我完全不理會B教官的臉色，我轉頭再面對我父母說：「阿爸、阿母，你們知道嗎？這個教官兩天前在這裡，就是在這裡，他還教我『人不爲己，天誅地滅』的大道理，叫我不用去管別人的死活，先保住自己最重要。阿爸、阿母，這是做人的道理嗎？從小到大，你們不是這樣教我的啊！我還記得小時候我跟鄰居小孩打架，你們知道後也不問我打架的原因，都是先打我給別人看，你們總是說：『不管誰對誰錯，打架就是不對，打我給別人看，就是在教我先爲別人想，再想到自己』，這些你們都忘了嗎？」

　　母親看我激動的神情，伸出手來握著我的手，想安撫我的情緒，我的確感受到母親的慈愛而逐漸獲得安定的力量，我深呼吸一口氣，用比較和緩的語調繼續說：「阿母，我知道你和阿爸都是爲了我好。小時候教我爲別人著想，這是爲了給我一個良好的品性；現在叫我把責任都推給別人，美其名說『都是別人把我帶壞』，這也是爲了我好，因爲你不想我辛辛苦苦考上大學了，卻因爲這樣的事被退學了。可是你們知道嗎？這兩件事的『爲我好』，在本質上是衝突矛盾的啊！」

　　父親看我幾句話道破了他的想法，也不知是惱怒我不體諒他

的用心良苦，還是生氣於我的固執，他一巴掌打在我臉上，怒氣衝天地說：「你這個囡仔怎麼這麼番？講不聽啊？我看這個書也不要讀了，跟我回家去種田！」然後轉頭對B教官說：「教官，歹勢，我不會教孩子，這個逆子我帶回家了，學校想怎麼處置就怎麼處置，我也管不了了。」

說完了向B教官鞠了一個躬就拉著我和母親走出了教官室，當天我就回宿舍收拾所有的行李，跟著父母連夜搭車回嘉義溪口的老家了。

在家禁足了幾天，後來我才知道母親又偷偷跑回學校為我辦了休學的程序。接下來的日子剛好碰到收割稻子的會期，不僅全家人出動，還請來村子裡的鄰居和親戚朋友都來幫忙，父母親也沒空再跟我談這件事。往年我在家的時候，這時節也都會下田幫忙，直到這幾年外出讀書，才逐漸沒回家幫忙，今年卻是在這樣的情景下回家收成稻子，心裡慢慢浮現起父母親一輩子工作的辛勞，對他們實在有著極大的愧疚。等到這一期的稻子收成結束，已經一個多月後的事，但父母親和我，卻是誰也都沒再提起休學這件事了。

只是我在這漫漫的一年休學期間，除了下田幫忙農務外，其餘時間都在鄉間的田埂上散步，想著這整件事的來龍去脈：自從在教官室大吵一架之後，父母親把我帶回家，說是幫我辦了休學事宜，但我一直納悶教官B不是口口聲聲說我這次的事情會被退學嗎？我一直到最後都沒有寫出那份他們想要的自白書，也沒有按照他們意思去指控T老師，為什麼我父母最後只用休學一年

的方式就了結這事，而不是被退學呢？想不通也想不明白，在這個與世隔絕的嘉義鄉下，我沒有任何可用資訊與資源去釐清整件事，只能日復一日默默地把日子過去下。

八

　　一年後復學回到學校，才知道後來T老師被學校解聘了，從此沒有了他的消息，就連P1和PK兩個人，我也在校園裡找不到他們的蹤跡，雖然我在這一年當中寫了幾封信到他們家裡，但一直都沒有收到任何回音。當年那些一起參加讀書會的同學也都很少見面了，即使在校園裡偶然碰面，大家對此事也都三緘其口不願多談，留給我的是一個極大的謎團。

　　平靜的校園生活，不再有熱烈討論的讀書會，也沒有了志同道合的朋友，對校園裡的一切事務，對我似乎都顯得那麼陌生又遙遠。走在校園中，看著各系迎新活動如火如荼地進行，那一張一張稚氣又好奇的新鮮人臉孔，從我走過的教室、廣場或草坪時，在我身旁歡欣雀躍地高聲歌唱與蹦跳著，而我卻像是一個歷經滄桑的老人，意興闌珊地走過一個又一個歡樂場合。只有在某些短暫出神的時刻，我會在這些年輕的身影中，產生彷彿看到自己背影的錯覺。

　　有時會習慣性地走到哲學系辦公室外的長廊，坐在T老師研究室外的椅子上，呆呆地坐上一個下午。這時總會碰到幾張老面孔，哲學系助理Lu姐最常遇見我，在她無奈又充滿悲憫的眼神中，總會親切地擠出一句對我的問候：「P，你又來了！」除了Lu姐，最常遇到的人是T2老師，現在他已經是哲學系系主任了，每次碰到他，他總是匆忙的腳步以及望著我的迷惑眼神，我猜他心裡大概在想：「這小子怎麼又來了？」最讓我高興的是遇到T3老師，他會為了我停下腳步，用他那種溫暖和煦的笑容看著

我，那笑容就像在安慰我說：「沒關係，時間會撫平一切的！」
有一次，T3老師看我又坐在走廊的椅子上，他招呼我說：「P
啊，要不要進來坐坐，喝杯茶？」

　　這是我第一次走進T3老師的研究室，一進門就發現T3老師
的研究室跟一般老師的很不一樣。一般大學教授的研究室，要不
是滿牆壁的書和一大堆的文獻資料，不然就是充滿個人風格的布
置和擺設，可是T3老師的研究室卻空空蕩蕩的什麼東西都沒有，
除了學校統一配給的一張書桌和一套小型會客桌椅子外，就是一
張非常老舊的藤製搖椅，書架上稀稀疏疏地擺放著一些書籍，多
半也都是道家哲學之類的書，整個研究室給我的感覺就像是臨時
安置的空間，又像是T3老師隨時都可以準備搬家似的，心想：這
是一位怎樣的老師啊？怎麼生活會恬淡到如此地步？

　　「老師，你的研究室好奇怪喔，怎麼東西這麼少？」我不禁
發出疑問。

　　「怎麼？東西很少很奇怪嗎？」T3老師還是笑咪咪的樣子回
答我。

　　「也不是啦，只是老師你的研究室擺設，跟我以前看過的其
他老師都不一樣。」我稍微說明我疑問的原因：「以前我也拜訪
過一些老師，他們的研究室總是一堆書，讓我覺得老師們都很有
學問的樣子，要不然也有一些老師會把研究室布置得很典雅，充
滿文人雅士的高貴氣質。可是，你的研究室好像很空耶，書也不
多，而且也沒有什麼布置。」

「我上的是道家思想的課，需要的教材資料本來就不多，東西多顯得累贅，也不符合道家清淨簡約的風格。更何況東西少就容易搬啊，像我這樣的大學老講師，也不知道什麼時候會被學校fire，這樣子反而方便。」T3老師說。

「老師，這樣子很不公平耶，為什麼學校對你這麼不友善？」我為T3老師抱不平地說。

「不會，不會，其實我已經習慣了。像我這樣的老講師，能在我們K大學任教就已經很幸運的了。」T3老師連忙說。

「老師，我冒昧地請教你，你是不是曾被什麼事情迫害過？」我從T3老師的話裡聽出了一絲他似乎曾被迫害的遭遇。

「我的那一點點經歷算什麼被迫害啊，但是我有很多朋友真的在那個年代就這樣不見了。」T3老師像是被勾起什麼回憶，他一臉嚴肅地說：「在我們那個年代啊，稍微有些風吹草動的，我們都會非常緊張，因為一不小心就會被政府盯上，然後不是失蹤就是被判刑。」

「老師，我知道，這就是白色恐怖，對不對？」我馬上想到我們社會系的老師常說起的白色恐怖時期。

果然，T3老師一聽到「白色恐怖」四個字，神情忽地閃過一絲恐懼，但他隨即把這一絲恐懼又轉變成悲傷，他壓低了音量，似乎怕隔牆有耳地說：「你還年輕，不知道『白色恐怖』的嚴重

性。」

「老師，你不是白色恐怖的受害人，那你怎麼會知道白色恐怖的情形呢？」我雖然聽許多社會系的老師提過白色恐怖，但一直很難想像那是什麼情況。

這個問題似乎讓T3老師跌入一個很深的記憶裡，他嘆了一口氣說：「那時我還很年輕，十七歲的小伙子，正是充滿很多夢想的年紀。那時候我跟你們一樣喜歡讀書，我們有一群志同道合的朋友，雖然戰爭讓物資短缺，大家的生活也不算富裕，但我們還是組了一個讀書會。說是讀書會，不過那時我們都是愛作夢的年齡，讀的都是一些新詩、小說、和戲劇之類的書籍，偶爾也讀一些西洋的社會學或哲學的文章，其實也不見得都看得懂，但就是要裝得很有深度的樣子，哈哈哈，年輕啊！」T3老師的口氣突然變得低沉：「不過這樣的日子也不長久，隨著生活愈來愈困難，台灣人和國民黨政府衝突越來越激烈、越來越頻繁，開始有一些人被抓，更有一些人莫明其妙地失蹤，大家雖然害怕，但是日子還是要過下去，只是我們不敢再去談民主、談理想、談文學、談抱負、更不敢去談未來。」

「老師，那是二二八事件嗎？」我插嘴問。

「P啊，你也知道二二八！唉，其實二二八事件發生的時候我還很小，沒有什麼記憶，就算後來稍微長大一些了，也根本不知道這是台灣史上最嚴重的暴動與屠殺事件，有很多事都是我長大後從一些長輩的談話裡慢慢才知道的。你們這一代人比我們幸

運多，你看現在我們還可在這裡談二二八，如果早個三、四十年，誰敢這麼明目張膽地談啊！」T3老師接續著回憶說：「你看我都岔了話題了。台灣經歷了二二八事件之後，在國民黨的威權統治下，大家開始變得沉默和馴服了，長輩們也一再告誡我們千萬不要去搞政治，最好是連談都不要談，這種在戒嚴氛圍下的台灣才是你剛才所說的『白色恐怖』時期啊。剛才我說我們有一群朋友組了一個讀書會，那不過是一個愛好新詩和文學的活動而已，但是誰想得到這個讀書會卻帶給我們這一群人一輩子都抹滅不掉的傷痛。」

T3老師示意我喝茶，他也端起茶杯慢慢地啜喝一口，彷彿在思考著如何開始講這一段往事：「有一天我家裡來了兩個人找我，他們問我是不是T3，我才剛回答說『我是T3。』他們馬上表達身分說他們是警備總部的便衣警察，這下子我家裡的人都緊張了，我趕緊問他們：『找我有什麼事嗎？』他們沒有回答我，而是反問我：『你是不是有參加一個讀書會？』我想參加讀書會也沒犯法，所以就坦白地回答說：『是！』，沒想到他們臉孔一板就說：『有人檢舉你們這個讀書會在讀一些禁書和散布共匪思想，請你現在就跟我走一趟警備總部。』這下子我和家人開始害怕了，傳說中被抓去警備總部的人，沒有一個能活著回來的。雖然我也很害怕，但是我想我們並沒有像他說的那樣讀禁書和傳播共產黨思想，所以我還勸慰我父母說這是誤會，等我去警總澄清以後就會回來了。可是我這一去就是十年，連我父親過世的時候，我都沒有機會回家見他最後一面。」

我突然想起去年夜闖教官室看到的那份黑名單裡有T3老師的

名字，當時心裡很納悶，現在我終於知道爲什麼T3老師也是學校列管的人員了。看著T3老師年邁的眼睛中泛著淚光，知道這件事一定是他心裡極大的一個痛處，我不敢追問，只等T3老師心情稍微平復後，他才繼續說：「我在警總待了兩個晚上，原以爲會有什麼審訊過程的，但是並沒有，我就這樣直接被送到綠島管訓了十年，後來是因爲我在綠島表現良好及一次大赦才放我回台灣。P，你一定以爲我受了這麼大的冤屈，怎麼還不認爲自己就是白色恐怖的受害者呢？那是因爲我見過真正的受害者啊！」T3老師站起來走到他辦公桌前，拉開抽屜拿出一本剪報冊，翻開冊子，一頁報紙上赫然出現「綠島新生訓導處再叛亂案」幾個大字，還有兩張照片和兩個名字——蔡炳紅、楊俊隆。T3老師指著這兩個名字說：「這是我在綠島管訓時認識的獄友，在他們身上發生的事，才是白色恐怖最可怕和最愚蠢的地方。有一年綠島的管理階層想向上頭邀功，說他們在綠島上的管訓成效卓著，於是就想出了一個主意——在我們這些政治犯的身上刺『反共抗俄』之類的政治標語，而且還誇口說這是政治犯們自願要刺的，藉此顯示出他們的思想教育成效。可是才一開始就遭到我們一些獄友的反彈，其中蔡炳紅和楊俊隆這兩個人更是口才便給地反駁獄方，讓綠島管理階層很頭疼，因爲他們已經把這個刺字的『成效』報上去了，如果沒有真的有成效的話，不僅丟臉而且可能還會被上頭的人訓斥。於是，他們爲了掩飾績效不彰的結果，以及平息上級的不悅，竟然編造了一個理由，那就是你現在看到的這則報導『綠島新生訓導處再叛亂案』。剛開始大家都知道這是一起假造的事件，爲的是給『自願刺字』成效不佳下台階的理由，所以公文中對蔡炳紅和楊俊隆兩個人的懲處並不重，可是隨著公文層層往上送，到最高層的蔣介石時，他說了一句：『這麼嚴重的叛亂

勸告，不要再去追問T老師的下落了，好好地去過屬於你自己的精彩人生吧！」

　　聽完T3老師對白色恐怖年代的回憶，真的讓我吃了一驚。自打進入K大學就讀以來，就在哲學系認識了這位性情溫和的老師，一直都以為T3老師是篤信道家思想，所以才這麼謙和低調，沒想到他竟然是因為曾經遭受白色恐怖迫害，才會變得這麼謹慎小心的呀！

　　當然，現實不由得T3老師不小心謹慎了，復學之前我就曾看到一則新聞：「調查局逮捕了四位青年，其中一位是就讀清大歷史所的學生。他們被以懲治叛亂條例起訴，最重可以『二條一』判刑，此為唯一死刑，此案引起深藏在民間的白色恐怖之懼。」當時我想：台灣不是從1987年就已經解除戒嚴令了嗎？怎麼到今天還有所謂的叛亂罪啊？

　　去年，有一群懷抱著理想的大學生，從台灣各地的大學校園走出來，大家不顧一切地到中正紀念堂廣場集合，我們相信而且也憧憬著台灣可以透過我們的努力與呼喊，讓體制變得更完善、讓未來變得更美好。在廣場前我們不斷熱烈地討論，討論著台灣過去的歷史悲痛、討論著台灣現在的困境、更討論著台灣未來的遠景，當時的我們是那樣的天真與美好，一切看起來都充滿了希望，甚至總統都召見了我們的代表，更許諾我們國會與憲政一定會改革。可是，我們真的低估了這個國家保守的傳統勢力、也忘了社會上更為廣大的民眾還沉湎過去而不願覺醒，所以當我們自以為從中正紀念堂光榮凱旋回歸校園時，等著我們的卻是一連串

的政治清算和壓力。

所以，當我看到這則新聞時，我絲毫不感到驚訝：法務部調查局直接進入清華大學宿舍逮捕清華大學學生廖偉程，與此同步的是在其他各地搜捕台大社會研究所畢業的陳正然、傳教士林銀福以及社運參與者王秀惠。調查局指稱，這四個人是去年野百合學運的參與分子，並長期接受旅居日本的台灣獨立運動者史明的資助，在台灣發展獨立台灣會（獨台會）組織，所以將其逮捕。

但是事實上真的是這樣嗎？去年在中正廣場上，我碰到過廖偉程，也曾與他深聊過台灣當前的局勢，是一個很有思想見解的學長，當他聽到我跟隨T老師的讀書會研讀馬克思《資本論》時，也很熱情地邀我去參加他們的讀書會，而且讀的就是史明的《台灣人四百年史》這本書，由於那時我對史明這個人很陌生，就請教廖偉程說：「這位史明先生是誰？」

記得當時廖偉程回答我說：「我跟史明也不熟，只有一面之緣，純粹就是敬佩他的為人，就想去讀他的書。」

「史明做過什麼事嗎？為什麼你會敬佩他？」接受傳統黨國教育傳統的我，真的對黨外活動發展歷史很陌生。

「史明是誰？看來你真的很天真。」廖偉程笑笑地說：「史明大概是第一個公開主張台灣獨立的人，出生於日本統治時期，早年就讀台北一中，就是現在的建國中學，後留學日本的早稻田大學，大學畢業後為了實踐社會主義和無政府主義的理念，他跑

到中國大陸加入中國共產黨。不過，後來他發現中國共產黨的土地改革根本就是屠殺地主以掠奪土地，而且身為台灣人的他，在中國處處被當成日本人一樣地被歧視，所以就返回台灣，可是在台灣，他又看到國民黨政府的白色恐怖統治。從此，他覺得台灣人不必然要依附於國民黨或共產黨，而是應該自己作主人，開始大力提倡台灣獨立的主張。後來，他甚至組織了一個『台灣獨立革命武裝隊』，準備刺殺蔣介石，不過事跡洩漏就偷渡到日本。在日本期間開始撰寫《台灣人四百年史》這本書，出版後成為很多人了解台灣歷史的重要書籍。」

在那次的談話中，我感受到廖偉程對台灣獨立的理念，並非出自於盲目的激情，更確切地說，我從他侃侃而言的內容中，更體會到他對台灣這片土地的情感與對民主制度的理想，因為他說：「我們會協助製作和發放台獨文宣、組織讀書會研讀史明的《台灣人四百年史》，但是我們絕不會有任何暴力行動。因為，一旦我們被激情沖昏頭而有暴力行為時，那我們跟那些被我們批判的獨裁者有什麼兩樣？」

今天聽T3老師講他們那一輩人被迫害的故事，對照到這四個被逮捕的學生，再想到我現在處境，心裡一片悽然。告別了T3老師，在回宿舍途中，眼淚早已禁不住滴落下來。

隨後的日子又是日復一日地平淡生活，直到有一天我意外地接到PK的回信了。他在信裡提到：自從去年那個黨旗事件後，他就轉學到F大學了，讀的仍然是社會系，因為不常回家，最近才發現我有寄信給他，所以現在才回信。

接到PK的回信，讓我重新燃起一絲希望，我真的很想知道去年我休學後，學校到底發生了什麼變化？我趕緊寫信到PK的學校給他，詳細地問了去年的事，甚至希望我能約個時間，我北上到F大學找他好好聊聊。結果PK回了我一封長信，他說他現在的生活很平靜，希望不要再被這件往事糾纏了，所以他告訴我不需要為這件事專程北上找他談，但他很願意把他去年的處境說給我知道。他在信中詳細地陳述了這段往事：

P，你好：

　　好久不見了，你來信一直問我去年的事，我也不知道該從何說起。

　　我先說去年總教官B找我去教官室問話的情形好了。去年我們三個人去教官室弄壞黨旗這件事，聽說教官他們約談了十幾個學生，而且好像我們三個人也都被約談了。我要向你說抱歉的是，雖然我們有約定誰都不要說出去，但是當教官找我爸媽來學校時，我真的崩潰了，而且系主任T4老師也說別人都已經承認了，我再硬撐也沒意義了，所以我就把那天晚上我們三個人闖進教官室的情形說給他們知道。但是，我一直強調黨旗毀壞是一個意外，並不是我們故意破壞的，那時T4老師還安慰我說他們都知道，叫我不必擔心。後來聽說學校也沒有要懲處我們三個的意思，後來我轉學，其實還是我自己沒法子再待下去，也沒有受到什麼學校壓力啦！

　　不過，聽說P1的結果就比較慘。你休學後，我和P1見過一次面，他一直跟我說對不起，把我嚇了一下。原來他爸媽也被找來學校，而且他爸媽還強迫他寫一份自白書，內容不僅把當晚的情形詳細描述了一遍，向學校自首黨旗是他破壞的，而且他爸媽怕

P1會被退學和判刑，竟聽從了B教官的建議，把T老師扯了進來，說是只要供出T老師是整個事件的主使者，P1是受T老師的蠱惑才去教官室破壞黨旗的，那麼就可以減刑或不予追究。為了這件事，後來P1和他爸媽也大吵了一架，根據P1的說法，他不能忍受他爸媽為了求脫罪就把責任全推給T老師，可是他爸媽不認為這是脫罪，而是真的認為P1就是被T老師帶壞的。

後來，我聽說P1也休學了，現在我也不知道P1到哪裡去了？有人說他爸媽把他送出國了，也有人說他生病了在家休養，真實情況我也不清楚。

唉，我們三個人因為這個事件，都受害很大，現在聽到你回學校復學，我也很高興，希望你不要再追這件事了，儘快回復正常的生活吧。

祝學業進步

PK筆

PK的信解答了我不少的疑惑，讓我的心情平復不少，但是我最大的遺憾是一直未能找到P1，跟他好好談談，更重要的是，我很擔心這件事帶給他的心理創傷，一定是我們三個人之中最大，希望不會影響他往後的人生發展。可是一直到我畢業，我始終沒有再遇到P1，他後來變成什麼樣子，我也不知道。

往後的二十多年，我繼續求學讀書，我希望自己能成為一個大學老師，因為在我心裡一直有一個大學老師的形象——T老師，是他讓我想要成為一個老師，雖然，我再也沒有他的任何消息。不敢去找尋他的消息，怕自己最後得到的是一則訃文或一堆

九

　　過去二十幾年來，從未如此完整地回憶這段往事，此時身處類似的困境中，突然間體會到Ｔ老師當時的處境，過去一直沒有解答的疑慮，在這靜謐沉寂的夜行車裡，腦海中逐漸地拼湊出整段往事的部分面貌。常有人說「人生如戲」，也有說「每個人都是一個故事」，在這深夜的高速公路上，回憶有如過眼雲煙般地在眼前陣陣飄過。轉頭看著車邊另一輛自用轎車，在這一團黑夜中，只見它的兩個車燈照向前方，而車子就被這團黑暗緊緊地包圍著，看著車內的駕駛人，正聚精會神地看著前方，不知他在這冷冷的雨夜裡開車，是回家？還是趕著去辦什麼事呢？整個世界還有多少人醒著？而這些人都在忙著什麼樣的人生呢？

　　在我心裡何嘗不是也埋藏著一個疑問：以Ｔ老師的學術地位與思辨能力，根本不需要辭職，究竟是什麼原因讓他自願退出這場風波而認輸？

　　一夜的奔馳，終於看到屏東的標誌，將車子駛離高速公路，繞了一大圈的匝道，進入屏東的路面省道，緊跟在一輛大型巴士後面，它大概也是跟我一樣準備進入屏東的山區，順著蜿蜒的山路，我眼中只有道路中央的分隔線，以及前方車尾燈反射的微弱螢光。

　　終於，前方大型巴士的尾燈漸行漸遠，終至不復見，轉了一個彎道，呈現在我車前擋風玻璃上的是一片全然的漆黑，只剩下車燈不斷地向前照射，撥開這一片漆黑的夜色。彷彿就像是一

把剪刀，無聲地劃破這無邊的黑幕，讓車子能順利地不斷往前進。舉目望去，我這才驚覺我所駕駛的車子，竟完全陷入在這漆黑的夜色中，而我就坐在駕駛座上，孤寂地享受這完全的黑暗與深邃。這時的我想起法國哲學家列維納斯的一句話：「在黑夜中萬物消散於其間，黑夜表達了『有』的無名性和無人稱性。在無眠之夜，在夜的『沙沙』聲中，黑夜把一切還原為不確定的存在。」

透過微弱的月色，樹影不斷地映照在我的車窗上，使我心中每每為之一動，似乎它們也想與我分享著這份夜色的寧靜，但又像是對我提出抗議，提醒著是我破壞了這份原屬於它們的山間夜色。

即使如此，我仍然非常誠摯地想邀請它們進入我車內的世界。於是我搖下了車窗，希望能更貼近這份神祕的靜謐夜色。隨著車窗的逐漸下降，我發現樹影卻不再投映在我眼前了，取而代之的是車窗外的山間夜響。因為，我聽到了車子引擎以外的其他聲響，耳邊的呼風聲、水溝裡的蛙鳴聲、草間的蟲鳴聲、樹間的葉濤聲、以及遠處的流水聲……。若說夜除了這無邊神祕的黑暗外，還有些什麼吸引著我的地方，那無疑就是這些專屬於夜的各種聲響了。

一個山道轉彎後，在那一片漆黑的夜色裡，開始出現數點燈光，遠處那一幢幢的房子透出昏黃的亮光，不禁聯想著這或許是客廳邊的小燈，也可能是孩子夜讀桌邊的檯燈，那一盞盞的燈光，是那麼地熱鬧啊，可是卻又是那麼地孤獨啊！每一盞燈光之

間布滿了不可知的黑暗，而每個燈光下的人又是怎樣的心情呢？是歡喜？還是悲傷？每一戶人家所透出的亮光，所照亮的是一家人的和樂？還是衝突呢？猶記得許多文學作品中，不只一次地訴說著：每個燈光下都是一個故事，而每個故事都是真實的人生。而我知道的是：S的家就在眼前這片燈火下的某一盞微光中，等候著我的到訪與看見它的故事。

　　下午一時興起的衝動，開車一路南下到屏東，此時才發覺已然夜深了，這當然不是拜訪S家恰當的時間。於是把車子停在村口的道路旁，暫作休息，等待黎明的到來。

　　躺在車椅背上，雙手枕在腦後，將視線由遠方收回來，才發現車窗上間歇地噴上幾點雨影。嗯，下雨了。在這微寒的暮春深夜的山區裡，看著這幾絲雨點，更增添幾許孤涼的感覺。突然地，我的目光被一片白亮的光影所吸引，那是從車窗外灑進車內的月光。受到這滿車月光的鼓勵，我撐起上身從車窗探出頭來望向那半輪弦月，襯著這皎潔明月的是那無垠的黑暗，二者相映成趣，互增彼此的韻味。

　　說是黑暗，其實也並非完全正確，仔細凝視這無邊的夜空，這才發現似有一點一點的亮光浮動著，猶如鑲嵌在一大塊黑絨布幕的鑽石。一顆、二顆、三顆……，越是用心地數，就越發現有更多的星光正對我眨眼睛。就這樣數著數著，反而勾起了我童年時的記憶。

　　小時候，常會孤獨或心情低落，但又不願對他人訴說心事，

這時天空中的月娘與滿天的星斗，便成了我唯一可傾吐的對象。它們雖無言，但卻又像是最忠實的朋友般，靜靜地聽我內心的呼喊與告白，那閃動的星光也總能給予我熱鬧的回應，而那高掛夜空的明月，則如慈祥的長者，傾聽著我的訴說，又似一個溫柔可人的伴侶，對我投以輕輕的嘆息。

在這冷溶溶的月夜裡，我彷彿又見到那個自卑而多感的童年。我這才驚覺自己已經許久不曾將目光投向這伴我成長的夜空。是人群的忙碌讓我忘了這個最忠實的朋友？還是人世間的炎涼讓我更無法承受這份星空下的孤寂？如同看著那一盞盞各式各樣不同的燈光，這種感覺就像我仰望夜空中的星星時一般，我不禁又陷入了沉思的深淵：人世間的一切變遷，總是永遠被時間牽引著，時間給予一切事物變化的原因，時間也是一切變化最終的答案，但時間是什麼呢？

什麼是時間？這似乎是一個簡單的問題，仔細看時鐘上的指針不停地走動，尤其是秒針的移動，更是快得令人緊張，讓人不自覺地加快了腳步，唯恐被時間的步調趕上。但是，時間難道就是時鐘上的指針移動而已嗎？對於古人或原始民族而言，他們並不需要時鐘的提醒，也同樣感受到時間的變換。那麼，時間是什麼呢？

有人說，時間是相對的，對於等待的人來說，時間是緩慢的，但對急於工作的人而言，時間卻又是那麼快速。本來這是文人之間的戲謔之語而已，殊不知，愛因斯坦的相對論倒是為這遊戲之言，提供了另類的科學佐證。可是時間的本質是什麼？卻仍

無人可以回答。

　　如果，世上所有的一切不再變動，呈現一死寂，沒有運動、沒有陽光、沒有思想、沒有任何的變化，那麼時間還有意義嗎？若此刻的時間沒有了意義，那是否意味著「時間就是變化，變化就是時間」呢？

　　我沒有答案，但至少目前的物理學對時間的定義確是如此。時間是秒擺、是公轉、是自轉、是原子振動頻率、是光速……，這些都是在告訴我們：時間就是變化、運動。尤其是白雲蒼狗、蒼海桑田之巨大變化，更讓人深切地體認到時間的流逝。

　　時間即變化，那麼思想的變化也是時間，即使周遭的一切不再運動，只要思想仍在運作，時間就依然存在。但是，二十多年前的往事，為何在現在這個時間點出現？而這二十多年來的時間又到哪裡去了呢？這二十多年來，我獨自躲進了一個孤獨的世界，常常在周遭人群正歡笑地熱絡交談時，我卻渴望著孤獨的自在與自由，尤其在攻讀博、碩士學位的研究所時期，我更完全離群索居地隱世生活。但是，在我心裡深處卻又常感孤單，這段獨居歲月成了被我長期遺忘的塵封記憶。那麼，我究竟是在享受孤獨？還是在忍受孤獨呢？

　　正如亞里斯多德所說的：「人是政治的動物。」不管我們是否願意，我們都是這個人類社會的一分子，我們的一言一行、一舉一動，無不牽動著社會，且亦受整個社會所牽動。所以D.H.勞倫斯曾說：「所以我這個個體，其實不過是一種假象，我永遠是

這個全體中的一部分，我無所遁逃。」或許，正是如此，人們更珍惜自己獨處時的自由與自在，即使它可能只是一個自我建構的孤獨假象。

但是，人果真只是這個整體中的一部分？若真如此，那麼為何我們雖置身在熱鬧非凡的人世社會中，卻又時時感到自身的孤寂？或許，就像普魯斯特說的：「儘管有這樣的假象，讓我們以為有所謂的友誼、禮節、服從、義務、……，但那終究只是自欺欺人，因為我們無一不是生存在孤單中。」

或許，也正因如此，人們常願意只為了與家人親友多聚一刻，享受那難得的心靈交會時光，而放棄世俗間的功名利祿。

那麼，我呢？我應該如何正視孤獨呢？對於孤獨，其實正像前述二種看法一樣，我仍在游移不定之中。在孤獨中，我找到了自己，也接受孤獨所帶來的自由與開闊心靈，因為，在孤獨心靈的最深處，我與整個天地萬物反而更接近了；但是，同樣在孤獨中，我也迷失了我自己，因為離開了家庭與親友，我更不知道自身存在的價值了。

現在，每當我思索著孤獨與本質時，我總是在想：我應該捨棄孤獨所贈予我的自由，走向人群感受人世間的冷暖？還是應該仿效老子，靜靜地、頭也不回地西出函谷關呢？我沒有答案。但是我唯一可以確定的，如果沒有了書本、思想、與心靈，孤獨的內容還剩下些什麼？

正如同德國哲學家海德格爾的主張：「此在即時間的存在者」，他似乎已經爲時間概念作出了本源性的解答了。因爲我們在日常生活中遭遇到的時間是「常人」的時間性，這時，時間變成了變化的量度，這種量度使得在「常人」層次上的社會相互作用成爲可能。就像自然界中的各種運動如太陽或月球的運動，它們通過指定每一物體、每一瞬間在空間中的位置變化，向我們常人呈現時間的流動。相反地，如果我們不從自己的角度出發，去觀察和設想這些運動者與我們的關係，那麼，它們就無從彰顯它們的時間性了。這也難怪海德格爾才會說：「只有作爲此在的人存在了，才有會時間性的呈現。」

　　或許，時間的意義正是在於人不斷地追索「時間爲何？」的歷程，唯有在不斷地追索過程中，時間才有了意義吧！

眞相

出場人物

P （第一人稱-N大學教授）

P1（P的K大學死黨）

P2（P的K大學死黨）

P3（P的K大學死黨）

P4（P的K大學死黨）

PK（P的K大學同學和室友,現在的N大學社會系同事）

PW（P的太太）

T （P年輕學生時期的老師-退休資深教授）

T1（K大學哲學系副教授主任）

T2（K大學哲學系副教授）

T3（K大學哲學系老講師）

T4（K大學社會系主任）

TW（T老師的太太，年輕時是女律師）

一

　　躺在車子裡腦筋卻翻來覆去地亂想，似乎在睡夢裡仍在思索著人生課題，但又似是在思想的亂流裡一夜無眠。好不容易等到了山區的第一道曙光，天色逐漸由灰白轉而爲光亮，伸了一個懶腰，蜷曲了一夜的手腳頓覺僵硬麻痺不已，下車活動身體舒展筋骨，但腦袋卻還昏沉不已，待會先找地方吃早餐後，再去拜訪S家。

　　山區村落人口簡單，一下子就問到了S家在哪裡，故作閒散地漫步走過去，但其實我心裡還不知道如何開口。

　　S的家是一座村落裡的三合院建築，對我這個出生於農村的子弟而言，實在有著一分特殊的親切感。這是一座傳統的三合院建築，在台灣已經很少能見到這樣的建物了，或許S家是比較傳統的家庭，又或許這個村落所位處的山區竟是現代桃花源般地保存著傳統建築。遠遠地看著，慢慢地走近，更發現這座三合院不簡單，因爲它的建築主體結構的規模以及它保存的完整性，都顯現出這戶人家的家世背景，在過去的地方上應該算是大戶人家或是書香門第。

　　細細端詳眼前的這座三合院，主體建築分爲「正身」與「護龍」兩部分：正身由五間廳房組成，正中央的一間是正廳，這是建築組群的核心，供奉神佛及祖先牌位，是家庭祭祀中心，也是接待賓客的地方，婚喪喜慶的主要地點，然後依循著左大右小的規則，正廳的左邊是大房，右邊是二房；兩旁垂直的屋宇就叫做

「護龍」，根據傳統民間風水的說法，左青龍、右白虎，且以左為尊。

從正廳擺設看來，S家不可能是一般農家。雖說正廳又稱為「神明廳」或「公廳」，本就具有供奉祖先、神祇及接待賓客等功能，所以占地面積也比其他廳堂較為寬大，但是S家的正廳根本就是整個建築的焦點，除了正中央神桌上放置一尊觀音神像外，神桌左擺神龕、右擺祖先牌位，左右配置花瓶。神桌前還有一張叫作八仙桌的方形大桌，下排有方型太師椅，中間夾茶几，門內上方更有一橫樑掛彩燈及天公爐。這是我見過規模格局最完備的正廳擺設了。

除了正廳外，正身兩側護龍的廂房規模亦不小。一般來說，廂房是給晚輩的居室，依照傳統「左尊右卑，內尊外卑」之秩序分配房間，所以長兄住左廂房，次子住右廂房，三子住左廂房，以此類推。若晚輩成年娶妻後，則可以把廂房中央的一間改做客廳，稱為「私廳」。以有別於正身的正廳。子孫繁衍需再擴建時，只能在廂房後併列，增加護龍，形成院落。眼前S家的護龍廂房正是子孫繁衍時，廂再行增建的院落格局，可見S的家族龐大且宗親關係密切。

走進「禾埕」就看見一位中年婦人在翻動新收成的稻穀，這個畫面讓我心裡湧起一陣暖意。小時候不懂大人們發音的正確字義，一直以為這個由正屋與兩側護龍所圍起來的廣場叫做「雨埕」，幼小的心裡常常納悶，這個「埕」明明是用來曬稻穀、花生或一些雜作的地方，跟「雨」有什麼關係？有時也向一些長輩

詢問，但總被長輩們嘲笑「囝仔人有耳無嘴」，一直到長大後查閱了一些文獻，才知道這完全是一個閩南語口音上的誤解。十多年沒見這樣的曬稻穀畫面了，幼時的記憶與農務的印象，讓卽使是現在疲倦不堪的我，仍不由自主地嘴角微揚泛起一絲笑容。

「請問這裡是S的家嗎？」我向正在曬稻穀的婦人問道。

「是啊，請問你是誰？」婦人的聲音馬上讓我認出是S的母親。

「我是S學校的老師啦，S媽媽，你忘了，我們在電話裡講過話啊。」我回答。

「哦，是老師喔，歹勢啦，我沒有聽出您的聲音啦。」S媽媽親切地回應我：「啊老師，您怎麼來了？事先怎麼也沒告訴我們，我們比較鄉下啦，怕您找不到，應該我們出去接您進來才對啊。」

「S媽媽，您太客氣了，我開車沿路問，就找到您們家了，其實也不算太難找。」面對這樣熱情的招呼，我很不好意思地回答。

「老師啊，您專程來找我們家S喔。」S媽媽隨卽面露出憂愁的神情說：「唉，我們家S眞的很乖，可是學校爲什麼把他退學啦？」

「S媽媽，您不要煩惱，我今天就是爲了這件事來的，我要跟您們說一下到底是怎麼回事？」我眞的不太會安慰人，只能直接點出重點了：「對了，S在家嗎？還有不知道S爸爸是不是也方便一起來談？」

　　「妹妹啊，你去看哥哥在不在房間？還有，去把爸爸叫起來，說哥哥學校的老師來了。」S媽媽沒有回答我的話，反而直接向左廂房前一個坐在廊道上洗菜的小妹妹喊叫著，然後她才回頭對我說：「老師，不好意思啊，這裡比較熱，我們進屋子裡面說啦。」

　　跟著S媽媽走進左廂房的偏廳，她招呼我坐下後，就忙著去洗淨了手再泡茶端出來給我，這一連串的小動作，讓我感受到S媽媽待客的誠意與對生活細節的注重。我站起來接過這杯茶，這時看見S和他爸爸從裡屋走了出來，我趕忙把茶杯放回茶几上，走上前與S爸爸握手致意：「S爸爸，我是S學校的老師，我是P。不好意思，沒有事先跟您們聯絡，就直接來拜訪打擾，請您們見諒。」

　　「老師，你客氣了，讓您一趟路這麼遠來我們這個小村莊，我們才不好意思。鄉下人天不亮就起來收竹筍，所以剛才我正在休息，不知道您要來，也沒有去接您，眞是怠慢了。」S爸爸很客氣地說。

　　站在一旁的S打破我們之間禮貌性的寒喧：「爸，你先讓老師坐啦，P老師是我們系上的老師，他是我上大學以來最敬佩的

老師，學問很厲害喔。」

「不敢當，不敢當！S，你這話太誇張了。」面對S的讚美，讓我有些不好意思。

「真的啦，爸，你不知道，P老師在學校超猛的，對學校一些不合理的規定，常常站出來幫學生講話。」S不服氣地反駁我。

「看來你們師生兩人的感情不錯喔，P老師，我看你也不要客氣了，大學教授裡很少有老師願意跟學生這樣打成一片的，光憑這一點，我就覺得你就是一位好老師啊！」原以為S爸爸是鄉間農夫，不想卻很了解大學生態，令我刮目相看。

「S爸爸好像對大學裡的教育環境很熟悉，而且我覺得你說話的方式不像一般務農的朋友，講得文雅一點，就是你的談吐不俗，我猜你應該也是一位受過高等教育的知識分子吧？」看S爸爸的涵養不凡，我便直接說出了我的想法。

「哪裡，哪裡，老師你太抬舉我了，我也只是唸過幾年書而已，說不上是什麼知識分子啦。」S爸爸謙虛地說。

「老師，您猜錯了啦，我爸爸一輩子都沒有離開過屏東的家鄉，讀的也是附近的高中而已。」S在一旁插嘴。

「這就奇怪了，您的談吐與見識真的不像一般農家子弟啊，

而且我剛才拜訪您們家時，還在心裡想：您們家這座三合院建築，不論是規模還是結構，都是書香世家或大戶人家才有的氣度啊。所以，我一聽到您的談話，馬上就直覺地聯想到您應該是一位深具涵養的讀書人。」我對S爸爸說。

「老師太過譽了，就像小兒剛才說的，我一輩子都沒有離開過鄉下，讀書也不過到高中程度。我父親生前曾經一再告誡子孫『讀書不可太高、土地不可荒蕪』，所以我們家幾個兄弟都沒有很高的學歷，也都繼承了家父的務農遺願，所以你真的猜錯了。」S爸爸嘗試解釋讓我了解。

可是S爸爸越是解釋，反而越讓我感受到他豐厚的人文底蘊與涵養。我不解地再次探問：「S爸爸，您太客氣了，雖然今天是第一次見面，但從您的所有言談舉止當中，在在都顯示您厚實的人文涵養，如果您說您的學歷不高是事實，那麼也只是再次驗證了『學歷不等同於學養』這句話而已。何況我一聽到您父親『讀書不可太高、土地不可荒蕪』的這個家訓，更覺得您父親一定不是普通人，也讓我看到了您為何能有如此深厚學養的原因了。所以我非常感興趣的是，您父親一定是一位非常傳奇的人物，對不對？」

「老師，您見笑了，我哪裡有什麼涵養。不過，您提到家父對我們家族的影響，的確非常巨大。我小時候，他曾在家裡辦過私塾，附近人家的小孩，包括我們幾個兄弟，都是在他薰陶之下成長的。」S爸爸似乎慢慢地在回想自己的父親：「嗯，家父是留學日本的大學生，在那個時代裡，這的確是一件不容易的事，

可是他後來帶著整個家族避世逃到這個屏東山區鄉間，卻是另外一番波折了。」

S媽媽這時剛好從廚房端了茶點進來，聽到我們的對話，她非常委婉地走到S爸爸身邊，輕輕觸碰他的手肘，這動作似乎讓S爸爸從記憶的淵谷中醒來，他馬上轉換了話題：「老師，這都是陳年舊事了，您遠道來訪，不要耽誤您的時間談這些往事了。」

我估計了一下時間年代，S爸爸的父親應該是日據時代留學日本的前輩，而避世住進這山區的時間，又似乎就是國民政府在二二八事件的前後。雖然今天來拜訪S家，主要是為了S被學校退學一事，但這樣的活歷史就在我眼前，我內心那個追求真相的社會學靈魂已經被喚醒，實在沒辦法就此打住不再深究。

「沒關係的，我本身是學社會學的，對於那個時代的背景，多少有些認識，您剛才提到令尊帶領家族遷徙到這屏東山區定居，似乎與那個大時代的背景相關，其實我非常高興有這樣的機會向您請教，畢竟現在已經沒有幾個人還記得那個大時代的故事了。」我再把話題轉回他們的家族往事，誠懇地向S爸爸說道：「所以，我相信令尊的這段往事，一定是一個可歌可泣的歷史見證。雖然這可能涉及您和您家族的往事或隱私，但能否原諒我的冒昧，請您也讓我有機會知道這個可能早被世人遺忘的往事。」

S爸爸轉頭看了一眼S媽媽，兩人在眼神交會的那一瞬間，我似乎看到他們兩人同時默會地微微點頭。S爸爸把目光轉向S，接下來的話似乎是對S說，但其實也是在回應我剛才誠懇的請求：

「S，阿公的事，我從來都沒有正式地跟你講，有些事你可能聽長輩們聊天時提過，但我想你應該沒有完整地知道阿公的一生經歷，現在，我就趁著P老師來我們家的這個機會講給你們兄妹聽吧。你去把妹妹也叫來，我一次講完。」

等S妹妹跟著她哥哥走進來，S爸爸把頭抬起來，目光凝視著遠方，而眉頭卻是緊緊地鎖著，彷彿要從記憶裡找尋什麼痕跡，讓他可以講述從頭：「從我有記憶以來，我的家族就在屏東這片山區裡生活務農，但是我不止一次聽我父親告訴我們幾個兄弟說：『要記得啊，你們真正的家鄉是在嘉義啊！』父親是要我們不忘本，提醒我們的祖籍與族譜是在嘉義。後來父親過世，我們也把父親靈柩運回嘉義老家安葬，算是完卻他老人家落葉歸根的心願。聽長一輩的老人家說，我們S家世代在嘉義經商，在清朝時出過二位舉人，算得上是書香世家吧，到了日據時代，親族裡也有幾位叔伯是醫生和律師，在嘉義地區是說得上話的望族，就連家父也曾留學日本，是頗受宗親們敬重的讀書人。」

突然，S爸爸把目光收回，語調微轉急促：「可是，到了國民黨來到台灣後，一切都變了樣子。父親每次提到國民黨，總是咬牙切齒地咒罵他們是『貪得無厭的外省豬』，幼年時的我不懂，為何平時溫和有禮的父親對國民黨有著如此深的怨恨？有一次我終於向父親提出這個疑惑，他那時悲憤的神情，我到現在都還記得。父親說：『這是我們S家的歷史悲痛，你現在長大了，我可以說給你聽了。』父親接下來說的事，我想我這一輩都不會忘記，因為這段歷史不僅是我們S家的事，我相信也是全台灣人的歷史共業。」S爸爸停頓了一下繼續說：「1945年國民政府接

替日本開始統治台灣，然而來自中國大陸的軍政人員，卻以征服者、勝利者自居的心態，歧視台灣民眾爲日本奴才，讓台灣人已經非常不滿了，尤其這些國民政府的軍人根本毫無軍紀，坐車吃飯不給錢、低價強購、賒借不認帳，甚至偷竊、搶劫、恐嚇、詐欺、調戲姦污婦女、開槍殺人的事件更是層出不窮。這讓當時的父親對這個他期待以久的祖國政府感到徹底的失望，幾次代表嘉義地區的仕紳向政府陳情，其結果卻是把他列入不服管教的黑名冊中。」

　　S爸爸看了看我們的表情繼續說：「兩年後1947年的2月，父親聽廣播得知在台北大稻埕發生一件專賣局查緝員因查緝私菸而造成一死一傷的慘劇，電台的廣播號召全台民眾起來反抗國民政府，父親馬上覺察到這即將是一場席捲全台灣的軍民衝突事件。爲了減少死傷，於是他開始組織地方的仕紳，再次與嘉義的國民政府協商，希望陳儀長官能出面道歉以平息眾怒，沒想到這次溝通的過程竟出奇地順利，政府釋出極大善意，表明願意和平解決這次紛爭，這讓父親非常高興，甚至認爲之前的陳情不順利，應該是彼此的了解還不夠，所以才產生諸多的誤會。」S爸爸語調突然轉爲低沉地說：「可是，誰想到就在他回嘉義宣布這項好消息的同時，卻又傳來陳儀調中國大陸的軍隊到台灣進行武力鎮壓的行動，那些與父親共組代表的其他委員竟然全數被殺害，父親雖逃過一劫但也被發出通緝令，迫使父親連夜逃往阿里山山區避難。後來國民政府軍隊爲掃蕩鄉下和山區的游擊隊，進行清鄉的屠殺行動，父親只得輾轉再逃往高雄屏東一帶，兩年後風聲稍歇，父親才敢返回嘉義，帶領我們所有倖存的親族一起來到屏東，重新開墾農田土地，在這異鄉落地生根。在這次的事件中，

父親的許多好友幾乎死傷殆盡，父親對這個政府深惡痛絕，也從此不再相信政府任何的政策與口號，因此他常告訴我們絕對不可以作官，更不許我們參與政治。」

　　S爸爸對他父親的這段回憶，印證了我對他們家族的想法：從這三合院的建築規模顯現S家必是在地仕紳，這也反應在S父母的涵養上，但為何這樣的大戶或書香人家會在這麼偏避的山區呢？原來是S的祖父是二二八事件中的受難者，而且在國民軍隊清鄉時避世移居到此。聽著S祖父的事蹟，內心深自為S祖父慶幸，保全性命於那場亂世紛擾，並且在這屏東的山區開展出來的現代桃花源，只不過他避的不是戰國的紛亂，而是二二八這場瘟疫啊。這讓我也聯想到我在史料上曾看到當時台南市南區區長湯德章律師，他也是為了調停二二八事件時的軍民衝突，遭到國民軍隊逮捕並立即槍決，可是幾天後高等法院宣判無罪，已經都無法挽回這場冤案了。從湯德章事件聯想，我突然意識到S爸爸講的不正是二二八時發生在嘉義地區的陳澄波事件，而眼前為我講述這段歷史的就是在這個事件中倖存者的後代子孫啊！

　　S爸爸抬起頭來看著S說：「當初你考上社會系，我和你媽媽都有些擔憂，怕這是否違背了你阿公的遺願。不過，後來我和你二叔、三叔他們商量時，他們都說時代已經不一樣了，現在的台灣早就不是你阿公那個時代的樣子，政黨都可以輪替了，應該不會再有那種專制蠻橫的政治壓迫和屠殺事件了。所以他們都認為不該阻擋你們這一輩的年輕人去追求自己的人生才對。」

　　聽著S父子的這番對話，我的心卻沉痛無比，因為S現在所面

臨的正是一場現代的政治壓迫事件。諷刺的是，壓迫的那一方，正是S爸爸原本以爲可以讓他兒子S自由高飛的大學教育。我該如何告訴他們N大學的校長及其那些行政官僚們爲了保護學校形象而準備犧牲S的決定呢？

二

　　雖然難以啟齒，但是我還是開口了：「S爸爸，S媽媽，我今天來實在非常不好意思，我們學校突然對S作出退學的處分，實在非常沒有道理，而且過程粗暴草率，根本不符合正常的學生獎懲程序。我知道這件事後也很生氣，馬上去找校長和一些行政主管抗議，但是截至目前為止，他們並沒有任何想要彌補這個過失的念頭，反而希望藉由退學S這個處置為學校下滑的形象止血。簡單地說，就是把S當成代罪羔羊。」我一口氣說出了這兩天來一直憋在我心裡的話。

　　「老師，我不明瞭退學我們家S跟學校形象有什麼關係？」S媽媽滿臉關切但卻不解地問。

　　「是這樣的，這十幾年來因為台灣的人口出生率越來越低，參加大學入學考試的學生越來越少，可是大學的學校數量卻越來越多，所以各大學都為了招生傷透了腦筋。一開始，一些私立大學用送腳踏車、小筆電的方式招攬學生，可是到後來競爭越來越激烈，當送電腦、手機都再也引不起學生興趣時，有些學校就用免學費、高額獎學金、甚至是創業基金來吸引學生。除此之外，這些大學最怕的就是有損學校形象的負面新聞，因為他們知道，一旦當學生或家長們對學校有負面評價時，再多的招生策略或送再多的獎金，都不會有學生願意去讀他們學校了。所以，他們會想盡辦法阻止各種可能的負面新聞，甚至會不擇手段地去掩蓋學校裡許多不為人知的醜陋內幕。」我看了看S，見他緩緩地點了點頭，我知道他明瞭我所說的當前大學競爭的現況，但是S媽媽

的眼中仍透顯著不解的疑問，於是我繼續為S的父母解釋：「這次我們學校有一位學生在參加太陽花學運後，遭學校的壓迫而返家自殺，學校擔心這件事會變成壓垮學校的最後一根稻草，所以除了低調冷處理新聞效應外，還必須為這件事找到一個代罪羔羊，好讓學校在這件事情上能全身而退。恰巧令郎跟這位自殺的同學很熟，而且還一起參加了學運活動，學校就想用退學令郎的處分，平息和轉移自殺事件帶給學校的衝擊。」

「怎麼會這樣呢？」S媽媽不敢置信地說。

「大學怎麼會變成這個樣子了？」S爸爸非常震驚地說：「曾經，讀大學這件事，對我們這樣的鄉下孩子來說，是一件遙不可及且崇高無比的榮譽，可是今天聽您這樣說，現在的大學好像都已經墮落成只求招生生存而不擇手段的學店一樣，這對我來說，實在是一件不可思議的事啊。」

「阿爸，你不知道，現在的大學早就跟你以前想像的大學不一樣了。」S藉著今天的機會，也說出平時他和他父親不曾深入溝通的事：「像這一次我去參加學運，一開始你還以為我是吃飽沒事幹，罵我『學生的本份就是好好唸書，沒事去中正紀念堂湊什麼熱鬧！』，那時我跟你說『現在的大學早就不是以前的大學了。』你還不相信。」

「那現在怎麼辦？我們收到學校的退學通知，先前我們還一直怪S蹺課回家怎麼都沒跟我們講，現在聽老師您的說法，才知道這裡頭有一些我們不知道的內幕。可是現在木已成舟，退學一

事似乎已成定案，我們又能怎麼樣呢？」S爸爸問道。

「我會繼續在學校爲S爭取復學的機會，畢竟這是學校欠他的。」我嘗試地想把我前一天想法告訴S一家人：「但是從另一個角度來看，這樣一個會以犧牲學生權益爲手段，以求自身生存的學校，實在也不值得再在這裡求學，其實我更鼓勵S轉學到其他較好的大學，爲自己未來的生涯作更好的充實準備。如果，我是說如果，我能在學校爲S爭取到復學的機會，而那時的S已經是另一所更好的大學的高材生，那麼S就可以以更高的生命姿態去拒絕這遲來的正義。」

在一片靜默中，S和他父母似乎都在思考著我的這個建議。S首先發言：「老師，爲什麼不讓我現在就去向學校申訴，如果它不讓我申訴，我就再向法院提出告訴，告學校這種不合法的行徑。」

「你還年輕，我不希望你爲了這樣的事，中斷了你的學習，畢竟你的人生還有很長的路要走，真的不需要在這種地方跟它糾纏，這反而會讓你的心緒都陷在這種官司裡。相信我，對你而言，不理會它而往更好的方向走去，才是對你最好的選擇。至於學校這邊，你放心，我一定會爲你爭取到底，反正我已經是一個準備退休的老教授了，這種事情就讓我來跟他們耗吧。」我想依我跟S的師生情誼，他會了解我的用心。

但是S媽媽顯然還是不放心，她說：「我怎麼相信老師你會盡力爲我們家S爭取？如果你叫我們S去考其他學校這事，只是

你和你們學校的計謀，目的就是讓我們不會去跟學校吵，反正最後我們S考上別的學校了，你是不是真的幫我們爭取都不重要了。」

我還沒有回答，S爸爸就打斷他太太的話對我說：「老師，我相信您不會是像內人所說的那樣，因為單單從您專程來到我們這麼偏僻的鄉下來找我們，就知道您非常有誠意。但是就像小兒所說的，我們的確可以向學校提出申訴的，對不對？那我們為什麼要放棄呢？也就是說，即使我們接受了您的建議，S轉而考上其他更好的學校，可是我們為什麼不能去爭取這份正義呢？」

「S媽媽您真的誤會我了，我是真心為S著想。還有，謝謝S爸爸對我的信任，不過您也誤會我的意思了。我並不是要S或您們放棄這件事的控訴權利，相反地，我希望您們向學校提出申訴，因為這是學校高層對S非常不公平的懲處，我們一定要討回這份正義。可是，我又不希望這整個申訴的繁瑣過程去影響到S或您們正常的生活及心情，我更希望的是S能靜下心來思考自己未來更好的人生走向。所以，我的想法是由我來代替S向學校討回公道。」我停了一下看了看S一家人的神情，我繼續說：「說到這個，畢竟我並不是這件事情的當事人，所以我需要S或您們家長的一份書面授權書，由我來代理S對學校的申訴案，而且請您們相信我，我一定會為S的權益奮戰到底。等到最後結果決定的時候，我一定會再向您們報告結果的，而且這段時間裡，您們隨時可以打電話來問我申訴的進度。」

「阿爸、阿母，我相信P老師。」S跟我之間的確存在著革命

信任，畢竟過去我們也一起參與過不少校園及社會抗爭的活動，他完全了解我不會向權威低頭的性格。果然，他說：「從我上大學以來，我就一直在課堂上聽老師教我們一些重要的社會公共議題，而且我知道老師也一直以身作則，不僅對學校的不合理制度，也對社會的不公義政策，老師都會站在第一線抗議。所以我知道老師不會唬弄我們，也不可能是學校派來的說客。」

就這樣，S一家人給我滿滿的信任和一紙授權書，而我也鼓勵S一定要繼續升學，課業或轉學考試上若有任何疑問或需要我幫忙的地方，我請他一定要找我，千萬不要客氣。

告別S一家人，S陪著我走出他們家，在村子裡漫步，我慢慢地問S為何逃避在家的原因，這時S才終於吐露了一個重大消息。

「S，當初你說要勇敢面對新聞媒體，並且要宣揚S1的理念，讓S1的死能喚醒社會改革的力量時，我就為你感到非常擔心。因為台灣的新聞媒體並非你想像的那樣具有正義感和批判性，它其實早已經商業化了。或許它會打擊犯罪，也或許它會揭發弊案，但這並不是因為它的媒體倫理所賦予的社會責任，而僅僅只是因為這些犯罪及弊案有市場價值，如同它也報導八卦或一些腥羶色的新聞一般，同樣都是因為這些新聞有賣點啊。所以，你知道嗎？當你決定挺身面對媒體記者時，你就已經下了賭注，你在賭那些記者會比較關注你所宣揚的社會改革理念？還是因S1自殺所引起的八卦效應？」我繼續說：「結果就是後來你蹺課回家，反而讓學校抓住了把柄，更落井下石地作出不合程序的退學懲處。」

這些話表達了我對S的關心，也說出了我對他魯莽行事的微詞，S聽完後臉上呈現些微的羞赧，但卻有更多的不服氣，他回應說：「老師，你常常告訴我們，面對不公平、不正義的事情時，我們必須勇敢地站出來，為多數受壓迫但卻沉默的人們發聲。S1自殺，不就是要讓人們重視這樣的事嗎？我難道不應該讓他的死更有意義嗎？」

　　「S，你誤會我的意思了，我並不是說你做的不對，而是希望你能夠更謹慎或思考怎麼做才能發揮它的意義。你想這次的新聞事件，不就是完全被扭曲了嗎？而你卻反而在這次媒體報導裡，成為八卦新聞的犧牲品，而且也讓學校有了藉口把你退學了，不是嗎？」我嘗試重新解釋我的想法。

　　「老師，我知道您的意思了。可是，老師您知道我為什麼蹺課回家嗎？」S提出一個我不曾想過的問題。

　　「我以為你是因S1的死造成的衝擊，或者是因為媒體記者的嗜血追問造成的困擾，所以你可能需要回家休息一陣子。不是這樣嗎？」我直覺地回答。

　　「一開始的確是這樣沒錯，但是後來學校主祕有打電話到家裡，我才決定繼續留在家裡，直到後來收到退學通知。」S說。

　　我驚訝地問：「主祕打過電話給你？」我馬上想起那一天我向系助理H要S家裡電話時，她曾告訴我學校主祕也跟她要S的電話，於是我再問S：「他打電話給你說了什麼嗎？」

「主祕說S1自殺這事件，學校已經查到幕後有人操控，而且學校要嚴厲地制裁這個人。」S回答。

「喔，S1自殺這件事竟然還有幕後策劃的人，怎麼可能？他有說是誰嗎？」我再問S。

「老師，他說的就是你啊！」S第一時間脫口而出。

「啊，是我？他們是怎麼亂猜的啊！」我感到匪夷所思。

「老師，主祕他說學校已經查到你長期操控學生思想，利用學生進行反社會的行動，這次的S1自殺，表面上看起來是自殺，但是，如果S1不是長期遭受P老師洗腦，變得這樣偏激，那他怎麼會選擇走這條路呢？他還說S1的家長已經決定對這件事情提告了，學校如果被告，那麼學校一定會把你推出去，說明這一切的傷害都是你造成的。」S想了想，把那時主祕告訴他的話覆述給我。

「實在太匪夷所思了，我根本沒想到學校會用這樣的招數與藉口。」我真的沒想到這個學校已經墮落到這種地步，但是它這麼做的目的何在？我再詢問S：「喔，但是我奇怪的是，主祕打電話告訴你這些，目的是什麼？」

「主祕說如果我這段時間乖一點，不要再對媒體亂說話，再加上他已經在跟S1的父母溝通，或許事件就會慢慢被淡化，那麼就不必把你再扯進來，畢竟學校也不希望事情越鬧越大。」S回答。

「他要你乖一點的意思是？」我不解地問。

「就是要我在家多待一陣子，不要被媒體找到。」S快速地回答。

「天啊，他要你在家多待一陣子，可是現在卻又拿你蹺課45小時的理由把您退學，這是怎樣的詭計啊！」這時我感到無比的憤怒，這樣的詭計套用在純真的學生身上。我直覺地看著S：「你剛才怎麼不說呢？」。

「老師，我怕我說出來，我爸媽會太生氣，而且主祕只是叫我在家多待一段日子，他也沒叫我蹺課，我的確忘了請假，這也是事實。」S還是天真地回答。

談話到這裡，我突然驚覺到S之所以聽主祕的話待在家裡，其出發點竟是為了保護我。這實在是不可承受之重，要一個學生為了保護我而承擔這麼大的責任，我如何自處呢？我想起法國哲學家保羅・利科曾提出一個有關「自我身分問題」的說法，他說每一個人都是透過敘事的方式來建構自己的身分，而這個敘事的方式就包括說過的話、做過的事、與什麼人交往、對什麼事情負責、以及對自己或他人做過什麼承諾，在這些林林總總的生活故事裡，每個人才能從他身處的社會歷史境況、言談、行為、及人際網絡等重新編織自己的身分。

我是誰？我何德何能值得一位學生為了維護我而犧牲他自己的權益？或許我和S這幾年的師生情誼，早就讓我們之間彼此證

成了對方的存在意義與價值，如同他願意為我而被學校退學，我也願意為了爭取他的權益而努力，這不就是利科所說的：自我身分之構成，必須通過與他者的相遇或互動，即自我之為自我，在存在論上必須有賴他人的成全。身為一個老師，我被S成全了我的老師身分，同樣的，S作為一個學生，我也必須成全他的學生身分。

想到這裡，我不禁拍了拍S的肩膀說：「S，謝謝你。我知道你這麼做是為了保護我，那我就更不能讓你這樣無端被學校退學。相信我，我一定會為你討回公道。」

告別了S，我決定再返回學校向校長抗議這件事。

三

　　開車離開S家的村莊，循著昨晚來時的山路再慢慢往回開，但是我的車子大概是在抗議來回兩趟的崎嶇山路，竟然開始在右前輪的避震器處發出不小的喀喀聲響，深怕車子故障不敢開快，於是在這偏僻的山路上開開停停。好不容易撐著駛離山區，卻已經傍晚了，開著大燈極力尋找最近的修車廠，但一直開到潮州鎮，我才找到一家修車廠，修車廠師傅遠遠就聽到我車子的聲響，走出修車廠外看著我把車子慢慢地駛近他身邊，當我搖下車窗時，他對我開玩笑地說：「這是開戰車嗎？聲音也太大了吧！」我苦笑地將車子停下來，這才結束這一路上讓我提心吊膽的巨響。

　　這時車廠老闆也走了出來，對我說：「車子有什麼問題嗎？」

　　「我也不知道，就是開了一趟山路，回程時右前輪突然開始喀喀作響，會不會是避震器壞了？」我回答。

　　車廠老闆叫師傅把我的車開進廠內，透過液壓升高機把車子抬高，只見老闆和師傅開始著手檢查右前輪，我只好坐在修車廠旁邊的小椅子等待檢查結果。過了好一陣子，老闆過來跟我說：「頭家，你的車子除避震器壞掉以外，軸承連桿也有裂痕。避震器雖然壞了，但也只是避震聲音比較大，不過這對輪子和輪圈就比較不好，開久了可能會變形；最麻煩的是軸承連桿，現在看起已經出現裂痕了，如果哪一天開車的時候突然斷了就很危險。我

看這兩樣都要換新的，不過我們這裡是鄉下地方，零件要調貨，可能要等到明天才能修好，頭家，你覺得可以嗎？」

「看起來好像不行也得行了，不然我也不敢再開車上路啊。」我心裡評估了一下，我還是決定先趕回學校，車子就留在這裡修理，改天再來把車開回去：「老闆，這樣好了，我現在趕著要去台北，我就把車留在你這裡修理，過幾天我再來開車回家，你看好不好？」回台北N大學找主祕談S的事情，是我當下的首要急務。

「沒問題啊，頭家，你留個電話，如果有什麼狀況，我再跟你聯絡。」老闆也很爽快地說。

離開修車廠已經是晚上十點多，我趕緊直奔潮洲鎮的火車站，搭上了最末班往台北的自強號。

許久沒有搭火車了，雖然年少時經常搭著火車四處遊歷，但這幾年來開車習慣了，搭火車的經驗就越來越少了。走進這座新式建築的潮州車站，買了車票後，匆忙地走向月台，恰好趕上這班自強號，找到對號的座位坐下，略作喘息後我環顧車廂內的情況與其他乘客，這才發覺只有五位乘客和我在這深夜的車廂裡。

火車開始緩緩地開動，我的思緒也在車廂內蒼白的燈光下，飛向遙遠的過去。模糊的目光中，我隱約見到一些景像，那似乎是開往台南的平快車，而前方那個座位上坐的正是大一時的我。看著那年輕、削瘦、一臉稚氣、卻又眉宇緊鎖的我，正憑窗而

望，在初夏的夜晚裡，只見他把火車的車窗打開，任那清涼的夜風吹進車內，拂動著他未修邊幅的頭髮與衣襟。

　　年輕的歲月啊！我看著他，就好像是昨日一樣的清晰，但我又確知那已是二十多年前的陳年記憶了。一時間，我跌進了時空交錯的場景裡，有一陣子我看到的是台南線的平快車，又一陣子卻發覺我仍坐在現代的自強號車廂中。在場景的變換中，我逐漸忘了身處何地。

　　直到火車停在高雄站，兩、三位乘客的走動，驚擾了我沉浸在往事中的思緒，將我從回憶中拉回現實。望向車內其他乘客，或睡，或發呆，或看書……，似乎與剛才一樣沒有什麼改變。嗯，在這暮春初夏的深沉夜晚裡，乘坐在這冷寂的車廂內，的確是發呆與回想往事的最佳時刻。

　　再車行一段時間，我忽然驚覺到這輛火車真的正逐漸開往台南的方向，沿途的幾個火車站名，岡山、路竹、大湖、仁德、保安……，這些都是年輕時的我曾經那麼熟悉的車站啊。眼看著越來越接近台南，心跳突然加劇，近二十年來塵封的往事，又再次浮現腦海，T老師、P1、PK、T3老師、B教官、T2老師……，舊時熟悉的臉孔一一浮現眼前，一個突發奇想的念頭湧現：這幾日裡常常回想起大學時期的往事，卻還有許多沒有解開的疑團，不知道母校K大學是否還殘留著怎樣的線索與人物，凍結在那個不堪回首的時間點，等待著我這個遁逃二十年的異鄉遊子回來解除封印？

「台南站到了，要在台南站下車的旅客請記得隨身攜帶的行李。」車廂內傳來廣播聲。這時的我竟不及細想，拎起背包，霍然站起，奔向車門，走下月台。

　　直到火車門關起，慢慢地啟動加速，我才意識到自己已經站在台南車站的月台上，在這初夏的午夜時分。突然地驚醒，我不是要趕往台北嗎？我怎麼在台南下車了？而且現在還是深夜十一點多，整個台南都已經沉睡了，我現在能做什麼呢？

　　跟著稀稀落落的旅客，緩步往出口處移動位置，走出了台南車站，面對著曾經那麼熟悉的台南車站圓環，我竟有些不知所措。想起母校K大學就在一附近，何不踏著月色重新巡禮一遍年少的青春。

　　就這樣我開始漫步在台南市深夜的街頭，這個擁有我年輕歲月裡無數歡笑、激情與悲傷回憶的城市。

　　沿著北門路的騎樓走，一旁的店舖早已打佯，騎樓燈明暗交接或閃爍不定，一眼望去就像是由整排鐵捲門與黑暗夜色所構成的深邃走廊，我彷彿跌進時光隧道一般，眼前出現的竟是二十年前的台南市街道：那一棟掛著美語補習班的新式建築，在街燈的明暗之間，有時候竟映照出舊時書店的模樣；那一禎巨幅的運動商品看板，在我眼中卻似仍有記憶裡傳統楊桃湯的影子；就連早已沒了圍牆的啟聰學校，我竟還看得到當年舊牆上「振聾發聵」的草書題字……。恍惚間，竟連門牌都從「北門路」變成了它的舊名「博愛路」，而這正是我記憶中的台南啊。

慢慢地踱步，思緒在現代與回憶之間來回交疊，想起大學時讀過美國作家沙林傑（J. D. Salinger）的《麥田捕手》（The Cather in the Rye），故事中的主人翁荷頓被學校退學，而這已經是他讀過的第四個學校了，如同學校校長跟他說的：「人生就是一場比賽，你必須要按照規則去參加比賽才對啊！」，顯然荷頓並不是一個「依規定行事」的青少年，在他得知被退學的消息後，他並沒有回家，反而覺得先流浪幾天再說，反正回家也是要被他父母再責罵一頓。

還記得當年讀這本書的時候，只把它看成是一本叛逆青少年的故事，但是這二十多年來的人生經歷，卻讓我對它開始有了不同的觀感，其實它更像是一本暗藏社會批判的小說才對。如果人生真的是個比賽，學校校長、老師跟父母都覺得荷頓是個沒有能力參加比賽的人，但真的是荷頓的問題嗎？還是「比賽」這種人生觀出了毛病？抑或是「比賽規則」的不合理？對於已經社會化的成人世界而言，大概沒有人會去質疑上述這些疑問，可是對於剛剛起步準備進入成人世界的青少年而言，荷頓卻不斷地質問這些規則的合理性。這本書寫的是主人翁正在被這個社會逐步淘汰及邊緣化的歷程，但是荷頓真的是該被淘汰的人物嗎？他喜歡讀書，只是讀的都不是學校規定的書籍，他甚至有時候還會覺得書中的作者好像是他的朋友一樣，可以和他對話或話家常。閱讀與思考成了荷頓的習慣，但是有趣的是，這樣的習慣似乎並不是這個「人生比賽」所重視的規則或指標，所以荷頓成了被這場比賽淘汰的人。這本看似是在描述青少年叛逆心理的小說，其實作者沙林傑反應的正是美國即將進入60年代狂飆節奏前的「沉默世代」。

爲什麼沙林傑要透過故事的青少年主人翁控訴這個「沉默世代」？我想大概是沙林傑對當時整個美國都沉浸在經濟起飛帶來的富裕生活裡，一切選擇都以滿足物質需求爲依歸，就連原本應該具有叛逆精神的青少年，都完全被這股物質滿足的潮流所淹沒，他看到的是一整個世代對政治、社會及思想的沉默。這不正就是台灣這十多年來的現象嗎？猶記得大學時期的台灣社會被形容成「台灣錢淹腳目」，這是經歷60、70年代的台灣經濟起飛所帶來的榮景，可是就像沙林傑對美國「沉默世代」的控訴一樣，80年代之後的台灣社會開始以經濟與物質主導了一切政策，甚至在本應以「百年樹人」作爲發展思維的教育界，都逐漸變得功利與市場化。

　　想到這裡，我似乎應該心情低沉才對，但奇怪的是，我竟不自覺地聯想到《麥田捕手》在美國出版後所掀起的「怒吼的60年代」，或許我期待的正是台灣年輕人在經歷近二十年沉默之後的怒吼吧！

　　終於走到母校K大學的校門口，數十年不變的校門是日治時期留下來的標誌，但我卻注意到圍牆變低矮了，二十年前每每爲搶一個靠近校門口的停車位，以方便快速地進入學校上課，同學們都恨不得把機車擠進校門口旁的每一個停車空隙裡。K大學校園腹地不小，除了正門外，還有幾個側門方便同學們進出，所以這幾個側門旁通常也都擠滿機車。還記得二十年前上課，每次大家都擠破頭搶停這些珍貴無比的車位，有時運氣實在太差，正、側門的停車格都停滿機車，只好把機車停在距離正、側門等距遙遠的中間三不管地帶，然後幾乎必須繞過半個校園才能到達上課

教室，這大概就是當天最悲慘的事情了。現在可好了，隨便路邊找個停車位把機車停妥了，就可以任意地從所有的低矮圍牆跨進校園裡，真是一大福音啊！

於是我真的就隨意找了一處低矮圍牆跨進了校園，信步走去，路旁隨處可見一些古蹟文物，甚至還有兩具古代大砲置放於此展示，沿著大砲的參觀動線延伸，有一座城門矗立於此，城門標名為「小西門」，但熟知K大學校史的校友們都知道，這座小西門的所在位置，其實原本是小東門的遺址，而小東門早於民國四年被拆除，目前僅存長約65公尺的三級古蹟小東門城垣遺址。

在微弱的街燈下，我信步走去，從清代的遺址走到了日本治台時的風華，K大學擁有許多台灣日治時期的建築風格，高聳的圓柱、拱型的長廊、紅磚的外牆，加上百年的大樹及廣闊的校園，它呈現出一種質地厚實的古樸之美，就如同任何一所古老大學所應有的古典風範，這也是我在大學求學階段最令我賞心悅目的校園景色。

就像所有古老大學一樣，K大學也有一座大學湖，湖岸有拱橋連接湖中小島，湖畔楊柳垂岸，碧草如茵，是我求學階段最常來散步沉思的地方。湖邊有一棵碩大無朋的巨型榕樹，據說是日本天皇裕仁還是太子來台訪問時親手栽植的，當初來自日本鹿兒島的原生種榕苗，如今已蔚然成樹，甚至還有一家企業以這棵巨樹的身影作為它的企業標誌。

走過懷古的幽思，卻在我一轉身之間，又看到另一種截然不

同的現代化建物，一幢幢高樓層的鋼筋水泥方盒子，堆疊充斥於我記憶中校園的各處空地。實在不忍卒睹，於是我又從另一邊的圍牆走出了校園，極目望去，街道依舊冷清，除了遠處巷道裡的幾點燈光。

　　我想起那是我大學時期常去的咖啡屋——「品豆咖啡屋」的方向，那時我們幾個死黨常常在這裡辦讀書會，甚至有好幾次，我們還舉辦過大型的演講，邀請一些知名人士或老師在這裡開講，雖然是賣門票的收費演講，卻常常是座無虛席、盛況空前。品豆的老闆娘Wu姐常常笑著說我們這幾個人鬼點子多，她的咖啡屋就靠我們幫她宣傳了，我們也笑著回應她說：如果哪天她要退休了，千萬要告訴我們，我們一定想辦法把這間咖啡屋頂下來繼續經營，那時Wu姐總是說：「不退休！不退休！我要和這家店共存亡。」。真懷念那個純真浪漫的大學年代啊，只是不知道老闆娘Wu姐還在不在？

　　重拾往日足跡，一步步地循著記憶在小街巷道裡慢慢地走近，我越來越確定那幾點的燈光，就是從我記憶中的咖啡屋位置發出的光亮，心情竟然有些緊張，不知道人事景物是否依舊？走到了店門口，發現店名叫「動物園咖啡」，店裡的裝潢擺設顯然也已經不是我熟悉的「品豆咖啡屋」了，不過既它燈光還亮著，而在這深夜的台南，我暫時也還真的不知道該去哪裡，那就進去看看吧。

　　「叮咚！」推開店門，觸動門上的鈴鐺。

「對不起，我們打烊了。」一個低沉而略顯桑滄的男聲從櫃台後方傳來，但我卻沒看見人。

「不好意思，我看你們燈還亮著，以為還有營業，不好意思。」我趕緊回應，畢竟在這人煙稀少的午夜時分，本就沒有什麼店家還在營業的。

這時從櫃台後方探出一個頭來，他抬頭看著我：「哈哈哈，因為我在修理水槽管路，所以店門沒關、燈光也沒熄，不過我們平常的營業時間只到十點，歡迎下次早點來。」老闆一邊說著話一邊收拾工具，我卻越來越覺得他面熟，而且顯然他也有同感，他說：「嗯，先生，我覺得你有些面善，我們以前是不是見過面？店裡的常客我都認得，還是你以前來過我們店裡？」

不知道哪裡來的感應，我竟然發出一聲：「P1，是你嗎？」

「是，我是P1。請問你是？」老闆一邊回答我，一邊似乎還在搜尋記憶庫裡的資料。

「我是P啊！你不記得我了？」認出了P1，我實在太興奮了，我趕緊告訴他我是誰。

「P，你是P？」老闆似乎不相信自己的眼睛，揉揉眼睛又睜大開來看著我，突然失聲地叫了出來：「P，這些年你到哪裡？我一直都沒有你的消息。」

「P1，你還問我，我才想問你：這些年你到哪裡去了呢？」
我報以同樣的興奮之情。

　　兩個四十多歲的男人，就像小孩子一樣的大叫，互相叫著對
方的名字跟不斷地問問題，但卻都忘了要回答對方的問題。

　　等到激情稍減，我們才都想起我們都還沒回答彼此的問題，
我說：「一件一件來，我先問你：你真的頂下這間咖啡店了？」

　　「是啊！幾年前我回來台南，看到Wu姐要把品豆咖啡屋頂
讓的訊息，我馬上就去籌錢把這家店頂下來了。」P1也稍微冷靜
下來，他得意地說：「記得那時候我來找Wu姐時，她一看到我
就高興地跳了起了，她說：『等了你們這麼些年，總算等到一個
回來了。』當時本來也有其他買家來找Wu姐，但是Wu姐說她要
履行當年的承諾，所以就把這家店便宜賣給我了。」

　　「你怎麼沒有用原來的『品豆』店名，改這個奇怪的『動物
園咖啡』名字？」我好奇地問。

　　「你已經不是第一個這樣問的人了。」P1娓娓道出他取這店
名的想法：「每次只要有人問我店名的緣故，我總是說在我年輕
的歲月裡，曾經有一段非常精彩的生命歷程，而這段精彩生命是
由幾個我認識的好朋友共同編織而成的，我想紀念這段由不同性
格但卻志同道合的好友，如同一群不同種類的動物，一起共同匯
聚在一起，成就了一座生命豐碩的動物園一樣，這間咖啡店就是
我們幾個好朋友當初在這裡共同凝聚思想與產生火花的地方，所

以我回來買下這家咖啡店，為的就紀念這段可敬可歌的年輕歲月與深厚不移的友情，所以我把它取名為『動物園咖啡』。」

　　感動於P1對我們這段友誼的珍惜與堅持，我泛紅著眼眶幾乎說不出話來。沉寂了幾秒鐘，我才又有了向他詢問的動力：「P1，當年你最後到底怎麼了？離開了學校後，我都找不到你了。」對於我的問題，P1深深地嘆了一口氣，開始為我解開當年我一直苦思不解的謎團。

四

在這深夜的咖啡屋，P1爲我手沖了一杯耶加雪菲，兩個人坐在窗邊的沙發上，微黃的燈光從窗上的玻璃透散出去，彷彿整個台南市就只剩下這一窗的光亮。

P1打破沉默：「這二十多年來，我時常想起那一個晚上，我們一起夜闖教官室的那一個晚上。如果那一晚上你阻止了我的憤怒情緒，或者是那一晚我們沒有觸碰任何事物，例如黨旗之類的什麼鬼東西，那麼我們的人生會不會變得不一樣？我想了二十幾年了，但是我依然沒有答案。」

P1停頓了好一會，他看著我繼續說：「P，聽說那一晚之後，你也被教官約談了。其實，在你被約談之前，我就已經被教官盯上了，他們找我爸媽來學校，給我極大的壓力，K大學校真不愧是黨國學校，黨務特工都非常擅長心理戰，他們把我們的父母都找來，這一招實在太厲害，我根本沒想到他們會用這種爛招。本來我打算抵死不認的，但我爸媽來了，這讓我慌了手腳，只好實話實說。這也沒什麼，好漢做事好漢當，既然我們真的有去教官室，也真的不小心弄倒了黨旗，承認也沒什麼。」P1的口氣突然變得急促：「可是，後來他們當著我爸媽的面，要我去指認T老師是主謀，這實在太詭異了，我看這裡面一定有內幕黑箱作業，所以我開始抗拒，拒絕在他們提供給我的所有文件上簽字。後來我爸媽也急了，一直逼著我簽字，我當然不肯啊，可是那個總教官一直告訴我爸媽，說我如果不肯指認T老師，那這件事的主謀就是我，而且毀損黨旗茲事體大，他也沒辦法在校內私

了，必須呈報黨部並報警處理，主謀的罪責很大，不是校規記過或退學那麼簡單，嚇得我爸媽完全不聽我解釋，強迫我在他們準備的自白書上簽名。這件事情直到現在都是我和我父母之間最大的心結。」

「那你後來休學到哪裡去了？」我關心地問。

P1一臉沮喪地說：「不要提了，剛休學那幾年，我簡直就是被軟禁在家裡，不管到哪裡，我爸媽一定都跟著，好像害怕我會到處惹事生非一樣。後來，我乾脆跟我爸媽說：『你們一直限制我的生活，難道要管我一輩子嗎？不如讓我出國，遠離台灣社會裡的這些是是非非。』沒想到我爸真的同意了。雖然我家經濟狀況不算太差，但是要全額負擔我出國的費用，還是太吃力了，所以我爸媽雖然支援我一部分的旅費，但是在國外那幾年，我生活得很拮据。我住在最便宜的旅店，挑免費甜點的咖啡館當作一天中唯一的一頓飲食，或是在超商的冷凍庫裡當搬運工，但是我就是堅持不願再回台灣。」

「那你怎麼回台灣了，而且還當了『品豆』的老闆？」我好奇地追問。

「哈哈哈，這真的是機緣吧！」P1得意地說：「在國外流浪了好幾年，最後我還是回台灣了。主要是因為我在美國認識了我太太，她是加拿大人，也是到美國打工旅行，交往一年後，我們決定回台灣結婚定居。起初，我在我爸的公司裡工作，做一些國外訂單的翻譯之類的工作，但是我總覺得這樣的工作不是我想要

的。有一次我和我老婆來台南旅遊，我帶她重回我年輕求學時的大學，我也跟她說了很多我們年輕時一起瘋狂的事情，包括那次夜闖教官室的事以及後續的影響，她驚訝地說：『Terrible！』她覺得一件很尋常的學生惡作劇，竟然會演變成政治迫害事件，真的很不可思議。我告訴她：『這就是台灣啊！』」P1的這句話讓我們兩個人同時嘆了一口氣。他停頓了幾秒鐘，若有所思地說：「P，如果不是這件事，我想我們的人生大概又是另一番很不一樣的風貌吧！」

我苦笑了一聲說：「是啊！不過你現在娶了一個外國老婆回台灣，不是也很好嗎？」

「是啊！」P1有些感慨地說，他把話題轉回到我的問題上：「不說這個啦，你剛才問我怎麼會接下這間咖啡店？就是那次我和我太太到台南的小旅行，我帶著太太來重溫年輕時的咖啡夢，找到了Wu姐的咖啡屋，本來是想來這裡喝杯咖啡順便跟Wu姐敘舊的，結果正好碰到Wu姐因為她爸爸年紀大了，打算頂讓出這間小店，回她老家照顧她爸爸，我馬上想起我們年輕時曾跟Wu姐開過的玩笑，我突然很衝動地跟Wu姐說：『Wu姐，賣給我吧！』當下我跟太太商量，她很喜歡台南的生活環境，也很鼓勵我做我喜歡的事，於是我把那幾年存下來的錢全部投入這家咖啡店了。這幾年我和我太太一起經營這家咖啡店，幸好當初Wu姐打下的基礎客人捧場，店裡的生意還算穩定，前幾年我又重新裝潢了一下，也把店名改為『動物園』，就是你現在看到的樣子了。」

聽到這裡，兩人相視一笑，舉起手中的咖啡互敬對方，啜一口五味雜陳的黑色汁液，算是回顧這十多年來的人生了。飲啜咖啡的同時，我心裡真的為P1感到高興，雖然他的人生有些波折，但總算回歸到安定平穩的生活，不然當年PK給我的信中說P1的境況不佳，讓我一直感到不安。

但是PK的信裡透露出一個訊息，這個訊息像石頭一樣梗在我心裡許多年，讓我產生一個很大的疑問，那就是當年全校這麼多學生，教官怎麼知道要找我們三個人約談？雖然PK的信中提到：教官約談十幾個可疑的學生，其中包括了我們三個，但是這個機率真的還是太不尋常了。今天我終於有機會問P1：「P1，雖然事情已經過了這麼多年來，但是我的心裡一直有個疑問想問你。你不覺得奇怪嗎？為什麼當年教官B他們那麼厲害，直接就找到了我們三個人？」

「其實我也曾想過這個問題，但是就像你說的，都這麼多年了，我們大概已經很難再還原當時的真相了。」P1回答。

雖然如此，我還是很想釐清：「我問你，教官是先找你還是我？或是先找PK？」

「我想想看。好像我比你先被約談，可是PK是在我之前還是之後？我就不知道了。」P1回答。

「我好多年前曾和PK通過信，根據他的說法，好像他是最先被約談的人。然後是你，最後一個才是我。」我告訴P1。

「哦，這有什麼關係嗎？」P1。

「我也不知道，但是我總覺得，我們三個人同時被約談，不太像是教官隨機性的約談。」我邊說邊想。

「你的意思是說，有人去打小報告，舉發我們三個？可是這件事除了我們三個人，沒有人知道了啊。」P1不解地說。

「你忘了，我們還去請教過T老師，T老師告訴我們以靜待變。」我提醒P1。

「你是說，是T老師出賣我們？」P1驚訝地說。

「不是啦，你想到哪裡去了。我是說，這件事總共只有我們四個人知道。」我趕緊解釋。

「好了，那不是你，也不是我，就剩PK和T老師了。可是我不覺得T老師會出賣我們，嗯～～～，難道是PK？」P1也開始嘗試推理。

「我～不～知～道～。」我非常緩慢地說，但卻掩蓋不住我的憂慮。

兩個人沉默了好一陣子，P1開口說：「這些年你還有跟PK保持聯繫嗎？」

「其實PK是我現在的同事，我們都在N大學社會系裡任教。」我回答。

「既然如此，你為什麼不直接問他呢？」P1不解地說。

好問題！是啊，我跟PK當同事也快十年了，但是這幾年我們好像都不曾談過這件往事，我一直以為我們避談這段往事的原因是兩個人都怕觸及舊傷記憶。但是現在細細想來，恐怕沒有這麼單純。或許，在我內心深層，我一直不願意去跟PK談及往事的原因，是我怕看到這樁迫害事件的真相竟是好友的背叛。

一夜長談，真的是人生意外的驚喜，沒想到能在近二十年後的今天，在台南K大學附近的咖啡屋裡與P1重逢，若不是凌晨四點P1的太太打電話來，我們可能會聊到天亮吧。不過，P1還是有點興奮的樣子，在他告訴他太太：「因老友臨時來訪所以忘了回家時間」，掛斷電話後，他轉頭對我說：「你還記得大學口那一家早點店吧？它到現在還有開，不過已經換第二代在經營了。走，我們去吃它的招牌蛋餅！」P1開車載著我到K大學附近，找到這家早餐店，讓我想起我們年輕時曾無數次因熬夜到天亮，大伙一起衝過來吃早餐的情景。

吃完早餐，天也大亮了，我告訴P1我還有緊急的事情要辦，必須要趕搭早班火車北上，改日再專程來台南找他好好敘舊。在台南火車站與P1告別，我想了很久，還是決定打電話給PK，畢竟他是我現在的同事，我想直接向他詢問吧！

「嘟～嘟～嘟～喂！」電話那頭傳來PK的聲音。

「PK嗎？我是P，不好意思這麼早打電話給你，打擾你了。」我說。

「P，是你啊，我還在想是誰這麼早打電話。沒關係，我也該起床了。有什麼事嗎？」PK說。

「嗯，也沒什麼事，只是想請問你這幾天學校的狀況怎樣？」我突然有些膽怯，不知道該如何提及十多年前的陳年往事，只好臨時想出一個藉口。

「這兩天你到哪裡去了？聽說你跟校長、教務長他們吵了一架，然後你就失蹤了，到底是什麼回事啊？」PK倒是很興奮。

「沒有啦，就是為了S被退學的事，我跑了一趟屏東去找S和他的家人。」我平靜地回答。

「我想也是，可是現在學校傳出來的消息卻不是這樣。」PK說了一個奇怪的訊息：「教務長前兩天在校級課程會議中說：我們學校最近接二連三地發生一些事情，造成某些同學的身心受損，目前學校已經掌握可靠的消息來源，認為這些意外與不幸的事件，極可能是人為操控的結果，而且幕後的主使者，已經被學校及警方鎖定，相信不久後就可以追查出真相，讓本校師生回歸到原來平靜的生活。」

「這也能人為操控？教務長是不是想太多了？」我難以置信地說。

「你先不要急著評論，我還沒說完。」PK說：「那一天教務長講完這些話後，校內就瀰漫著一股奇怪的氛圍，好像大家人人自危，都怕這個『主謀者』的帽子扣在自己的頭上，於是就開始有人在猜這個操控學生的人是誰？結果也不知道是誰先傳出這個風聲，說這個『主謀者』就是你，剛好這兩天你不在學校，大家看你也沒出面反駁，結果就越傳越就像是真的，現在大家都在等你出來解釋。」

「解釋？我要解釋什麼？這件事是教務長起的頭，他難道就不用出面說明一下嗎？而且大家也太天真了吧，這樣隨便的謠傳就相信？」我一頭霧水地說。

「哈！教務長？你指望教務長出來為你說話嗎？我看你才是太天真的那個人。」PK說：「難道你不知道學校一開始就是鎖定要陷害你嗎？我甚至覺得這個傳言根本就是教務長自己放出來，他怎麼可能出面為你說話。」

「沒關係，清者自清，濁者自濁，我也不必隨這些流言起舞。老同學了，你應該知道我的。」我說。

「唉，我相信你有什麼用，現在學校裡有一些老師已經開始在說：你就是太愛在課堂上發表一些煽動性的言論，就算最近這些學生事件不是你主謀的，但這些學生的確是受了你的影響，才

會有這些激烈或自殘的行為。」PK為我感到擔憂地說。

　　我突然想起前幾天我從校長室走出來時，我丟給校長及教務長的話，當時我說：「如果我們N大學已經淪為一所不懂得保護學生、沒有社會責任、只想著自己利益的大學，那麼它就喪失了它作為一所大學的資格，我會讓世人都知道原來我們學校是這樣的一所大學。」現在想來，這句話已經觸碰到校長他們的底線，他們也開始決定不擇手段地對付我。我想：搶在我公開學校黑暗面之前，先詆毀攻擊我以削弱我的公信力，這大概就是他們的策略吧！

　　「先不去想它了，等我回學校再說吧，我今天就會回學校了。」我停頓了一下，決定嘗試地向PK提出我的疑問：「PK，你會不會覺得這件事跟二十年前T老師的事件很像？」

　　「你怎麼突然提起這段陳年舊事？」PK楞了一下。

　　「我最近一直在想這段往事。」我決定把昨晚遇見P1的事跟PK說：「昨天晚上我坐火車經過台南，我遇到了P1。」

　　「你說遇到誰？」PK又是楞了一下。

　　「我說我遇見P1了。你一定猜不出來現在P1在做什麼？」我說。

　　「P1。哇，好久沒有聽到他的消息了。」PK有些感慨地

說：「他現在在做什麼？」

「你還記得K大學附近有一間咖啡店，是我們以前大學時候常去的地方，我們還在那裡辦過讀書會和很多活動，你記得吧？」我說。

「我當然記得。那時候你們幾個很瘋咖啡，常常泡在那個地方。嗯，它叫什麼名字？對了，叫做『品豆咖啡屋』，對不對？」PK邊回憶邊說。

「對啊，就是這間咖啡店，現在P1是它的老闆了。」我說。

「啊，P1跑去當咖啡店老闆，真想不到。記得那時候他的脾氣最衝，對社會運動事件也最熱心，現在卻當老闆了。唉，不勝唏噓啊！」PK繼續說：「那你怎麼會遇到他？」。

「一言難盡。總而言之，我經過台南時去這間咖啡店懷舊，沒想到卻遇到他。」我把話題轉移回來：「PK，有件事梗在我心裡十多年，一直沒機會問你，昨晚遇到P1倒是讓我想起這件事了。」

「什麼事？」PK似乎有些不安地說。

「是關於二十年前我們三個夜闖教官室的那件事。」我說：「我一直有個疑問，就是那時為什麼教官這麼厲害？一下子就約談了我們三個人，還找來我們的父母，讓我們三個人幾乎不知所

措，結果你也知道，我和P1休學，你後來在K大學也待不下去，轉到其他大學。昨晚我和P1聊到這件事，都覺得不尋常，所以我想問你：你好像是第一個被約談的人，不知道那時候B教官他們是不是透露些什麼訊息？」

「嗯～，這件事實在太久遠了，我一下子也想不起來，等你回學校我再跟你好好談吧！」PK顯得更侷促不安，匆匆掛上電話。

PK匆匆地結束電話，這讓我更加疑竇。

隨著火車一路北上，我將這兩晚的疲倦都化成昏沉的睡眠，睡夢中彷彿聽到新竹車站到了的廣播，又像是我的手機鈴聲響起，在半睡半醒之間，我才逐漸意識到真的有手機來電，睜開眼睛，果然看到火車已經到新竹車站。

「喂！」我接起手機電話。

「P，我是PK。」電話傳來PK的聲音。

「PK，我才剛到新竹，還沒到台北，你有什麼事嗎？」我頭腦似乎還沒完全清醒。

「P，早上跟你通過電後，我一直在回想二十年前的那件事，我想我必須向你坦白了。」電話傳來PK的聲音：「你說得對，那時候B教官同時約談我們三個人，並不是他厲害或運氣

好，是我主動跟他說的。」

「真的是你！」雖然我隱約知道，但是親耳聽PK說出來還是讓我感到震驚。

「P，這件事在我心裡隱藏了快二十年了，有好幾次我想告訴你，但是我不知道如何啟齒？」PK停了好幾秒，彷彿還是不知道如何開口，但是他還是打破沉默：「那天晚上我們闖入教官室後，我每天都到教官室附近晃，想探看教官他們是不是有什麼行動？那時我每天都看到他們約談不同的同學，雖然像是大海撈針，但是我覺得這樣下去，總有一天會查到我們，所以我決定主動投案。那時的我真的很天真，我想：雖然半夜闖入教官室有違校規，但是我們沒有蓄意破壞，也沒偷拿什麼東西，最多就是記個過了事，總比整天擔心害怕是不是會被查到來得好，所以當我去教官室說明時，我也沒有特別感到有什麼不妥。」

「可是，當B教官拿出那一面被破壞的黨旗，而且言詞嚴厲地告訴我說：『這已經不是校規層級的問題，而是國家安全的等級』時，我才意識到事態嚴重。但是我已經把那天晚上的事都說了，也告訴他們你和P1也有參與，這時候我發現我原本的天真想法可能會害到你們兩個，所以我一直跟B教官他們強調：黨旗壞掉不是我們故意的，那是一個意外，是不小心掉到地上才壞掉的。可是我發現他們根本聽不進去我的解釋。後來我聽說P1和你也都被約談，我的心裡很不安，總覺得是我出賣了你們，真的沒臉見你們，所以一直不敢跟你們碰面，最後你也知道，我乾脆就轉學到F大學，因為我只要繼續待在K大學，我就一直被這份內疚

和自責困擾下去。」

「PK，你也不用自責，這麼多年的交情了，你的個性我很了解，雖然你不是那種站在反抗隊伍第一排的人，但是你對社會正義和公民思想還是很支持的，更絕不可能是那種出賣朋友的人。這件事的發展，我覺得教官室並不是真的要把我們怎麼樣，他們真正的目的是要對付T老師。」對於PK的坦誠，我可以體會到這件事一定困擾他很深，我覺得不忍心，所以我反過來安慰他。

「你說得對，其實我後來透過P1和你的說法，我也意識到教官他們其實是要借我們的手去打擊T老師。可是，我還是沒有勇氣向你們坦誠。」PK像是鬆了一口氣地說。

「是啊，這也是我一直百思不得其解的地方。為什麼當年學校會這樣不擇手段地對付T老師呢？」我接著PK的疑問說。

不過，PK又說了一件我一直不知道的事，他說：「P，你還記得當年哲學系有一位T3老師嗎？幾年前我曾經在淡水遇到他，那時他已經退休住在淡水的一家安養中心，我跟他談起這段往事，他非常感慨地說：『為什麼政府和學校總是不肯放過T老師？』言下之意，似乎他非常清楚T老師的背景，以及學校為什麼千方百計地要陷害T老師。我這裡有他的聯絡方式，如果你還想追這條線索，可以去試試看，找T3老師聊聊。」

掛上電話，心裡百味雜陳。雖然PK的坦白讓我震驚，但畢

竟它早已有理路可循，只是我一直不願去仔細追索。但是，T3老師在這件事中到底扮演什麼角色？爲什麼當年教官室抽屜裡的黑名單有他的名字，難道只是因爲他曾經被關過綠島嗎？還是有其他我不知道的內幕呢？

五

看著手中這張抄寫著T3老師安養中心的地址，火車進入地下的黑暗隧道，慢慢地在台北車站停下來，終點站到了，但是我的心裡還未決定是否要直奔N大學校長室？還是在台北車站轉搭捷運到淡水找T3老師？

腦海裡不自覺地浮現出T老師的模樣，再想起T3老師恐怕已經八十有餘的年歲，決定不再延遲這件往事的追查腳步，於是我在台北車站迷宮般的地下街道裡，跟著往淡水捷運的指標方向快步走去。

坐在往淡水的捷運車廂上，心裡開始回想最後一次與T3老師碰面的情景，那時我復學回到K大學，在意志消沉的谷底遇見T3老師，他用他和煦的笑容溫暖了我，但也讓我知曉了他竟然是白色恐怖時期的受害者，對他有著無比的崇敬。

按著PK給我的地址，終於找到了T3老師的安養中心招牌，一座位於半山上的安養院。數著階梯一步步拾階而上，讓已兩天沒有睡個好覺的我有些氣喘，就在我覺得必須停步休憩之際，眼前為之一亮，一幢白色建築轟立於階梯盡頭，站在安養院大門，轉過身來面向著淡水河與對岸的觀音山，胸臆之間頓時開潤了起來。心想：好一處晚年退休後的安養之地啊！

走到大門的保全警衛室，在訪客登記簿上簽名，並說明欲拜訪T3老師的來意。警衛客氣地請我在訪客室沙發坐下等候。只

見他拿起電話詢問：「主任，有一位先生說要來探訪院內的老人家，但他也不確定這個老人家是不是在我們院裡？」他停了一下仔細聽著電話那頭的聲音，顯然這位主任正在交代他什麼事。過了一會，警衛放下電話，轉過頭對我說：「先生，請您等一下，我們主任正要出來，他會為您進行說明。」

幾分鐘之後，一位歐巴桑型的婦女從建築物內走了出來，她來到訪客室看到我後說：「您好，我是XX安養中心的主任，敝姓陳。聽說您要來探訪我們院內的院民？」

我趕緊站了起來，向著她說：「陳主任，你好。是的，我想到貴院探望一位T3老先生，不知道他是不是住在貴院？」

「請問您是T3老先生的什麼人？」陳主任說。

「我是T3老師以前的學生P，我現在是N大學社會系的老師。我前幾天才聽說T3老師住在貴院，所以今天專程來拜訪老師。」我說。

「好的，P老師，您好。T3老先生的確住在本院，不過因為您不是他的親屬，我必須要去問一下T3老先生，看看他是不是要接受訪客。」陳主任說。

「沒問題，老師應該還記得我才對。我就在這裡等。」我說。

陳主任進去一陣子後，出來對我說：「T3老先生說可以見您，您請進。」

　　「謝謝！」我跟著陳主任走進建築物內，穿過一條長廊，兩側如茵的綠地，映著遠處的藍天，令人心曠神怡。不過，隨著跟在陳主任身後的步伐，開始看到院內的老人家們，或是臥躺在病床上，或是扶著拐杖站在房間的門邊，或是坐在輪椅上排列於聯誼廳的電視機前，心裡不由自主地感傷：原來人老了之後，就只能過著這樣的生活嗎？

　　轉過幾個彎，來到建築物外的雨廊，看到一位老人家坐在輪椅上，面向外地對著一大片草地，陳主任指了指他，說：「就在這裡了，您們慢慢聊。」。

　　從背影看來，我實在認不出來是否是T3老師，走到他的正面，看著這張正在遠眺青山的老人家的臉，依稀就是T3老師的模樣。我試著輕喚T3老師的名字：「T3老師，T3老師，您還記得我嗎？我是P啊！」

　　老人收回遠望的眼神，慢慢地把眼睛的焦點聚在我的臉上，好一會後，他才彷彿想起了我是誰，開口對我說：「P啊，你怎麼也老了，我差點記想不起來是你啊。」

　　真高興T3老師沒忘記我是誰，可是走近端詳了T3老師，我更發現，比之二十多年前我在老師研究室談話的那時候，現在T3老師的頭髮已經全部變成銀白且稀疏了許多，或許也因為長年坐

輪椅的緣故，從他那布滿老人斑的手背上，我更發現老師因肌肉萎縮而顯得更加瘦骨嶙峋。

「老師，好久沒有見到您了，您的精神還是這麼好。」我說。

「老了，老了，現在打瞌睡的時間比清醒的時候多啊。」T3老師不改我印象中的風趣談話：「幾年前跌倒骨折，雖然後來好了，但坐了幾個月的輪椅後，肌肉卻萎縮了，現在都要靠輪椅代步，後來在家裡實在不方便，就乾脆住到安養中心這裡了。退休這麼多年，現在除了一些親友偶而來看我一下，以前教過的學生大概都不知道我在這裡，你怎麼找到我的啊？」

「老師，我是今天才從PK那邊聽到您住在這裡的訊息的，不然早就來探望您了。」我不好意思地說：「我還記得二十多年前我休學結束剛回學校，有一天心情低潮地坐在哲學系走廊上，被您看到，您還請我到您研究室喝茶聊天，因為受到您的鼓勵，從那時候起我就比較振作了，後來才能順利完成學業的。這些年來，一直想找機會謝謝您，但都沒有您的消息，今天聽到了就馬上過來看您了。」

「有這樣的事？我都不記得了。」T3老師雖口中說不記得了，但是從他神情看出他很高興。

「老師您不記得那次我到您研究室喝茶，您跟我提到您是白色恐怖的受害者這件事嗎？」我試著喚醒T3老師的記憶。

「哦，我跟你提過這件事啊。這件事我不常提，知道的人也不多，我那時為什麼會跟你說這件事，奇怪？」T3老師顯得有些納悶。

「老師，可能是因為那時我剛休學一年回學校，心境上還沒復原，你大概是說您的事情來鼓勵我吧。」我說。

「哦，是這樣啊。我也奇怪我不會隨便對人說這事的。會對你說，一定是特殊的情況。」T3老師像是想起了什麼。

「老師，其實我也曾在教官室的黑名單檔案裡看到您的名字，當時覺得很訝異，但聽您說起您是白色恐怖受害人，那份黑名單就說得通了，因為當時學校教官還在持續監視您的。」我說。

「那也沒什麼，我早就習慣了。」T3老師雲淡風輕地說。

「您還記得T老師嗎？」我把話題一轉。

「我怎麼會忘記，他怎麼了嗎？」T3老師似乎也為T老師擔憂似地問。

「不是啦，我也很久很久沒見T老師了。」我說。

「那你怎麼突然提起T來？」T3老師放下心地問。

「因爲那時我在教官室的黑名單上，除了看到您的名字外，也看到T老師的名字。老師，您知道爲什麼T老師也被學校列入黑名單嗎？」我終於問出了此行的主要疑問。

「T也被列入黑名單。嗯，我想想看。會不會是因爲台灣大學哲學系那件事啊？！」T3回想地說。

「果然T老師會被學校教官監視，一定有它的原因。老師，您能告訴我事情的原委嗎？」我說。

「唉，這件事牽連甚廣，一時半會兒也說不完整，大概就是T年輕時是台灣大學哲學系的講師，但剛好碰上了哲學系內部的一次整肅事件被波及解聘了。」T3老師似乎已經不太想提起這件事。

「嗯，台大哲學系事件，我好像也聽說過，據說當時有很多老師和學生都因此受害。」我在許多文獻資料上也曾看過這事件的一些報導。

「是啊！其實我跟T本來是台大哲學系的同事，那時我們都是講師，不一樣的是，我是綠島出獄後考上台大哲學系，再進修碩士學位後留校服務的老講師，而T老師那時還是年輕有爲的博士班學生，也是哲學系兼任的年輕講師。我們被捲入這場政治鬥爭，好像也是很久遠以前的事了。」T3老師像是解開塵封已久的記憶：「1970年代，台灣在國際政治舞臺上接連受到重大打擊，像是被迫退出聯合國、美國尼克森總統訪問大陸、跟日本斷交等

等，那時候大家都非常擔憂台灣未來的處境，所以當1971年爆發釣魚台主權爭議事件時，馬上激起大家的同仇敵愾和愛國心。那時候，台大哲學系有幾位老師，像是陳鼓應和王曉波等人，就發起了『保釣運動』，並且創辦了《大學》雜誌，以鼓吹自由主義、宣揚大中華民族主義。這些『愛國』言論與學生運動本來也無可厚非，可是不知道從哪一份報紙冒出個讀者投書，叫什麼〈一個小市民的心聲〉，內容主要是指王曉波這些人鼓動的大中華民族主義有親共的傾向，而且一連好幾天的文章，都是在反對言論自由、反對自由派知識分子、反對學術自由，認為應該給政府更大的權力，才能保障全國小老百姓能吃一碗太平飯。這下子不得了，國民政府的黨工就以這些讀書投書為由，開始壓制因保釣運動而起的學生運動風潮，聽說當時連警備總部也介入調查保釣人士。要知道這個警備總部在白色恐怖時期，那可是讓人聞風喪膽的地方啊！聽說警備總部曾搜索陳鼓應住處，不僅約談陳鼓應和王曉波，而且還把兩人加以拘留，罪名就是『為匪宣傳』。這頂帽子一扣上就是萬劫不復的境地啊！」

「那怎麼跟您和T老師扯上關係呢？」我追問。

「怎麼會沒關係！國民政府對自由派學者的壓制，主要當然是針對台大哲學系的師生。」不知道T3老師是否講太多話而疲倦了，還是回憶起這段往事仍心有餘悸，他臉色微微泛紅地說：「你知道的，在那個時代總是會有一些急於想邀功領賞的人帶頭檢舉，於是這一場以反共為理由的反言論自由行動，最後變成哲學系內部的政治鬥爭與一連串的整肅過程。一些平常比較喜歡發表言論的老師或職員被解聘，我記得的除了陳鼓應和王曉波外，

還有當時的哲學系主任趙天儀也被解職，其他還有梁振生、黃天成、黃慶明、T和我也都遭解聘，甚至台大哲學研究所還因此停止招生一年。」

「職業學生？！」我直覺地聯想一個名詞。

「P，你還是思想這麼敏捷。對啊，就是那些急欲邀功的『職業學生』啊！」T3老師會心地微微一笑，他繼續回憶說：「那時候，有一個馮姓研究生跳出來指責陳鼓應老師，說他『專門攻擊政府的黑暗面』、『挑撥勞工仇恨』和『渲染社會病態』，陳鼓應老師也很不客氣地回應馮姓研究生，說他是『國民黨的職業學生』，這名詞大概就是這樣流傳開來的。」

「可是，或許這位馮姓研究生只是思想內容與陳老師不合而已，犯不著說他是職業學生吧？」我嘗試提出另一種不同的想法。

「這你就有所不知了。當時有一位哲學系大四的錢姓學生聲援陳鼓應老師，也跳出來指責這位馮姓研究生。有意思的地方就在這裡了，兩位學生，一個指責老師，另一個指責這個指責老師的研究生，結果，這個指責老師的研究生沒事，另一個指責這個研究生的學生卻遭記大過處分，誰是為國民黨政府工作的學生一目瞭然啊！」T3老師微笑地說：「我再舉一例說明你就明白了。這位馮姓研究生後來參加一門『理則學』科目的期末考試，因為答題全錯而被任課老師打零分，但是他竟然威脅任課老師必須讓他及格，否則他將要以『愛國學生遭到迫害』為由，提出『系

務整頓』的訴求。任課老師和系主任趙天儀當然不受威脅，並且準備記馮姓研究生大過，結果是校方出面平息此事，不但免除馮姓研究生的記過處分，而且還認為系主任趙天儀處置不當而被解職。由此可以知道，這位馮姓研究生的份量與重要性了。」

T3老師繼續說：「這個事件演變至此，許多老師和學生遭解職或記過，台大哲學系元氣大傷固然不用說，而這些老師突然沒了教職，只能四處流竄趕緊到私立大學再謀工作，我和T老師就是在這樣的情形下來到K大學哲學系任教的。」

「所以，您和T老師才會在學校教官室的黑名單裡。」我恍然大悟。

「經歷了兩次荒謬的政治鬥爭，我是早就心灰意冷了，所以當年K大學要如何監視我，我也無所謂了。不過T不一樣，當年他還這麼年輕，正是要發展學術生命的時候，卻無端被捲入這場莫名其妙的鬥爭裡，他沉寂了兩年後博士畢業，竟然也來到K大學哲學任教，成為我的同事。那時候他散發出來的教學熱忱與行動力，讓我非常感動，那時我想：這個年輕人沒有被哲學系事件擊倒，反而投入更多心力教育後輩，那時候你們不是常常辦讀書會和一些課外講座活動嗎？雖然我沒有參加，但是我都在幕後默默支持你們啊。」T3老師接續我的話。不過，T3老師臉色突然沉了下來說：「可是，那一年你們闖的禍實在太大了，T終於還是離開了K大學。」

「對，我正想問老師這件事。當年為什麼T老師會離開學

校？」我焦急地問。

「事隔這麼多年來，你現在問這些又有什麼用呢，我覺得你還是不要再追問這件事了吧！」T3老師略有所思地說。

「老師，我記得那一天在您研究室，您也是這麼勸我的。當時我太年輕，不知道您這句話的深意，只想著您是為我好，要我不再深究往事，好好地繼續生活與過我的人生。可是，時隔將近二十年，今天您再講同一句話，我突然覺得這件事一定有什麼內幕是我不知道的，或者說，是您故意不想讓我知道的，是嗎？」我說。

「P啊，我還記得二十年前你在我研究室外走廊那個徬徨無助的神情，我知道那時候的你正處在低潮與迷惘，而且大人世界的鬥爭與角力本來就與你無關，我不想增加你更多的心理負擔，所以我只希望能鼓勵你能放眼未來、充實自己，不要被眼前的挫折打敗了。」T3老師想了一想，好像決定要向我說出全部的真相：「但是，看看現在的你，已經也是一位術業專精的學者了，跟那時候的你早就完全不一樣了。或許我是該讓你知道那時到底發生了什麼事了。」

T3老師嘆了一口氣說：「你知道T是為了你才自願離職的嗎？」

「什麼？老師，您說什麼？T老師是為了我才離開教職的？」我非常震驚地說。

「原來你什麼都不知道。」T3老師繼續說：「二十年前有一次國民黨特工到學校搜查T老師研究室，並且把他抓走到警備總部，這件事你大概知道吧！」

　　「嗯，我想起來，的確有這回事。那時候我們所有的同學都為T老師擔心，怕他是不是會遭到什麼迫害？可是後來因為發生了我們三個人夜闖教官室的事後，我就再也沒有T老師的消息了。」我回答。

　　「你們三個學生半夜闖入教官室破壞黨旗，可是後來學校卻都沒有太嚴厲地處罰你們，你不覺得奇怪嗎？」T3老師一語道出壓在我心裡十多年來的疑問，並且說出我心裡早就隱約猜出的答案：「那是因為T一肩把所有罪責都完全承擔下來了啊！」。

　　「那時警總雖然搜查T的研究室，而且直接請他去總部調查，但是他們查了半天也沒有找出什麼證據，除了T平時寫的批判文章外，根本沒有什麼資料是可以把T定罪的，更何況那時候早就不是白色恐怖時代了，就算是警總很想關押T，但沒有直接證據證明他有從事什麼不法或叛國的行為，他們也不能把T怎麼樣。所以，關了T幾天後，本來應該把T釋放出來了，可是學校裡這時卻發生了一件『教官室被闖，黨旗遭蓄意破壞』的事，黨工和教官們大概都覺得這是天賜良機，於是他們找來幾個學生，要他們指認T老師就是這件事的幕後主謀，這樣一來，他們就有藉口繼續關押和起訴T。」T3老師寓意深長地盯著我看：「但是，你也知道，並不是每個學生都會配合教官去指認T，這讓黨工們很困擾，所以他們反過來去威脅T老師，跟他說這些學生犯下毀

損黨旗的重罪，如果T不承認他是主謀，那麼這些學生就會被送到法庭以叛國罪名起訴。雖然T知道這些罪名都不是真的，但他還是很擔心你們會背上官司，也不希望你們的人生有污點，所以他跟這些黨工們達成協議：他會承認黨旗事件是他主謀，不關學生的事，所以他會自己辭掉K大學的教職。至於警總是否要告他叛國罪？他倒是很有自信地說：『告不成的啦！』後來果然也如他所說的未被起訴。」

「老師，這件事您怎麼知道得這麼清楚？」我實在驚訝地說不出話來，但我還是勉強擠出一個疑問。

「你忘了，我跟他同樣都是台大哲學系事件的受害者，你想：這件事學校怎麼可能只想到T而沒想到我呢？其實那時候，我也被警總約談過幾次，但我真的什麼都不知道，所以就被放回來了。」T3老師臉色轉為嚴肅說：「至於T的事，我都是事後和他碰面時聽他敘述才知道的。有好幾次，我很想為他向學校陳情，希望他不要辭去教職，但是T總是說：『這種事情，牽涉到一個人就夠，不要把大家都賠進去。』，他不希望我為他的事太積極，因為他認為這只會連累到我而已。」

T3老師講到這裡，眼角泛著淚光，他語調有些激動地說：「這些年來，我常在想，像T這樣的老師，才真正稱得上是歷史的勇者，而我就像是漢娜·鄂蘭《平庸的邪惡》（Banality of Evil）書中的平凡人，缺乏對抗社會不正義的勇氣，我只是被這個時代的洪流推著在走而已。放眼看這個世界，大多數的人們在歷史的潮浪中沉浮，但卻任由一個又一個的受難者淹沒在這一波

波的滔天巨浪中。可是T這樣的人，就像是一首詩一般，永遠撫慰並提醒著我，記得所有發生過的苦難！」

不知道如何安慰T3老師，今天的探訪似乎讓他整個衰老很多，但我實在想不出任何言辭來寬慰他，只得說：「老師，謝謝您！今天我知道了好多我一直不知道的事。而且我會將這件事轉告給另外兩位同學，讓他們不再自責與受這件事折磨，因為他們一直以為是他們的自白書害了T老師。」

「他們以為是他們的自白書害了T？恐怕不是的。真正出賣T的另有其人啊！」T3老師頓了一頓，似乎在考慮著是否要說：「若不是我已經像現在這樣的風燭殘年，不然我大概都不會再提起這個名字——T2。他才是這個事件的關鍵人物啊！但是，請不要問我為什麼？反正事情已經過去這麼久了，我就不道人之短了。我只能說：當年T2或許得到了他想要的權位，但是到頭來，又有誰躲得過生老病死的輪迴呢？！」

冗長的這一席話讓T3老師略顯疲憊，當護理人員走過來請老師休息時，T3老師似乎還想說些什麼，但是他沙啞的聲音透顯著他的體力已不堪負荷，於是在協助護理人員安頓他休息後，我默默地離開安養中心。步下階梯，站在山腳下，想起幾天前老朋友P2來電說他在醫院遇到T2老師。看來，我必須再去拜訪T2老師了。

六

　　回到學校，我馬上打電話給P2：「P2，我要問你，你之前曾跟我說你在醫院碰到T2老師，你那時候有沒有留下T2老師的聯絡方式？」

　　「T2老師？P，你是說你要找T2老師？」P2接到我電話還一頭霧水。

　　「是的，這幾天我遇到了P1和T3老師，聽到一些以前不知道的訊息，我想親自再去拜訪一下T2老師，或許他可以澄清我的一些疑問。」我開門見山地說。

　　「P1？你說你遇到P1？哇，好久沒見他了，他現在在哪裡？自從你和他發生那件事情以來，我們大家就都沒了他的消息了，你怎麼遇到他的？」P2聽到我遇見P1也非常高興，顯然有點語無倫次了。

　　「我昨天到台南K大學附近閒逛，結果我在以前那家我們常聚會的咖啡店遇到他，他現在是這家咖啡店的老闆了。」我快速地交代一下遇見P1的情形，就把話題轉回來：「我要問你，你有沒有T2老師的聯絡方式？」

　　「P，你搞錯了，不是我碰到T2老師，是P4在醫院遇到他的。」P2略顯抱歉地說：「要不你打電話問看看P4。啊，可是P4上週出國了，現在還沒回來，等下週他回國了，您再問他看看

吧。」

「好吧，也只好這樣了。」我難掩失望的口氣。

P2現在已經是新竹科學園區某一家上市科技大廠的資深工程師了，但他還是不改大學時期邏輯思維縝密的習慣，他聽我滿是失望的語調，突然問我：「P啊，你現在問起T2老師，是不是跟當年的T老師辭職那件事有關？」

「好你個P2，思慮還是這麼厲害。這幾天我的確得到不少新消息，讓我重新拼湊出當年事件的新樣貌。我相信T老師的離職可能與我有關，但現在還不太能確定，我需要找到T2老師，問清楚當年的某些關鍵因素。」我回答。

「嗯，讓我想想看，能不能幫得上忙？」P2低吟了幾秒鐘突然大叫：「對了，對了，T2老師是因為癌症去醫院的，我聽P4說他要住院治療。雖然這是幾週前的事，但是他可能還在住院也說不定，你要不要去T醫院問看看？」

「有道理，現在也只能這樣了。P2，謝謝了，改天再找你聚聚。」我掛上了電話。

掛上電話，門口傳來敲門聲：「叩～叩～叩～」

「請進！」我隨口回應。

研究室的門打開來，原來是PK。

兩個人靜默了幾秒鐘，似乎兩個人都不知道該如何起頭？二十多年的朋友了，原來兩個人心裡卻各自都隱藏著一段不想讓對方知道的祕密。今天早上雖然在電話中把往事談開了，但是這樣面對面地要談話，似乎中間還卡著什麼關節，突然變得不知道該如何對話了。

我打破沉默先開口問：「PK，有什麼事嗎？」

這似乎不是二十多年的老朋友之間見面的開場，PK好像感受到了這份尷尬，他略顯不安地說：「沒什麼事啦，就是過來看看你回學校了沒？」

這下子我也意識到自己口氣上的不友善了，我趕緊調整了語調：「PK，抱歉！我還沒有從這幾天的情緒起伏中回復。事實上，我很感謝你在電話中告訴我的事，它解決了我這十多年來的困惑。」

「別這麼說，這件事我放在心裡十多年了，一直找不到機會跟你說。我想讓你知道，當年我並不是要出賣你或P1，只是要告訴教官他們事情的真相，因為根本就沒有所謂的陰謀，也沒有人是故意要毀損黨旗。可是他們不相信，只是緊緊地咬住一定有幕後主謀，要我們招認這個莫虛有的罪名，甚至還對我們的父母施加壓力。」PK更顯不安地說。

「PK，今天早上跟你講完電話後，我馬上就去拜訪T3老師。其實就像你說的，當時學校教官的目的根本不是我們三個學生，而是希望藉由我們的事情，把T老師拖下水，甚至要利用我們去誣陷T老師。這本來就不是當時還是學生的我們能應付得了的，所以你不要再自責了。」爲了寬解PK的不安，我轉述了T3老師的話。

我想PK來找我，應該不是只爲了再解釋這段往事，我問他：「對了，你來找我是不是有什麼事啊？」

「是啊，我是來跟你說學校現在對你的處置。」PK繼續說：「早上我不是跟你說過，現在學校的行政高層及一些老師，都認爲你平常在學校裡散布反動思想、鼓動學生走上街頭抗議、甚至有可能在策劃一些不利於學校發展的不法事情，像這次學生的自殺事件和它後續的網路傳播效應，他們就認爲是你策劃、鼓動或暗中支持。剛才我就聽主任提到這件事，學校好像已經把你提報到『教師評議委員會』，準備對你進行懲處，所以我就過來看看，看你是不是回學校了，順便告訴你這個消息。」

「PK，謝謝你專程告訴我這些消息，其實我心裡有數，我知道學校一定會想辦法對付我，果然現在他們就開始出手了。」我把幾天前我在校長室跟校長、教務長和學務長說的話，重申一遍給PK：「幾天前我爲了S跟校長、教務長和學務長爭吵，我不能容許他們爲了所謂的學校利益或形象，去犧牲任何一個學生的權益。這樣草率地把一個學生退學，是很有可能毀了這個學生的求學機會甚至未來的人生發展的。所以我告訴校長他們，我一定

會為S這個學生的權益爭取到底，甚至不惜公布N大學這些年為求招生和提高形象，各種造假偽善的醜事。我想我應該激怒了學校這群行政高層了吧，所以現在他們急欲對付我也不是什麼意外的事。」

「原來是這樣，難怪這個案子會發展得這麼快，我還在想你到底得罪了他們什麼地方？要知道『教師評議委員會』的懲處嚴重性，是可以把你解聘的啊。」PK關心地說：「那這兩天你到底去哪裡？他們這麼快速地在羅織你的罪名，可是你卻一直都沒有出面反應，這樣對你非常不利。

「我就去了一趟屏東，我去找S和他的家人，我想親自向他們說明學校的處理有違程序，是故意要讓S揹黑鍋，然後我也跟他們說我一定會為S爭取權益，請他們放心。」我大略地說了屏東之行的內容。

「你請S的家人放心？你怎麼這麼有信心啊？你不知道你面對的是一個巨大的學校官僚制度嗎？」PK有些焦急地說：「而且，現在你也是自身難保啊，你怎麼去幫S爭取權益啊？」

「再看看吧！我現在要去T醫院，『教師評議委員會』的事以後再說，反正學校也還沒正式通知我。這兩天如果還有什麼最新的消息，再麻煩你跟我講。」我急著要趕去醫院看T2老師是否仍住院。

「對啊，這幾天你到在忙什麼？我看你不只是為了S退學的

事在忙，好像還有其他的事，我看你對自己的事也好像都不怎麼關心？」PK還是很關心我的狀況：「還有，你要去醫院，難道你生病了嗎？嚴重嗎？」

「沒有，我沒有生病。我是聽說T2老師生病住院了，我要去找T2老師問一些事。最近我的確在調查一些往事，就像你和P1的一些訊息，我都是第一次聽到，但是我還是有一些疑問需要釐清。」

「P，這些事都過去這麼久了，你怎麼突然想要去追查呢？雖然我知道的都告訴你了，但是我還是勸你不要太執著了，有些事就讓它過去吧！」PK不安地說。

「PK，謝謝你，我會有分寸的。這件事放在我心裡已經快二十年了，我也不知道最近所有的事情和記憶全都兜在一起，好像它們push我一直往前走，停不下腳步。尤其是對T老師，我有一種預感：如果我順著這些線索找下去，我好像可以再見到他。」向PK道謝後，我又趕往了T醫院。

步出捷運站，來到T醫院大樓的一樓大廳，心想著：我不知道T2老師住在那間病房，甚至不確定他是不是還住在T醫院，這樣貿然地來到T醫院，也不知道如何開始？

信步走到大廳角落的查詢電腦處，看看是否有什麼查詢功能可以派上用場。就在我把電腦查詢功能翻看一遍仍毫無頭緒之際，一位志工朋友走過來出聲問道：「你是要查什麼資料嗎？需

不需要我幫忙？」

「太好了，我正好有問題。請問我要如何查詢住院病人的病房？」我像是遇到救星般地問道。

「查詢病人病房喔，因為要保障病患隱私的原因，這在電腦上是查不到的。你可以到那邊的服務櫃台，直接問服務人員，如果這位病患沒有要求保密不開放訪客探訪的話，應該都可以查得到。」志工很親切地回答。

「太好了，謝謝您！」我依他指引的方向到服務櫃台詢問，果然馬上查詢到T2老師的病房。

依著病房號搭電梯來到10樓，找到T2老師的病房，是一間兩人房的病房。我放輕腳步走進去，看到A床的患者正躺在病床上休息，床邊有一位歐巴桑也坐在看護椅上閉目養神。不敢驚擾他們，只是找尋患者姓名，果然是T2老師，但是眼前這位患者削瘦的臉形讓我幾乎認不出，他真的是T2老師嗎？正遲疑著要不要出聲詢問，患者和歐巴桑都同時睜開眼睛看著我，眼神中同樣透顯著「你要找誰？」的疑問。

「請問是T2老師嗎？」我大著膽子問。

「我就是，請問您是？」這位患者回答。要不是他出聲回應了我的詢問，約略讓我聽得出來是當年T2老師的聲音，不然我真不敢相信眼前這位骨瘦如柴的患者就是T2老師。

「老師，我是您以前在K大學的學生，我是P，不知道老師還記不記得？」我突然想到這樣貿然到醫院病房探訪，而且我還沒有準備任何探望的禮品，自知非常失禮，但也只能硬著頭皮開口了。

「P？您是哲學系的學生嗎？」T2老師似乎還想不起來我是誰。

「老師，其實我是社會系的學生，可是當年我修了不少哲學系的課，所以認得老師您。」我看T2老師不記得我了，只好攀親帶故地套交情。

「原來是社會系的學生，難怪我沒有什麼印象。」T2老師雖然還是記不得我，但他似乎因為有以前的學生來探望他而顯得有些高興：「你怎麼知道我生病住院來看我？」

「老師，您還記幾個禮拜前遇見的以前學生P4嗎？」我嘗試著再拉近一些關係：「我跟他是同一屆的，我們在大學時候經常一起在哲學系出現，也常辦很多哲學讀書會的，您還記得嗎？」

「P4，是啊，我上次來醫院檢查時是遇到他了，哦，你們是同學。」T2老師停頓了一下，突然像是想起我是誰似地驚叫出來：「啊，你是P！」

「對，我是P，老師，您想起來了。」我看T2老師應該記得我是誰了。

「P，你今天來找我是爲什麼呢？」T2老師的眼裡顯露出一種很奇怪的神情，像是有些興奮，但更摻雜著一絲畏懼。

「老師，前幾天我聽P4說您住院了，我今天特地來探望您的。」我仍然禮貌地問候。

「謝謝你，還讓你專程來看我。」T2老師聽我這樣說，臉色略爲放鬆了一些，但是他仍神情落寞地說：「其實我知道我這是肺腺癌末期，現在也只是過一天算一天罷了。」

我不知道T2老師爲什麼突然跟我說他的病情，一時間不知道該怎麼安慰他，可是他卻繼續說：「P，今天你來找我，我真的很高興，我想這是上天的安排，讓我有機會爲當年的事懺悔。」

「這件事積壓在我心裡已經非常多年了，這是我這輩子唯一的污點，洗不掉也忘不了，今天終於可以把它完全講出來了。」T2老師不理會我已經驚訝到不行的表情，繼續說道：「當年我利用了你和一些學生的過失，把它轉嫁給T老師，害他丟了教職、離開了學術界，只是因爲妒忌他的才能及受學生的愛戴。」

「老師，過去的事都過去了，您不要太自責。或許以後有機會我們再慢慢聊，現在你生病住院，要安心休養才是。」我見T2老師懺悔告白，心裡實在不忍。

「P啊，我記得你，因爲我曾經用你的名字脅迫過一位好老師。今天我一定要把事情全部經過告訴你，不然我不知道下次是

不是還有機會了？咳～咳～咳～」T2老師情緒激動而突然咳嗽不已，一旁的看護歐巴桑見狀趕忙過來拍背安撫。等T2老師咳嗽稍緩，他慢慢地抬起頭來看著我說：「P，你知道T老師是被我逼走的嗎？」。

　　「那一年，教官室通知了哲學系和社會系的主任，說是要商議三位犯了校規的學生，就是你和P1、PK三個人。第一次的協調會議，我們主任T1沒空，就派我代理去開會。那一次會議中，總教官B非常生氣地說：『這三個私自闖入教官室破壞黨旗的學生一定要嚴辦，光依校規記過還不行，必須到警察局報案處理，如果再不服管教，就匯報到黨部，請警備總部派人協助處理。』，不過社會系主任T4特別為你們說情：『三個學生年輕氣盛不懂事，我們不要跟他們太計較，依校規送學生獎懲委員會記過處分就行了，不必再通知警察了吧！』，但是那時我不知道是被什麼鬼迷了心竅，一聽這件事可能鬧大到警備總部，突然就說：『三個學生怎麼可能會想到破壞黨旗，這幕後不可能沒有人主使吧？』，總教官B非常認同我的看法說：『對，這幕後一定還有主使者，T2老師，你知道誰最有可能？』，當時我第一個想到的名字就是T老師，結果總教官B一拍大腿說：『對，一定是他！我早就懷疑這個T老師根本就是叛亂分子了。』然後他從抽屜裡拿出一份公文，上面寫的是T老師在警備總部即將羈押期滿回到學校，未來請K大學教官室配合監控此人，總教官B說：『雖然這個T老師嫌疑最大，但是我們手上沒有什麼證據可以證明，而且這個T老師非常狡猾，你們看，就連警備總部都拿他沒輒，前一陣因為有人檢舉他鼓動野百合學運，就抓了他去審訊，結果也一樣找不到什麼實質證據，現在就快要放他回來了。』，

這時我想到一個辦法，那就是從這三個學生入手，要這三個學生各自都寫一份自白書，共同指證T老師才是破壞教官室黨旗的主謀。這樣不僅解決了這次毀損黨旗的案子，而且也為警備總部收集了更多的證明文件。總教官B聽了我的建議非常高興地說：『對，沒錯！像前一陣子也有一個學生拿來一本馬克思的《資本論》，說是這個T老師私下帶學生讀書會在看的書。我們就是要多蒐集這類的證據才行。T2老師，你很不錯啊，反應很快而且思想忠誠正確，哲學系就應該是你這樣的老師當系主任才對，將來我一定要提報學校高層，推薦你當哲學系主任。』當時的我聽到這些話，整個人輕飄飄的，就像是看到了步步高昇的機會一樣，於是我也自告奮勇地說：『我也可以從哲學系的角度，由我提出一份T老師在系裡面從事不法活動的檢舉書信，說明他如何透過各種讀書會及上課的機會洗腦學生反對國家和黨。』當時總教官B贊同地說：『對，就是從老師和學生兩方面雙管齊下，讓這個T老師百口莫辯。』就這樣，我們一步一步地想好如何坐實T老師罪名的步驟。」T2老師漲紅著臉，一口氣說出當年的情況。

「原來當年教官說有兩個人指證T老師，除了P1是受他父母脅迫而簽下自白書外，我一直想不出來另一個人到底是誰？原先我以為是PK，到現在我才知道原來是你。」我突然豁然開朗。

「是的，是我！」T2老師的眼神裡充滿懊悔，他繼續說：「我的罪過還不止於此。當年T老師被警總釋放回到學校，立即被校長和總教官叫到校長室，他們的想法就是要利用這兩份指證文件，驅逐他離開K大學，但是T老師真的很強悍，完全不為所動。直到我奉校長命令私下去勸T老師，T老師才鬆口答應。」

「怎麼可能？T老師這麼厲害的思辨能力，怎麼可能三言兩語就被你說服了？」我不敢置信地說。

　　「這就是今天我爲什麼要向你懺悔的原因啊！」T2老師說：「那時，你們三個人，只有你最倔強，不僅沒寫自白書，就連休學都沒辦，便直接在學校消失不見了。我向T老師說的就是你，P，就是你。我跟他說：『如果你不讓步，學校找不到這件事的主謀者，那就會將矛頭指向你們三個學生，尤其是P，他完全不認罪就搞失蹤，最有可能成爲這件事的代罪羔羊。而且，破壞黨旗這種事可大可小，最輕的處分都可能是退學，更不要說嚴重的話還可能變成一樁白色恐怖案件。』T老師聽了我這番說辭，他想了很久，終於輕輕地說了一句：『不能讓P背負這麼重的壓力與罪責。』然後他就決定擔起這樁黨旗案的責任，並向學校遞出了辭呈。後來，聽說在學校的『教師評議委員會』裡，面對學校向他提出的指責，他也都沒有反駁，最後當然就是解聘了他的教職。」

　　我完全不敢相信自己的耳朵，原來當年我才是讓T老師離開K大學的主要原因，這些年來我不知道T老師到底去了哪裡？因爲我從來就不敢去追查他的下落，但是，今天我突然萬分懊悔，懊悔我爲什麼沒有去找尋T老師，因爲我今天才知道，我實在欠T老師一句「謝謝您！謝謝您暗中保護了我，讓我不受傷害，讓我可以繼續求學跟成長。」

　　離開了T醫院，我恍恍忽忽地搭上捷運，一路上頭腦完全空白，也不記得是如何回到家的，到了家倒頭就睡，似乎是要把這

七

　　這一覺竟然睡了一天一夜，老婆PW看我有些失常，也不敢叫我，就任由我一直昏睡著。直到第二天晚上，我慢慢地清醒，躺在床上回想和T2老師道別前的對話。

　　「老師，你知道現在T老師在哪裡嗎？我想去看看他，向他說一說我對他的感謝。」我問。

　　「其實我也一直在關注他的動向，聽說這幾年他在台南的一處鄉間務農，確切地點我也不清楚，大約就在關廟那一帶，或許你可以去那裡再探聽看看。」T2老師回答。

　　我霍然從床上坐起，我決定再去一趟台南，我一定要找到T老師。

　　老婆PW聽到我起床的聲音，走進臥室看見我在整理行裝，奇怪地問道：「咦，剛起床就要出門啊？」

　　我把這幾天的經歷告訴PW並說：「老婆，我要再去一趟台南找T老師。」

　　「P，不是我要勸你，而是這件事已經過去二十年了，現在再去找T老師還有意義嗎？再說了，搞不好T老師早就不在了，你去了也不一定找得到？」PW不解地問。

「當年我差點被學校退學，全靠著T老師一個人擔起所有責任，才讓我沒事。這件事我以前不知道，所以拖了二十年都沒向老師說謝謝，現在我知道了，我怎麼可以再假裝沒這回事呢？」我必須讓妻子了解我的心情。

　　「你這個人就是這麼固執，有時候真的覺得你很難相處。」PW想起一件舊事繼續說：「像上次我爸爸找你合作到大陸開拓連鎖補習班的事，就被你一口回絕，害我爸很沒面子。」

　　「老婆，你也知道我很討厭補習班這行業，上次岳父找我談這事，事先也沒先問我的想法，直接找了幾個大陸補習業者來我們家，說是聚會吃飯，可是他們一到家裡，談的全都是到大陸開設英文補習班有多賺、還說大陸的一線城市競爭太激烈了，這樣的連鎖補習班，就要開在二、三線城市才有市場，因為這些二、三線城市的長家和學生比較好騙。天啊，這些人滿口的生意經，完全沒有真正的教育理念和教學的熱忱，為的只是賺錢、賺錢和賺錢。你叫我怎麼跟他們談得下去，我沒有下逐客令就已經很客氣了，你還要我怎樣呢？」提及這件事我心裡還是很不舒服。

　　「可是你也不用把他們罵得狗血淋頭的，那時候我爸的臉色說有多難看就有多難看。」PW也有點生氣了。

　　「老婆，那時候我看在岳父的面子上，本來也打算悶不吭聲的，可是他們愈講愈高興，甚至還要找我去大陸巡迴講座，說是要我這個名教授博士坐鎮，教教每個城市據點的講師，如何提高英語教學技巧、托福考試分數和擴大招生門面。這下子，我就不

能不說話了。我只好跟岳父直接講：『我對英語教學不在行也沒興趣，各位千萬不要把我也算進去你們的計畫裡。』這句話也不算不客氣啊？」我看看PW的臉色，繼續說：「我知道你們家在大陸有許多投資，就算這個補習班計畫沒實施，我想也沒有那麼要緊，我不知道事後為什麼岳父會那麼生氣？」

「你真的什麼都不知道？我爸是為了你才去搞這個計畫的。」PW不服氣地說：「你不是常常在說你們N大學越來越糟糕嗎？搞不好過幾年學校還會撐不下去會倒閉？更不要說你們校長根本就是董事會的應聲蟲，什麼事都聽董事會，滿腦子只想著招生、招生、招生。你常常在講這些，連我爸都知道了。我爸就是怕你以後沒工作，才會這麼用心地為你鋪路。你還不懂得感恩！」

「你爸為什麼會知道？還不是你回家講的。而且，我也沒有拜託他幫我啊。」我也很無奈地說：「老婆，我知道你們是為我擔心。但是，我真的不需要岳父的幫忙，以後請他不要這麼麻煩。」

「天啊，想得美咧！經過上次那件事，你把他的朋友都得罪光了，我爸怎麼還敢幫你。」PW有點酸酸地說。

「好了啦，老婆大人請息怒，我也沒說岳父對我不好，只是這種事情我真的不喜歡，您知道的啊！」我趕快跟老婆PW求和。

「好啦，你的個性我也知道，不然當初也不可能嫁給你。」PW說：「當年我還是大學生，你也是剛拿到博士學位的年輕教授，但是我聽你上課的樣子，真的好有魅力。或許就是你的教育理念和教學熱情打動我的，所以我現在也沒有想要改變你啊，你就做自己就好了，只是不要那麼固執，講話不要那麼直接就好了。」

「是的，老婆大人！」我趕緊答應老婆PW。

翌日一大早離開家門，再度搭車南下屏東，先把已經修好的車「贖」回來，再開車從屏東開往台南，導航系統指引著我從高速公路交流道下來，繼續循著往關廟的方向前進。一個多小時後，我在關廟國中的門口停下來，眼看著日頭已經偏西，我突然不知道接下來該往哪裡去？

展開Google地圖，我如何能在這幅員遼闊的關廟找到T老師呢？

索性把車子停在路邊，漫無目的地走在這鄉間的小路上。迎面而來一陣南部鄉下特有的微風，那不帶一絲塵囂氣息的清風拂面而來，頓覺身心都得到了抒解。閉上雙眼，我細細地體會鄉間特有的寧靜。不遠處的鳥鳴與樹梢新葉的摩擦聲，伴著徐徐而來的清風低吟，使我體會到真正的寧靜並非全然的寂靜無聲，而是那份遠離世俗、貼近大自然的心境。

慢慢地張開雙眼，一入眼中的就是遠處青翠的山峰與山稜

上緩緩飄動的白雲，再一抬頭望向那無垠的天空深處，我突然明白了為何T老師會退隱到這以鳳梨和藤條著名的關廟鄉。原來它那特有的靈秀之氣，竟是這般地沁人心脾，只覺胸臆之間再也容不下任何抑鬱之氣。再次閉上眼睛，我細細地品味著這寧靜無人但又熱鬧非凡的鄉間一隅。逐漸地，我感到四肢毛孔的敏銳度似乎也漸漸地活絡起來，只感到那夏季午後的輕風，有如一雙無形的手，正撫觸著我的頭髮，它的指間貼著我的臉頰，從我耳後穿過，輕輕地繞過頸項，鼓動著我的衣袖，飄飄然有出塵之致，渾然忘了身置何地。這樣突如其來的感覺，使我全身毛髮似乎都豎了起來，而毛孔下的神經與肌肉，就這麼處於似鬆非鬆、似緊非緊的奇特狀態。「這真是我以往不曾有過的奇妙經驗啊！」就在我意識到這奇妙狀態的同時，所有的感覺卻如朝露在天色乍亮般地突然消失，這「忘我」的境界竟是如此地難以久存啊！

走近一戶農家，在半矮的圍籬上，開展著盛開的紫丁香，淡淡的紫白色花團隨風搖曳，讓現在不知如何找尋T老師的我，聯想到唐代詩人李商隱的一首詩：「芭蕉不展丁香結，同向春風各自愁。」詩中說的未展的芭蕉和糾結的丁香，都是憂愁思念的象徵，所以一般人也把未開的丁香花苞稱之為「丁香結」了。

駐足凝視著丁香花，再聯想到中外國情的不同。同樣的紫丁香，在中國被當成思念的愁思，但在西方，它除了思念之意外，更擁有「天國之花」的美稱，寓意著它的光輝和美麗。美國著名詩人惠特曼不就曾以紫丁香來紀念林肯總統嗎？

〈當去年的紫丁香在庭前綻放〉

當去年的紫丁香在庭前綻放，

而巨星很早在夜晚的西方殞落，

我哀悼，且將隨著週而復始的春天哀悼。

週而復始的春，你總帶給我一式三樣：

年年綻放的紫丁香；

西方殞落的巨星；

以及我對敬愛者的懷想。

遙想當年惠特曼是如何爲林肯的殞世而悲痛，而今的我，也是爲T老師的隱退而慟。想起老師曾在課堂上說起他生平的願望，他說他退休後想覓一處平靜的鄉間，耕一方田、讀一本書，悠遊於天地之間的空白接連處，好好地參透一下自然這部大書。老實說，當年聽老師說這些話時，心裡並不非常認同。大概是因爲我社會學的背景吧，我總覺得老師作爲我們的思想引領者，應該就要繼續帶領我對抗這個已經生病了的不公義社會，怎麼可以輕言退隱到山林田園去養老呢？

如今，看到眼前的這幅自然美景，心裡竟不自覺地浮現出隱居此處的念頭了。這些年來的經歷，讓我體會到人世間不公平、不正義的事情實在太多了，這些災禍有些固然是人爲造成，但是更多的是自然莫名的力量，若眞要一一嚴肅以對，我們又如何能泰然自若呢？如同西漢思想家兼文學家賈誼曾在〈鵬鳥賦〉中說：「且夫天地爲爐兮，造化爲工，陰陽爲炭兮，萬物爲銅。」意思是整個天地就像一個大洪爐，造物主就是它的工匠，祂以陰

陽變化作為炭火，對世間的萬物進行治銅般的淬煉。試想，銅鐵若是有知覺，也必然在這煉獄般的洪爐內，不斷地煎熬與鍛煉，何況是自然中的所有生命體，又是如何痛苦地在磨難中掙扎與翻騰？面對自然萬物的瞬息萬變、世間人事的詭譎複雜、以及茫然不知所措的未知領域，我們除了無奈地靜置於這巨大的洪爐中唱歎「不如歸去，田園將蕪，胡不歸！」之外，我們還能做些什麼呢？

就在我唱歎之際，農舍屋裡走出來一位老人家，看我怔怔地望著這片田園和遠山，他客氣地問：「這位人客，以前沒見過你，你不是本地人吧？怎麼會到我這麼偏僻的地方來？不知道你有什麼事嗎？還是要先進來喝茶？」這麼客氣有禮的探問，顯示出此處連民風都如此淳樸。

「老人家，不好意思，我走路經過您家，看到您家這簇紫丁香開得真好，就不自覺停下來觀賞，造成您的困擾了，不好意思。」我說。

「哪裡的話，人客，你太客氣了。這簇紫丁香已經好幾年沒開花了，今年也不知道怎麼了，突然開花了，而且還開的非常茂盛，剛好讓你看到了，這是緣分啊！」老人家說起自家的花，笑得燦爛無比。

「是啊，真是緣分。」說起緣分，我突然似有所感，脫口就向這位老人家詢問：「老人家，我來這裡是想找一位很久沒見的長輩，但是我沒有他的地址，不知道能不能跟您詢問？」

「人客你那麼客氣幹嘛呢，我是關廟土生土長的人，在這裡生活了七十幾年了，認識的人還真不少，你儘管問沒關係。」老人家回答。

「我想探訪一位T先生，他以前是大學教授，年齡大約是六十多歲。」我忐忑地問這位老人家，彷彿把全部的希望都壓在這次的探問之中了。

「哈哈哈，你講的是T老師啊！我怎麼會不知道呢。」老人家很爽快地說出。

「老人家，您真的認識T老師？」我的心臟就像是要跳出來一樣。

「那還有假的，T老師是我們關廟名人，誰會不認識他呀。」老人家回答。

「太好了，太好了，太好了！」我連說了三聲太好了，高興之情狀溢於滿臉，趕緊再問：「老人家，那你知道他家在哪裡嗎？」

「不急，不急，反正你現在去他家，他也不在。我先跟你講T老師為我們這邊真的做了好多事。」老人家抓著我的手，急切地想告訴我T老師的事情：「T老師是哪一年來我們關廟，我已經不記得了，只知道有一年他來關廟買了一小塊地，蓋了間農舍就他們夫妻兩個人住，也種了一些農作，本來大家對他也沒什麼

印象，他們就默默在那一塊農地上生活。他來關廟住下來之後的隔年，我們關廟鳳梨盛產豐收，可是賣的價格卻大跌，大家都不知道該怎麼辦，因為自古以來農民靠天吃飯，產量差固然血本無歸，但是產量豐，反而又被大盤商人剝削壓低價格。但是那一年T老師主動站出來，先是把大家聚集起來商量對策，提出兩個因應辦法：一是大家協商分批收成出貨，避免自家人削價競爭；二是T老師找農會總幹事一起去拜訪了十多家食品大廠，說服這些大老闆們收購我們的鳳梨，製成各式產品。結果那一年啊，我們關廟鄉的鳳梨不但出現難得的豐收，更難得的是大家都因為這一年的豐收而賺了不少錢。後來T老師又聚集大家，請大家把那年的收入拿一點出來，在本地蓋了三座大型冷藏庫，以作為未來豐收時的貯藏之用，所以那些大盤商都知道低價收購這方式，在我們關廟不管用了，哈哈哈！後來我們大家知道T老師原來是大學教授，大家對他就更尊敬了，地方上不管大小事，大家都會去找他商量。你說，這位T老師是不是我們關廟鄉的大名人啊？」

原來T老師不論到哪裡，都是那麼俠義本色啊！想起當年T老師在讀書會上講解馬克思《資本論》時，曾對當代的市場經濟學有所批判：「理論上有種理想狀態，即任何東西都有其獨特的本質，不可被其他事物取代，故它無法被量化價值，或與其他事物交換。此為本有價值或『內在價值』（Intrinsic Value）。但是人類畢竟還是創造出了一種物品之間的交換原則，就是使用金錢作為中介來整合所有事物的『交換價值』（Exchange Value），即『商品1-金錢-商品2』的模式。換言之，商品1等值於某金錢價格，然後這個金錢價格又等值於商品2，所以商品1與商品2之間就具有相同的交換價值，即這個金錢價格。不過，既

然商品1和商品2有相同的交換價值，那為何需要交換呢？這是因為商品1和商品2的『使用價值』（Use Value）不同，假設商品2的使用價值大於商品1的使用價值，那麼人們就會願意把商品1交換成商品2，即使它們的交換價值一樣都是這個金錢價格。當然，你們可能會想：既然商品2的使用價值大於商品1，那人們怎麼還會認為二個商品之間的交換價值是一樣呢？這是因為使用價值具有雙向性，即對交換商品1和商品2的兩造商人而言，雖然商品1與商品2的交換價值一樣，但它們對雙方商人的使用價值卻不同：對一方而言，商品1的使用價值大於商品2；但對另一方來說，商品2的使用價值反而大於商品1，所以雙方商人才會願意交換商品1和商品2。這就是傳統上我們說的『自由經濟市場』。」

還記得讀書會上有同學提問：「這個市場機制聽起來滿合理啊，那為什麼馬克思要反對呢？」

「問得好！」T習慣性地讚美提問的同學，但接下來才是他想告訴我們的內容：「當資本主義擴張之後，上述的『商品1-金錢-商品2』的模式，卻逐漸異化（alienation）變成了另一種『金錢1-商品-金錢2』模式，也就是說商品本身 變成了中介，雖然它的使用價值不變，但交換價值卻在交易前後改變了，從金錢1變成了金錢2。這下子就出現了問題，因為創造金錢價格的原始目的是作為交換商品時的中介手段，但是現在這個手段卻反客為主變成目的了，而商品本身原先是交換行為的目的，如今卻變成為中介手段而已，所以商業活動不再是為了交換商品，而變成了換算金錢的遊戲。如果你眼光好、運氣佳，那麼在每一次的商品交換過程後，你的金錢2會大於原來的金錢1；但是如果你的眼

光差、運氣又不好呢，那你的金錢2就會小於原來的金錢1。你們說，這不就是人類社會當前眞實的市場經濟模式嗎？！」

「如果這樣的市場經濟模式，眞的只是靠個人的投資眼光，甚至僅僅只是依賴於那個虛無飄渺的運氣，那也就算了，反正對大家都一樣嘛，這是自英國學者亞當‧斯密以來的自由經濟學中所標舉的那隻『看不見的手』，它讓我們相信這個自由的市場會自動平衡所有投資者的資產，因爲它最終總是公平的。但是，事實上卻不是這樣的。在這個市場經濟模式下，其實存在著許多資本家的髒手，他們利用原來已有的資本去操控這個市場，以獲取更大的資本，而讓社會資產逐漸集中於少數人的手裡，造成貧富差距的拉大與社會結構的不穩定。」T老師接著點出了《資本論》的眞正核心想法：「馬克思把這種由金錢1轉變成金錢2所產生的價值落差，稱之爲『剩餘價值』（Surplus Value），換言之，這是這個商品憑空生出來的價值。馬克思《資本論》中的政治經濟學主旨便在於此，他認爲沒有憑空產生的價值，在商品交易前後所產生的剩餘價值，必定有其價值的貢獻者。他說這個價值的貢獻來源就是勞動力，是勞動力讓原本僅具價值金錢1的原料，轉變成後來具有價值金錢2的商品。所以馬克思才會說：『工人才是當代工商業行爲的主角，而非商人或資本家。』」

當時我聽了T老師介紹馬克思的理論後，馬上產生一個想法：雖然工人對商品的生產有價值貢獻，但若沒有資本家出資興建工廠、籌募資金、行銷市場，這些生產貢獻也無從變成剩餘價值？於是當我把這想法提出來時，T老師用讚許的眼光看著我說：「沒錯，如果商品的剩餘價值全歸給工人，那資本家就沒

有利潤了，他又為什要投資呢？這個問題，其實馬克思在《資本論》中並沒有探討到，必須等到馬克思過世近百年後的1941年，才由馬克思的追隨者從馬克思生前的筆記中整理出版的《政治經濟學批判大綱》才有討論。在這本新出版的馬克思遺著中，我們才看到馬克思對勞動力、勞動者和資本家三者之間的關係分析。他認為：勞動力不等於勞動者，否則勞動者就變成奴隸了，而剩餘價值來自勞動者提供的勞動力及資本家提供的資金，所以理論上金錢2與金錢1差距的剩餘價值應由勞動者與資本家依其貢獻程度共有才是，但馬克思在當時就已經看出了資本主義發展到最後，必然是由提供資本的資本家拿走了全部剩餘價值，僅付出一小部分給勞動者作為其提供勞動力的酬勞，而且勞動者在這套假託自由經濟市場的原則下，又沒有足夠的自由與談判籌碼，最後自然就淪為被剝削的對象，除非勞動者團結起來一起對抗資本家。」

「這不就是馬克思在1844年《共產黨宣言》裡宣稱這是一場工人與資本家之間的階級鬥爭嗎？」我插嘴地說。

T老師當時笑著對我說：「是啊，這就是馬克思最後所主張的工人階級革命。」不過，T老師隨即意味深長地說：「話說到這裡，你們想想看，馬克思百年前對資本主義的發展預估與批判，您們覺得是正確的嗎？其實整個二十世紀的經濟發展，一直圍繞在資本主義和共產主義之間的競爭，其結果是產生一個有趣的妥協產物，也就是讓市場自由競爭之餘，又加以反壟斷法規的限制；讓資本家擴大經營資本，但又允許工人組織工會以抗衡資方；社會薪資結構雖然仍由供需機制決定高低，但又立法保障基

本薪資所得；這些妥協的結果，好像一一印證了馬克思的憂慮，但又似乎慢慢地得到另一種可能決解管道，而非如馬克思所說的『階級之間的革命』那樣的激烈。」

　　T老師仍舊是以哲學的思維來看待這部影響人類近百年發展的社會學巨著，因為他一直教導我們的，就是「保持思考！」，不因當代的政治威權而屈從，但也不會為了反對威權而濫用另一權威，關鍵仍在於讓自己保持思考的習慣。

　　想到這裡，現在的T老師雖然離開了教職，無法再嘉惠年輕學生這些全新的經濟學主張，但是他在台南這個偏僻的鄉間，卻真實地實踐了他的理念。這更讓我迫切地想再見見這位昔日的恩師。於是我央請老人家帶我去拜訪T老師，老人家哈哈一笑地說：「有這麼急嗎？好啦，我帶你去他家看看，我也大半年沒見到他了，順便去看一下。」

　　我跟著老人家的步伐，繞過他家的屋舍，直接走進滿是鳳梨的田裡，彎彎曲曲地沿著田埂小徑，頂著逐漸西沉的太陽，我們默默地走了好長的一大段路。最後在我揮汗如雨、氣喘吁吁的狼狽情況下，只見老人家臉不紅、氣不喘地轉過頭來看著我，手指著不遠處正在彎腰為新長出來的鳳梨叢戴上遮陽小帽的老婦人，說：「這裡就是T老師家的鳳梨田，在那裡工作的就是他太太了。」

　　TW師母，十多年前只在T老師研究室裡看過一次，印象中也是一位不讓鬚眉的女律師。也只有在一次的聚會裡，我唯一一

次看到T老師對師母溫柔的那一面。那個畫面至今仍深深印在我腦海裡——師母從法律條文的不公平，談著被剝削迫害的底層童工，他們沒有能力改善他們的生活、更沒有機會接受教育來轉翻脫離他們的階層，而老師則默默地在一旁用深情的眼神注視著師母。

如今，相隔了近二十年，在這一處滿是鳳梨的旱田裡，我終於再次看到師母，不知怎地，眼淚突然禁不住地滴落下來，像雨滴般地落在乾枯的旱地上，一點一點地在這片土地上印畫出濕潤的痕跡。

八

　　走近輕喊了一聲「師母！」，引得師母抬頭望向我，神色似乎有些驚訝，但卻又像是看到熟悉的親人，儘管兩個人相視無言，也完全沒有任何人居中引介，可是師母溫馨的笑容，就像這一幕相見的畫面，老早就已經在她的腦海裡排練許多次一樣，熟悉得毋須再有多餘的言語來表達了。

　　「你來得正好，快下雨了，這片鳳梨還有一小半工作未完成，幫我一下忙，趕在下雨前做完。」師母隨口輕鬆交代的口吻，彷彿我就是她的孩子一樣的自然。

　　二話不說，我向帶我來的老人家揮揮手道謝，見他向師母高喊：「我先回去了，改天再來看Ｔ老師！」說完他就循原路又慢慢地走了回去。

　　我撩起褲管、捲起袖子，走進鳳梨田裡，學著師母的模樣與手式，一頂一頂地為鳳梨戴上小黃帽。直到工作完成了，師母才開口說：「喔，做完了，我們趕快回去吧，趁下雨前回家。」

　　旱地裡逐漸有了雨水滴落的痕跡，點點滴滴快速地布滿大地，我和師母坐在她家農舍的雨簷下，耳中聽著雨滴敲打屋瓦的聲響，口裡喝著師母新煮的老茶。師母手裡拿著茶杯，和藹地看著我，眼裡滿是慈祥的關愛，我原來有許多想講的話，卻被這滂沱浩大的雨勢壓迫著無法說出口，只是焦急地用眼神向師母探問：往日那位我最敬重的恩師怎麼還未出現？喜幸師母似乎洞悉

了我的焦慮，從屋裡拿出一本相簿，翻開第一頁，就看到我熟悉的那個身影——T老師。相片中的老師除了兩鬢微白之外，依舊與我記憶中那個帶點邋遢但又深具讀書人氣質的T老師一樣，衣服洗得泛黃而顯得破舊、頭髮有些散亂但鬍子刮得很乾淨、四方的臉上戴著一副深度數的眼鏡。若不是對老師的穿著習慣早已熟知，還以為老師是因為務農的關係才顯得這樣邋遢破舊。也因為這樣，老師的邋遢形象一如以往地並不會讓人有不適感，相反地，反而有一種平實的親切感。或許是因為他的眼神吧，他的眼神中總是透顯著一種和煦的光芒，總是讓我感到明亮和溫暖。

打破沉默，我慢慢地探問：「師母，對不起，過了這麼久才來拜訪您們，但是不知道老師是否在家？」我的聲音在大雨中顯得那樣地微弱。

師母的靜默讓我有一種不祥的預感，果然，師母說出了一句讓我晴天霹靂的話：「P，你來晚了，T他上個月走了。」我驚訝得說不出話來，恍忽之間，我好像又聽到T老師爽朗的笑聲，哈哈哈地衝破層層的雨勢，仍是我記憶中的那股響徹雲霄的氣概。

「上個月，T從田裡工作完回家，坐在客廳藤椅上休息，我在廚房忙著煮晚飯，等我煮好晚飯要叫他時，發現他已經在藤椅上走了，後來醫生說是心肌梗塞，走得很突然，但也很安祥。」師母很平靜地敘述老師走時的情景：「奇怪的是，在他走之前的幾個月，他常常跟我說：有一天會有一個他以前教過的學生P，會來找他，如果他不在，他叫我一定要好好招呼你。所以，今天我一見到你，我就知道你是P，也知道你是來找T的。」

「老師知道我會來？」我奇怪地問道。

「我也不曉得他為什麼會有這樣的預感？但這十多年來，我知道他一直在等你。」師母幽幽地說出這幾年老師的心情：「我非常清楚當年T是怎麼離開K大學的，他自願放棄申訴的機會，為的就是你們這幾個學生，尤其是你啊，P。你知道嗎？」

「師母，我知道。我知道老師是在受陷害與委曲的情形下離開K大學的，而且我也知道老師是為了我才屈服於學校的壓迫而離開教職的。」我已經止不住我眼中的淚水，我把憋著的一股氣全都說了出來：「前兩天我遇見了T2老師，師母您還記得他嗎？他把當年的事都告訴我了。他說老師就是被學校教官和黨工陷害的，而且他也非常後悔當年為了系主任的職務而出賣了老師，他一直很自責。最重要的是，T2老師說了一件我一直不知道的內情。那就是當年老師是為了保護我們這群學生，才放棄了跟學校抗辯的機會，我以前不知道，也一直不敢來找老師，直到前幾天T2老師跟我說出這段隱藏多年的祕辛，我才知道老師他為我們犧牲這麼多。師母，對不起，我來晚了，這麼多年來一直讓老師默默地在忍受這些屈辱，真的對不起！」

看著我滿面自責的淚水，師母趕緊說：「P啊，你在說什麼呀。你們老師他從來就不覺得這是屈辱啊，你不需要這樣自責的。」師母臉上始終還是那麼溫暖的笑容，她緩緩地安慰我：「P，你知道嗎？在那個年代裡，又有幾個人是可以真正做自己的呢？整個制度、整個社會、整個文化、整個輿論，無一不是在造作一個巨大的外在情勢，迫使每一個人都必須跟著既定的腳步

和模式走。要反抗這一整套的外在環境，不僅需要智慧，還必須有強大的勇氣，所以我沒有怪你的意思啊。你們老師生前也常跟我談起這件事，他總是說：『任何一個人，包括學校教官、國民黨黨工、甚至是警備總部的那些官員和警察，其實他們都是在這套運作機器下的小螺絲而已，有些人是爲保住自己的官位，有些人是向上級邀功，更有些人是把這套價值模式內化爲自己的道德觀，而認爲自己是在執行正義原則。但是，他們其實並不知道自己到底在做什麼啊？』他身爲當事人都這樣地看得豁達了，你說我們還能怪誰呢？」聽師母轉述老師生前的想法，讓我更加內疚，以老師豐富的學問涵養和對生命透徹的豁達，如果這二十年仍繼續留在大學裡教書，不知能造福多少學子，可是卻爲了我中斷了他的教職生涯。

「你剛才提到T2老師，雖然當年我也識得他，但是我不明白爲什麼他會爲了T離職的事自責。你說他出賣了T，這是怎麼回事？我好像沒有聽T說過這事。」師母突然問起。

我把這幾天來的境遇告訴師母，並轉述了T2老師的說辭：「我聽T2老師說，因爲他當年忌妒老師很受學生愛戴，加上他受到總教官以系主任的職缺誘惑，蒐集了一些老師在課堂上或讀書會裡的談論和資料，提供給教官和警備總部，所以才會讓老師被抓，最後更因此離開了學校。」

「原來是這樣。其實T他自己也曾想過，當年他被警備總部約談，一定是有人檢舉告密，這個人一定是系上的老師或學生，或是讀書會的成員，但是他一直不願意去細究，因爲他總不希望

把人性想得那麼邪惡。就像有一次他回家跟我說：『今天我們讀書會發現《資本論》的影印本丟了一本，可能又有人想拿去邀功或檢舉了，所以我們讀書會最近可能要休會一陣子。』至於到底是誰拿走了這本《資本論》書，他根本就不打算追查。因爲他說：『在這個威權統治的年代裡，制度本身就是一種誘因，就算不是這個舉檢者，也會有另一個檢舉者，查不查的，又有什麼關係呢？』」師母這些話讓我想起當年在教官室抽屜裡看到的那本《資本論》，原來至今仍不知道是誰偷拿給教官的。

師母喝一口茶，若有所思地說：「P，你知道嗎？在白色恐怖的時代，曾經有一種『抓匪諜，賺大錢』的職業嗎？」師母看我一臉茫然，就繼續解釋：「在戒嚴時期，白色恐怖案件的法律依據，主要是『動員戡亂時期檢肅匪諜條例』、『懲治叛亂條例』，前者是針對『匪諜』，後者主要是針對內亂罪和外患罪的台灣百姓，就是一般說的『叛亂分子』。值得注意的是，這兩個條例都有對於犯罪者『沒收財產』的規定。例如『懲治叛亂條例』第8條第1項、第2項載明『沒收其全部財產，但應酌留其家屬必需之生活費。前項罪犯未獲案或死亡而罪證明確者，單獨宣告沒收其財產。』；或是在『戡亂時期檢肅匪諜條例』第12條裡也提及『匪諜之財產得依懲治叛亂條例沒收之。』這都是在告訴我們：一個人如果被當成『叛亂分子』或是『匪諜』，那他除了應負的刑事責任外，政府還會把你『抄家』。」

「好可怕，那不就應了『家破人亡』的話了嗎？」我實在無法想像那個威權統治的時代。

師母微微抬頭看著我說：「沒錯啊，正是應了『家破人亡』這句成語。但是，更可怕的是這兩個條例所產生的『職業檢舉人』這個行業。因為政府為了鼓勵民眾檢舉，竟然在『戡亂時期檢肅匪諜條例』第14條裡規定『沒收匪諜之財產，得提百分之三十作告密檢舉人之獎金，百分之三十五作承辦出力人員之獎金及破案費用，其餘解繳國庫。』這是一個龐大無比的誘因，試想如果有一位地主或有錢人，只要他對當時的國民政府有所不滿而被旁人得知，那麼只要有人出面檢舉而定罪，那麼這個地主或有錢人的家產，其中30%就歸檢舉人所有，且相關的員警情治人員也可以分得35%。你想想看，如果檢舉人和情治單位人員聯手貪圖這筆豐厚無比的獎金，在那個司法不獨立的威權時代，這會造成多少可怕的冤獄。這也就難怪當時人人自危，不敢隨意批判時政了。」

我若有所思地說：「可是那已經是白色恐怖時期的事了，當年老師被學校陷害，應該不會是因為這種『檢舉獎金』制度造成的了。而且，我一直不知道，我當年到底犯了什麼嚴重的罪責，如果只是因為我和兩個同學半夜闖進教官室，不小心弄壞了黨旗，大不了告我毀損公物，最嚴重也就是退學，我實在不明白，學校到底用了什麼藉口或罪名，能讓老師為了保護我而受到這麼大的傷害？」

「原來你不知道啊！」師母淡淡地苦笑著，她繼續說道：「當年野百合學運，你們好像有幾個學生去參加，對不對？你是不是在中正廣場上認識了一位清華大學的學生，名字叫廖偉程的人？」

師母的問句喚起我一個已經遺忘了許久的記憶，我驚恐地說出三個字：「叛～亂～犯～？」

　　「你想起來了，那也應該知道這位廖偉程同學後來被控訴是『叛亂犯』的事了。那一年，法務部調查局進入清華大學宿舍逮捕清華大學學生廖偉程，同時也在其他地方同時逮捕台灣大學社會研究所畢業的陳正然、傳教士林銀福和社運人士王秀惠等三人。調查局指稱，這四人因為接受旅居日本的台灣獨立運動者史明的資助，在台灣發展『獨立台灣會』（獨台會）組織，所以將其逮捕。雖然我們現在都知道，事實上他們四人只是拜訪史明並蒐集史料，以及協助獨台會製作並發放台獨文宣、組讀書會研讀史明的《台灣人四百年史》而已，並沒有任何暴力行動。但這四個人在當時還是被指控違反《懲治叛亂條例》而遭到逮捕，就是我們剛才談的『叛亂罪』。」

　　「可是這件事後來不是以『無罪釋放』收場了嗎？當他們被抓之後，很多大學的學生就開始在校園裡串聯罷課，社會各界也都以給予聲援，這件事最荒謬之處就在於：當我們野百合學運獲得當時總統李登輝的肯定，且在隔年5月1日宣布終止『動員戡亂時期』，誰知廖偉程他們四個人竟然在5月9日被逮捕，這不是政府自掌嘴巴嗎？所以立法院在各界抗議的壓力下，迅速地在九天之內三讀通過，正式廢除實行長達42年的『懲治叛亂條例』。這件烏龍事件被稱為是『末代叛亂犯事件』，說的就是在他們四個人之後，台灣不會再有任何人以叛亂為名而被逮捕和定罪了。」我說。

「可是，你說的是事後的結果啊，T那時也不知道會有這樣的結局。」師母娓娓道出當年老師的心情：「所以當學校教官和黨工來找他時，說你與這位廖偉程私下有聯繫，極可能也是史明『獨台會』的成員之一，他們說這是『叛亂罪』。T他馬上就知道這件事的嚴重性，加上你剛才提到的那位T2老師也到家裡來，特別跟他商量學校對你的處置方案，這才讓T他感到很爲難。」

「這從何說起啊？我跟這位廖偉程也只有這一面緣，更不要說我去參加他們獨台會的活動了。」我忍不住地抗議。

「T他最後還是決定讓事情簡單化，只由他一個人擔負起所有責任，讓你不要捲入這場大人世界裡的鬥爭。」師母說出老師當年下決定時的心路歷程：「我還記得T2老師那次來找T，兩個人在書房裡談了很久，T2老師離開後的那兩三天，我看T一直都是眉頭深鎖，好像有一件很爲難的事沒法解決。我跟他結婚這麼多年，很少看到他這個樣子，所以我就問他怎麼了？他才把這些過程和內容都告訴我。他說：『我實在不忍心看著一個人生正要開始起步的孩子，就被這一套荒謬的政治鬥爭給扼殺了。你也知道國民黨這套政治迫害和白色恐怖的手腕，我怕P這孩子熬不過去。可是，我明明已經反駁了警總扣在我頭上的帽子了，現在卻反而必須在學校的教師評議會上認錯，這完全違背我的理念，也不符合我心裡真正的民主程序啊。』那兩三天裡，我就常看他一個人在房子裡踱步與思考，有時還會定格似地看著天空發呆。有一天他突然跟我說：『TW，我們一起回鄉下吧！你不是一直也很嚮往晴耕雨讀的農村生活嗎？我們一起回歸田園吧，好不好？』我看他的神情很認真，當下我就知道他已經下決定了。那

時我心裡想：反正我也厭煩了都會生活裡的虛偽造作，長期看著台灣司法的不公義，我也常自我質疑律師的價值到底在哪裡？所以，我們倆決定放下一切，回到鄉間重新開始我們的第二段生命旅程。」

「師母，我不知道原來老師爲我做這麼大的犧牲，對不起！」T老師爲我所作的犧牲，讓我感受到老師對我的關愛，更讓我深切地內疚。

「P啊，我剛才不是說了嗎？不要說『對不起』。這一切都是緣分啊，如果T沒有離開K大學，我和他也不會有這十多年來的田園生活。我跟T都很喜歡這樣的轉變。」師母說：「這十多年來，我們一起開墾了這片土地，也認識了很多朋友，更重要的是，就像T常說的『腳踏實地與天地萬物和諧共處』，我們對這片大地施以我們的愛心和勞動，而這片土地也回饋給我們豐碩的成果和收穫，一切都是那麼平靜與自然。這樣的生活，是以前一直生活在城市的我們永遠想像不到、也享受不到的啊！現在他雖然走了，但是我還是會在這裡繼續生活下去。」

師母祥和的神情，猶如慈母一般，於是我就靜靜地坐在屋簷下，陪著師母一同聆聽這大自然的雨聲。

九

雨停了，襯著夕陽的餘暉，天空顯現一片瑰麗的色彩。告別師母，走在泥濘的土地上，我嘗試記起下午跟著紫丁香老人家的來時路，但是雨後的大地，竟與午后驕陽下的田園有如此大的變化，我開始意識到我已經迷失在這一大片的鳳梨田裡了。

走累了，索性也放棄要找回原路的念頭了，在田埂旁找一個較為乾淨的石塊坐了下來，將視線移至眼前這片五彩漸層但又逐漸褪色的晚霞，慢慢地欣賞這雨後的夕陽。

這些年一直生活在台北市區，在家庭與學校之間固定往返，我都已經忘了有多少年不曾像今天這樣，靜靜地坐著欣賞這樣絢爛多彩的晚霞。我想起剛才師母提到老師生前常說「腳踏實地與天地萬物和諧共處」這句話，心裡若有所感。記得許多年前，也曾有一次與老師坐在K大學附近的一處三合院的古厝前，那時的夕陽與晚霞也像今天這樣的五彩繽紛，老師當時曾說：「希望將來能找一處像這樣的古厝與田園，寄餘生於自然田野之中。」那時我們幾個學生開玩笑地說：「那我們這群孩子一定要常去找老師，在這片田野裡無拘無束地、像一群動物那樣地跑跑跳跳。」

想起幾天前還在P1開的「動物園咖啡屋」裡暢談少年事，突然有個念頭：那次與T老師在古厝前的對話，P1也在場啊，「動物園咖啡屋」的命名，莫不是從那個想像的情境衍變而來的吧？

是啊，我們這群像動物一般狂野的孩子，那時的雄心壯志、

那時的社會理想、那時的高談闊論、那時的初生之犢，如今也都步入中年了。那時候，「是不是我人生中最美好的時光呢？」靜靜地坐著，我自問著。我想到了N大學這批高層行政主管的嘴臉，口口聲聲說要為N大學求生存，但卻在只求生存的卑微願望下，不斷犧牲教育的品質、學生的權益、教師的尊嚴。現在高等教育的沉淪，雖然不是政治迫害所造成的，但是我們所面對的，卻是一股比政治壓迫更巨大、更無形、也更深入人心的資本社會意識型態，一切教育理念與社會理想，在追求更大利潤的經濟學旗幟下，都已不再重要。我想到了S1的自殺，他不就是因為對這一整套虛偽的教育制度感到徹底絕望才自殺的嗎？我再想到S被退學，我要怎麼做才能為S爭取他的受教權，而不被這種虛假的學校形象所犧牲？

現在的我不禁懷念那段與T老師及讀書會伙伴共同研讀、一起思辨的日子，彷彿那才是我這一生最美好的時光。但是，我隨即想到T老師，雖然老師已經不在了，但我真的很想問老師：「老師，那時候，是不是您人生裡最美好的一段時光呢？還是在那個政治迫害與白色恐怖的時代裡，您期望的是未來所有學子的思想解放？可是如今的教育環境，還是您所期許的未來嗎？」

隨著夕陽西沉，天色暗得很快，在天地交接的縫合處，那一抹逐漸暗淡的深紅與藏青，構築了我眼中灰濛模糊的視野。慢慢地、慢慢地，我彷彿看到一個影子浮現，雖然看不清楚，但是我直覺地感受到這是T老師的身影。

我感到眼眶一陣濕潤，激動地對這個身影說：「老師，我好

想能找你聊聊，就像那一年我們在火車上的聊天，您總是可以那麼輕鬆自在地回答我所有的疑問。」

眼前的身影沒有任何回應，我不死心地再問：「老師，如果您現在還在大學校園裡，難道您不會為現在崩壞的大學教育感嘆嗎？您看看當前的大學教育，哪裡還有一絲一毫的大學理念？您難道不會感嘆大學教育愈來愈像是官僚的科層結構嗎？用量化的評鑑和KPI的績效指標，把大學的經營理念，變成一個又一個數字和商品化，這是您可以接受的嗎？您知道嗎？現在當一個大學老師，一方面要跟進各種官僚體制的規範與標準，讓自己卑微服從得像一個僕役，另一方面又要因應少子化的招生困境，不斷說服自己：教育已經是一個服務業，得要跑業務和行銷才能混口飯吃。老師，您能否告訴我：身處在這樣的大學環境裡，我如何還能挺直腰桿，堅信知識分子的主體性呢？」

眼前的天色完全暗了下來，即使天空中尚有幾點星光，但對剛剛失去光線依賴的眼睛來說，我已經完全陷入了黑暗之中，眼前除了這片漆黑之外，什麼也看不見了。但是，我還是能感受到老師似乎還在我面前，雖然他沒有任何言語和動作，但是我似乎感受到他想傳達些訊息給我。

閉上眼睛，我用心去感受這個來自一片黑暗中的訊息。我突然想起老子《道德經》裡的一段話：「天地不仁，以萬物為芻狗；聖人不仁，以百姓為芻狗。」這是我曾經在老師的研究室裡，我向老師問過的一個疑問：如果天地與聖人不仁，視世間萬物為芻狗，這豈不是說天地與聖人都很殘忍與冷酷，把世間萬物

都當成了草芥與畜牲，而身為天地之間的我們，最終是會與草木同朽的，那我們又何必要崇敬天地和聖人呢？

當時T老師笑笑地說：「P啊，你恐怕誤會老子這句話的意思了。」

「不只是你，其實有許多人也都誤解這句話。所以每當巨大天災降臨的時候，我們就常聽到人們引用老子『天地不仁，以萬物為芻狗』這句話，藉此來譴責天地的不仁慈。可是這並不是老子的原意。」T老師特地為我解釋：「其實這句話的真正意思，是說天地不講仁恩，只是任其自然。因此，上天將萬物看作草和狗，也只是順其自然本性，使萬物各有所用、各本其位，不再特別施加恩惠於萬物而已。萬事萬物都有其自然時序，所以每當人們強自以人為之力改變自然時序的狀態，就會導致環境與生態失衡，而造成『大自然反撲』的巨大天災。可是，你想想看，所謂的『大自然反撲』，其實也不過就是讓自然萬物回歸本有的時序，或重新調整至新的時序而已。所以，老子這句話的全文是『天地不仁，以萬物為芻狗；聖人不仁，以百姓為芻狗。天地之間，其猶橐籥乎！虛而不屈，動而愈出。多言數窮，不如守中。』，它真正的意思就是，人類不管再多的外力加持與環境保育施工或對動物的仁惠，都不如讓自然就保有它原始樣子，因為任何違反自然的人為力量，都只會讓自然更加背離原有的大道啊！」

為什麼我會突然想起老師的這席話？老師您是希望我不要憤怒、不要絕望，即使是現在這樣令人悲傷的大環境，仍應該用最

自然的態度來面對它嗎？

「但是，什麼才是自然的態度呢？」我睜開眼睛衝口而出地問道。

眼前仍舊是這一片的漆黑，於是我又閉上眼睛，從我的思想記憶庫裡，再度搜尋T老師的身影。慢慢地，我心裡浮現出一個非常鮮明的畫面——T老師那一次泡咖啡請我喝時的畫面。

那時T老師一邊把煮好的咖啡從壺裡倒到咖啡杯，一邊爲我介紹咖啡的品種與產地，在他遞給我這杯咖啡時，他突然說：「P啊，咖啡從咖啡壺倒入咖啡杯，這個簡單的動作是否會讓你想到什麼哲學呢？」

「老師，我不懂您的意思耶？」我完全不懂老師要告訴我什麼。

「咖啡壺的本質是什麼？」T老師慣用的哲學問句又出現了，但我不必急著去解答，因爲我知道老師的問句必定配隨著一個有趣的哲學思考，果不其然，老師繼續說道：「咖啡壺作爲一個容器而存在，具有容納作用，而且顯然是壺底和壺壁承擔著容納作用。但有趣的是，當我們裝滿一壺咖啡時，難道我們是在把咖啡注入壺底和壺壁嗎？當然不是，我們是把咖啡倒在壺壁之間、壺底之上這個原本虛空之處，這種虛空才是咖啡壺之爲器皿所具備容納作用的本質，也是這片虛空構築了一個咖啡與我們可以相遇之所。」

T老師看我似懂非懂的樣子，馬上接著再問我：「那我再問，咖啡壺的虛空又是如何能起容納作用呢？」這下子我更迷糊了，老師看我這樣子，微微一笑地說：「容納作用主要來自於這個咖啡壺具備了兩項特質：接納與分享。什麼是接納？就是這個咖啡壺能承受灌注而入的咖啡；什麼是分享？就是它能將自身所承載的咖啡，傾倒出來再饋贈予咖啡杯。因此，咖啡壺的本質，正是在於它能虛心地接納，以及無私地分享。」

　　老實說，那時我並不完全聽懂T老師的喻意，但為何現在我腦海裡會浮現出這段談話內容呢？老師，您是想告訴我什麼嗎？

　　細細想來，這十多年來我一直不斷思索一個古老的哲學問題：我是誰？這也是我第一次在火車上遇見T老師時，他給我的第一個哲學思考問題。但是即使隨著年歲增長，我對這個問題的答案仍然一無所知。雖然我隱隱然地感覺到，作為一個自由人，我應該在輕鬆自在的狀態下、順乎自然地生活著，但是如何才能自自然然地活著，我卻沒有答案，尤其是每當我對這個社會的不公義事感到憤怒時，我更無法輕鬆自在。現在，我對台灣教育的憤怒似乎已累積到了臨界點，我在這片黑暗中不斷地向一個看不見的鬼魂求救與哭喊，可是我腦海裡卻突然浮現出T老師的這段談話，它不斷地在我心裡迴響「虛心地接納，無私地分享」這句話。

　　突然之間，我靈光一閃地出現一個令我汗顏的問句：作為T老師的學生，我讓老師保護了一輩子；但是作為學生的老師，我為我的學生做了什麼事呢？

T老師為了我，為了讓我免於陷入叛亂罪的漩渦中，從他最喜愛的教職工作被迫離開，而讓我有了這二十年來的自由發展與學術生涯。雖然我很幸運地也成為了一個老師，能跟隨T老師的步伐，繼續在大學的殿堂裡，跟眾多的師友們一起教學相長，但是我卻一直不知道，這份幸運是T老師犧牲他的權益換來的結果；而這次S被學校退學的事件，起因還是S受學校威脅，最讓我感到心中不安的是，學校主祕用來威脅S的理由竟然是我，而S為了保護我不被學校追究及被S1家長的起訴，在聽從主祕的要求待在家裡後，反而成為他被退學的原因。

　　我是誰啊？我何德何能值得這麼一位優秀的老師和一位如此善良的學生，為了維護我而犧牲他們自己這一生中最重要的權益？

　　猶記得我在課堂上曾經分享過一部電影〈春風化雨〉，我永遠都記得片末的這一幕畫面：一個原來害羞怯懦的大男孩，在全班均迫於校長威權而低頭不語時，他卻勇敢地站上課桌，大聲地對那位即將被驅離學校的英文教師說：「Captain, my captain!」每次看到此處，我總是為之動容不已。

　　為什麼？為什麼每看至這裡，在我心中總是湧起一陣不能自己的激動？因為，我看到了一幅不屈從於權威的勇者畫像。而造就出這個勇者，使他從自我封閉的心靈，大步走出來的，正是他眼神中流露出無比感激與尊敬目光的焦點——那位啟發他心靈的老師。

我不禁想起一句成語：「頑廉懦立」。雖說，人們總是把教育的目標，冠上「有教無類」、「因材施教」之類的理念，但我總以為這僅能說明教育的方法，並不能真正點出教育的目的。但若真能「使頑者廉，使懦者立」，我想，即使是最偉大的教育家，一生所追求的目標，也不過就是這八個字了。

　　就如〈春風化雨〉電影中那位自詡為船長（Captain）的英文教師所說的：我是為了帶領你們發現自我而來。是的，教育的目的並不僅是為求生存，也不一定要社會化，更不應將學生規格化。教育最單純但也是最原始的目的，或許只是為了幫助我們發現自我，從而適性地發展屬於自己獨特的生命型態。看看那些古往今來的偉大人物，不論是科學家、工程師、藝術家、政治家、或文學家，他們之所以能成就其不凡的人生，固然是因為他們開創某一項特殊才能，或是對人類有卓越的貢獻，但他們卻都有另一項更基本的共通點，那就是他們都真正發現自我的獨特性與重要性。

　　或許，所謂不凡的生命，當它褪去了繁華眩目的外表，其實也不過就是從發現自我、肯定自我、到發展自我的歷程而已。忽略了這點，那麼，人的一生中大多數的時光，就可能都是耗在追隨他人腳步，並且不斷感到挫敗的經驗；但若能體認到自我的獨特性，那麼，每一個人都可以是發明家、創作家、藝術家、詩人、……。教育的目的與功能不就是為了彰顯這樣的獨特性嗎？

　　可惜的是，在目前的教育潮流下，即使連這樣單純而原始的目的都很難達成了。姑且不論政府當局是如何將教育視為國家發

展的工具或籌碼，就連許多身處教育最前線的教師們，都不脫功利或經濟取向的心態。試問，政府每年編列大筆教育預算，果真是爲幫助學子們建立自主人格的定位與發展嗎？每年上萬人擠破頭考教育學程或學分班，以取得合格教師資格，果真是立志要作一個引領學子發現自我的舵手嗎？

捫心自問，當教育淪爲國家或社會經濟發展的人力資源訓練，爲的只是統一規格的教育產品時，我們可曾想到每一個學子都是一個獨立自主的生命體？當教師們不再自詡爲學子的領航員，而只是爲了糊口飯吃時，我們可曾想到有多少學子就在這樣的教育品質下，渡過他一生唯一的一次受教權？

過去曾經有人問過我：看〈春風化雨〉這類老生常談的教育電影，怎麼還會這麼激動？那時我想到的答案是：那是因爲這樣的情節、這樣的老師，似乎只存在於虛構的電影世界裡，正因爲虛構，反而讓我更感傷於現實教育環境的殘酷。

可是今天，我眞眞切切地看到有一位老師，他爲了保護他的學生而犧牲；也有一位學生，爲了顯揚他的老師教他的教育理念而忍辱負重。今天，我終於在眞實的人世間，看到了一位老師、一位學生，在眞實殘酷的教育現場，卻能保有教育最原始的初衷與本質，讓我對他們都投以最尊崇的目光，他們都是我的Captain, my captain！

然而，作爲他的學生及他的老師，我已經接納他們給我的恩德，但是我如何分享出這份恩德給其他人呢？

我想我終於明白「我是誰？」這個問題的答案了。我必須要讓自己承擔得起這份恩德，也須要讓這份恩德從我身上分享出去，這就是我為什麼今天會在這片黑暗的鳳梨田裡，從曠野的呼喊中應該體悟出來的道理吧！

　　T老師，是您不捨我的悲憤，您的鬼魂從黑暗的曠野中歸來，再次啟示了我嗎？謝謝您！

　　再次睜開眼睛，暗夜中的星空已為我照亮了大地，我慢慢地看清前方那個模糊身影，原來是田埂旁的一棵矮樹，也不知是在地農人的設計，還是附近小孩的惡作劇，這棵樹竟也套穿著一件衣服，難怪剛才我在視線不佳的情況下會誤認為人影。

　　這時我才發現遠處有一點亮光搖搖晃晃地接近，伴隨著另一個身影，這次應該不會再是稻草人之類的玩笑了吧。

　　這個身影似乎也發現了我，他遠遠地喊著：「P老師？你是P老師嗎？」

　　錯愕中我不知如何回應，等他走近時又再問：「你是P嗎？我是TW老師的鄰居，是TW老師託我來找你的。」

　　「是，我是P。謝謝你，我正在煩惱怎麼走出這一片鳳梨田？我完全分辨不出方向啊。」我回過神來，趕緊回答。

　　「果然被TW老師說中了。她說你天黑了才走在這片鳳梨田

裡，可能會迷路，她託我過來看看，果然就找到你了。」這時我已經約略看出他的樣子了，是一個作農夫打扮的年輕人。

　　被這位好心的農夫朋友帶離這片迷宮似的鳳梨田，我終於找到我的車子，百般拜謝他的幫忙後，我啟動引擎，重新踏上我的歸途。

肆

落幕

出場人物

C （N大學人事室主任）

H （N大學社會系助理）

L （N大學教務長）

M （N大學校長）

P （第一人稱-N大學教授）

PM（N大學社會系主任）

PW（P的太太）

S （P的學生-N大學的二年級學生）

W （N大學副校長）

一

回到台北已是深夜，冰箱上磁貼著PW的字條：「老公，這幾天看你心情一直不好，也不敢打擾你，但是我一個人在家真的很害怕，我先回娘家住幾天，等你有空再來接我回家。妻PW」

這幾天的確冷落PW了，不過她先回娘家也好，讓我先專心把學校對S退學的案子處理完了，我再好好補償她。

翌日，我到學校上完「社會學概論」課後，直奔主祕辦公室，我想問清楚他打電給S這件事的原因。一進門祕書室，門旁的工讀生對我低聲地問：「老師，請問您要找那位？」

「不好意思，我想找主祕，不知道主祕現在是不是有空？」主祕的辦公室不過就在工讀生背後OA隔板的後面，我聲音說得有點響亮，也讓主祕聽得清楚。

「好的，我幫你問問看？」工讀生客氣地回答我。

大概是聽到我和工讀生的對話，這時主祕從他辦公室走出來，給我一個非常親切的笑容後說：「P老師，稀客啊，今天怎麼有空來這裡走走啊？」

素知主祕平日裡就是一個長袖善舞的公關人才，今日果然名不虛傳，他明知道我的來意不善，找他不外是為了S的退學事宜，要不就是為了校園裡近日的傳言，可是他一轉出辦公室看到

我的第一時間，卻能馬上在臉上堆滿笑容，光憑這種工夫，我就自嘆不如了。

「主祕，我是爲了我們社會系學生S被退學的事情來的。」我說。

「這件事不是已經裁定而且執行了嗎？難道有其他變數嗎？」主祕仍在裝傻。

「我這前兩天特地跑了一趟屏東，我找到了S。我跟S深談過，他告訴我，你曾經打電話給他。」我觀察主祕的神色，看他是否會有一絲羞赧？可是我完全看不出他表情的變化，仍舊是堆滿著笑臉。我的修養大概永遠也達不到主祕這種層次，因爲我必須強忍著怒火才能繼續說下去：「主祕，我能請教你，爲什麼你會打電話給S嗎？還有，你到底跟他說了什麼嗎？」

「P老師，你就是爲了這件事來的喔，我知道了。」主祕還是用他慣有的親切口吻：「S被退學是經過學生獎懲會議決定的，而且他曠課45小時以上也是事實。我不知道我打電話給他這件事情很重要嗎？作爲學校主任祕書，我當然有責任要去關心學生，他被學校退學了，所以我打電話給他安慰一下，這應該是很正常的事，你爲什麼這麼大驚小怪的呢？」

這個人的臉皮大概已經練就銅牆鐵壁的功夫了，我實在快按捺不住脾氣了，我直接說：「主祕，你怎麼能這樣亂拗？我聽到的事實不是這樣的。你打電話給S的時間點是在他被退學之前，

甚至是在他曠課45小時之前。那時學校裡一大堆媒體記者，是你叫他回家休息，不要再在學校裡被媒體記者找到。」我愈說愈火大：「結果他聽你的建議回家，但是學校最後卻用他曠課這個理由把他退學。我從沒有看過這麼陰險的招數，而且還是用在學生的身上。你們這些大人們，到底還要不要臉啊？！」

「嗯，P老師，你不要激動，事情不是你說的這樣。」主祕臉色微微變得僵硬，他大概沒想到我會這麼直接地拆穿他們的詭計，他還想繼續硬拗：「我是有叫他回家休息，可是我沒有叫他曠課啊！是他違反校規，學校依法處置他並沒有不妥之處，你不要動不動就用陰謀論來看待別人啊！」

「還說不是陰謀。我問你：你是用什麼理由勸S回家，並且不要再向媒體說話的？」面對這些官僚，我實在非常心寒，怎麼能這麼神情自若地說謊。我冷笑地說：「你是不是跟S說：因為學校認為是我在幕後煽動學生，準備要處置我，但是如果S能安靜一段時間，讓學校避過這陣媒體風頭，那學校就不會再追究我的責任。難道你沒有對S說過這些話？你拿我當藉口來威脅一個學生，你們這還不叫陰謀，那應該叫什麼？」

我把話說到這地步，主祕一臉尷尬地看著我，他停頓了好幾秒，大概在想如何再拗，這時W副校長衝進祕書室，大聲地說：「P老師，我在外邊聽到你的說話了，這麼咄咄逼人的樣子，我早就看你不順眼了，你不要以為你們學社會學有多了不起，自以為清高，什麼事都講理念、理想什麼的，我告訴你：理想一斤多少錢啊！你是生活在大學這個象牙塔太久了，不知道現在外邊

世界現實的殘酷。再說了，我問你：你剛才講的那些對學校的指控，你有什麼證據沒有？如果沒有，就不要在這裡大放厥詞、信口開河。」W副校長出身政府機關的法務單位，兩、三年前才被董事會找來學校擔任副校長職，平時動不動就用他在官場上的口吻訓話：「你們這種人我看多了，不就又是一個自命不凡的教書匠罷了，還往自己臉上貼金，自稱什麼『知識分子』，笑死人，知識分子又怎麼了，不用吃飯嗎？」

這幾年來，學校董事會多方聘任了幾個教育部或政府機關退休的官員，擔任學校的高層行政主管，說的好聽是借重他們的行政長才，但其實大家都心知肚明，目的就是聘請他們當學校的「門神」。

何謂「門神」呢？就像一位社會學界的前輩曾語重心長地說過一句話：「是誰在篆刻台灣高教的墓誌銘？」他觀察到了台灣整體學術水準正因為諸多結構性因素的扭曲，而愈益向下沉淪、趨於崩壞。主要原因就在於這二十多年來台灣的教育部及科技部官員迷信新管理主義，用競爭型獎補助的方式，再搭配上各式績效評鑑，讓原本多元、深邃的大學學術生命力，全面性地被量化數字和指標所扼殺。再加上這二十多年來，這兩個部會更換過無數的部長、次長和司長，每一任的任期都不長，但他們都急著在短暫的任期中，提出大而無當、誇耀功績的計畫，然後繼任者又無心於賡續前任的政策，而不斷地再提出另一個好大喜功的新計畫，如此週而復始地消耗每年得來不易的教育和研究預算。最後，這樣缺乏永續性的政策當然不會真正扎根於基礎教育和研究，且更衍生出各式各樣光怪陸離的教育亂象。

但是，爲何從未有人會去細細追究這些官員是否應爲政策執行的負面後果負起政治責任呢？這就是「門神」的功能了！

　　因爲，儘管教育部和科技部的人事不斷更迭、計畫不斷翻新，但績效主義的信仰卻成爲歷久彌新的超穩定結構，成爲評量大學方方面面的唯一判準。從頂尖大學計畫、教學卓越計畫、典範科大計畫、科技部各項計畫，乃至校務、系所專業評鑑和內部教師評鑑等，大學校園和大學知識分子們一方面瘋狂地搶奪政府計畫，一方面窮於應付各類評鑑和訪視，造成的是整體高教盲目的過動和各類研究、教學的淺碟化和速食化。於是各大學養成了一種路徑依賴的慣性，也就是，不斷地沿用既有的思維框架，提出種種套套邏輯或同義反覆的計畫書，才能在這套績效主義的模式下年年得獎或是獲得補助。

　　而什麼樣人最熟悉這套績效主義內部運作模式呢？當然就是這些曾經擔任過教、科兩部主管的長官們啊，於是各大學重金禮聘這些從決策高層退休下來的長官們到大學再擔任申請這些大型計畫的操盤手，如此申請計畫與獎助更加無往不利了。二十年來，這種由退休官員再任大學行政主管或校長的例子如過江之鯽，靠的不就是這套「權力與利益」交錯的裙帶網絡嗎？因此，把這些退休再任大學行政職的官員名之曰「門神」，實在再恰當不過了。

　　如果說這批「門神」眞能爲各大學帶來豐厚的教育資源，或是指導學術研究更上層樓那也就罷了，可是這些人既然在政府主司機關時就未能善盡職責，我們又如何能期待他們在退休後能突

發靈感，為台灣學術界帶來曙光呢？

這些競爭型的獎補助計畫，原本就是他們想出來的點子，一旦他們到了各大學，當然也就無所不用其極地搶奪這些獎補助經費。如此一來，各大學便在這批學官兩棲的「門神」的指導下，為了搶奪資源，紛紛依照教育部所訂定的關鍵績效指標（KPI）打腫臉充胖子，不斷地寫出好高騖遠、不切實際的計畫書內容，甚至讓各大學變成不斷壓榨教師職員生的血汗勞動工廠，專門製造高效能教研漂亮數據的工廠。

這批學官兩棲的學閥除了帶著各自的裙帶網絡進入各大學，創造行政凌駕教學的亂象外，他們更常變本加厲地執行外部和內部評鑑制度，一方面藉以創造校園全控機構，以多如毛細孔的評鑑指標來規訓教師的身心狀態，使其配合學校的指派與操控。一方面，藉評鑑之名交叉持股，邀請彼此到各自學校擔任顧問或訪評委員，藉以鞏固人脈和榨取資源。縱觀台灣高教這二十多年的發展，早已完全被這股網絡勢力籠罩，既得利益者繼續把持權力，為自己創造更多利益，完全無視於台灣學術發展的命脈早已被他們啃蝕枯竭，甚者他們更阻擋了許多新進博士、年輕學者進入大學的職缺，造成「流浪博士」的人才浪費現象。

如今，既得利益的「門神」集團，對比於勞動條件日益惡化的「流浪教師」，高教階級兩極化和資源分配不正義，已經成了台灣學術體質病態化的共業。難怪這位社會學前輩感慨地說：「此情此景，只有詩人北島的詩能加以形容：『卑鄙是卑鄙者的通行證；而高尚卻是高尚者的墓誌銘』！」

面對本校這位「門神」，我早已受夠了他的頤指氣使和官僚作風，但此時看著他這副張牙舞爪的嘴臉，我卻不怒反笑：「副校長，我和主祕現在談的是我們社會系一位S同學被學校惡意設計退學的案件，你突然走進來，可能沒有聽到前因後果就對我直接訓斥，不知道你對這件事了解多少？」

　　「S同學的退學案？我當然知道。不就是曠課時數超過45小時嘛，事實擺在眼前，都有曠課的點名紀錄，這還能有什麼疑問嗎？」W副校長為顯示自己掌握情況，把他在會議上看到的內容順口說了出來。

　　「那你知道，在這個學生缺課之前，是主祕打電話叫他不要來上課的嗎？這個學生不過是聽從了主祕的交代去做而已，為什麼學校一發現他缺課達45小時，就趕忙召開緊急學生獎懲會議，急急忙忙地把S同學退學？按照一般學生獎懲會議都在期末召開的情形，我實在看不出來S同學曠課45小時這件事有什麼緊急的。從這件事的前因後果看來，這如果不是學校惡意設計這個學生退學，那又是為了什麼？」我見W副校長口塞，繼續說：「我還沒有說，主祕在打電話給S同學時，更故意把S1同學的自殺案栽贓到我頭上，欺騙S同學為了保護我而不到學校上課。這樣的惡毒居心，怎麼會是一所號稱學術殿堂的大學做得出來的骯髒事！」

　　「P老師啊，我看你是有『被迫害妄想症』吧？這樣的劇情你都想得出來。」W副校長似乎一時找不到什麼理由反駁，只好套用抹黑手法，把我貼上妄想症的標籤就算了事。

「副校長，請你不要顧左右而言他。我有沒有妄想症，這必須有醫生證明，但是我剛才所說的那幾個疑點和問題，請你回答我。」我當然不會放過W副校長。

主祕見W副校長也似乎啞口，趕緊出來插話打圓場：「P老師，你不要生氣。S同學這件事，我看其中一定有什麼誤會，大家慢慢說，把誤會解釋清楚就好了。」

「我沒有生氣啊，如果我真有什麼誤會的話，那我也只是想請你們澄清我的疑問而已，不然就承認對S同學的退學案處理失當，退回學生獎懲會議重議。」我說。

說話之間，祕書室又進來了幾個人，校長、教務長和學務長都來了，看來是有人緊急通知他們來的。W副校長一看校長來了，氣勢大振地說：「你一個人憑什麼否決會議決議的結果？在場這麼多長官，難道都要聽你一個人的。P老師，我告訴你，你不要太過份喔！」

「副校長，我並沒有說要否決會議的結果，我只是說：既然整件事的程序有問題，就該退回去學生獎懲會議中重新討論才對。」我回應。

我一看本校長官們都到齊了，就準備繼續開砲：「校長，各位長官，這次S同學的退學案，正好凸顯了本校長期以來一直潛藏的問題，那就是本校的教育理念正逐漸喪失中，一切的行政措施、一切的會議決議、一切的計畫申請、一切的活動規劃，都是

為了同一個目的，就是招生求生存。但是，我們的教學品質呢？我們的學術研究呢？我們的社會責任呢？更不要提大學作為追求真理的殿堂，所必須思考的人類未來？」

我看著這些面無表情的長官們，我想我大概講得太抽象了，他們根本不懂我在說什麼。那麼我舉具體實例來說：「過去這幾年來，本校種種違法造假事情不斷、血汗勞動壓榨全校教職員生已成常態。像是去年本校就有十多位教師同仁被學校無預警地不續聘，雖然學校的說法是依教師評鑑不及格、教師所開設專業課程與趨勢不符等指標來衡量，但看在我們老師眼裡，這根本就是因為招生不足而導致的蓄意裁員。」我把眼光轉向M校長：「校長，您一直以慈善形象著稱，可是你知道現在學校全體老師都人心惶惶、無心教學與研究嗎？」

然後，我把頭轉向W副校長，我說：「還有一次會議裡，副校長擔任主席，當時你用嚴厲的語氣對與會的老師們說：『只要是學校要你們做的事，你們就得去做。如果不做，下次就不會找你們了。對於不做事的老師，你們不要以為只要做研究就可以升等，現在的大學，沒有行政服務的分數，是不可能升等的。到時候你們就不要怪學校依規定處置了。』言外之意就是如果不服從學校的工作指派，根本就不要妄想升等。以升等的理由來要脅老師們服從，這究竟是威脅還是勸導？」

我再把目光轉向校長：「校長，我知道每年六、七月都有一批系所主任向你請辭行政職，然後你就傷腦筋找不到老師願意接行政工作。你有沒有想過：為什麼找人接行政這麼難？因為這根

本就是一齣行政職的『抓交替』，卸任者竊喜自己能從行政職全身而退，而接任者就一年或一個任期的做牛做馬來換取接下來的平安度日。用這種心態辦教育、做行政，怎麼可能讓學校蓬勃發展？」

　　我再轉向教務長：「教務長，你大概不會忘了前年學期末時，你曾經打過一通電話給我吧。你在電話裡說：『P老師，社會系有一個學生是學校某位董事的親戚，這學期修了你一門課，聽說可能會不及格，你不會不知道該怎麼辦吧！』當時我把這個學生的成績拿出來算給你看，說他的確不可能及格，結果你是怎麼告訴我的，你說：『我是教務長，我可以命令你，你知道嗎？好言跟你說，別敬酒不吃吃罰酒。』講完你直接掛了我的電話，你還記得吧！光是要求授課教師竄改成績，這條罪名你擔得起嗎？」

　　我再橫掃所有在場的老師，說：「這幾年，本校常常都是一車車地載滿老師，前往高中職去招生，不管是自願的還是被迫盡義務的，老師們早就被學校一句『自己要教的學生自己招』口號給綁架了，大家都忘了〈教師法〉第16條第7款裡明文記載著『除法令另有規定者外，教師得拒絕參與教育行政機關或學校所指派與教學無關之工作或活動。』的規定了嗎？」我愈說愈起勁：「只因為學校把招生活動列入教師評鑑及年終獎金的必要考核項目，老師就像是中了魔咒一般，馬不停蹄地追求招生點數，甚至出現一種詭譎現象，那就是只要一有招生活動公布，就有老師秒殺名額，排擠了其他老師爭取點數的機會，這根本就是一種『弱弱相殘』的飢餓競爭遊戲，這就是接受過專業訓練的博士

嗎？這還是大學裡為人師表的教授嗎？」

校長大概對我的長篇大論有些不耐煩了，他打斷我的話：「P老師，你的意思我都知道了，平常我也很歡迎大家來找我聊聊，不要像今天這樣，累積了這麼多的負面情緒再一次爆發，這樣對學校行政也不是正常的溝通。」

「校長，現如今的N大學還有交流溝通的管道嗎？」我說。

副校長臉色鐵青地看著我說：「不然，你到底想怎樣？」

「剛才我說的這些事實，我想如果隨便往哪家新聞媒體報，都可能對N大學造成極大的傷害。但是，我並不想這麼做。」我先把威脅擺在前面，再把話題拉回現況：「今天，我不過請你們把S同學的退學案重新發回學生獎懲會議裡討論，真的有那麼難嗎？」

校長臉色雖不好看，但還是做出了裁決：「好吧，既然P老師這麼堅持，我們就請學務長重新召開一次學生獎懲會議，把S同學的這個案子再好好討論一遍，再作決議。今天就這樣吧，不要再鬧了。」

校長顯然是出於無奈地答應了我的請求，但我知道我今天的所有言詞，已經對他們造成了威脅。對他們而言，他們應該已經意識到，我才是他們今後真正要對付的對象，至於S同學的退學案，已經變成了無足輕重的案子了。

二

　　幾天後，學務處傳來一個消息：撤銷S的退學案。雖然我馬上打了電話跟S和他父母說了這個好消息，但是我也知道接下來學校不會放過我了！

　　這一天，老同事PK和系助理H神情緊張來我研究室，PK一進門就壓低了聲音就像是怕隔牆有耳似地說：「P啊，你糟糕了，你還記我跟你說過，關於S1自殺案，教務長要拿你開刀。現在他真的要動手了。」

　　雖然在我預期之中，但我還是問了PK：「你怎麼知道的？」

　　PK看了H一眼，然後說：「聽說前幾天您在祕書室跟學校所有的大人物吵了一架，旁邊有一些職員說聽了你的講話都禁不住想為你喝采，可是大人物都在，現場沒有人敢吭聲，只能默默地聽你們吵架。」PK顯得有些擔心地說：「表面上看來，好像是你吵贏了，可是你不知道在你離開祕書室後，這些大人物們又緊急開了一個祕密會議，內容就是商量著要怎麼對付你啊！」

　　「你不說我也大概猜得出來。可是既然是祕密會議，那你又是怎麼知道的？」我半開玩笑地對PK說。

　　這時H終於忍不住說話：「老師，其實我們行政職員之間，常常都會交流一些消息的，儘管他們那些大人物都把我們當成空

氣人一樣，他們在我們面前講話和討論的時候，根本沒把我們當回事在看，當然也就不避諱什麼說話內容了。所以我們平常聽到的事情，遠比你們當老師的人多得多。可是，我們也是人啊，又不是小貓小狗的寵物，我們也會思考、也會判斷是非對錯的，難道我們聽到這些大人物們私下的講話時，我們還判斷不出來誰是好人壞人嗎？」H繼續說：「不管這些啦。老師，重點是他們真的要對付你了。你知道嗎，那天這個祕密會議裡，W副校長一開始就建議直接把你解聘或不續聘，免得留在學校成為禍害。」

「果然是W副校長的風格。」我打趣地說。

「老師，您不能掉以輕心，事情沒這麼容易。」H繼續說：「W副校長的建議，在場的大人物們自然都同意，但是怎麼把你解聘就是問題了。聽說教務長就提出了一個很陰狠的構想，他說光是把你解聘還不夠，因為你可能還會到處去放話，一定要讓你身敗名裂，講的話都沒有人會相信才可以。天啊，我們學校怎麼會有這麼一個惡毒心腸的教務長啊！」

「我行得正、坐得端，我能有什麼把柄在他們手裡，他們想讓我身敗名裂應該不可能吧！」我還是一副不在意的樣子。

「老師，您真的太單純了。你知道他們怎麼說的嗎？」H停頓了一下，像是也不敢相信怎麼會有這種事情，她繼續說：「教務長說，要讓一個大學教授身敗名裂，最好的方法就是桃色糾紛，只要在道德的制高點上擊垮這個P，他的話就沒有人會信了。」

這下子連我都有興趣了，我問道：「可是我根本沒有桃色糾紛啊，難道他們假造得出來。再說了，這種假造出來的新聞，很容易拆穿的，到時候他們不是更丟臉。」

　　在一旁的PK也跳出來說話：「P，你還是太單純了。桃色糾紛這種事，只要有一個女學生出面指控男老師，先天上，輿論就已經站在女學生這邊了。所以不管事情的真假結果如何，這個男老師就注定要先受內傷了。如果整個調查過程又大打迷糊仗，搞得大家失去追查真相的耐性，最後不了了之，那麼這件桃色糾紛的標籤就跟定你一輩子了。」PK倒是很熟知這類事情。

　　「這倒是不可不防！謝謝你們今天特別來告訴我這件事。」我開始有些擔心了。

　　「反正你要多小心就是了。」PK關心地說。

　　「是啊，老師，您要多小心，這些小人招數真的不是您想像得出來的。」H也很關心地說。

　　PK和H離開我研究室後，我陷入沉思：我要如何因應未來各種陰詭的伎倆呢？別說我根本想不到學校到底會用什麼狠毒的招數來對付我，就算事先知道了，我也是防不勝防啊。坐在研究室裡想了許多，其實也想不起什麼可行的辦法，最後我告訴我自己：「反正這些遲早都要來的，就讓它來吧！」突然間有一個念頭閃過：「那何不讓這些在我可以控制的情況下來呢？」對了，主動出擊——為因應學校的各種卑劣手段，我決定主動出擊以求

自保：自辦公聽會與演講，說明整個事情的來龍去脈。

兩天後，我大量放出消息：我要在N大學的課程體制外，自辦一系列的公開演講，主題就是〈消失的黃金十年〉，再加上一個稍微聳動的副標題〈目睹N大學十年來之辦學怪象〉，目的當然就是搶在學校抹黑我之前，先爆出我這十年來在N大學所看到的種種光怪陸離、違法取巧的亂象內容，就算學校後來利用污衊我人格的方式來混淆焦點，但至少我已經將這些高教亂象公諸於世了。

我的想法很簡單，那就是不再姑息這些所謂的學校高層，他們這十年頂著拯救N大學免於被少子化浪潮淹沒的標幟，無所不用其極地用各種欺騙手法招生，可是卻完全不再顧及教學品質與教育責任，這不僅讓學生的受教權益受損，也直接傷害了老師們的教學熱情，所以我讓這些見不得光的欺騙手法曝光，希望能爭取到一些學生和老師們的權益。再者，就是學校這年來到處申請教育部和科技部的計畫案，甚至是各類政府計畫的活動標案，表面上似乎是在爭取各種計畫經費以提昇學校教學、研究品質，或是利用舉辦各種標案活動來增加學校的社會形象及曝光度，但是實際上這些計畫經費一旦入學校帳戶，即被學校用各種巧立名目的花樣乾坤大挪移，大多經費都拿來填補因招生行銷所造成的龐大財務缺口上，只有少數的經費才是真正用在計畫執行的內容，如此一來計畫結案時所需的執行成果如何呈現呢？學校高層一開始當然是壓迫著老師和學生運用這些殘存的經費拼死做出全部成果，可是這畢竟是不可能的任務啊，於是開始就有些活動的照片一魚多吃地虛報在各類計畫成果裡，要不然就是乾脆假造各種漂

亮的執行成果與數據圖表，矇混欺騙那些稽核考察的委員們。我相信這些絕對是違法貪瀆的詐欺行為，雖然現如今政府帶頭做違法的事早已稀鬆平常，各大學仿效造假也是普遍現象，致使司法機關和社會大眾對此都睜一眼閉一眼地放縱他們繼續違法，但是我的想法是，總要有一個人站出來告訴這個社會：「這是錯的，而且這是犧牲這個社會所有年輕人未來的希望，所堆砌出來的教育假象！」

消息傳出後，意外地竟獲得N大學校內許多同學和老師的支持，紛紛表示演講當天一家要來為我加油打氣，甚至還有其他大學的老師聽到這樣的演講標題，也寫信來給我鼓勵，內容寫道：「台灣的大學教育亂象已歷十餘年，但大家都在一種為求生存不擇手段的鴕鳥心態下逃避問題，喜幸今天終於有人願意站出來發聲，戳破這十多年來的教育大騙局。」

當然，這樣的大動作宣傳，定會引起學校的注意，而且也開始有了阻擾的意味。首先，就是我向學校申請借用的演講場地，突然以「不得用於教學活動以外之用途」為由停用我借此場地的權限；再者，我為了舉辦這一系列的演講，找來一些平時較熟識且熱心的同學幫忙，但他們都不約而同地被他們的系主任約談，要求他們不要介入我與學校之間的紛爭。最後，教務處竟然貼出公告，內容寫著「校內禁止非法集會或未經申請核可的活動，違者以校規處分，敬請本校師生共同遵守。」也不知道是不是衝著我來的。

不過，這都不能動搖我要辦演講的決心，解決之道總是找

得到的。既然場地不能借，那就找個肥皂箱當講台、自備隨身麥克風和喇叭，來個露天講座吧；熱心的同學似乎也沒有被勸退，個個還是自告奮勇地來幫忙；至於演講當天會不會只有小貓兩三隻，或者更糟地是，根本沒人敢違反校規來聽這一場揭發大學弊端的演講呢？那就只能聽天命了吧！

一週後，晚上七點，太陽剛下山，N大學校園裡有散步的民眾，也有騎腳踏車晃來晃去的學生，一切如常，似乎就是一個再平靜不過的日子了。我匆匆走過校園，與這些熙來攘往的人群交錯而過，大步地往學生活動中心前廣場走去。慢慢地感覺到人群的密度變得不一樣了，氣氛也逐漸活絡了起來，開始有人跟我打招呼：

「P老師，加油！」

「老師，我們來了，加油喔！」

「老P啊，我來挺你！」

「P老師，加油！」

「加油！今天一定很精彩。」

「老師，人好多喔，下次換到小巨蛋開講啦！」

來到學生活動中心廣場，我看到這一幕令我感動的畫面——

平常大概能夠容納兩、三百人的小廣場，現在竟然擠滿了人群，雖然沒能仔細清點人數，但看這人潮的規模，恐怕有四、五百人的樣子。每個人都對我微笑，更有些人對我豎起大姆指說讚，還有更多不熟識的陌生臉孔，他們共同匯聚到這裡，只為了一個不起眼的大學教師要辦講座。當下我的心情有些激動，只能拼命地傻笑——對每張迎面而來的友善的臉傻笑。

負責籌備的同學找到我，跟我說：「老師，人來得比我們預期得多，您的小蜜蜂和喇叭可能聲音不夠大，我剛剛已經找兩個同學去總務處借大型喇叭，可能要請您稍等一下，等我們器材設備過來裝好了再開始。您看OK嗎？」

「當然OK啊，謝謝你們設想得這麼周到。」我還是不放心地問：「學校連場地都不借給我們，怎麼會借我們喇叭？同學們去總務處借設備，會不會碰釘子啊？」

「老師，您放心，我們只是像社團一樣借器材，押學生證就可以了，您不用擔心。」負責籌備的同學很有信心地說。

七點半講座準時開始，我站上肥皂箱，拿起麥克風，嚅嚅地對人群說：「各位師長、各位同學、以及我認識的跟不認識的好朋友們，大家好。場地簡陋，沒有椅子給大家坐，請大家見諒，請大家就近席地而坐，好嗎？謝謝大家。」

雖然人潮眾多，但秩序井然，隨著一群群小聚落人群分別坐下，紛雜喧嘩的聲響逐漸低沉。我再一次站上肥皂箱，對台下的

聽眾深深一鞠躬，說：「謝謝大家今天特地來到這裡，聽我講一場不成熟的演講，因為這是我的第一次，第一次這樣公開地控訴台灣的大學教育已經崩壞沉淪了。或許我的內容是不成熟的，但請大家相信，我的心卻是火熱的，而且我更相信，今晚來到這廣場的朋友們，您們和我一樣，仍懷著這一顆同樣火熱的心，關心我們的大學教育到底怎麼了？」

看著台下的聽眾慢慢安靜了下來，我開始我的演講內容：「今晚我以本校N大學為例作開場，請大家跟我一同來為台灣的大學教育把脈。」

我停頓了一下繼續說：「大家都知道我是學社會學的，所以今晚我就以法國社會學家傅柯（Foucault）在《傅柯說真話》這本書中的一個希臘字作為開場。那就是parrhesia這個希臘字，因為這個字包含了坦率、真理、冒險、批判、責任與自由。也就是現今台灣高等教育裡最欠缺的東西。今天，我希望就是能秉持這樣的冒險和批判的精神，用坦率的態度和追求真理的決心，在我自由意志的良心之下負責全部的言論責任，對我目前任教的大學，也就是N大學『金玉其外、敗絮其中』的崩壞現象，提出針砭。」

廣場上本來有一些零散的人群，現在聽到我的開場白，慢慢地向肥皂箱這邊靠過來，我望了一眼人群的小幅度移動，繼續說：「或許有人會問：為什麼不直接向校長提出建言，而卻選擇用公開演講的方式來控訴？這就是我第一件要揭露的內幕。我曾經多次和校長、副校長、教務長等學校決策高層交流，每次都直

言本校的諸多弊端，但是我記得校長只給我一句話，他說：『現在每個大學都這樣做，我沒辦法不做。』顯然校長知道這些事都是違背大學精神的，只是大家都這麼做，他沒有辦法，只好同流合污了。那麼，到底本校做了什麼事，像我這樣沒接行政職的陽春老師都看得出弊端，可是連校長都明知它不對卻又不得不去做呢？我先從這十年來政府部門普遍奉行的新管理主義說起了。」

幾位熟識的老師聽到我這話，紛紛在底下呼應叫好：「沒錯，都是這些官僚主義害的！」

我對他們笑了笑，點頭贊同地說：「這十年來教育部及相關的學術部會，除了解除教育法規的管制、將教育工程民營化、大量的外包和彈性聘僱，讓教育逐漸商品化。甚至，教育部更以競爭型的計畫獎補助款來箝制大學的自主性，全面介入各大學在研究、教學和學習上的自由度。這不僅讓各大學像遊牧民族一樣『逐教育經費水草而居』，而沒有了大學教育應有的長期理念與對本質的堅持，甚至各大學之間為了競爭型獎補助款而惡性競爭，從而使績效、評鑑、KPI等手段成為變相壓迫教職員生的工具，甚或是造假的數據。台灣的各大學就是在這樣嚴峻的競爭環境中求生存，為的就是教育部錯誤政策下的生存遊戲！這十年來，本校董事會為能快速跟上這波生存遊戲的腳步，便開始大量延聘學官兩棲的學閥或教育部退休的官員，擔任大部分的一級主管職務。這種『球員兼裁判』的方式，果然快速有效地讓本校爭取到不少大型計畫的補助經費。於是這些二春教授以救世主之姿入主本校主管高層，殊不知這不過是這些學官兩棲的學閥相互勾連的利益共同體所造就的成果假象，非但沒有真正解決當前大學

教育的危機，反而更加速了高教崩解的速度。」

　　不少是在我課堂上早已聽過我講述這些高教育現象的學生，這時也都紛紛大喊：「老師，加油！」

　　看著台下驚呼連連的聽眾，我嘗試地為上述的問題進行分析：「為什麼他們非但沒有解決危機，而且還製造更大的問題呢？我們只要看一看近幾年N大學是如何在他們的領導下進行所謂的『教學卓越計畫』便知端倪了。大家想想看，這幾年來教卓讓本校教學失去信任與關懷、組織和人員的不正常增生、為核銷而巧立名目移花接木、為執行KPI而過度動員師生導致教學拙劣化、教育手段與目的錯置、衍生盤根錯節的裙帶關係（包括學官兩棲和雙薪門神）、剝削基層工作人員的剩餘價值，終至成為一所完全喪失大學理念的學店。最為諷刺的是，對教育部官員而言，這些年來的高教計畫所產生的最大效益，竟然只是二十多位部長、次長、主祕、司長，退休後透過旋轉門，成功地轉戰私校擔任門神，強化權力與利益加權的超穩定結構，然後再回過頭強化這個錯誤的教育政策，形成一個無限輪迴的惡性循環。再者，以追求績效為名的新管理主義，在急功好利、好大喜功的管理者眼中，僅看到學校在各類排名的提升，卻忘了英國教育家紐曼在《大學的理念》中所揭示：大學教育的本質在培養人的理性、重視人的素質。在本校諸多向世人誇耀的績效中，摻雜了多少不為人知的浮報不實、做作虛偽的表面功夫。舉例而言，本校時常對外賓誇示的圖書借閱率及電子書報下載率，實則為高層制訂KPI後直接分配各系所的數量配額，然後由各系所老師帶領學生到圖書館進行『秒借秒還』的無意義動作，為的只是完成上級指定的

100%KPI達成率。真不知在這樣的『追求績效、追求卓越』的扭曲過程中，本校所有教師與同學，究竟該如何自處？」

　　針對N大學的這些辦學亂象，我有義務必須向大家完整地剖析，不過，我知道這些弊端錯綜複雜及花樣多端，今天的時間已近尾聲，我提高音量向大家說道：「以上這些，都是我在學校裡真正目睹的虛浮情事，而這也僅僅是當代各大學裡諸多高教怪象之微小一角，其他如教卓經費的乾坤大挪移、基層職員的血汗工廠、動員學生配合各種莫明其妙的造勢活動、以及以招生為由逼迫教授出賣大學良知等，更多不勝數。在此，我必須語重心長地說，當大學裡教學與研究的造假已成常態，那我們又如何再去看待『大學作為社會道德良知之最後淨土』這句話呢？未來在這一系列的高教崩壞講座中，我會再逐一針對剛才所提到的高教亂象，一一提出來向大家說明和報告。今天，真的非常謝謝大家專程來聽這場分享，讓我們期待下一場的相遇，謝謝大家！」

　　第一場的演講就在所有師生的掌聲中結束，我真的沒想到會獲得這麼多的回響和支持，講到最後，我的內心也不禁為這群專程來參與這場演講的師生朋友們所感動。深深地一鞠躬感謝大家，但就在我抬頭之際，目光匆匆一瞥，似乎在廣場邊緣看到了教務長的身影隱沒在人群中。心想：這場光榮戰役終於要開始了！

三

　　繼第一場系列演講結束後，我又陸續講了兩場，一場講〈卓越計畫裡的邏輯教育不合邏輯〉，一場講〈高教理念的沉淪與學術的空洞化〉。

　　前者我說的是N大學為爭取教育部卓越計畫，拼命擠出各種符合教育部所制定的各項指標，其中有一項就是對修習程式設計課程的學生人數要求。根據教育部對此指標的說明，目的就是要提昇國人的邏輯思維能力，但有趣的是，各大學卻競相造假以符合此項指標，例如N大學在執行計畫的第一年，修畢程式設計課程的學生數達全校學生數的30％，符合了教育部規定的指標。目標看似達成了，可是實際上卻是運用各種「技巧」，諸如用修課人次取代人數計算，或如直接蒐羅資訊相關科系的學生數來充當，甚至是擴大解釋各種課程的適用性，只要稍微跟資訊沾到邊的，一律都算是程式設計課程。於是一場美其名是「為台灣的學子們培養解決問題及邏輯思考的能力」的教育目標，就在教育部「不僅錯置邏輯與程式的等同性，而且更以程式取代邏輯」的謬誤，加上各大學為搶計畫經費早已無所不用其極地假造各類數據，如此上下交相賊的結果，致使本應追求「前提為真、推論有效、結論可信」的邏輯推理，從此淪為冠冕堂皇的文字堆砌和目標執行達成率上的套套邏輯。

　　後者我主要訴求的就是：隨著高等教育的理念逐漸沉淪的同時，台灣學術研究的能力與內涵也正逐漸空洞化。這樣的現象，當然還是來自台灣過度資本化的社會結構及急功近利的學術

研究，而原因極可能就出在「實用掛帥」的社會氛圍。不再重視基礎學科的研究，造成學術發展成了無根的虛浮大樹——這無疑是一個非常嚴重的課題，但是我真正想問的是：基礎學科的研究在哪裡？曾經，物理系在聯考排名超越過電機系的榜首地位；曾經，哲學系的志願是許多年輕學子的第一選擇；曾經美術系的入學門檻是文藝青年們的努力目標。但是，這些基礎學科掛帥的榮景早已不在。如今，物理系必須改名為光電或半導體等應用名稱，才能招得到學生；如今，哲學系連改名應用哲學或人生哲學都躲不過倒系的命運；如今，很多學校的美術系早就轉型為廣告設計或視覺媒體等職業訓練場所。於是，大家拼命追逐實用的結果，就是連學術研究都開始講究績效與點數，論文品質不再是主要考量，取而代之是論文的數量。例如本校的某位副校長，就曾爆出他掛名共同作者的論文被指控涉及抄襲和造假的醜聞，可是本校的學術委員會對此卻以「僅共同掛名，而非主要作者」為由，而駁回這件學術倫理案子的調查。僅由此一例就足見台灣學術論文造假事件何以層出不窮的原因了。

明顯地，連續三場的演講內容，分別指涉到本校校長的學官兩棲、教務長的課程規劃、以及副校長的學術倫理，這些大概都踩到他們的痛點，是以在我還未來得及進行第四場演講前，就接到PM老師的電話。這位PM老師是現任的社會系系主任，若以N大學現行的官僚體制來說，他應該算是我的直屬長官吧。可是N大學社會系的主任人選，向來是兩年一任，由系上的業務會議投票選出，社會系共十位老師，具副教授以上資格的老師也只有五位，所以我們這幾位老師都大致當過一輪的系主任職務了，直到M校長來N大學擔任校長之後，這個系主任的職務就改為「官

派」，由校長直接指定人選。由於PM老師個性比其他社會系的老師溫和，也比較服從聽話，所以雖然他還是較資淺的助理教授，但校長卻指定由他擔任本系的代理系主任。還好的是，PM老師雖然比較資淺，但平常的人緣還不錯，所以我們大家也都支持他當系主任。

「P老師，你到底是哪根筋不對？」PM老師一開口氣急敗壞地罵：「你知道校長他們快被你氣炸了。」

「主任，不要這麼激動，到底怎麼了？」雖然我大概猜得出原因，但我還是問PM。

「你還好意思問我怎麼了？」PM氣憤地說：「你最近這麼大動作地跟學校對著幹，全校幾百個師生都在傳播你攻擊校長他們的言論，校長聽了以後把我叫去臭罵了一頓，說我怎麼管不住系上的老師，讓你這樣到處亂講話。」

「哈哈哈！校長他們永遠不懂大學是一個追求真理、講究事實的地方，他還以為這裡是政府官僚，他憑什麼把你叫去罵？PM老師，你好歹也是社會系的系主任，你怎麼就這麼順服啊？」我聽了哈哈大笑：「而且，主任，那你打算怎麼管我呢？」

「P老師，你也尊重一下我是系主任，給我留點面子吧。」PM囁嚅地說：「唉，前兩天校長把我叫去，在場還有副校長和教務長，他們要我召開系教評會，針對你最近的不當行為提出處

置方案。」

「要召開教評會，那總要有理由，總不能用『莫須有』的罪名，或是調查我水電用量這種爛招吧？」我說。

「你真的不知道得罪了什麼人？這些人哪裡是你得罪得起？」PM繼續說：「教務長直接就告訴我，叫我調整你的教師評鑑分數讓你不及格；然後他又說他會派學生到你的課堂錄音蒐證你詆毀長官的言論，搞不好他還會利用職業學生告你評分不公或上課態度不佳；還有，他也叫資訊處去調查你在學校的時段及使用的資訊內容，大概是想看你是不是有利用學校網路上一些非法網站吧。」

「我實在被教務長的各種天馬行空的奇想給打敗了，」我忍不住地笑了出來：「哈哈哈！好吧，就算他能找到什麼蛛絲馬跡，那他又想怎麼樣呢？」

「你還笑得出來，光是教師評鑑不及格這一項，他就可以對你減薪或取消年終，如果是累續三年不及格，搞不好他還能把解聘。更不說，他如果再加上其他什麼證據的，就更嚴重了。」PM不安地說。

「主任，根據《教師法》第十四條的規定：教師聘任後除有一些重大情節者外，不得解聘、停聘或不續聘，這些重大情節都是那些貪瀆、性侵、精神疾病、或菸毒等犯罪判刑確定的事情，我沒有犯這些事，他又怎麼可能違反法規把我解聘？就算教務長

L要引用《教師法》第十四條中定義最模糊的第十四款條文，說我『教學不力或不能勝任工作有具體事實』，但這也必須要經教師評審委員會委員三分之二以上出席及出席委員三分之二以上之審議通過才行。」我把法規背給PM老師聽。

「P老師，我知道你法規背得很熟。但是～～」PM突然神祕地壓低了聲音說：「我聽到的是，教務長好像握有你的桃色新聞可以爆料。」

我突然想起PK曾經警告我的話：他們可能不惜假造或操弄女學生出面指控我性騷擾的新聞。我的心一寒，這的確是非常惡毒的招數啊！

「可是我根本就沒有什麼桃色新聞可以讓他挖，難道他還能假造新聞不成？」我鎮定地說。

「是嗎？我聽到的不是這樣喔。」PM一副熟知內幕的得意口吻：「我問你，你太太以前是不是你的學生？」

「咦，你聽誰說的？」我真的嚇了一跳。

「教務長說的，他說你現在的太太是第二任老婆，幾年前你還沒離婚前就跟這個還是學生身分的女學生發生婚外情，雖然你後來離婚再婚，但是他說你們的戀情就是婚外情的師生戀。」PM有些得意地說。

PW的確是我第二任太太，也真的是我教過的學生，但是我跟她開始在一起，是在她畢業以後的事，更不要說跟我第一次婚姻根本完全沒交集。可是，現在教務長故意把時間點混淆錯置，說的好像是我因為與女學生不倫戀而導致離婚，居心可謂陰險至極。

　　我只好向PM解釋這個前因後果，可是PM卻說：「你跟我講沒有用，這種事情本來就有很大的模糊空間，就算你把每個時間點都交代很清楚，可是大多數的人還是可以合理懷疑的。」PM接著說：「不只這樣喔。教務長還說，你之所以拋棄第一任太太，是因為第二任太太的家世背景很好，你就是貪圖她家是大財團才娶她的。而且他還說，你這個岳父在大陸做的都是投機性的生意，標準的奸商，你表面上一副清高的樣子，其實跟你岳父一樣，也是一個很會鑽營的人。」

　　天啊，這個教務長L一定對我的身家背景下過很大的功夫調查，不然怎麼對我所有的人際關係這麼清楚。我算是知道了人性可以卑劣到這種程度了。

　　我突然想起老婆PW留給我的字條：「一個人在家真的很害怕，我先回娘家住幾天，等你有空再來接我回家。」當時我沒想太多，現在我才想起：她為什麼會害怕呢？

　　「主任，我終於知道我面對的是怎樣惡毒的小人了，謝謝你告訴我這些。我還是一句老話『清者自清』，我的為人如何，我相信大家還是有能力辨別得出來的。不過，接下來我真的必須防

範像教務長這類的小人陷害，謝謝你！」我匆匆地掛上電話。

結束PM的電話，我馬上打電給老婆PW。

「嘟～嘟～嘟～喂！」電話傳來PW的聲音。

「老婆，你回娘家都兩個禮拜了，什麼時候回家啊？」我故作輕鬆地問。

「老公，你的事都辦完了嗎？我聽說最近你在你們N大學很紅喔。」PW還是一樣喜歡調侃我。

「你又取笑我了。我不過是做我應該做的事。」我回答。

「從結婚到現在，我很少干涉你的事，可是這一次我覺得不太一樣，老公，你能不能告訴到底是怎麼回事？」PW稍微顯得焦慮。

「老婆，其實也沒什麼啊，就像平常一樣，我跟學校高層又損上了，就這樣而已。只是我一直想問你，你回娘家前曾告訴我說：你會害怕，所以才會回娘家。那時候我也沒細想，可是後來我覺得好像有點不對，因為你很少會害怕什麼東西的，為什麼這次你會有害怕的感覺？」我問道。

「嗯，你終於想到了喔，整天只想著學校的事，都沒有關心我一下，還好我很獨立，不然我每天煩你就煩死你了。」PW口

氣一變說：「我告訴你，前幾個星期，你不是爲了你的學生S的事在奔走嗎？結果還扯出二十年前關於T老師的往事，那時候我看你心情不太穩定，所以也沒告訴你，不過現在既然你問了，我想這件事也應該要跟你說才對。」

「喔，我們家原來眞的有我不曉得的事。」我半開玩笑地說。

「你不要插話啦，我很認眞的。」PW繼續說：「幾星期前，那時你爲了S的事，好幾天不在家。有一天，我接到一通電話，他自稱是關心N大學的校友，一開始他還很客氣地說：『我是N大學的畢業校友，最近母校常常有一些新聞出現在媒體上，但好像都不是什麼正面的報導。作爲N大學校友，我非常關心母校的現況到底怎樣了？後來我多方打聽得到的消息，都把這些負面報導的源頭指向到P老師。也就是說，現在學校裡爲什麼有那麼多叛逆的學弟妹，不僅走上街頭抗爭，而且還很敢嗆學校的師長，甚至有些學生採取自殘的激烈手段博取同情，而還有同學是知情不報來強化這類不理性的行動。我聽說這些都是受到P老師的影響才變成這樣的。所以我基於關心母校的動機，就想說打電話來跟P老師聊聊，看看情形到底如何？』雖然他口氣還滿客氣的，但是我覺得他有我們家的電話，這就有些奇怪了，所以我就委婉地回他：『謝謝您的關心，但是我先生他不在家，是不是麻煩您改天再打來，或是留個電話給他，他回家我再請他打電話給您？』結果，他就說：『沒關係，那我改天再打。』電話就掛掉了。」

「那他後來有再打電話來嗎？」我問道。

「沒有。」PW回答：「可是後來家裡開始來了一些莫明奇妙的電話。有一拿起電話就罵的、也有很客氣地詢問的、還有一些聽著像是記者來挖新聞的，喔，還有你的同事打來的，像是系主任PM、你的老同學PK、和其他一些我也不太熟的，他們大概都是打來勸你收手，不要再把事情鬧大了。像是PK就說：『學校現在有股勢力試圖帶動風向，要你為S1的自殺負責。』；有一個我不認識的老師，她口氣就很不好：『請P老師注意一下平常的言論尺度。』；我記得最清楚的是你們系主任說的，他說：『現在大學環境惡劣，大家拼了命招生和維護學校形象都來不及了，千萬不要自毀長城。』喔，他還說：『如果你執意不顧學校的整體利益、拉扯大家努力招生的成果，那就是跟學校全體師生為敵，我擔心P老師會引起公憤的。』」

「你怎麼都沒告訴我啊。」我擔心地說。

「怎麼告訴你啊？那幾天你都不在家，我看你這麼忙，也不敢打電話跟你說。可是我一個人在家實在很害怕，所以我才告訴你說我要回娘家。」PW有些抱怨地說。

「原來是這樣，那時我看到你的字條，就覺得不太對勁，但也沒有細想，真抱歉，讓你這一陣子受到很多驚嚇。」我趕快安慰PW。

「P，那也沒什麼，反正嫁給你的時候，我就知道你是一個

怪咖，一個有正義感的怪咖，所以我也有心理準備，知道會面對很多不一樣的眼光和壓力。」妻子PW突然語調哽咽，停頓了好一會，終於忍不住哭了出來，她說：「可是，這一次他們眞的太過分了！」

「怎麼了？怎麼突然這樣？」我嚇了一下。

「昨天有一通電話是打到我娘家這邊來，也不知道是誰打來的，他也不說是誰，可是他很清楚我們家的情況，甚至還知道我爸爸是誰。」PW忍住淚說：「他說他知道我們的底細，叫你不要假清高，說你爲了娶富家女攀關係，就搞婚外情和離婚。他還說：『如果把我惹毛了，我就把你們全家人的底細都掀出來，叫你們好看！什麼富家女，還不是一個在大陸鑽後門搞關係的奸商女兒。』老公，我覺得這個人好恐怖，我不知道他還會不會做什麼事？」

「嗯，昨天打去岳父家，是你接的嗎？你有把這些話告訴你爸媽嗎？」我也覺得事態嚴重。

「我當然跟我爸說，可是爸叫我別理他，說：『這種小混混我見多了，就只是打電話騷擾而已，他不敢怎麼樣的。』」PW欲言又止地說：「而且～而且～」

「而且怎樣？你爸爸說什麼？」我趕緊問道。

「而且，我爸還說～還說～」PW似乎在想該怎麼措辭，終

於她說：「我爸還說：『這個P啊，就他那個牛脾氣，到處惹事情，我就知道他總有一天會出事。』P，你不要在意，我爸只是說說而已。」

「哈哈哈，岳父大人說得對啊，老婆，我怎麼會在意呢？」我苦笑地回答。

「不過，我爸叫我最近先不要回家，他還是有點擔心我的安全。」PW接著說：「P，這次真的鬧得太大了，你要不要先停下來思考一下，看看接下來該怎麼辦？我知道你是為了你的學生S的退學案，但是我聽說學校不是已經撤回這個案子了嗎？你已經幫S爭取到他的權益了，你就停手了吧！」

「好吧，聽老婆的，我就先跟學校損到這裡就好。」實在不忍心PW為我的事擔心受怕。

「太棒了，謝謝老公！」PW顯得很高興。

妻子PW並不知道，這件事早已不單單是S退學案，而是學校與我之間的殊死戰，我知道我只要稍緩我的腳步，學校緊跟著就會步步進逼。因為，M校長、W副校長及L教務長他們如果不把我趕出N大學，他們是不會放心的。但是，我實在不忍心PW為我的事受辱，在我答應她停手的同時，我已經考量到與其被學校逼著離職，不如就自動提出辭呈，反正現在台灣的大學教育早就崩壞了，這樣的教職不教也罷！

四

　　幾天後我向系主任遞出辭呈，說明上課至這學期結束就離開教職。系主任PM雖然非常訝異，也說了些慰留的話，但還是尊重我的意願，把辭呈送往校長室。

　　這天我剛從課堂下課回到研究室，沒多久分機鈴響：「鈴～鈴～鈴～」

　　「喂，請問是P老師嗎？」電話筒傳來人事室主任C的聲音。

　　「我是，C主任，有什麼事嗎？」我回答。

　　「P老師，祕書室那邊轉來一個文，是你的辭呈，對不對？」C主任說。

　　「沒錯，是我交給我們系主任PM老師的。」我回答。

　　「P老師，是這樣的，根據我們學校的教師聘約，規定聘約未滿請職教職要賠款三個月的薪資，不曉得你知不知道？」C主任說明來電的原因。

　　「對喔！」C主任提醒了我聘約中的確有這個規定，我馬上再問：「主任，其實我並沒有仔細去注意聘約內容及聘期，能否請問一下：我的聘期什麼時候到期？」

「您的聘書是兩年一聘，這學期結束後，你還有一年的期約未滿。所以應該是符合中途離職的賠款要求。」C主任直接了當地說：「所以，祕書室把您的辭呈轉過來，就是要查一下您的聘約，可是我發現您的聘約未滿。不知道現在您打算怎麼辦？」

　　「嗯，這的確傷腦筋。」我心思快速的飛轉，再問：「那如果我把辭呈撤回來，明年這個時候再提就沒問題了吧？」

　　「撤回辭呈喔？」C主任的口氣好像是我的回答不是他想要的答案，我這才突然明瞭C主任這通電話其實只是要告之我賠款事宜，甚至是要問我如何付款，而不是與我商量聘約未到的問題。

　　「咦，難道不能撤回，只能賠款嗎？可是我並不是被學校解聘，而是我提出辭職要求，所以這個主動權不是在我手上嗎？」我笑著說。

　　「可是您已經提出辭呈了，而且已經從系、院、到校的層級了，現在就等著校長批准就可以了。只不過因為祕書室不知道您的聘約，才轉文到人事室這邊來。恐怕我不能讓你現在撤回，我需要請示一下校長。」C主任猶豫了一下說：「這樣好了，P老師，這兩天您等我電話，等我請示校長過後再跟您聯絡。好嗎？」

　　掛上電話，心裡有些懊悔遞辭呈前怎麼沒有想到還有賠款這件事呢？現在主動權已經交出去了，自己只能等待消息，主控權

反而在學校高層了。

果然，一個星期後，我接到祕書室的通知，說是學校要召開臨時校級教師評議委員會，內容就是要討論我的案子，請我到會列席說明。

依照開會通知的時間到達會議室，一打開門就發覺氣氛明顯不對勁了——主席應該是教務長L，只見他高坐在主席位置上，或許由於臨時通知的會議，各院教評委員並未全部到齊，只是零星地坐在會議室各處，有些對我微微笑以示友善，多數的委員則面無表情地看著我，還有一些委員看了我一眼後又轉回頭彼此低聲地交談。最讓我訝異的是學生S1的父母親也赫然在座，而且會議室的角落邊上還坐著兩個警察。

教務長L他看我走進會議室便示意我坐下，然後開始講話：「各位，今天召開的是臨時校教評會議，討論議案只有一個，就是P老師的請辭案。剛才P老師也已經到場了，而且委員出席率已達法定二分之一的標準，所以我們會議可以開始了。」

教務長L續繼續說：「本案是本校社會系專任副教授P的請辭案，是P教授主動自社會系提案，經院教評會通過後，今天進入校教評程序。現在請P教授列席說明。」

「主席、各位委員，我是社會學系專任副教授P，今天讓大家專程到這裡開會，耽擱大家的時間，真的非常不好意思，因為我要在此正式撤除這個提案。」我說。

我的話一講完，全場一陣騷動。教務長L忙著維持秩序：「請大家安靜！請大家安靜！」他轉頭看著我說：「P教授，這個案子是你主動提出的，現在怎麼又臨時撤回，這樣不符程序。」

　　「這案子既是我提案，當然我也可以撤回。」我說。

　　「簡直是兒戲，而且浪費學校資源和大家的時間。能請問你撤案的原因嗎？」教務長L顯得有些火氣。

　　「我日前才被告之我的聘期未滿，還有一年的期約，所以現在提出辭呈，將會影響學校的課程安排、學生的修課權益及我的生涯規劃。所以經過慎重的考量後，我決定撤案。」我回應了教務長的問題。

　　「我當然知道你為何撤案的原因。前幾日人事室C主任才跟我說，你的聘約未滿，中途違約將會被罰三個月薪資的罰款，你是捨不得這筆錢吧？」教務長L冷笑地說：「身為主席，我要提出一個臨時動議，就是對P教授的解聘案。請大家附議？」現場果然有人附議，顯然教務長L事先就已經安排好這個議題了。

　　「好，那麼我們就來進行這個臨時動議的討論。」教務長L說：「現在我們開放討論，不知道有哪位委員要說說您的看法？」

　　現場一陣靜默，大家彼此看了一眼，似乎都在等待別人發

言。這時有一位教評委員舉手說話：「主席，既然大家都很客氣，那我來先發言好了。」接著他繼續說：「P教授這幾個星期以來的許多言談行為，已經嚴重損及本校校譽和形象，的確需要討論P教授是否仍適合任教於本校？我今天來開這個會，本來是想他要主動離職還算識相，哪知道P老師竟然還厚顏撤回提案，所以我支持主席的這個臨時動議。」

接著第二位教評委員也舉手要求發言，他說：「是啊，P教授的許多舉動，更涉及對本校校長、副校長和教務長的人身攻擊。說真的，這已不符為人師表的標準了，我也附議教務長的提案。」連接著兩位委員的發言，都針對我過去這兩週來的公開言論進行攻擊，顯然教務長對今天的提案是有備而來。

現場一陣竊竊私語的騷動，有些委員好像想發言，但卻都欲言又止地保持沉默。我舉手想為自己辯駁，但遭到教務長的制止：「P老師，你並不是校級教評委員，今天你只是列席說明。現在我先讓委員們充分討論，待會再給你說話的機會，請稍安勿躁。」

眼看著現場又是一陣安靜，教務長大概是怕冷場，又繼續接著說：「這裡我還要介紹受害學生S1的家長，今天他們特地來學校控訴P教授利用教職之便，對他們的孩子S1進行洗腦，致使S1在思想與行為偏差後自殺身亡。我們請S1的父母發言。」

「謝謝主席讓我們今天來參加貴校的這場會議。我想大家都知道我們家S1的事了，這對身為父母的我和我太太而言，實在是

不可承受的傷痛。但是，我必須忍住這個傷痛，挺身出面為我兒爭回一個公道。我們家S1向來就很乖，沒想到上了大學之後，個性突然變得很奇怪，常常跑去參加一些社會運動和抗議活動，言談舉止也越來越偏激，每次回家都跟我吵架，連他媽媽的話也都不聽了。」S1父親說。

S1的媽媽本來一直安靜地低頭不語，這時才緩緩抬起頭來，但見她流著淚接著她先生的話繼續說：「就像我先生說的，S1在上大學之前是很乖、很聽話的孩子，我們叫他補習，他就去補習；叫他不要太早交女朋友，他就沒有交女朋友；叫他專心讀書考大學，他就聽話讀書考大學。從來就不會有一般小孩的叛逆性格。可是誰想到，他上了大學以後，就變得越來越奇怪，跟我們夫妻講話，沒兩三句就開始不耐煩，說我們兩個不懂現在年輕人的想法。每次吵架，他就搬出他的大學老師講的話當聖旨，總是說『我們P老師說…』、『我們P老師說…』，就像P老師說的都對，我們夫妻兩個說的就都是錯的。」

S1的父親接著說：「我們S1今天會變成這樣，我覺得一定是受了這個P老師的影響。今天我們夫妻聽說學校要開會處置這個P老師，我們都很高興，因為我們終於找到罪魁禍首，而且一定要讓他接受處罰。如果學校不能給我們一個合理的交代，我們一定會控訴到底。」

「S1爸媽請節哀，我們N大學一定會給你們一個合理的交代。今天我們召開這個臨時會，就是要針對P老師在校園裡的不法言論與行為進行檢討，所以我才特別打電話邀請你們來學校參

加這場會議。而且，我甚至覺得這已經不只是利用教學洗腦學生而已，S1的自殺事件，我覺得這根本是教唆自殺。所以今天我還請管區派出所兩位警察列席，如果P老師真的不法情事的話，本校絕不會護短，一定依法辦理。」教務長L擺出一副正義凜然的架勢說道。

語罷，教務長L終於轉頭看向我說：「P老師，不知道你還有沒有什麼要說的？」

我當然必須為自己的立場辯護：「主席，各位委員，還有S1的爸媽，您們好。今天本來只是為了我主動提離職申請所召開的臨時教評會，但演變至現在，似乎變成了對我個人的批鬥大會。雖然，我似乎應該抗議主席在此議題上站在一個比較偏頗的立場，但是我還是要謝謝主席給我這個申辯的機會。」我停頓了幾秒鐘，看著在場的所有與會者，然後我繼續說：「今天主席這個對我的解聘提案，內容大致可以分為三方面：一是我平時的教學內容不符合教師標準；二是我前幾週的公開演講內容有影射本校高層領導、損及本校社會形象之嫌；三是控訴我必須為S1同學的自殺事件負責。以下，我就一一加以說明。」

「首先，我先講所謂的『教師標準』部分。我想主席和一些委員所指的，大概就是說我前一陣在課堂上鼓勵學生參加『太陽花學運』一事。各位委員，如果大家知道學生們占據立法院、衝撞行政院的這場『太陽花學運』的實質內容，您們就不會覺得學生們是不務正業的反社會行為，也不會再誤會我在課堂上鼓勵學生積極參與的動機了。因為『太陽花學運』表面上好像學生們在

反對《海峽兩岸服務貿易協議》在立法院30秒快速決議通過的荒謬黑箱作業，但是實質上，這是台灣累積了十多年來的社會運動能量後的爆發，為的就是這十多年來台灣政府的不作為、不改革、不進步。各位想想看，台灣經濟倒退二十年、年輕人普遍的低薪、房地產價值居高不下、社會貧富差距不斷拉大、教育逐漸商品化、高等教育與學術水準日益低落沉淪。這群學生不但站出來表達了他們的憤怒，也展現了台灣未來發展所需要的生命力。如果委員們認為我在這件事情鼓勵學生們是錯的，那麼，我不僅不會為此道歉，甚至我還要告訴大家，我以曾經教過這群學生為榮。」

　　我環視了在場的眾人，有一、兩位委員面露不屑的表情，也有一些人是橫眉怒目地看著我，更多的人卻不敢與我目光相對。我知道多數的教評委員還是保有良知的，只是在教務長強勢地主導下，不敢公開支持我。所以，我繼續接著分析道：「其次，關於『影射本校高層領導及有損本校校譽』的部分，指的應該是前兩週我公開演講所披露出的高教崩壞的內容。在這裡我也要告訴大家，有關我在公開場合對當前大學教育體制的批判，或是對本校一些高層領導人物的指控，我都願意負起法律責任。也就是說，如果有任何政府官員或本校領導人，認為我有涉及毀謗或不實指控，請他們直接到法院按鈴控告我，不需要在學校裡面操控這套教師評鑑的方式來模糊我對他們指控的焦點。另外，對於有損校譽的部分，我想請問大家的是：到底是這些披著偽善外表但卻私下違法亂紀的決策者損壞了大學的理念？還是一個揭發大學裡邊不可告人的弊端、堅持說真話的人傷害了校譽？」

說完兩點分析，我把目光轉向S1的父母，但語調卻不由地低沉了下來：「最後，唉，是對於S1同學不幸燒炭身亡的事情。S1爸媽，我要向您們致歉，是我沒能及早發覺S1的這個意圖，才會造成這場不幸，真的很抱歉！但是S1並不是如外界所說的厭世，也不是受到什麼洗腦蠱惑，更不是憂鬱症發作，相反地，S1是一個心地善良且無私奉獻的年輕人，他只是看透了政客們的虛偽與自私，更失望於世人的冷漠與無知，他想用他的死諫來喚醒世人的良知，這是無比的勇氣與情操，您們應該以他為榮才是啊！只是，可惜的是，他的犧牲非但沒有引起國人的反省，反而因為有心人士的利用和媒體的曲解，變成了新聞八卦和政治鬥爭的結果。即使這樣，我還是要向您們致歉，因為對S1的死，我沒有任何藉口可以推卸責任，如果您們認為我應該為S1的自殺負起責任，我也絕無怨言。」

　　聽完我的陳述和說明，現場一片安靜，只聽到S1媽媽低聲的啜泣聲。教務長L開口說：「很有意思的申辯，你把你的責任推得一乾二淨。照你的說法，你鼓動學生們去參加社會運動，而荒廢學業與功課，還真的有理了？更不要說『太陽花學運』造成了一些警民傷害，難道不是學生們受你偏激的言論影響的嗎？還有，你在沒有任何證據的情況下，用一些莫須有的罪名詆毀校長、副校長及本校一些長官，難道就不用負責任嗎？最重要的是，你已經承認了S1同學的自殺與你有關，我已經叫工作人員記錄起來了，您不要再否認了。」

　　聽到教務長刻意扭曲我的陳述內容，似乎激起了S1父親的情緒，他突然站起來指著我，用很激動的口吻喊著：「就是有你這

種唯恐天下不亂的老師，才會害了我們S1，虧你還有臉在這裡大言不慚地講什麼大道理！如果不是你，我們S1還是那個聽話的乖小孩；如果不是你，我們S1不會變得這麼叛逆；如果不是你，我們S1怎麼會死！」

　　面對S1爸爸的指控，我雖不忍他的悲傷，但是我覺得自己有必要讓他了解真相。於是，我盡量用平緩的語調道出我所認識的S1給他知道：「S1爸爸，您的悲痛我完全感同身受，因為S1是我的學生，他的死也是讓我沉痛無比。但是，我想讓您知道的是，您口中那個聽話、守規矩、乖乖牌的S1，其實並不是真正的S1，我曾聽他說過：您們對他的教養方式讓他痛苦萬分，他只是不斷地透過壓抑自己的個性順服您們，可是他卻因此一直累積心理的壓力。您還記得他的頭皮屑一直好不了這件事嗎？如果您知道心理健康的重要，你就不會認為他在家裡表現出來的那個『乖』是一個好現象了。」

　　這番話顯然刺激了S1媽媽，她跟著她先生一起怒喊著：「你憑什麼這樣說我們，難道是我們逼死自己的小孩嗎？你以為你是誰啊！你怎麼能這樣說我們！」面對S1父母的憤怒，我覺得我實在不應該再刺激他們了，所以我不再說話，讓他們盡情地發洩喪子的情緒。

　　現場失控，教務長L顯得有些不知所措，但是他還是勉強繼續主持會議：「今天這樣討論下去，大概也不會有什麼結果。所以今天就先進行到這裡，好在是P老師已經講完他的申辯內容，我們也聽到了S1父母親的指控，接下來就請各位委員仔細評估與

思考，下次會議我們再作出裁決。今天就到此結束，散會。」

　　散會時，我向S1父母點頭示意，但他們眼神中的冷漠與匆匆地離去，讓我留下無限的悵然。現代父母把孩子當成自己的資產，或是依照自己的意志來教養，這無疑是對人性的最大反動，因為下一代的教育並不是像機器人程式那樣，只要下達指令與依照程序就可以完成。如果孩子的教養只是作為父母需求的滿足手段，那麼這套教養模式便隱含著二個危機：一是當父母滿足於教養過程中的產出物（即孩子），那就會自我膨脹地產生「父母是孩子的主人」的誘惑假象；二是當父母以其自身的意志作為教養的內容時，將可能排斥其他種教養方式的可能性，造成教養者自身竟成為教養過程中最主要的障礙。但是，我該悲傷嗎？或許如同德國詩人荷爾德林在他詩中所說的：「哪裡有危險，哪裡也生救渡！」或許當我們急於教育下一代時，教養本身反而成為障礙，相反地，不急於教養，而讓孩子們在成長過程不受拘限地發揮無遠弗屆的詩意般的想像力，然後才能真正成為一個完整的自然人吧！

五

　　一週後學校人事室發來一封公文，內容說明：「查本校社會學系專任副教授P，因長期涉及校外不法活動，並在校內散布不實言論，並導致學生行為偏差，毀壞校譽。經本校教師評議委員會決議，酌予解聘處分，自XX年X月X日生效。其他P師在校外言行有涉及法律追訴者，概由P師自行負責，與本校無關。」

　　果然是N大學一貫的避責做法，不過這也早在我預料之內了。求仁得仁，我本來就打算辭職，現在變成被解聘，雖然名稱不同，但是結果都一樣，反正我也不想再待在高等教育學圈了。只是這份公文的內容卻透露出一個玄機，那就是我在「校外行為的法律責任」，恐怕解聘只是一個開始，後續還有接踵而來的法律訴訟吧。

　　今天還有一堂《社會與人生》的通識課要上，也許這就是我在大學裡的最後一堂課了。沒想到我在大學裡的最後一堂課竟然是通識課，想當初答應通識中心的主任開這門《社會與人生》時，心裡還著實掙扎了好一陣子，心想我學的是社會學，對通識並不熟悉，所以就開了一門簡單的《社會與人生》，講的就是社會學，只是把它應用到人生的課題上就是了。沒想到這門課一開就是十年，對通識教育的感情也愈來愈深厚。

　　其實，台灣的通識教育推行得並不很成功，自民國73年國內推行「通識教育」以來，始終停留在實驗與摸索的階段，而未能真正落實跨越科際藩籬的通識精神。究其根由，其實仍是專業與

通識之間的對立所致。試想，當現代的學科屬性以其專業學科的內部規訓作為其核心典範的同時，專業學科的知識封閉性與專斷性，更是當前不爭的事實。因此，學科與學科之間早已「隔行如隔山」了，通識欲以其在大學殿堂中敬陪末座的地位來帶領所有專業學科之間的整合，真的是比登天還難。

何以如此？當專業學科學的規訓內容僅關心如何將其專業領域內的成就有效地傳承，而不再開放其求知的心靈，那麼所謂的專業知識究竟還剩下什麼？看看現在各大學的所有科系，無一不是劃地封王而自限其研究領域，而且這樣的情形不止出現於科學或理工類別的科系，就連社會人文類別的科系也開始講究產學合作和職業證照了，這就難怪通識課程在大學系統中總是被視為無用的課程。

但是有趣的是，在知識、資訊急劇膨脹的今日，我們又早體認到：各學科的研究已不可避免地須運用融貫的知識和方法，以往各學科之間的劃分，僅適用在一般低階層的研究範圍內，當進入抽象觀念的層次愈高時，學科間的區別反而愈少。因此，可以預見的是當科學概念進入到知性所得的高層次時，一方面除了專門知識的繼續增長外，另一方面它與其他學科的關聯性亦不斷地提高，然後再進一步融貫成一個完整的知識體系。此時科學與人文的由合到分，再由分到合，已然勢不可免。

這就是我們這一代人所身處的衝突點。如何解決？我想關鍵仍是在通識教育。雖然通識並不見容於當代的專業思潮，也無以往哲學思想在大學教育中的領袖地位，但是，若我們將通識教

育當成是一個平台（而非任何一個學科領域、專業、知識、或課程），讓它發揮其媒介的功能與角色，令所有的學科領域、專業知識、及課程在此相遇，不斷激盪出不同的對話與新課題。那麼，我們就可以在不強調通識的重要性之下，讓通識真正發揮其通識的精神與功能了，因為，通識教育本來就應該像水、空氣或土壤那樣，它提供給我們生命所需的各種養份，但我們又毫不覺察到它的重要，一切都是那麼自自然然。

可惜的是，打從到通識開課以來，歷屆各系的同學到通識選修各類課程，其心態總是把它當成專業課程之外、用以打發時間的「營養學分」。如此一來，能用心上課與體會通識課程之妙用的學生，就微乎其微了，而且，這種現象在近十年來高等教育理念的崩解與各大學招生的惡性競爭下，有愈來愈嚴重的趨勢。

想著想著，上課鐘響「噹～噹～噹～」，把我喚回現實之中，我直覺地起身，拎起課本走向教室。開門一看，只見學生或睡、或說話、或走動，似乎完全沒有發覺到我的出現，站在講台上，我輕咳了一聲，有幾個學生轉頭看了我一眼，但旋即又回到他原先注意的事物上，這多半還是那些看報紙、或是正在抄寫作業的學生，至於大部分的學生則仍未察覺我的出現。

鐘聲響至現在，大約已過了五分鐘，而我站在講台上也有一分多鐘了吧。想到上課前內心對通識課程的感慨，心情也有如一片空白。其實，這樣的上課情景，對我來說，應該不陌生才是。上這個班級的課也半個多學期了，我從原先的熱情、高亢的教學態度中，也逐漸冷卻下來，對這樣的景像也已司空見慣了。

以往的情況，我總是逐步提高我的聲調，提醒學生上課了，並用詼諧的口吻，調侃聲鐘太小聲或我不起眼，以致大家都沒發覺上課了。可是，今天的我卻出奇地平靜，靜得近乎冷淡。打開課本，開始在黑板上講解今天的進度內容。大約講了十多分鐘吧，除了少數學生發覺我已開始上課外，大多數的學生仍未感受到今天的異樣。不過，由於我的教課聲音，刺激並提高了學生聊天的音量，迫使得我也不得不將講課的聲音不斷加大，如此循環，終至讓我覺得不堪負荷而停止講課。但是全班說話的聲音並未因我停止講課而有稍減。

　　微嘆一口氣，走到教室窗邊，我對我的平靜心態感到奇怪，看著窗外天空的白雲，我竟無一絲激動或憤怒，難道這是「哀莫大於心死」嗎？想想也不是，我從不曾放棄過任何一個學生，長期以來，我總是盡我所能地努力教導每一個學生。可是今天的我是怎麼了？我迷惘地看著窗外，而窗內也開始有幾雙迷惘的眼睛正看著我。時間就這麼一點一點地流逝著，彷彿時間就凍結在這一刻！

　　我被停職在家的消息傳出，學校裡有一群社會系的學生準備在行政大樓前靜坐抗議。這件事我還是聽S打電話給我才知道的。

　　「老師，我上個禮拜收到學校的通知書，內容說是撤銷了我先前的退學案，雖然兩個禮拜前您就打電話告訴我了，但我還是想要再謝謝您。可是這個禮拜我打了幾通電話給您，但是都一直聯絡不上您。」S打電話給我。

「S，你不用客氣，其實我也沒幫上什麼忙，就是跟校長他們吵了一架而已。」我說。

「老師，我知道您一定為我的事費了很大的心力，謝謝您！」S向我道謝後，語調卻突然變得哽咽地說：「前幾天S2打電給我，說您被學校解聘了，我才知道您一定是因為我的緣故，才會被學校解聘的。老師，對不起，讓您為了我承受這麼大的變故，對不起！」

「不要這麼說，我老早就想辭職了，跟你沒有關係。」我安慰S說：「再說了，當初你不也是為了維護我而回家，才被學校以曠課為由退學的嗎？作為一個老師，本來就應該是由我來維護你的權益才對啊！」

「老師，是我對不起您！」S哭著說。

「S，千萬不要這麼說，其實我更關心的是你未來的決定。」我繼續問S：「接下來你打算怎麼辦？是回N大學復學？還是另有規劃？」。

「老師，我一直記得您那時專程來屏東找我時說的話，您說：即使爭取到N大學的復學權益，也不應以此自滿，而必須要有更大的目標和理想。」S繼續回答我說：「所以，我打算一方面回學校辦理復學事宜，但另一方面我更會積極地準備考台大社會系的插班考試。我希望不會讓您失望。」

「很好，很好！這才是我認識的S。加油喔！」我說。

「老師，我今天打電話給您，不是為了我的事。當然，跟您報告我目前的情況及未來的規劃也是目的之一，但是這不是重點啦。」S話鋒一轉：「重點是S2打電話給我，他邀我回學校一起到行政大樓靜坐抗議，要求學校收回對您的解聘案。其實，S2、S3和許多同學都已經在抗議現場了，我今天才剛到學校，我就馬上打電話給您，我想讓您知道：我們好多同學都希望能為您做些什麼以改變目前的狀況。」

「S，謝謝你告訴我這件事。也請你幫我轉達我的謝意給這些正在靜坐抗議的同學們。」我說：「為了某一個公益目標而去遊行抗議，這都是民主社會中的正常表達方式，我也不會去阻止你們。但是，請你告訴大家：一定要注重安全！」

「好的，老師，我一定會幫您轉達給大家知道。不知道老師還有沒有要大家注意的事要交代？」S熱切地說。

「沒有了，就是告訴大家：我很謝謝大家！」我也有哽咽了。

結束與S的電話後，竟然馬上響起另一通電話鈴聲：「鈴～鈴～鈴～」

「喂，我是P，請問找誰？」我接起電話。

「P老師嗎？我是主祕。」主祕的聲音。

「主祕？您找我有什麼事嗎？」我有些驚訝地問。

「P老師，你知道你又惹禍了嗎？」主祕語出驚人地說。

「我都已經被學校解聘了，現在在家等待法院傳喚我，我還能闖什麼禍？」我說。

「現在有一群學生在學校的行政大樓靜坐抗議，說是學校非法解聘你，我和教務長親自去跟這些群學生解釋，說你的解聘案是經過學校三級三審的教評會，一切合乎法規和程序。可是這些學生根本不聽我們的解釋，也不相信學校的處理程序，現在搞得有些新聞媒體都打電話到祕書室來探聽這個解聘案是怎麼回事了。對此，校長非常生氣，緊急召開了一級主管會議，最後授權給教務長全權處理。我今天就是代表教務長打電話給你的。」主祕說。

「教務長怎麼不自己打電話給我？還要勞煩主祕你作為中間傳話的人，這不是比較麻煩嗎？」我說。

「P老師，我也不跟你多說。教務長要我跟你說：你不要以為發動學生靜坐，學校就會讓步。他說他知道你的底細，如果把你那些不可告人的隱私公諸於世，讓全校師生看清你的真面目，看還有什麼人會為你說話？」主祕說。

我實在聽不下去主祕和教務長的嘴臉，我很不客氣地回應：「主祕，我先澄清一下，學生們靜坐抗議這件事，我事先並不知道，更不要說是我發動的；第二，我本人沒有什麼不可告人的事，請教務長L不必這樣含沙射影、無中生有地對我人身攻擊，未來如果讓我知道他刻意散布假消息，我一定會告他。」

　　「P老師，你不承認沒關係，但是教務長說他手上有證據。到時候由不得你不承認。」主祕態度頗為強硬，顯然是教務長有事先授意給他。接下來他終於說出這次打電話的目的：「教務長想給你一個機會，叫你把抗議的學生給撤了，或許他會看在你有誠意和解的份上，就幫你繼續保留那些祕密。」

　　我怒極反笑地說：「哈哈哈，我能有什麼把柄在你們手上。主祕，你只是一個傳話的人，我也不跟你多囉嗦了，請你叫教務長自己打電話給我吧！」說完我就把電話給掛了，完全不再給主祕說話的機會。

　　隔天，我在家裡正在思考未來何去何從之際，門鈴聲響：「叮咚～叮咚～」納悶是誰按門鈴，走到門口拿起對講機問：「請問找誰？」

　　「P老師，我是L。」原來是N大學的教務長L親自登門。

　　雖然來者不善，但我也真想聽聽他到底有我什麼隱私可揭露的，所以就讓他進門了。在一陣虛偽的客套話後，L終於皮笑肉不笑地說明來意：「P老師，我今天特別專程來拜訪，其實是為

幫助你而來的。你恐怕不知道你有很多事情，我老早就知道了，只是以前大家都是學校同事，我不便說出口讓你難堪。現在學生們鬧成這樣，讓我很為難，到底該不該把這些事公布呢？」

「教務長，你口口聲聲說握有我的把柄，但我真的很好奇，我到底能有什麼事啊？」我一派輕鬆地說。

L從公事包裡拿出一張簡體字的海報，上頭印著我的名字，標誌著我是台灣英文補教名師，在大學校園裡有廣大的學生支持度，特地跨海到祖國傳授英文學習的祕訣。然後，L一副得意洋洋地說：「P老師，你不要說你不知道這事吧？」

「我還真的不知道這是怎麼回事？」我一頭霧水地說。

「看你還要裝到什麼時候？這是你岳父在大陸各大二線城市散發的海報，都是跟當地的補習業者合作的宣傳品。」L不客氣地說：「你在台灣各種社會運動場合高喊『愛台灣』，在課堂上傳播什麼『正義公理』，我看都是屁啦！你早就在大陸安排好退路，準備到大陸去賺大錢了，難怪你會自己提出辭呈，原來你根本不把學校的這份工作看在眼裡嘛？你其實就是一個遊走海峽兩岸的教育掮客，自以為口才好、英文好，就可以賣弄知識，把大家玩弄在手裡，耍得大家團轉轉，可憐那些靜坐抗議的學生們，他們還真的以為你是一個真心愛護他們的好老師咧！還好去年我到大陸出差，恰巧讓我看到你偽君子的這一面。」

教務長的用意明顯是要打擊我在學生及社會大眾心裡的聲

譽，但是我也不生氣，畢竟我對岳父的商人性格並不意外。我平靜地對他說：「教務長，我真的不知道這件事。雖然我岳父曾經跟我提起這件事，但那時我就沒答應他，為此我還跟我太太有點小爭執。至於我岳父擅自用我的名義進行宣傳，我完全不知道。」

「喔，說起你這位夫人，我恐怕知道更多祕密了！」L露出更得意的臉色說：「P老師啊，看不出來你這麼工於心機，看準了你太太是富商之女，你這個岳父是在陸台商，專營投機生意的，娶這樣的老婆，勝過十年奮鬥啊！當初她還是你的學生，你就敢下手了，不要說師生戀這件事就足以開除你了，而且你還為了她跟你第一任太太離婚，對不對？這就不止是師生戀了，對當時還沒離婚的你而言，恐怕還要再加一條外遇或通姦罪吧！若要人不知，除非己莫為，難道你真的以為大家都不知道嗎？」

幸好先前社會系主任PM老師曾跟我提過這件事，讓我有些心理準備，但我親耳聽到一個大學的教務長口中說出這種齷齪的想法，還是讓我非常震驚。我再也忍不住說：「教務長，清者自清，我也不必再向你解釋什麼，因為我知道在你這種人眼裡，總是用這麼骯髒齷齪的想法去套在別人頭上。我是一個怎樣的人，相信這麼多年來，大家都很清楚，我相信公道自在人心，我這裡真的不歡迎你這種人，請吧！」我準備開門送客。

殊不知教務長走到門口時，臨時又丟了一句：「P老師，你是怎樣的人？你真的覺得大家都知道嗎？我告訴你，我知道你是一個來自不正常家庭的孩子，你是一個私生子，你媽媽大概沒有

告訴你，你爸爸是誰吧？你以為爬到大學教授的地位，別人就不知道你的出身了嗎？沒用的，私生子就是私生子，想靠裙帶關係平步青雲，那種心態我懂！哈哈哈～」說完揚長而去，留下悲憤異常的我。

　　我來自嘉義鄉下的農村，父母親靠著辛勤務農的勞動，用心地把我扶養長大，家裡經濟雖不富裕，但也算小康平順。只有一件事是我從小就深烙在心裡的陰影，那就是我現在的父親是母親再嫁的繼父，雖然阿爸對我很好，我也把他當成親生的父親孝順，但我心裡一直都有「我親生父親是誰？」的疑問，國中時曾問過母親，但她只是哭著叫我不要問，長大後我怕再惹母親傷心，也就不再提起這件事了。沒想到，一個大學的教務長竟然在這個對峙的緊張時刻，突然丟出這個問題，心裡又驚又怒、但又不由自主地勾起我這一生最大的遺憾與哀愁。

　　幾天後N大學校園裡開始傳播著我的謠言：指控我是S1的自殺背後的主使者；利用我的家庭背景，攻擊我是私生子；散布我再婚對象PW是我第一次婚姻時的外遇對象。顯然，學校是想先用世俗價值觀瓦解我的社會地位，甚至用外遇與婚姻攻擊大眾對我的道德觀，然後讓我的社會學專業信用破產，真的是非常惡毒的做法。

六

　　妻子PW終於回家了，但卻不是在愉快的氣氛下回家，兩個
人坐在客廳沒有任何對話，間歇地聽到PW啜泣的聲音，這樣的
狀態已經持續兩個鐘頭了。

　　終於PW開口了：「P，我這次回來是收拾東西的，我爸爸要
我出國一陣子，可能要等很久才會回來。」

　　「嗯！」我的反應很冷淡。

　　「你都不問我：為什麼要出國？」PW有些動氣。

　　「老婆，我大概知道。這次N大學對我採取的人身攻擊，波
及到了你和岳父，我真的很抱歉。」我說。

　　「我早就叫你不要再繼續跟學校對抗了，你也是答應我的，
可是為什麼現在會變得這麼嚴重？」PW哀怨地說：「我在娘
家，每天都要聽我爸數落你，他說你：『硬得像塊石頭，固執得
要命，怎麼勸都沒用，早晚要吃大虧，現在這樣就是最好的教
訓。』我聽了只能哭，不能反駁，也不知道怎麼回應。P，你真
的讓我很難做人啊。」

　　妻子的抱怨以及轉述岳父冷嘲熱諷的奚落，讓我心裡一陣
糾結，我不知道該如何跟PW訴說我內心的苦。當然，我也知道
她內心的無奈與痛苦並不下於我，我不希望她為了我而承受更多

的壓力。我只好對PW說：「老婆，真的非常對不起，讓妳承受這麼大的壓力，岳父那邊我會找機會再向他解釋和說明。但是現在我們面對的N大學，已經不是可以正常溝通和理性交流的大學了，現在的教務長正積極地對我展開一系列抹黑與造謠，他們就是故意要破壞我的信譽，本來我也不怕他們，畢竟我行得正、坐得端，造謠與作假終究會被戳穿的，可是他們這次竟然是利用妳的身分進行人身攻擊，實在是太惡劣了。」

「老婆，我知道你受委曲了。」我慢慢說出我為她提出辭呈的事：「其實上次妳在電話裡要我停手，不要再繼續與學校對抗了。那時我就聽妳的建議而收手了，甚至我還向學校提出辭呈，準備辭去教職。可是，妳不曉得N大學的高層領導，早就把我視為頭號眼中釘，欲除之而後快了，所以無論我停手與否，他們都會對我趕盡殺絕的。那時我答應妳停手，可是我沒有告訴妳的是：這件事已經不是我說要停就可以停的了。」

「唉，總之你不要去招惹學校就沒事了啊！你看現在怎麼辦？」PW的口氣略為和緩：「我爸說你這次的麻煩真的惹大了，他說你們學校還去請了一個私家偵探，專門就是來調查你的身家背景。」

「私家偵探？」這事我還是第一次聽到，我好奇地問：「岳父怎麼知道這種事？學校請私家偵探的事應該是很隱密的吧。」

「我爸平常就有些商業機密需要找一些徵信社幫忙，所以他在這個業界還算認識了些人，所以前幾天有一個徵信社老闆打電

話給我爸說：『老董啊，你不是有個女婿在大學裡當教授嗎？最近我們同業裡有一批人在調查你女婿，你知道嗎？這批人很兇悍喔，到處打聽你女婿和你的事，我看你要小心點。』我爸說他不怕，倒是你這個傻小子，到時候怎麼被害了都不知道。我爸還對打電話來的人說：『也好，就讓他們去查，我也想知道P這小子對我女兒到底有沒有忠心？如果他有什麼外遇對象，或是跟女學生之間有什麼不清不楚的，不用等他學校的人對付他，我第一個就跟他沒完！』還好那人說了半天也沒說出你有什麼不乾淨的行為，害我在旁邊聽得好緊張。」PW說。

「原來如此，難怪N大學的教務長對我的事情這麼清楚。顯然他原本是打算透過私家偵探的調查，想找看看我是否有什麼不軌的情事，例如外遇或與女學生的糾紛，或是其他可作為威脅我的把柄證據，結果什麼都沒查到，反而找出了一樁陳年舊事──我不是現在這個父親親生的。」我恍然大悟地說。

「你的事我很少干涉，我也不太說什麼意見，但是這次實在是鬧太大了，連我和我爸都被牽扯進來。」PW突然生氣地說：「這次為了你的一個學生S的退學，你不惜跟學校撕破臉，不論是在媒體或是公開演講上，你和學校都已經互相攻擊到完全不留餘地了。雖然，N大學拿我和我爸的事來造謠，但是你先前公開指責你們校長、副校長和教務長等人的行徑，其實也不是很厚道啊，這也難怪他們要採取這麼激烈的反擊動作啊。你說你這樣做值得嗎？」

「老婆，我知道妳很難理解我為什麼要這大動作地維護S權

益？」我娓娓說出我在T老師事件裡的感受：「二十年前，我曾經也犯了一件錯事，但是有一位老師爲了維護我而放棄他的教職工作，這件事我一直到最近才知道，但是T老師在兩個多月前過世了，我永遠也沒有機會再向T老師說謝謝了。老婆，你知道嗎？如果不是T老師的犧牲，怎麼可能有現在的我，搞不好當年我就被學校退學，甚至吃官司被抓去關都有可能。」

「妳問我爲什麼要對S的退學事件這麼用力地對抗學校？」此時的我心情雖亂，但我仍努力嘗試把我的內心想法分析給PW，希望她能理解我的心情：「我眞正想告訴妳的是：二十年前由於我的無作爲，我害了一位好老師放棄他一生的心血和努力成果，被迫隱居在鄉間生活了二十年；二十年後的今天，我沒辦法再容忍我自己不作爲，而讓另一個好學生再度被這一套不合理的教育制度所犧牲。所以，妳問我爲什麼要爲S這麼努力？這是因爲我要把二十年前該做而沒做的事，在今天這個契機上把它做完。」我慢慢道出我年輕時的往事，除了向T老師致敬，也爲我二十年來的不作爲而懊悔。

「所以你選擇了你應該做的事。可是你知道你犧牲了我嗎？或者說，我爲什麼要在你的決定中被犧牲？」PW冷冷地說：「你知道現在外面把我傳得有多難聽嗎？他們說我是『小三』、說我是富家千金搶人丈夫、說我是大陸投機台商的女兒、說我不要臉勾引大學教授……。你想過我的感受沒有？」

「老婆，妳明知道不是這樣的。這些閒言閒語本來就是被那些有心人士故意造謠生出來的。淸者自淸，我們問心無愧，妳不

要太在意他們啊。」我嘗試寬慰PW。

「你不是我，不知道這些謠言對我傷害有多大，反正這個家我是沒辦法再待下去了，台灣這個地方實在太齷齪了，我要出國清靜一段時間，等你說的『清者自清』的時候到了，或許我就回來了吧！」PW又是冷冷地回我一句。

家中一片愁雲慘霧，妻子對我的不諒解，一場家庭革命亦在風雨飄搖中醞釀。我一個人坐在客廳，耳朵卻聽著PW在房間收拾行李的聲音，漫長的一夜，我與PW各自掛著不同的心事。

在這樣的情境下，我也只能悲嘆台灣高等教育為何淪喪至此？一所大學，本應是為追求真理的學術殿堂，但卻在一小群為謀己私利的小人掌控下，為了剷除異己，不惜揭人隱私、挖人傷疤、造謠生事、無中生有，不擇手段到這樣的地步，而這些掌權的決策者竟然還自詡為當代大學教育的救世主。我的遭遇僅是個案嗎？或是我自己咎由自取嗎？還是氣運不佳所致嗎？都不是，我現在的遭遇不過是當代台灣大學教育環境下的正常現象，它來自整個教育制度的扭曲、行政制度的僵化、各校掌權者的專橫、以及全體高等教育師生的漠視。所以，它讓一些真正關心高教理念的學生們，不得已開始用抗議甚至是自殺的方式來表達其不滿的情緒。此刻的我，真切地體會到S被退學時的心情，甚至我更感受到了S1在自殺前所遭受到種種委曲、不滿與壓力。

妻子PW選擇離家出國遠離紛擾，但是我呢？我能一走了之嗎？遠走他國的刻意忽視與遺忘台灣教育的衰敗，還是隱居山林

田野不再管紅塵世事，甚至我還想到了死亡。

我想到S1在死亡前夕，內心的心理掙扎該是如何糾結？於是，我在活著的時候思索著死亡。死亡的必然在於「人皆有死」，但我所不知者是「何時會死？」、「如何就死？」、以及「死後爲何？」

一般人因爲無法了解「死亡」，所以開始對死亡產生了一種基本的「死之恐懼」，但這種「死之恐懼」卻又往往被隔絕到令人忽視的地步，於是一般人忌諱談論死亡，任何對死的談話都被視爲不吉的象徵。不過，這種由恐懼而忌諱的現象，在現代社會中卻有另一層轉變。過去，多數死亡發生在自己的家裡，死亡是如此地貼近於生活的周遭，以致我們雖忌諱談死，但卻時時刻刻不敢忘死；但在現代，死亡多數發生在醫院，死亡被隔絕在醫院裡發生，致使人們似乎忘了還有死亡這回事。

於是，「忘死」成了一種對死亡的疏離感。如果我們刻意與死亡疏離，刻意避免談論死亡，那麼慢慢地也就會看不見死亡的存在了。死亡的必然性就在這樣的蓄意忘死的情結下被削弱了它對我們的影響力，其結果就是「我不會那麼倒楣」的僥倖心態。想想看，那些喝酒開車的人難道不知道會出車禍而死嗎？標明危險物品或藥品，爲何還是有人會在自居勇敢的理由下隨便使用呢？公共工程偷工減料的結果，會造成幾百甚至更多人的生命受到威脅，難道還需要明文規定嗎？明顯地，與死疏離，必定也導致與生疏離。對死的輕忽漠視，正是對許多生命安全觀念忽視的開始。

如果生命的終點，都將走向死亡，那麼生命的存在有何意義？甚至，人們所真正懼怕的，或許就是自己的生命原來是沒有意義的呀！

　　「那就讓自己活出生命的意義來啊！」簡單的一句口號，但真的要活出意義來，那得需要多大的勇氣來面對這世間的一切挑戰啊？就像巴勒斯坦社會學家薩伊德就曾明白提倡知識分子所應具備的勇氣，他說的是：作為一個知識分子，就是具有能力「向」（to）公眾以及「為」（for）公眾來代表、具現、表明訊息、觀點、態度、哲學或意見的人，而我們在扮演這個角色時，必須要能清楚地自我意識到其艱困的處境，那就是當我們公開提出令人尷尬的問題、以及對抗傳統與教條時，不能輕易被政府或任何集團所收編，且是他們無所不用其極的收編手段。

　　現在的我，不就是薩伊德所說的這種處境嗎？

　　人生在世，的確會經歷無數個對我們生命造成威脅的危機，它們會不斷地讓我深陷於恐懼和憂慮的循環中而無從逃脫。但是，細細想來，恐懼尚有可害怕的對象，不論是具體或抽象的對象，像是惡人、權勢或鬼怪等等；可是憂慮則更抽象，甚至可以沒有對象，就像是失敗、罪惡感、虛無或死亡等等沒有具象指涉對應的感覺或概念，它們純粹讓我們憂慮，但又不讓我們知道該憂慮什麼。

　　停職在家、謠言在外、妻子離家，這些好像都是我該憂慮的事，但是當我捫心自問「我到底在憂慮什麼？」時，我卻沒法回

答這個看似簡單的問題。停職在家，可以再找工作；謠言在外，但畢竟是謠言；妻子離家，可是感情仍在。那麼，我到底在憂慮什麼？顯然，是這些林林總總的所有現實狀態，它們共同形塑了一個無形的精神壓力，鋪天蓋地向我侵襲而來，讓我有了這股莫名的憂慮。

或許，一般人在面對這股巨大壓力的排擠時，他們會選擇一個比較簡單的做法，那就是尋求宗教的救贖，無論是上帝、佛陀或阿拉，只要投靠到祂們的懷抱裡，一切問題便能消弭於無形。但是，我也要這麼做嗎？

二十多年來的社會學訓練及哲學思考，難道我最後所能做的，終究還是投向到宗教式的避風港裡嗎？我不禁想：或許，所謂的勇氣，就是在這個時候才能顯現其真正的價值與力量吧！勇氣本身就是一種冒險，它不僅展現在面對具象可知的對應實體上，它也應該作用於面對一切非存在或抽象的精神世界裡，所以它才會是一種冒險，因為它本就是一種面向未知與挑戰的一種選擇，這種選擇甚至包含了「選擇上帝」的選項。如果人類真能擁有這種選擇的勇氣，那麼它不僅可以是我「選擇上帝」的勇氣，它也可以是我決定「不選擇上帝」的勇氣啊，因為不論我選擇了什麼，它都是「我的選擇」，它不依賴任何我之外的神祕力量，也不祈求躲避到在其他非我能掌控的神蹟裡。這是「超越上帝的上帝」啊，只有在有神論的上帝被超越後，那些對失敗、懷疑、虛無、死亡或無意義的憂慮，才可能被我真正接納成為我生命的一部分，而且當我能坦然面對這一切的生存困境時，或許連剛才我所想到的「選擇的勇氣」，都將不復存在了吧！

身為一個大學老師，我常常以「學生的解惑者」自居，如今看來，這樣的譬喻都顯得滑稽可笑了。學生作為一個學習的主體，他一切探索世界的所得，莫不是以他為中心輻射環繞所建構起來的，那麼老師在這個學習過程中的角色為何呢？我想老師了不起大概也就是一個協助「解蔽」的人而已啊，他的功能就是幫忙解開一切遮蔽於學習者之前的障礙物，至於解蔽之後的真相如何？這恐怕只有學習者本身才能領悟了。相較於現今的教育體制，多數的老師仍在汲汲營營地傳授「正確知識」給學生們，只是有趣的是，這些課本上的「正確知識」究竟是誰的正確知識？如果知識的內容已然受政治、社會、文化、或其他勢力的介入，真不知老師和這個教育體制究竟是為學生「解蔽」還是「遮蔽」？

　　如此一來，本來應該是為學生解蔽的老師，會不會反而成為學生學習過程中的遮蔽者呢？從哲學的角度來思考，現代科技的所有文明產物，它們被開發、改變、貯藏、分配、轉換……，相較於古老傳統而言，它們好像都是在幫助我們解開這個世界及自然的奧祕。但是，它們真的解開了自然屏蔽而真正進入無蔽狀態了嗎？或許我們該思考的是：當人們高喊已掌握真理的同時，會不會是被另一件遮蔽物所遮蔽了呢？因為我們永遠也不知道在解蔽之後的世界，是否還存在另一個待解蔽的挑戰。

　　如何才能終止這樣無窮無盡的循環呢？回到一個老師的身分，我如何才能在這無窮循環的過程裡，與我的學生各自找到自己的定位呢？此刻的我，只想到德國哲學家海德格爾所說的一句話：不論人在那裡開啟耳目、敞開心靈、或展開想像，他都必須

謙卑地在感恩的狀態中開放自己，因為唯有在無私的感恩狀態下，他才能被召喚進入無蔽之中。為此，我要感恩於我身旁的一切遭遇，停職在家的困頓、外在謠言的無奈、妻子離家的迷惘，是這一切將我召喚到現在的沉思狀態，而在此狀態之下，我才能思考到剛才這所有的思考內容：鬆開自我的束縛，以應合於無蔽狀態之召喚，然後，那稍縱即逝的答案，或許便能以其本己的方式自行顯現了，而我或許也能在這驚鴻一瞥的瞬間，與它相遇。

天剛破曉，妻子PW從臥室裡推著行李箱走了出來。我望著她，給了她一個經過一夜沉思過後的微笑，她聳聳肩地向我揮揮手，彼此不再言語，目送她出門搭上計程車離開，留下我還流連於剛才那四目相交時，她那眉頭深鎖的美眸裡，微微透顯的憂愁與深情。

七

　　紛擾雜亂的這一學期終於步入尾聲，隨著蟬鳴的熱鬧喧譁與鳳凰花的日漸火紅，宣告著夏季的來臨。再度走進N大學，辦理離職手續，就像闖關遊戲一樣，我從人事室走出來，接連走完教務處、學務處、總務處、再轉到圖書館，一關一關地確認離校程序與核定蓋章，最後又回到社會系辦公室找系主任PM老師。

　　PM老師一看到我便熱情地說：「P老師，好一陣沒見了，最近還好嗎？歡迎，歡迎，這邊請坐，今天怎麼有空來？」然後他招呼我到辦公室的會客桌椅坐下。

　　「主任，謝謝。我今天是來跑離職程序的。」我說。

　　「這學期真的是一個漫長的學期，發生好多事情啊！」PM老師感慨地嘆了一口氣：「自從S1走後，引發了喧騰一時的媒體報導、各家媒體記者在校園裡到處訪問學生和老師、隨處可見的SNG新聞直播車；然後S被退學的案子，又在學校裡吵翻天；接著就是你被解聘，行政大樓前每天都有靜坐抗議的學生；最後也不知道是誰放出來的消息，到處在傳你的身世和婚姻問題，每天都有幾個老師和學生為了你的事在爭吵，有些人說你是被誣陷的，另有些人則說他被你騙了。P老師，你到底要讓我怎麼看你這個人呢？」

　　「哈哈哈！主任，我們認識也不一天兩天的事了，我的為人怎樣，你難道還不清楚嗎？」我哈哈大笑地說。

「P老師，難道你忘了，這件事還是我提醒你的，我怎麼會不知道這是教務長傳出的謠言。」PM老師也笑著回應我。

「那你怎麼沒有幫我闢謠啊？」我也笑著說。

「拜託，明知道這是學校要對付你的招術，我如果還不知趣地出來幫你說話，那我不是自己找死嗎？」PM老師略帶愧疚但又像是為自己辯護地說：「P老師，你難道不知道現在這個社會，早就不是你心中那個追求真理事實或公平正義的社會了嗎？我們只是在大學裡教書領薪水的一般老師，每個人都有一大家子的人要養，如果硬是要跟學校高層蠻幹，最後吃虧的一定是我們啊。你看那些高高在上的長官們，他們早就決定了我們的未來了。」

「主任，我了解你的苦衷，我也不會要求每一個人都要像我一樣站出來反抗那些不合理的制度，畢竟，每個人都有自己的難處。」在向PM表示理解之餘，我也表達了我的不服氣：「但是主任，我們都是學社會學的，你難道不覺得我們這個社會生病了嗎？學校變成官僚機構，校長和那些一級行政主管，本來應該是作為服務教學與研究的行政工作，怎麼現在都變成了長官？怎麼所有的教學和研究活動都要配合行政命令？學校還只是一個小縮影，你看整個台灣社會，貧富差異和階級意識，已經嚴重撕裂了台灣的社會結構。」

我越講越氣憤：「『富者愈富、貧者愈貧』正是現代社會薪資結構的縮影。你看那些出身自菁英學校和名流家庭，他們因為

資產豐厚，所以也不怎麼需要去工作，他們可以輕易地占據那些位高權重的職位，決定世界的遊戲規則，這就是所謂的金字塔頂端的人；再來就是爲那些有錢人服務的人，像是律師、醫師或司機、管家，甚至只是幫遛狗的，這些人的高薪並非是因爲他們對社會的貢獻或專業，而僅僅是因爲他們服務的對象是社會頂端階層；最後才是社會中的最大多數人，他們的薪資定義，已經和他們對社會的貢獻度沒有多少關係了，而是與個人是否願意毫無保留地把全身心貢獻到工作中有關，是從一個人犧牲所有事情來做這份工作的意願程度來判斷，而且有些人願意犧牲的程度，甚至是放棄家庭生活、自降薪資、免費勞役、超時工作、身心健康嚴重受損，爲的也只是想保住工作而已。主任，這就是現代社會的悲哀所在啊！」

　　PM老師被我這番話說的有些臉紅，沉默了好久才回應說：「唉，P老師，你說的我都知道，但是我又能做什麼呢？像你，一心想改變這個不合理的社會面貌，可是到最後，不也落到被解聘的下場嗎？」PM老師停頓了一下繼續說：「你還記得S嗎？雖然他的退學案撤消了，但是他後來和一群同學在行政大樓前靜坐抗議，學校又召開了一次學生獎懲會議，把這些學生都記二支大過二支小過的『留校察看』處分，可是S卻跑來跟我說他不屑再讀這所大學，然後就再也沒出現在學校裡了。你爲了他被解聘，但是S他終究還是沒留在學校，一切還不是又回到原點。」

　　「S啊，我知道，我已經和他談過，N大學對他而言，已經無法再讓他有更一步的成長了，他的離開，是早晚可預料的事。我相信，S離開N大學，正是他的生命歷程再深化開展的轉

機。」對於S，我理當有著比PM更多認識與期望。

一番寒喧與對社會學理論的論析之後，我站起身來與PM老師道別，謝謝他在N大學社會系對我的包容與照顧。

離開N大學前，我又特地繞到行政大樓前，雖然現場已經不復存任何抗議過的痕跡，但是我站在學生們曾經為我靜坐抗議的地方，蹲下來，伸手觸摸著這片冰冷的廣場地磚，閉上眼睛，默默地感受學生們坐在這裡時內心的激動與憤怒。靜默數分鐘，感謝這些同學們，讓我感受到身為一個老師的驕傲與喜悅，然後，我站起來，大步走出N大學校門，頭也不回。

接緊著就是S1父母控告我的民事起訴案了。S1父母在N大學的協助下，向民事簡易庭遞交了民事起訴狀，我甚至聽說是N大學幫S1父母繳交裁判費用，可見這個案子表面上是S1父母對我的民事起訴案，但我真正要面對的對手卻是N大學。自從我接到法院通知召開調解庭開始，我已經出席了兩次調解庭，每一次我都希望能用軟性地訴求，讓S1父母了解我和S1之間的師生情誼，並非是他們所想像的「S1被洗腦」，但是他們總是聽不進去我的任何說話，以致兩次的解調庭都在他們的哭泣與怒吼中宣告流會。

於是，我們終於在今天的辯論庭又碰面了。「言詞辯論」在訴訟程序中相當重要，是原、被告雙方在法庭上的攻防戰，這是在審判期間中最重要的訴訟程序，所以言詞辯論在民事訴訟法均有專節規定，為此我還特地去找尋《民事訴訟法》第192條到第219條中對言詞辯論的相關規定。

辯論庭一開始，法官就明言《民事訴訟法》規定，言詞辯論以當事人聲明應受裁判之事項為始，也就是以雙方當事人應受裁判事項為範圍，而且當事人雙方若想反駁對方的論點，即言詞辯論的攻防，要在言詞辯論終結前提出，若逾時提出攻擊或防禦，法院可駁回。另外，法官也告誡原、被告雙方，法律有明文規定言詞辯論的方法與執行細節，其目的為讓當事人雙方能基於法理和事實的辯論，請雙方切勿離題或流於爭辯，如此才能確保事實越辯越明。

　　「被告P利用教師職務之便唆使其學生S1自殺。」原告律師首先發言：「庭上，被告P在N大學社會系擔任副教授，平時即在課堂上對學生進行反社會行為的觀念灌輸，其後又鼓動學生參加318太陽花學運，在學運結束之後，由於訴求未完全被政府所接受，致使被告P心生不滿，遂利用學生對社會主義的狂熱信念，唆使學生S1自殺，以求更加激化群眾的反社會情緒。」

　　輪到我發言了：「庭上，原告律師所說的教唆自殺一事，均為先入為主的假設，並無任何直接證據證明是由我教唆S1自殺。」我並沒有聘請律師，因為我相信自己的清白要由自己來說明：「身為N大學社會系的老師，我的確曾在課堂上教授過許多社會學理論，而這些都是社會學系的同學必修或選修的課程內容，並非我扭曲教材內容或刻意灌輸錯誤思想給上課同學。另外，S1在學期間曾多次修習我開設的社會學課程，是一位極優秀的學生，不僅在課堂上的表現極佳，而且更身體力行地實踐社會責任的理念，希望透過各種活動來改變台灣社會裡許多不公義的現象。所以原告律師刻意扭曲社會學理論與精神，企圖把S1和許

多社會系的同學們發自內心的社會責任與實踐妖魔化，使之變成非理性的反社會行為或言論，可見原告律師並不了解社會學的真正的課題。由此可知，S1的自殺，雖然讓我們大家非常不捨，但實在不應該將之抹黑為一項非理性的反社會行為，這是對S1崇高理想的誣衊。」

原告律師再度發言：「庭上，依照被告P的說詞，彷彿S1的自殺是一項勇敢偉大的行為，這難道是一個老師在課堂上應該鼓勵學生去做的行為嗎？由此可知，P平時在課堂上是如何灌輸學生這樣的偏激思想。所以S1的自殺，難道被告P完全沒有責任嗎？」原告律師看了我一眼，似乎在考慮如何措辭以下的發言：「一個道德操守有問題的老師，是否還適合當老師嗎？如果學生們在課堂上被一個道德操守有問題的老師教導，是否會被教導出錯誤的道德觀呢？庭上，我在此必須提出被告P就是一個道德操守有問題的人，他不應該也不適合作為一個老師。以下，請容許我舉被告P的婚姻為例。」律師再看了我一眼，停頓了一下說：「被告P有二次婚姻關係，第二次的婚姻對象是他在N大學的女學生，這已經違反學術倫理，構成師生戀的重大不倫情事，而且當時他還是在第一次婚姻的狀態中，所以這也構成了婚外情的外遇事實。庭上，請大家想想看，這個一個對婚姻關係不忠的人，能是一個在道德操守上令人信服的老師嗎？本案S1的自殺，便是S1這個學生，被一個道貌岸然的老師所欺騙，致使S1誤信了他的一些反社會言論才會自殺。」

「兩次婚姻關係，第一次結束於六年前，但我在五年前才跟現任妻子結婚，兩者之間的時間並未重疊。」我的辯護：「我第

二次婚姻的妻子，雖然在大學就讀期間修過我的課，但那時我們並未有任何感情發展，純係一般師生的互動，我們是在她畢業二年後才又碰面，那時我也已經結束第一次婚姻關係了，所以我們兩人的感情發展，既不是原告律師所說的師生戀，更非其所指控的婚外情。所以，原告律師對我的道德操守質疑，其實就只是以我的兩次婚姻狀態，故意將時間錯置所進行的人格誣衊。」

「好的，就算被告P的兩次婚姻如他所說的沒有關聯，但是我要再舉被告P的身世作為他人格瑕疵的證明。」原告律師手裡拿出一張戶政單位出示的證明，他呈給法官後說：「這是被告P的戶政資料，上面載明他是在七歲時才由現在的父親領養，在這之前，他的生父欄一直是不詳。我可以說被告P就是一個私生子也不為過。大家想想看，七歲的小男孩已經開始懂事了，他從小就被這個社會的異樣眼光所歧視，所以這也造就了他人格上的扭曲，以及長大後的反社會人格特質，只是比較特別的是，這個小男孩長大後更懂得用社會學理論當盾牌、和利用大學教授的頭銜做偽裝，把大家耍得團團轉。一個私生子靠著不斷偽裝和踩著別人的成就向上爬，但在我看來，終究掩飾不了他的自卑與心機。庭上，S1的自殺案，其實就是被告P扭曲人格下的必然結果，今天我們必須給予S1父母一個正義的裁決，不然以後會有更多的受害學生。」簡易庭裡旁聽的人群裡出現一陣不小的譁然，這讓法官動用了法官錘，連敲了好幾下才維持了法庭內的秩序。

原告律師顯然有備而來，而且這些證詞不就是N大學教務長L之前就拿來威脅我的話嗎？這再次印證了我的猜測——這次S1父母對我的控訴，根本就是N大學在幕後操控的結果。不過，我

心裡想：以他人的不幸身世作為抹黑的立論基點，這種拙劣的辯證攻防技巧實在過於牽強，任何一個老練的律師應該都不會犯此錯誤才是，但為何對方律師卻還是把我的身世議題拿到法庭上來進行攻防呢？心裡雖然納悶，但對於這些都已經造成對我人身攻擊的控訴，我仍儘量保持平靜的語調為自己辯護：「庭上，原告律師剛才所說的話，其實已經構成了對我的人身攻擊。本案因S1自殺而起，S1的父母親因心中的悲憤而對我有所誤解，所以控告我教唆S1自殺。此事可以公開論辯及找尋各種事證，評判『教唆』兩字是否成立？但是原告律師卻從一開始就用我的婚姻狀態及戶政資料，不斷地詆毀我的聲譽，在此我必須慎重抗議。」

庭內又是一陣譁然，法官等人聲稍退，對原告律師說：「原告律師，如果你不能進一步舉證你所說的事與本案有關，本庭就要裁決你的辯論內容無效。」果然，對方律師的這種抹黑手法被法官一眼就識破。

「庭上，我所說的事情，雖然不是直接證據，但都是與被告P的人格特質密切相關。」原告律師看似有些著急地說：「庭上，我要求傳喚被告P的母親，說明他的身世之謎，以作為進一步的辯論內容證詞。」

「我抗議！」我實在無法忍受這件司法案牽涉到我母親。

「庭上，被告P的母親現在坐在旁聽席，我再次請求傳喚她上台說明。」原告律師進一步追擊地說。

整個簡易庭突然人聲鼎沸，躁動的氣氛隨即渲染整個法庭，好像所有的人都在法庭內張望搜尋我母親在哪裡，法官敲了好幾下錘子都沒能壓低聲浪。就在這時候，我發現對方律師的眼神正與另一人目光相接，順著他的視線延伸，我看到了L，而且我更覺察到L的眼神與嘴角正微露著一絲得意的笑容。剎那間，我突然明白了：今天的法庭辯論攻防，N大學的目的並不是為了要打贏官司，因為他們也知道以這些薄弱的證據根本不可能勝訴，他們真正的目的——天啊，人心難道真的可以這麼邪惡嗎？他們真正的目的就只是為了打擊我的社會聲望與公信，只要透過人身攻擊讓我名譽掃地、說的話再無人相信，那麼即使官司不勝，我對N大學的所有爆料與指控，都會在這場抹黑的混水中被淡化。一場看似N大學支持S1父母對我的官司訴訟，其實N大學並不在意S1父母是否能打贏，他們更在意的不過就是對我的詆毀以及他們自身的利益罷了。

　　整個簡易庭瀰漫著一股不安的情緒，法官經過幾秒鐘的思考後，拿起法錘重敲了幾下，明快地說：「請安靜，維持法庭秩序。本庭裁示被告P母親上台說明。原告律師也請你注意言詞。」

　　我坐在被告席，眼睜睜看著母親佝僂著身子一步步走上台前證人席，當下內心的痛無與倫比，彷彿從小到大的所有悲憤都被激發了出來，但是我卻不能再做些什麼了，如同妻子PW離開前眼中的憂愁與深情，她曾哭著叫我停止這一切，不要再跟這些人及這個體制對抗了，因為我們太渺小了，我們根本不可能贏的。這個心情，我現在終於懂了。

母親坐在證人席，我看到她的眼神是那麼驚慌失措，而我父親坐在旁聽席上，也是焦急地望著母親。此時此刻，我真想跪在他們面前，請求他們的原諒，是我連累他們捲入到這場政治鬥爭的漩渦。

　　母親靜默了十幾秒鐘，淚水不住地在眼眶中打轉，我感受到她強忍著不讓眼淚流下來。在這一片寂靜的法庭裡，她慢慢地開口：「大家好，我是P的媽媽，我今天本來是來這裡關心P的官司的，沒想到我也要上來講話，真對不起大家。我不知道要講什麼？剛才好像是講到我們家P的親生父親是誰？我不知道這件事跟今天的案子有什麼關係？可是法官大人要我上來講話，一定有他的道理。反正這件事我也該跟我們家P說了，瞞了他幾十年，一直不知道怎麼跟他說，現在大概就是一個機會了。」

　　母親回憶地說：「我跟P的爸爸是初中同學，我們一直就很喜歡對方，兩邊的爸媽也都很熟，都認定了我們兩個人以後會在一起。他成績很好，後來他考上嘉義中學，他很喜歡看書，常常跟我講一些台灣未來要怎麼做才會更好的事情。這些事我也不是很懂，但是看他很認真，我也很喜歡聽他講。可是在他嘉中快畢業的那一年，他有一天走在上學的路上失蹤了，他家裡的人和我都很著急，不知道該怎麼辦？一個多月以後，我們才知道他原來是被抓了，關在嘉義監獄裡面。他爸爸想盡辦法托朋友要去監獄看他，但是我聽人家說，因為他犯的是最嚴重的『叛亂罪』，不能探監，而且隨時可能要被槍決。我聽到這些事的時候，哭到都快瞎了。直到一年多以後，好像風聲沒有那麼緊了，有一天他爸媽來我家找我，說要找我一起去監獄看他，我很高興就說好。可

是他媽媽把我拉到旁邊，小聲地跟我說，她想要我當他們家媳婦。我雖然不好意思，但是我知道他是他們家獨子，他媽媽這時候講這件事，一定是有原因，所以我就不顧我阿爸阿母的反對就答應了。後來我是在監獄裡跟他相會時懷了P的，後來在我公婆的照顧下，我順利生下P，一直到P五歲，他還沒死之前，我每年都會帶著P到嘉義監獄去看他。」

從來沒聽過母親講述過這段往事，原來我親生父親在我未出生之前就在白色恐怖時期因批判政府而被關，後來死在獄中。母親不讓我知道生父是誰，是爲了保護我，不讓我捲入政治的漩渦。這讓我想起很小的時候，曾經跟著母親到嘉義監獄探望過一個人，印象很模糊，只記得這個人對我很和善，那時好像是過年期間，這個人還包了一個紅包給我。現在我才知道，原來他就是我親生的父親。

母親繼續說：「後來他死在監獄裡，我公婆要我改嫁，甚至希望我們母子與他們脫離任何關係。後來我才知道公婆也因爲他的案子被牽連抄家，本來的土地和祖產都被政府沒收了，他們怕連累到我和P，就叫我改嫁。現在的先生對我和P都很好，我們就這樣生活了幾十年，如果不是今天這件事，我也不知道有沒有機會跟P講這些以前的事了。」

現場一片寂靜，法官聽完母親的講述後，宣布休庭等候裁決。

陪著阿爸阿母走出法院，我的心情無比沉重。我簡直無法去

想像我生父在獄中死前的心情究竟如何？父親在人生最精華的黃金時期被這場大時代的浪潮吞噬，十七、八歲的年紀就以叛國罪名監禁，然後在二十五歲不到的年齡冤死於獄中，他在死前知道我的存在，但是我一直懵懵懂懂地不知道他的生死情狀。

　　人活在世間，或者說是求一個存在的價值與意義，而蓋棺論定大概就是一般人最常用來界定一個人一生的價值與意義。但是，像父親這樣，固然不是什麼顯耀的達官貴人，但卻也沒有像二二八受難者那樣轟轟烈烈地名留青史，有的只是白色恐怖時期沒沒無名的眾多消失者之一，甚至連一個名字都沒有。那麼，我又該如何定位父親這段年輕生命的價值與意義呢？

　　對於死者，我們該用怎樣的眼光來看待他們呢？過去，母親為了保護我，把父親的死亡事件隔離在我的生命之外，似乎只要在空間上隔離死者與生者，摒棄死者，令死者「不復存在」，那麼我們似乎就可以正常地生活。看看民間的各喪葬儀式，多數不就是在做摒棄的動作嗎？於是人們致力於和死者保持距離，甚至以祈求或賄賂的方式，盼望死者待在墳場安息，莫要再攪擾生者的正常生活。如果死者仍對被放逐而心存不願，那就要用三牲四果來百般奉承、討好，透過「專業人員的照顧」，讓死者從此自視線中消失，也從心智裡隱去。於是，造就了我這幾十年來對父親記憶的完全空白。

　　我再深一層去思考，為何父親的死亡會被隔離在我的生活世界之外達數十年之久？不就是因為這個所謂的世俗世界裡存在著一套生命意義的排行系統嗎？對華人文化而言，個體生命的有限

性並不是最重要的考量因素，甚至就是因為個體生命的有限性，這個文化才發明了一種群體生命的無限性概念，作為種族文化接續發展的保證。我們可以在民族主義、階級、種族主義的各種形式中，看到人們結合民族的集體不朽與民族故事裡英雄的永恆存在，以「爲我祖國」、「爲我民族光榮」、或「爲敬愛的領袖」之名，呼喚出以個體殞滅換取種族存活的這樣光榮使命感，於是一個接著一個的死者，共同創造了民族、種族、或政黨的永恆存在。因此，要想在這套群體不朽的集體主義下也創造個人的不朽，便得將自己的死亡意義融入這套集體主義裡進行「貢獻度」的排行，以決定每個死亡的「不朽程度」。

所以在我們的社會裡，我們會驅策它的成員，定期地參與集體追思的活動，而此一追思活動看似是對死者的懷念記憶，但實際上卻是對活著的生者施以精神上的撫慰。因為儀式的參與者，也同時是觀察者，集體追思禮儀的實踐，是讓他們知道，現在為先人所做的事，下一代也會爲他們而做。這個社會正透過各種死亡儀式說服所有成員「唯有全心爲社會犧牲奉獻，社會才會保證個體的不朽」。所不同者是，每一個死者對社會的貢獻度，決定了他在死後能享有多重要的儀式場面。所以我們的社會對這種延續個人生命意義的不朽保證，實施了控制分配制度，依據死者的價值，斟酌頒授不同程度的社會價值意義，就像是死者公祭時追思膜念的場面大小、各式貴重器具的擺置與顯耀、甚至賦予神格的屬靈配享廟堂，就成了社會對此死者讚許程度的象徵表示。於是，不朽的保證成了社會手中最具威力的馴化功能，同時也是統馭遊戲的主要籌碼。看看那些達官貴人們死後的追思會，大概就可知道他們生前受社會重視的程度，由此可見一斑。

當然，也有一些人自外於這個社會體制之外，他們不想在世俗的價值觀中尋求成功的定義，也不肯接受或相信這種死亡的不朽保證，他們採取了另一種逃避策略，對死亡的逃避。他們將整個逃避過程，分割成無數小段，而且要保證在每一小段過程內，都可以完成逃避必朽的使命。超越的時間性議題，變成了空間性議題，延長生命時間，變成了擴展生活的內涵。於是時間一直被窄化，窄化成「當下」，更窄化成一堆易逝事件的堆疊。自我的生命本來是我們唯一可以確定的依據，但在這樣的時間不斷窄化成當下的情況，所謂自我的生命最後卻變成只生活在當下時間中，不再有面對未來的渴望。

　　我的父親，既不在這個世俗世界的價值排序裡，更被我母親隔離在我的生命之外，我實在無法想像，在他最後七年的牢獄生活裡，他是如何將自己的生命不斷窄化成每一刻的當下，緊緊地盯著自己生命一點一滴的消逝啊！

八

　　隨著司法訴訟的暫告休止，我離開台北來到台東大武也快半年了，年輕時環島曾經路過這座純樸的小村莊，當時就深深地喜愛上這裡依山傍水的美景，如今在結束了台北繁華的生活之後，選擇這裡作為了安度餘年的居所。租一小屋、賃一方旱田，重拾小時候跟著父母在嘉義老家的農稼生活。去年七、八月初來之時，也不知該種什麼作物，便憑著童年時的印象，嘗試著學老一輩農家人扦插的方式，把蕃薯切成一段一段的塊莖，前端留兩三片葉子，後端有節可長根，翻鬆土壤後埋入土裡，就完成了施種的程序了。蕃薯在農作物中算是比較好生長的作物，必要的澆水施肥，中間需要一、兩次翻藤和鬆土。翻藤是讓蕃薯種與種之間的藤各自生長不要糾結，而且蕃薯藤的葉柄下也會生新根，新根下面結小的莖塊，所以翻藤和鬆土也有讓蕃薯長莖塊的時候，彼此疏散有更寬裕的土壤空間來成長的意思。這對早已疏於農務的我來說，無異是較易入門的農夫步調。如今收成在即，心中的喜悅，其實是重新腳踏土壤的農務樂趣，更甚於蕃薯收成的實質成果。

　　昨夜月出海面，繁星點點，偌大的海灘上只有我一人獨自漫步，抬頭遠眺，萬里晴空無雲，更顯得月色皎潔，看著圓熟的滿月倒映海面，在黑暗中隨著萬頃碧波粼粼閃耀，收回目光低下頭看著腳邊的浪花，層層疊疊地捲起千堆雪白，波濤聲此起彼落迴響耳邊，卻也帶我走進年少時對濤聲的記憶。

憶起二十不到的慘綠少年，初入大學之門，在九月初秋沁涼朔風的夜晚，曾在宿舍裡聽到一陣陣的浪濤聲，心裡納悶學校不在海邊，怎麼會有濤聲？原來是宿舍外那整片松林，隨著夜風的吹襲，松針摩娑起舞相互錯動發出的聲音，豈不聞歐陽修〈秋聲賦〉中有云：「初淅瀝以蕭颯，忽奔騰而砰湃；如波濤夜驚，風雨驟至。其觸於物也，縱縱錚錚，金鐵皆鳴；又如赴敵之兵，銜枚疾走，不聞號令，但聞人馬之行聲。」莫不是傳言中的「秋聲」！走到宿舍大門，抬頭一看，宿舍名曰「松濤」，至此為我大學生涯烙下極深的第一印象。

　　經歷三十年的歲月輪轉，再次聽到相同的濤聲，但少年子弟江湖老，心境也不再是那初聽濤聲躍躍欲入江湖的豪壯心胸。如今在波瀾壯闊的太平洋此岸，耳中雖同樣迴盪著奔騰澎湃的浪濤聲，但心中所想卻不是海浪與松葉，而是芸芸眾生在這個人世間不斷翻騰、相互碰撞所激盪的「濤聲」，這裡面蘊涵著多少生命的喜悅與哀愁，它們共同形成了這個多彩多姿但也複雜多變的「人間世」啊！

　　這幾天清晨，都是在東台灣獨有破曉天光下，被小屋周圍的雲雀歌聲叫醒，這樣明亮的天色、這樣輕快的鳴唱，誰還坐得住在書桌前看書呢？像這樣的日子，真的會誘人走向田野之間、投身荒原之外，站在木麻黃樹下，向西看山、看森林、看荒原，向東看田園、看道路、看海洋，不論看那一邊，整個天際線上方都是清一色的湛藍天空。隨著太陽的高起，空氣中愈發散出各種青草味，雖值初冬時節，但氣溫卻非常宜人，陽光灑在身上，竟然也微有暖意，站在這條南北向的田間小路上，一時間我竟迷眩於

陽光照射的方位，不知身處何地。像這樣的境地，一個人一生中真能寓身一分鐘，活過這一遭便很值得了，何況整天棲居其間，且已生活了半年之久，這是怎樣的幸福啊！

今天早晨郵差送來法院的掛號信，原來是延宕六個月的判決書終於下來了，當我接到這封法院寄來的公文封，看到判決結果「原告之訴駁回，訴訟費用新臺幣XXX元由原告負擔」時，心情竟然異常的平靜，猶如眼前這片東台灣初冬的太平洋。打電話回嘉義老家向兩老報平安，順便跟他們說這個判決的結果後，隨手把判決書放在案頭上，穿上農鞋準備例行的田間巡視。

這幾日裡巡蕃薯田，估算著再過一個月差不多就可以收成了，心裡提醒自己要記得收成後必須留蕃薯種，莫要再陷入去年初來乍到之時到處借蕃薯種的窘況了。鄉下人留蕃薯種，多半是把帶藤的蕃薯綁起來，一紮一紮地吊懸在灶間屋樑上頭，小時候跟父母親爬上樑柱之間，看著這些紡錘形還沾著些新土的新鮮蕃薯，薯尾拖著長長的根，就這樣靜靜地掛在屋樑之上，等候著來年新春時節，它就像新生嬰兒一樣開始冒出新芽，呼喚著莊稼人可以準備再施種新苗了。

德國哲學家海德格爾曾在一場著名的演講〈藝術作品的本源〉中，從美學的角度來思索作品，再從作品思索物，再從物思索器具，最後思考到了器具的存在意義，就在於它所有曾歷經的過程中。換言之，藝術的存在意義，並非像一般人所認知下雕塑筆觸的具體實象、也不是蘇富比拍賣會場的成交價格，而是在於可以彰顯這個作品豐富性的所有歷程，它包含了作者賦予作品的

初始意涵，也包括作品流轉於各個不同的擁有者所給予的意義，甚至它也蘊涵著每一個與它擦肩而過的人事物，是這些所有的歷程豐富了它的內涵與價值。想要充分了解藝術作品的完整內涵，幾乎就是要求它完全無蔽地揭露其所有的過往，作為一個讀者或旁觀者，我們如何能對它作此要求呢？除非我們走進它的世界，或者是讓它自行顯露。無論何者，都是在告訴作為讀者的我們，必須放下自身的成見與主觀意識，如此一來，才有可能與此作品的真正意涵相遇。

何以如此？藝術作品作為一個物，它與路邊的石頭、田野上的泥塊、棄置的瓦罐、或路旁的水井並沒有什麼不同，它們都是一個物。如果再往深一層去想，那麼天上的白雲、田間的蕃薯藤、初冬的落葉、森林裡雲雀，也都應該名正言順地叫作物。如此一來，自然界中所有一切無一不是物了。用哲學家康德的說法，自行存在或自行顯現之物，在本質上，它的存在本身就已經是它存在的證明了，毋須再有其他多餘的說明或證據，這就叫做「物自身」。天地之間，難道還有比「自己本身即為自己存在之證明」更美的事物嗎？但是可惜的是，我們人類卻常常被自己的先入之見而忽略了物之為物的本性，當然也就看不到萬物之作為自身的美了。

低頭看著自己腳上的這一雙農鞋，讓我聯想到荷蘭畫家梵谷曾有多幅以「農鞋」為題的油畫，顯然在畫家眼中的農鞋必然深具意涵，也讓我想起哲學家海德格爾對這雙農鞋曾有過的哲思。一雙簡單的農鞋能有怎樣的哲學沉思呢？從油畫作品上人們甚至不能確定這雙鞋放在哪裡？或它們是屬於誰的？它們甚至沒有田

地或田野小路上所沾帶的一絲泥土，只是一雙單調無奇的農鞋。但是，海德格爾說：如果我們仔細凝視著它，我們將可以從鞋具磨損的樣態中，慢慢體會到當初穿著這雙農鞋的人是如何凝聚著勞動步履的艱辛。因為在這硬梆梆、沉甸甸的破舊鞋裡，其實正訴說著農鞋主人曾在寒風料峭的氣候裡、邁步在那一望無際而永遠單調的田壟上、一步一步所聚積的堅韌和滯緩，然後暮色降臨，這雙農鞋回到小屋靜置於牆角，而它因著主人在田野小徑上的踽踽獨行，鞋底和鞋皮上甚至還粘著濕潤而肥沃的泥土。在這鞋具裡，顯示著大地對成熟穀物的寧靜饋贈，表徵著大地在冬閒的荒蕪及田野裡朦朧的冬眠。在這雙破舊的農鞋裡，它迴響著大地無聲的召喚啊！

梵谷的這幅畫道出了一切。走近這個作品，我們突然進入了另一個天地，其況味全然不同於我們慣常的存在。一雙農鞋，在作品中走進了它的存在的光亮之中，使得這一雙農鞋的存在閃耀出獨一無二的本質。由此而知，當我們在問「藝術的本質為何？」時，其答案或許就只是，讓真相自行置入作品之中。換言之，只要它是一件藝術作品、一件作品、甚至僅僅只是一個物，那麼在這個物的本身，真理早已置入其中，所差別者，是作為與物共同在場的我們而言，是否願意讓這些作品以它自己的方式開啟其存在的面貌罷了？

就像眼前腳上的這雙農鞋已經跟了我半年了，它不同於其他雙同一款式但卻仍展示於鞋櫃的其他農鞋，因為它已然跟著我一起在田間勞動了半年，它身上有著許多我和它才有的共同經歷與痕跡，它承載了我這半年來曾走過的路以及曾經歷過的生命轉

折，它身上所有的刻痕記錄著我這半年來的人生記憶，而正是這些刻痕讓它與其他農鞋有了區隔，也讓它開展出了與其他農鞋不同的意義與內涵。於是，農鞋之所以是農鞋，是作爲農夫的我，在勞動時對鞋的思量越少，或者觀看得越少，或者甚至感覺得越少，它們就越是眞實地向我展現其自身的面貌。而我只需要穿著它站著或者行走，這雙農鞋就已經是這雙農鞋了，毋須思考、更不必追問，就讓它自行展現出它本有的樣貌即可。對我而言，這雙農鞋已然獨一無二，與天地萬物同感共美了！

傍晚回到小屋，在這涼風沁人的深秋初冬之際，我佇立在落地窗前，凝望著遠處的青山，啜一口熱熱的咖啡，霧氣緩緩地上升，逐漸模糊了我的眼鏡。眼前看去盡是一片迷濛，而我心想到卻都是少年時的往事：農村四合院的兒時景像、大學時代的流金歲月、抑鬱孤寂的學術過客、T老師護佑的恩澤、以及當代大學教育的沉淪。

走到案頭，再度拿起法院判決的公文，這宗司法案震動國內教育界，有支持我但也有反對我的聲音，雖然最後法院判我無罪，但我終究也沒有再回到教育界。此時我想到T老師過去這二十年來爲我所付出的一切，在他恬淡的笑容中，其實更透顯出幾許對這整個時代的無奈吧！此時的我，心想著：這喧騰一時的官司終告落幕了，我也在台東大武這個小鎮定居，每天在省道對面的海邊看著日出照耀整個太平洋的畫面，看著大武國小的學童在日曦中嬉鬧著走入校園，心裡泛起無限的溫暖，只希望發生在T老師及我身上的教育事件，不會在這些孩童成長之後不斷重演。

這時我再次想起T老師那獨特狂放的大笑，我更體會到在這笑聲背後的從容與豁達，心裡萬分羨慕T老師，因為他有這麼一位相知相隨的妻子——TW師母。此時的我也正等待著妻子PW回國，希望她能了解我內心對教育的那份熱忱、希望她能給我一個溫暖的笑容、希望她能給我緊緊的擁抱、希望她仍然深愛著我、更希望她能站在我身邊一同看這片大海⋯⋯。

　　山間夜風朔大，耳中不時傳來驟風吹動屋簷的聲響，入夜後，夾帶著雨聲更見急促，彷彿有排山倒海之勢一般。巡視屋內門窗，確定無虞後，再泡一杯咖啡，端坐案頭，拿起一本早想閱讀的書，準備慢慢地享受這夜讀之樂。

　　儘管門窗緊閉，呼呼的風聲仍不斷地從隙縫中傳進屋內，間歇地夾雜著一陣陣突來的驟雨，加上遠處偶爾傳來物體掉落的巨響，似乎整個天地都陷入這山間風雨的籠罩之下。就在這風雨飄搖的屋子裡，一杯咖啡，一盞孤燈，一本好書，伴著一個深夜不寐的我。突然間，這樣的情景讓我產生了一種時空的錯覺，感覺像是回到二十多年前的場景，窗外也是風雨交加，屋內仍是那啜著咖啡，就著昏黃燈光看書的我。

　　此時的我，眼睛雖仍盯著書本上的文字，耳朵雖依舊聽到風雨肆虐的聲響，但我的思緒卻早已飛到離此數百里外的台南。已經很久不曾回想那段在台南求學的日子了，今夜，在這風雨交加的侵襲中，我卻不自禁地想起台南，那段令我感到親切、熟悉卻又無奈、徬徨的日子。記憶真是個奇妙的東西，一經喚醒，竟再也不肯停息，思緒一經啟動，我竟不能抑遏地跌陷入記憶的深淵中。

二十多年前，當我還是一個莽撞無知的青年，我也曾像今夜這樣，坐在窗邊的案頭，在昏黃的燈光下，拿著書本、筆記，喝著咖啡，聽著從窗戶縫隙陣陣透入的呼呼風聲。只是，那時的我是如此年輕，正是盡情揮灑生命的年紀，猶記得那時與朋友論交、有恩師引導、暢談古今、與自然爲伍、神遊寰宇⋯⋯。那是一段縱情享受生命精彩的年輕歲月啊。如今，細細回想這一切的經歷，一陣暖暖的、淡淡的、甜甜的滋味湧上心頭。多年來的風風雨雨，似乎在這一刻都得到了化解，只剩下這些珍貴的回憶留在心間。當我將目光望向那深邃的時光長廊時，看著年輕時的自己，正在那裡掙扎、痛苦、歡笑、悲傷、⋯⋯，我不禁莞爾一笑，在這一笑中，多少甘苦從我心中流過。沒有怨懟與激情，留下的只是一點淡淡的悵然幽思。

　　咖啡杯上的熱氣正逐漸消散，夜也更深了，只有窗外的呼嘯聲似乎更狂野了。這些往事一件一件在心中浮現，竟比我映照在落地窗前的身影更清晰，彷彿就在眼前，又像是剛剛才發生的事。不自覺地跌入回憶的隧道裡，就像是看電影倒帶一樣。這些不同時期的我，竟在此刻同時出現，爭相地告訴我他們正要發生的事，此起彼落，各個聲音穿插交錯。有時是那備受歧視的兒時，但忽地又變成高中時的慘綠少年；有時是與女友PG在K大學漫步，但卻又馬上變成與妻子PW的愛戀；有時是在學運中慷慨激昂的陳辭，但旋即變成在讀書會裡聆聽恩師的教誨；有時是在課堂上講授社會學理論，但瞬時又變成與N大學校長M的論辯⋯⋯。他們都是我——不同時期的我。

　　就在這些熱鬧紛擾的場景裡，一股濃郁的咖啡香撲鼻而來，

我從早已濕潤的眼中看去似有一個人影浮動，他的衣服略顯破舊、戴著深度的眼鏡、四方型的國字臉上帶著爽朗的笑容，他端著一杯咖啡像是要遞給我。我認得他，他是在我大學生涯裡遞給我人生第一杯咖啡的老師。我想伸手去接這杯咖啡，但他卻慢慢地側身，將這杯咖啡緩緩轉向他身後那個熱鬧的場景。我順著他的手勢看向那些身影——那些還在爭論不休的每一個不同時期的我。我突然明白了他的意思。

　　就在今夜，我決定把他們告訴我的故事，那些塵封已久的記憶，逐一地寫下來，作為我這半生在大學教育裡翻騰所見所聞的一點微薄見證吧！

（全書完）

國家圖書館出版品預行編目資料

咖啡香／謝青龍著. --初版.--臺中市：白象文化
事業有限公司，2022.8
　　面；　公分
ISBN 978-626-7151-31-0（平裝）

863.57　　　　　　　　　　　111008165

咖啡香

作　　者　謝青龍
校　　對　謝青龍、王忠偉
發 行 人　張輝潭
出版發行　白象文化事業有限公司
　　　　　412台中市大里區科技路1號8樓之2（台中軟體園區）
　　　　　出版專線：（04）2496-5995　　傳眞：（04）2496-9901
　　　　　401台中市東區和平街228巷44號（經銷部）
　　　　　購書專線：（04）2220-8589　　傳眞：（04）2220-8505
專案主編　陳媁婷
出版編印　林榮威、陳逸儒、黃麗穎、水邊、陳媁婷、李婕
設計創意　張禮南、何佳諠
經紀企劃　張輝潭、徐錦淳、廖書湘
經銷推廣　李莉吟、莊博亞、劉育姍、林政泓
行銷宣傳　黃姿虹、沈若瑜
營運管理　林金郎、曾千熏
印　　刷　基盛印刷工場
初版一刷　2022年8月
定　　價　380元

白象文化　印書小舖　PressStore出版銷售網　出版．經銷．宣傳．設計
www.ElephantWhite.com.tw　f 自費出版的領導者　購書 白象文化生活館